LA MALÉDICTION DES PHARAONS

Elizabeth Peters, de son vrai nom Barbara Mertz, s'est passionnée dès son jeune âge pour l'archéologie, avec une prédilection pour l'Égypte ancienne. Titulaire d'un doctorat en égyptologie de l'Université de Chicago, elle a sillonné tous les sites antiques, d'Abou Simbel au Delta du Nil. Spécialiste reconnue dans sa discipline, elle est l'auteur de plusieurs manuels universitaires de référence.

Mais cette égyptomane éclairée est doublée d'une romancière de talent qui a entrepris de faire revivre les « grandes heures » de l'égyptologie au tournant du siècle, lorsque l'Angleterre victorienne s'enthousiasmait pour les découvertes de Petrie ou de Maspero. D'où l'idée de recourir au mode d'expression le plus populaire, le roman policier, pour faire découvrir ce monde fascinant.

C'est ainsi que devait naître, il y a quelque dix ans aux États-Unis, un inoubliable trio romanesque qui allait conquérir des millions de lecteurs dans plus de douze langues : l'indomptable Amelia Peabody, son mari, le savant et coléreux Emerson, et leur imprévisible rejeton, Ramsès, à la fois charmant, génial et facétieux, tout droit sorti d'une nouvelle de Saki. En 1986, Elizabeth Peters a reçu l'une des distinctions les plus importantes du roman policier : le « Anthony Grandmaster Award ». Elle a également publié d'autres romans sous le pseudonyme de Barbara Michaels. Aujourd'hui, son fan club, « Les Amis d'Elizabeth Peters », est présent dans quarante-quatre pays. Elle vit actuellement dans le Maryland.

ELIZABETH PETERS

La Malédiction des pharaons

TRADUCTION PAR GÉRARD DE CHERGÉ

LE LIVRE DE POCHE

Titre original :
THE CURSE OF THE PHARAOHS

CHAPITRE UN

Les événements que je vais vous relater commencèrent par un après-midi de décembre, jour où j'avais convié Lady Harold Carrington et certaines de ses amies à prendre le thé.

Ne vous laissez pas abuser, aimable lecteur, par cette déclaration liminaire. Elle est exacte, certes (comme le sont toutes mes déclarations), mais si vous nourrissez l'espoir de lire un récit de simplicité pastorale, agrémenté de commérages sur la haute société du comté, vous serez cruellement déçu. La paix bucolique n'est point mon élément, et l'organisation de goûters n'est en aucun cas ma distraction favorite. Pour tout dire, je préférerais être pourchassée dans le désert par une bande de derviches sauvages armés de lances et assoiffés de sang. J'aimerais mieux être poursuivie par un chien enragé et contrainte de me réfugier dans un arbre, ou me retrouver face à une momie sortie de son tombeau. J'aimerais mieux affronter des poignards, des pistolets, des serpents venimeux ou la malédiction d'un roi trépassé depuis des siècles.

Quitte à être accusée d'exagération, permettez-moi de souligner que j'ai connu toutes ces expériences, à l'exception d'une seule. Remarquez, Emerson a déclaré un jour que si je devais *réellement* rencontrer une bande de derviches, même les plus pacifiques d'entre eux seraient enclins à me massacrer au bout de cinq minutes, excédés par mes incessantes récriminations.

Pour Emerson, il s'agit là d'une remarque spirituelle. Cinq années de mariage m'ont enseigné que, même si l'on est imperméable à l'humour (présumé) de son conjoint, on doit s'abstenir de le dire. Certaines concessions sont nécessaires si l'on veut que s'épanouisse l'état matrimonial. Et je dois avouer que, à bien des égards, c'est un état qui me convient. Emerson est quelqu'un de remarquable... pour un homme. Ce qui n'est pas beaucoup dire.

L'état conjugal a néanmoins ses inconvénients, lesquels, associés à d'autres facteurs, ajoutèrent encore à ma nervosité le fameux après-midi de ce goûter. Il faisait un temps exécrable — gris et pluvieux, avec, par intervalles, des chutes de neige fondue — et je n'avais pu effectuer mon habituelle promenade de huit kilomètres à pied. Les chiens, en revanche, étaient bel et bien sortis; ils étaient rentrés couverts de boue, qu'ils s'étaient empressés d'étaler sur le tapis du salon. Quant à Ramsès...

Mais je reviendrai sur Ramsès en temps opportun.

Bien que nous vivions dans le Kent depuis cinq ans, je n'ai jamais invité mes voisines à prendre le thé. Elles n'ont pas la moindre notion de ce qu'est une conversation digne de ce nom. Elles sont incapables de distinguer une poterie de Kamarès d'un silex préhistorique, et elles ignorent totalement qui était Séthi Ier. Cependant, en la circonstance, j'étais contrainte de me livrer à un exercice de civilité qui, d'ordinaire, me fait horreur. Emerson avait des vues sur un tumulus situé sur le domaine de Sir Harold, et nous devions — pour reprendre son élégante expression — « passer de la pommade » audit Sir Harold avant de lui demander l'autorisation de procéder à des fouilles.

C'était la faute d'Emerson s'il nous fallait ainsi pommader Sir Harold. Je partage les idées de mon mari sur la stupidité de la chasse au renard, et je ne saurais le blâmer d'avoir personnellement escorté le renard hors du champ au moment de l'hallali. Ce que je lui reproche, c'est d'avoir jeté Sir Harold à bas de sa selle et de l'avoir fustigé avec sa propre cravache. Une semonce, brève mais sentie, eût suffi à la démonstration. La fustigation était superflue.

Sur le moment, Sir Harold menaça Emerson de le traîner devant les tribunaux. Il y renonça finalement, estimant que ce ne serait pas là une attitude « sportive ». (Apparemment, la poursuite d'un renard solitaire par une troupe d'hommes à cheval et une meute de chiens n'encourait point pareil blâme.) Il s'abstint également de s'en prendre physiquement à Emerson, dissuadé par la stature de mon époux et par sa réputation (non surfaite) d'irascibilité. Il s'était donc contenté de battre froid à Emerson chaque fois que le hasard les mettait en présence. Comme Emerson ne se rendait jamais compte quand on lui battait froid, la situation avait évolué paisiblement jusqu'à ce que mon mari se mette en tête de fouiller le tumulus de Sir Harold.

Pour un tumulus, celui-ci était de bonne taille : trente mètres de long sur une dizaine de large. Ces monuments sont les tombeaux d'antiques guerriers vikings, et Emerson espérait y découvrir les insignes funéraires d'un chef de clan, voire les traces d'un sacrifice barbare. Etant avant tout une femme de bonne foi, j'avouerai en toute franchise que c'est, en partie, mon propre désir de creuser le tumulus qui m'incita à me montrer courtoise avec Lady Harold. Mais j'étais également animée par l'inquiétude que m'inspirait Emerson.

Il s'ennuyait. Oh, il essayait bien de le cacher ! Emerson a ses défauts, je l'ai toujours dit, mais il n'est pas homme à récriminer injustement. Il ne *me* rendait pas responsable de la tragédie qui avait ruiné sa vie.

Lorsque je fis sa connaissance, il effectuait des fouilles archéologiques en Egypte. Certaines personnes dépourvues d'imagination pourraient considérer qu'il ne s'agit pas là d'une activité bien excitante. Les maladies, la chaleur caniculaire, l'hygiène inexistante ou précaire, la quantité excessive de sable contribuent en effet, dans une certaine mesure, à ternir la joie qu'il y a à découvrir les trésors d'une civilisation disparue. Toutefois, Emerson adorait cette vie-là et, après que nous eûmes uni nos forces, tant sur le plan conjugal que professionnel, j'en vins moi aussi à l'adorer. Même après la naissance de notre fils, nous parvînmes à faire une longue saison à Saqqarah. Nous regagnâmes l'Angleterre au printemps, avec la ferme intention de repartir l'automne suivant. C'est alors que le destin nous frappa, comme aurait pu le dire la Dame de Shalott (je crois d'ailleurs qu'elle l'a dit), sous la forme de notre fils, « Ramsès » Walter Peabody Emerson.

Je vous avais promis de vous parler de Ramsès. Ce n'est pas un sujet que l'on peut évacuer en quelques lignes.

L'enfant avait à peine trois mois quand nous le laissâmes pour l'hiver à ma tendre amie Evelyn, qui avait épousé Walter, le frère cadet d'Emerson. De son grand-père, l'atrabilaire duc de Chalfont, Evelyn avait hérité Chalfont Castle et une grosse fortune. Son mari — l'un des rares hommes dont je supporte la compagnie durant plus d'une heure — était lui-même un éminent égyptologue. Contrairement à Emerson, qui préfère excaver, Walter est un épigraphiste, spécialisé dans le décryptage des diverses formes de langage de l'Egypte ancienne. Il s'était installé avec sa belle épouse dans le château familial d'icelle, où il passait ses journées à lire des textes indéchiffrables, désagrégés, et ses soirées à jouer avec ses enfants toujours plus nombreux.

Evelyn, qui est un amour, fut enchantée de prendre Ramsès pour l'hiver. La nature venait de compromettre ses espoirs de devenir mère pour la quatrième fois, aussi la présence d'un bébé sous son toit était-elle tout à fait à son goût. Agé de trois mois, Ramsès avait assez belle allure, avec une tignasse de cheveux bruns, de grands yeux bleus et un nez qui, déjà, promettait de devenir un trait de caractère. Il dormait beaucoup. (Sans doute économisait-il ses forces, comme le fit observer Emerson par la suite.)

J'eus plus de mal que je ne m'y attendais à quitter le bébé. Toutefois, il n'avait pas encore eu le temps de faire grande impression, et je me réjouissais à la perspective de ces fouilles à Saqqarah. Ce fut une saison des plus productives, et je dois reconnaître que la pensée de mon enfant abandonné traversa rarement mon esprit. Néanmoins, le printemps suivant, au moment de regagner l'Angleterre, je m'aperçus que j'étais assez impatiente de le revoir, et je crois qu'Emerson partageait mon sentiment. A notre arrivée à Douvres, nous allâmes directement à Chalfont Castle, sans même faire étape à Londres.

Avec quelle précision me rappelé-je ce jour ! Avril en Angleterre, la plus délicieuse des saisons ! Pour une fois, il ne pleuvait pas. Le vénérable château, éclaboussé du vert vif de la vigne vierge, trônait au milieu du domaine superbement entretenu, telle une gracieuse douairière se prélassant au soleil. A l'instant où notre attelage s'arrêtait devant la propriété, les portes s'ouvrirent et Evelyn sortit en courant, les bras tendus. Walter, qui la suivait de près, broya la main de son frère avant de m'étouffer dans une étreinte affectueuse. Les préliminaires achevés, Evelyn dit :

— J'imagine que vous avez hâte de voir le jeune Walter.

— Si ce n'est pas trop demander, dis-je.

— Ne jouez pas la comédie avec moi, Amelia, dit Evelyn en riant. Je vous connais trop bien. Vous mourez d'envie de voir votre bébé.

Chalfont Castle est une vaste demeure. Quoique largement modernisée, elle a des murs anciens, de près de deux mètres d'épaisseur, qui ne favorisent pas particulièrement le passage du son. Pourtant, alors que nous longions le couloir du premier étage, dans l'aile sud, je perçus un bruit étrange, une sorte de rugissement. Bien qu'étouffé, il s'en dégageait une telle férocité que je demandai à Evelyn :

— Auriez-vous installé une ménagerie dans vos murs ?

— En quelque sorte, pouffa-t-elle.

Le son augmenta de volume jusqu'au moment où nous fîmes halte devant une porte close. Evelyn l'ouvrit, et le bruit explosa alors dans toute sa fureur. Je reculai d'un pas, écrasant de tout mon poids le pied de mon mari, qui se trouvait juste derrière moi.

La pièce était une nursery de jour, équipée de tout le confort que peuvent procurer la richesse et l'amour parental. De hautes fenêtres l'inondaient de lumière. Un feu éclatant, isolé par un écran de cheminée, tempérait le froid des vieux murs de pierre, lesquels étaient lambrissés et recouverts d'un tissu gai, orné de jolis tableaux. Le tapis, d'une confortable épaisseur, était jonché de jouets de toutes sortes. Devant l'âtre, placidement assise dans un rocking-chair, se balançait une bonne vieille nounou au visage tout rose, portant une coiffe et un tablier d'un blanc neigeux, un tricot dans les mains. Contre les murs, dans diverses postures défensives, étaient blottis trois enfants.

Bien qu'ils eussent considérablement grandi, je reconnus les rejetons d'Evelyn et de Walter. Assis au milieu de la pièce, droit comme un piquet, trônait un bébé.

Il était impossible de distinguer ses traits. On ne voyait que la bouche, grande caverne béante encadrée de cheveux noirs. Son identité ne fit cependant aucun doute pour moi.

— Le voilà ! cria Evelyn pour couvrir le beuglement de ce puéril volcan. Regardez comme il a poussé !

— Que diantre lui arrive-t-il ? hoqueta Emerson.

Entendant (par quel miracle ?) une voix inconnue, le bébé cessa aussitôt de bramer. Le silence fut tellement subit que nos oreilles se mirent à bourdonner.

— Rien du tout, répondit calmement Evelyn. Il fait ses dents, ce qui le rend parfois un peu grognon.

— Grognon ? répéta Emerson, incrédule.

Je franchis le seuil, suivie des autres. L'enfant posa son regard sur nous. Il était solidement assis par terre, les jambes étendues devant lui, et je fus frappée d'emblée par sa forme quasiment rectangulaire. Les bébés, dans l'ensemble, ont tendance à être ronds. Celui-ci avait de larges épaules, pas de cou visible, et un visage dont nulle rondeur enfantine n'aurait pu masquer l'angulosité. Ses yeux n'étaient pas du bleu pâle, ambigu, propre au commun des bébés, mais d'un bleu saphir, soutenu et intense ; ils plongèrent dans les miens avec une expression calculatrice, presque adulte.

Emerson avait entrepris de le contourner prudemment par la gauche, un peu comme on approche un chien grondant. Soudain, le regard de l'enfant pivota dans sa direction. Emerson s'arrêta net, un sourire niais sur les lèvres. Il s'accroupit et se mit à gazouiller :

— Areu-areu, mon bébé. C'est le bébé de papa, ça. Viens voir gentil papa.

— Pour l'amour du ciel, Emerson ! m'exclamai-je.

Le petit tourna vers moi son regard d'un bleu profond.

— Je suis ta mère, Walter, déclarai-je en détachant les syllabes. Ta maman. Tu ne sais pas dire « Maman », je pense ?

Sans avertissement, le poupon bascula en avant. Emerson poussa un cri alarmé, mais son inquiétude était injustifiée ; l'enfant se mit adroitement à quatre pattes et trotta vers moi à une vitesse inouïe. Il fit halte à mes pieds, s'accroupit et tendit les bras.

— Maman, dit-il.

Sa grande bouche s'étira en un sourire qui creusa des fossettes dans ses joues et révéla trois petites dents blanches.

— Maman. Bizou, bizou, bizou, BIZOU !

Sa voix augmenta de volume au point que le dernier BIZOU fit vibrer les carreaux des fenêtres. Je me baissai en hâte pour prendre la créature. Elle était étonnamment lourde. Nouant ses bras autour de mon cou, elle enfouit son visage contre mon épaule en soupirant « Maman » d'une voix étouffée.

Pour je ne sais quelle raison — sans doute parce que l'enfant me serrait trop fort — je fus incapable de parler pendant quelques instants.

— Il est très précoce, dit Evelyn avec une fierté toute maternelle. La plupart des bébés ne parlent pas avant l'âge d'un an, mais ce jeune homme possède déjà un riche vocabulaire. Je lui ai montré tous les jours des photographies de vous deux, en lui expliquant qui elles représentaient.

Emerson, à côté de moi, arborait une mine de chien battu. Le bébé desserra son étreinte autour de mon cou, jeta un coup d'œil à son père et — avec ce que je considère, à la lumière de mon expérience ultérieure, comme un geste calculé — s'arracha de mes bras pour s'élancer vers mon mari.

— Papa !

Emerson l'attrapa au vol. Ils se dévisagèrent un moment, affichant l'un et l'autre le même sourire stupide. Puis Emerson le lança en l'air. Le petit poussa un cri de ravissement qui encouragea son père à continuer. Evelyn remontra que, dans l'exubérance de l'accueil paternel, le crâne du bébé frôlait le plafond. Je m'abstins de tout commentaire. J'avais le sombre pressentiment qu'une guerre venait de commencer — une guerre qui durerait toute la vie et que j'étais condamnée à perdre.

Ce fut Emerson qui donna son sobriquet au bébé. Il déclara que celui-ci, par son aspect belliqueux et son caractère impérieux, évoquait irrésistiblement le pharaon égyptien, deuxième du nom, qui avait disséminé d'énormes statues de sa personne le long du Nil. Je dus reconnaître le bien-fondé de la comparaison. L'enfant ne ressemblait certes pas à son homonyme, le frère d'Emerson, un homme aimable, doté d'une voix douce.

Malgré l'insistance d'Evelyn et de Walter pour que nous séjournions chez eux, nous décidâmes de louer une maison pour l'été. Il était manifeste que les enfants d'Emerson junior vivaient dans la terreur de leur cousin; ils ne pouvaient faire face au tempérament tempétueux et aux violentes démonstrations d'affection de Ramsès. Ainsi que nous le découvrîmes, notre fils était d'une intelligence extrême. Et ses capacités physiques étaient à la hauteur de ses facultés intellectuelles : à huit mois, il crapahutait à une vitesse stupéfiante. Quand, à dix mois, il décida d'apprendre à marcher, il lui fallut plusieurs jours pour acquérir un certain équilibre. Pendant quelque temps, il eut des contusions au bout du nez, sur le front et au menton, car Ramsès ne faisait jamais rien à moitié : après une chute, il se relevait pour retomber aussitôt. Néanmoins, il maîtrisa bientôt la technique et, à partir de ce moment-là, il ne tint plus en place. Il parlait désormais très couramment, non sans une fâcheuse tendance à zézayer, défaut que j'attribuai à la dimension inaccoutumée de ses dents de devant — héritage de son père. De la même source, il hérita une caractéristique que j'hésite à définir, ne trouvant dans notre belle langue aucun qualificatif suffisamment fort pour la décrire en toute vérité. « Cabochard » est encore bien loin de la réalité.

Emerson, dès le début, s'enticha de la créature. Il l'emmenait en de longues promenades et lui faisait la lecture des heures durant, non seulement *Pierre Lapin* et autres contes pour enfants, mais aussi des rapports de fouilles archéologiques et *L'Histoire de l'Egypte ancienne,* ouvrage qu'il écrivait à l'époque. Voir Ramsès, à quatorze mois, plisser le front devant une phrase telle que « La théologie des Egyptiens était un amalgame de fétichisme, de totémisme et de syncrétisme » était un spectacle aussi terrifiant que comique. Plus terrifiants encore étaient les hochements de tête songeurs dont il ponctuait sa lecture.

Vint le moment où je cessai de penser à Ramsès comme à un bébé. Sa virilité n'était que trop apparente. Un jour, vers la fin de l'été, je me rendis à l'agence immobilière pour prévenir que nous garderions la maison une année de plus. Peu après, Emerson m'informa qu'il avait accepté un poste de conférencier à l'université de Londres.

Cela ne fit même pas l'objet d'une discussion. Il était évident que nous ne pouvions emmener un jeune enfant dans le climat malsain d'un site archéologique, et il était tout aussi évident qu'Emerson ne supporterait pas d'être séparé de son fils. Mes sentiments personnels ? Ils n'entraient pas en ligne de compte. Cette décision était la seule solution raisonnable, or je suis toujours raisonnable.

Voilà pourquoi, quatre ans plus tard, nous végétions toujours dans le Kent. Nous avions décidé d'acheter la maison. C'était une vieille demeure agréable, de style classique, entourée d'un vaste terrain agrémenté de jolis parterres — sauf aux endroits où Ramsès et les chiens se livraient à leurs fouilles. Je n'avais aucune difficulté à prendre de vitesse les chiens, mais c'était une course effrénée pour planter des fleurs à un rythme plus rapide que celui auquel Ramsès les déterrait. Nombre d'enfants, je pense, aiment à jouer dans la boue, mais la propension de Ramsès à creuser des trous dans le sol prenait des proportions absolument ridicules. Tout cela, c'était la faute d'Emerson. Prenant pour un talent naissant d'archéologue ce qui n'était qu'amour de la glèbe, il n'avait de cesse d'encourager l'enfant.

Emerson n'avoua jamais que son ancienne vie lui manquait. Bien qu'il eût réussi une brillante carrière de conférencier et d'écrivain, je décelais de temps à autre une note de mélancolie dans sa voix, quand il lisait dans le *Times* ou l'*Illustrated London News* des articles faisant état de nouvelles découvertes au Moyen-Orient. Car nous en étions arrivés là : lire le *Times* en prenant le thé et nous chamailler avec les voisins pour des broutilles — nous qui avions campé dans une grotte des montagnes égyptiennes et restauré la capitale d'un pharaon !

En cet après-midi funeste — dont je ne devais saisir l'importance que bien plus tard — je me préparai au sacrifice. Je revêtis ma plus belle toilette, une robe en soie grise qu'Emerson abhorrait car, selon lui, elle me donnait l'air d'une respectable matrone anglaise (ce qui était l'une des pires insultes de son répertoire). Je décidai que, si Emerson détestait cette robe, Lady Harold la trouverait probablement à son goût. J'allai même jusqu'à autoriser Smythe, ma femme de chambre, à arranger ma coiffure. Je la laissais rarement retoucher mon apparence plus qu'il n'était strictement nécessaire, n'ayant ni le temps ni la patience de me soumettre à d'interminables séances de pomponnage. En cette occasion, Smythe s'en donna à cœur joie. Si je n'avais eu un journal à lire pendant qu'elle martyrisait mes cheveux et me plantait des aiguilles dans le crâne, j'aurais bramé d'ennui.

Elle finit par dire d'un ton pincé :

— Sauf votre respect, madame, je ne peux pas travailler convenablement si vous agitez ainsi ce journal. Vous déplairait-il de le poser ?

Il me déplaisait. Mais le temps passait, et l'article que j'avais commencé à lire ne faisait qu'accroître ma contrariété à la pensée de l'épreuve qui m'attendait. J'abandonnai donc le *Times* et me soumis docilement à la torture de Smythe.

Lorsqu'elle en eut terminé, nous contemplâmes mon reflet dans le miroir. Nos visages arboraient des expressions qui trahissaient nos sentiments respectifs : celui de Smythe rayonnait de triomphe, le mien était le masque lugubre de qui a appris à accepter de bonne grâce l'inévitable.

Mon corset était trop serré et mes souliers neufs me mettaient au supplice. Je descendis avec raideur inspecter le salon.

La pièce était si bien rangée que j'en fus quelque peu déprimée. On avait enlevé les journaux, les livres et les périodiques qui, en temps normal, occupaient la plupart des surfaces planes. On avait ôté de la cheminée et des guéridons les poteries préhistoriques d'Emerson. Sur la table roulante, un étincelant service à thé en argent avait pris la place des jouets de Ramsès. Le feu qui brûlait dans l'âtre dissipait, dans une certaine mesure, la grisaille du dehors, mais était impuissant à dissiper la grisaille de mon cœur. Rien ne sert de se lamenter sur les choses que l'on ne peut changer; toutefois, je me souvenais des mois de décembre de naguère, sous le ciel bleu et l'éclatant soleil d'Egypte.

Tandis que j'étais là, morose, à contempler la destruction de notre joyeux capharnaüm domestique en évoquant des jours meilleurs, j'entendis un crissement dans l'allée de gravier. La première invitée arrivait. Je me drapai dans la toge de mon martyre et me préparai à l'accueillir.

Je ne vois pas l'utilité de vous décrire le goûter. Ce n'est pas un souvenir qui m'enchante et, grâce au ciel, la suite des événements me consola de l'attitude de Lady Harold. Celle-ci n'est pas la personne la plus bornée qu'il m'ait été donné de rencontrer; cette distinction revient sans conteste à son époux. Il faut néanmoins reconnaître qu'elle allie la stupidité et la malveillance à un degré encore inégalé à ce jour.

Les remarques du genre : « Ma chère, quelle charmante robe! Je me rappelle avoir admiré ce modèle lorsqu'il est sorti, voici deux ans » ne m'atteignaient pas, car je suis insensible à l'insulte. Ce qui me fâcha considérablement, en revanche, c'est que Lady Harold semblait considérer mon invitation à prendre le thé comme une démonstration de résipiscence. Cette conviction était apparente dans chacune de ses paroles condescendantes, dans chacune des expressions qui passait sur son visage gras, commun, vulgaire.

Mais je constate, non sans surprise, que je recommence à m'emporter. Quelle perte de temps! Je n'en dirai donc point davantage, sinon pour avouer que je pris un plaisir indécent à savourer la jalousie mal dissimulée de Lady Harold devant la propreté de la pièce, l'excellence de la nourriture et l'efficacité avec laquelle majordome, valet et gouvernante nous servaient. Rose, ma gouvernante, est toujours irréprochable ; en cette occasion, elle se surpassa. Son tablier était tellement amidonné qu'il aurait pu tenir tout seul et les rubans de son bonnet claquaient au gré de ses mouvements. J'avais ouï dire que Lady Harold, en raison de sa parcimonie et de sa langue vipérine, avait bien du mal à garder des domestiques. La sœur cadette de Rose avait été à son service, mais très brièvement.

Hormis ce triomphe mineur, qui ne m'était nullement imputable, le goûter fut d'un ennui mortel. Les autres dames, que j'avais conviées afin de déguiser mes véritables motifs, étaient toutes des admiratrices de Lady Harold : elles ne firent que glousser et opiner à chacune de ses remarques idiotes. Une heure s'écoula ainsi, à une lenteur ahurissante. De toute évidence, ma mission était vouée à l'échec ; Lady Harold ne ferait rien pour me complaire. J'en étais à me demander ce qui se passerait si je me levais et quittais la pièce, quand survint une interruption qui m'épargna cette extrémité.

J'avais persuadé Ramsès — croyais-je naïvement — de rester sagement dans la nursery. Pour ce faire, j'avais usé de corruption, en lui promettant de l'emmener le lendemain à la confiserie du village. Ramsès pouvait consommer d'énormes quantités de bonbons, sans la moindre conséquence fâcheuse sur son appétit ou son appareil digestif. Malheureusement, sa gourmandise n'était pas aussi forte que son goût d'apprendre — ou, en l'occurrence, son goût pour la boue. Tandis que je regardais Lady Harold dévorer les derniers petits fours, j'entendis des cris étouffés en provenance du hall. Suivit un fracas retentissant (mon vase Ming favori, devais-je apprendre plus tard), puis les portes du salon s'ouvrirent à la volée et un épouvantail miniature, dégoulinant de boue, fit irruption dans la pièce.

Il serait inexact de dire que les pieds de l'enfant laissèrent des empreintes boueuses sur le tapis. Non : en fait, une trace ininterrompue de gadoue liquide marquait son sillage, gouttant de sa personne, de ses vêtements et de l'indescriptible objet qu'il brandissait. Il s'arrêta devant moi en dérapant et déposa ledit objet sur mes genoux. La puanteur qui s'en dégageait ne laissait aucun doute sur son origine. Ramsès, une fois de plus, avait exploré le tas d'ordures.

Honnêtement, j'aime bien mon fils. Sans aller jusqu'à lui témoigner la sotte adoration que lui voue son père, je puis dire que j'ai une certaine affection pour cet enfant. Néanmoins, en cet instant, je fus tentée de saisir au collet le petit monstre et de le secouer jusqu'à ce que son teint vire au violacé.

La présence des dames m'interdisant cette pulsion maternelle bien compréhensible, je dis posément :

— Ramsès, ôte cet os de la belle robe de maman et rapporte-le au tas d'ordures.

Ramsès pencha la tête de côté et examina son os avec un froncement de sourcils pensif.

— Ze cwois, dit-il, qu'il s'azit d'un fémuw. Un fémuw de winocéwos.

— Il n'y a pas de rhinocéros en Angleterre, fis-je observer.

— Un winocéwos qu'y a pus.

Un bruit singulier en provenance de la porte me fit regarder dans cette direction, à l'instant précis où Wilkins plaquait une main sur sa bouche en se détournant brusquement. Wilkins est un homme d'une extrême dignité, la perle des majordomes, mais j'avais déjà eu l'occasion de constater que son apparence austère dissimulait des vestiges d'humour. En la circonstance, je fus contrainte de partager son amusement.

— Le mot n'est pas mal choisi, dis-je en me pinçant le nez.

Je me demandai quel moyen utiliser pour éloigner le garçon sans causer davantage de dégâts dans mon salon. Intimer à un valet de le faire sortir était hors de question ; Ramsès est un enfant agile, et son revêtement de boue le rendait aussi glissant qu'une grenouille. En essayant d'échapper à son poursuivant, il laisserait des traces sur le tapis, sur les meubles, sur les murs, sur les robes des invitées...

Je ne tentai même pas de repousser la tentation.

— Quel os splendide ! m'exclamai-je. Tu devrais le nettoyer et le montrer à papa. Mais d'abord, je suis sûre que Lady Harold serait contente de le voir.

D'un geste ample, je lui indiquai la dame en question.

Eût-elle été moins stupide, elle aurait pu trouver un moyen de détourner l'attention de Ramsès. Eût-elle été moins grasse, elle aurait pu se mettre hors de portée. Les choses étant ce qu'elles étaient, elle ne put que se trémousser, postillonner et pousser un cri perçant. Elle tenta de déloger le répugnant objet (il était, je dois l'admettre, vraiment répugnant), mais en vain : il resta coincé dans un pli de sa robe volumineuse.

Ramsès fut piqué au vif par cette façon béotienne de recevoir son trésor.

— Vous allez le faiwe tomber et le bwiser, dit-il. Wendez-le-moi !

Dans ses efforts pour récupérer l'os, il le traîna encore sur la majeure partie de l'immense jupe. Serrant l'objet contre son cœur, il lança à Lady Harold un regard blessé avant de sortir au petit trot.

Jetons un voile pudique sur les événements qui suivirent. Aujourd'hui encore, ce souvenir me procure une satisfaction de mauvais aloi ; il n'est point séant d'encourager de telles pensées.

Postée devant la fenêtre, fredonnant à mi-voix, je regardai les voitures à cheval s'éloigner dans l'allée, cependant que Rose s'occupait de faire disparaître le plateau à thé et le sillon de boue laissé par Ramsès.

— Apportez encore du thé, Rose, lui dis-je. Le professeur Emerson ne va pas tarder à rentrer.

— Bien, madame. J'espère que madame a été satisfaite.

— Oh ! certainement. C'était on ne peut plus satisfaisant.

J'avais l'intention de me changer avant le retour d'Emerson, mais il rentra de bonne heure ce soir-là. Comme de coutume, il avait les bras chargés de livres et de documents, qu'il jeta pêle-mêle sur le divan. Se tournant vers le feu, il se frotta énergiquement les mains.

— Horrible climat, maugréa-t-il. Affreuse journée. Pourquoi portez-vous cette robe hideuse ?

Emerson n'a jamais appris à s'essuyer les pieds sur le paillasson. Je regardai les empreintes boueuses de ses bottines sur le tapis qui venait d'être nettoyé. Je voulus le réprimander mais, levant les yeux vers lui, les reproches moururent sur mes lèvres.

Il n'avait pas changé, physiquement, depuis cinq ans que nous étions mariés. Ses épais cheveux étaient toujours aussi noirs et indisciplinés, ses épaules toujours aussi larges, son maintien aussi droit. Lorsque je l'avais connu, il portait la barbe. Il était aujourd'hui rasé de près, à ma requête, ce qui était une remarquable concession de sa part, car Emerson a en horreur la profonde fossette qui creuse son menton proéminent. Pour ma part, j'apprécie ce petit défaut ; c'est la seule touche de fantaisie dans une physionomie par ailleurs d'une rudesse rébarbative.

Ce jour-là, son allure, son attitude, sa façon de parler étaient les mêmes que d'habitude. Et pourtant, quelque chose dans ses yeux... Je lui avais déjà vu cette expression particulière; aujourd'hui, elle était plus perceptible encore. Je m'abstins donc de toute réflexion sur ses pieds crottés.

— J'ai reçu Lady Harold cet après-midi, dis-je en réponse à sa question. D'où la robe. Avez-vous passé une bonne journée?

— Non.

— Moi non plus.

— Bien fait pour vous, grogna mon époux. Je vous avais dit de renoncer à cette idée. Où diantre est Rose? J'attends mon thé.

Rose apparut sur ces entrefaites, un plateau dans les mains. Je méditai tristement sur la tragédie d'Emerson, qui réclamait son thé en bougonnant et se plaignait du temps, comme n'importe quel Anglais ordinaire. Sitôt la porte refermée sur la gouvernante, Emerson vint vers moi et me prit dans ses bras.

Au bout d'un instant, il s'écarta pour me scruter d'un air interrogateur, le nez froncé. J'allais lui expliquer l'odeur nauséabonde quand il dit, d'une voix rauque :

— Vous êtes particulièrement séduisante ce soir, Peabody, malgré cette abominable robe. Désirez-vous vous changer? Je monterai avec vous, et...

— Que vous arrive-t-il? demandai-je sévèrement tandis qu'il...

Peu importe ce qu'il fit. Sachez seulement que cela le priva de la parole et m'empêcha d'articuler de façon intelligible.

— Je ne me sens certes pas séduisante, et j'empeste comme un os pourri. Ramsès s'est encore livré à des fouilles dans le tas d'ordures.

— Hmmmmm. Ma Peabody chérie...

Peabody est mon nom de jeune fille. Lorsque

nous nous sommes connus, Emerson et moi, il y eut des étincelles entre nous. Il prit l'habitude de m'appeler « Peabody », comme s'il s'adressait à un autre homme, pour manifester son agacement. C'est aujourd'hui devenu un signe de complicité qui nous rappelle les premiers jours — merveilleux — de notre rencontre, quand nous n'arrêtions pas de nous chamailler et de nous lancer des piques.

Je m'abandonnai à son étreinte avec un plaisir mêlé de tristesse, car je savais pourquoi il était si démonstratif. L'odeur de l'os de Ramsès l'avait ramené à l'époque romantique où il me courtisait dans les tombeaux insalubres d'El Amarna.

J'aurais volontiers accédé à sa requête de gagner notre chambre, mais nous avions trop tardé. Le rituel du soir était bien établi : lorsque Emerson rentrait, nous avions droit à un honnête intervalle de temps en tête-à-tête, après quoi Ramsès était autorisé à venir embrasser son père et à prendre le thé avec nous. Ce soir-là, peut-être l'enfant arriva-t-il en avance, impatient de montrer son os. Pour ma part, je trouvai cela bien trop tôt; Emerson lui-même accueillit le petit avec un peu moins d'enthousiasme que d'ordinaire.

Suivit une scène tout ce qu'il y a de familial. Emerson prit son fils — et l'os d'icelui — sur ses genoux, et je m'assis derrière la théière. Après avoir dispensé à mon époux une tasse du réconfortant breuvage, et à mon fils une poignée de gâteaux secs, je me plongeai dans le journal, laissant Emerson et Ramsès discuter de la nature de l'os. C'était bel et bien un fémur — Ramsès avait un flair inouï pour ces choses-là — mais Emerson soutenait que l'os était d'origine chevaline. Ramsès ne partageait pas cette opinion. Le rhinocéros ayant été éliminé, il suggéra un dragon ou une girafe.

L'article que je cherchais n'était plus en première page du journal, bien qu'il eût occupé un certain temps cette position. Je ne puis mieux faire que de rapporter ce que je savais de l'affaire à ce moment-là, comme si j'écrivais une œuvre de fiction; en effet, si cette histoire n'avait été publiée dans les pages du vénérable *Times*, j'aurais pu croire qu'il s'agissait d'une ingénieuse intrigue inventée par Herr Ebers ou Mr. Rider Haggard — auteurs dont j'étais, je l'avoue, très friande. J'implore donc votre patience, cher lecteur, si nous commençons par un sobre exposé des faits. C'est une étape nécessaire pour vous faire comprendre les événements ultérieurs; et je vous promets que vous aurez, le moment venu, votre lot de sensations.

Sir Henry Baskerville (des Baskerville du Norfolk, non de la branche familiale originaire du Devonshire), ayant souffert d'une grave maladie, s'était vu conseiller par son médecin traitant de passer l'hiver dans le climat salubre de l'Egypte. L'excellent homme de l'art, pas plus que son riche patient, n'aurait pu prévoir les conséquences incalculables de ce conseil anodin. En effet, à la vue des traits majestueux du Sphinx, Sir Henry se prit d'un intérêt passionné pour les antiquités égyptiennes, intérêt qui devait régir son existence jusqu'à la fin de ses jours.

Après avoir effectué des fouilles à Abydos et à Denderah, Sir Henry finit par obtenir l'autorisation d'excaver dans le plus romantique de tous les sites archéologiques égyptiens : la Vallée des Rois, à Thèbes. Ici reposaient les dieux-rois de l'Egypte impériale, dans la pompe et la majesté requises par leur haute dignité. Momies enfermées dans des sarcophages en or et parées d'amulettes incrustées de pierres précieuses, ils espéraient — dans le secret de leurs tombeaux taillés à même le roc, dans les entrailles des collines de Thèbes — échapper au terrible destin qui avait frappé leurs ancêtres. Car, dès l'instauration de l'Empire, les pyramides des précédents souverains étaient déjà ouvertes, béantes et désolées, les dépouilles royales détruites et leurs trésors dispersés. Hélas pour la vanité humaine! Les puissants pharaons de la période suivante, pas plus que leurs ancêtres, ne furent épargnés par les déprédations des pilleurs de tombes. Toutes les sépultures royales découvertes dans la Vallée avaient été profanées. Trésors, bijoux et momies royales s'étaient volatilisés. On supposa que les antiques pilleurs de tombes avaient détruit tout ce qu'ils ne pouvaient pas emporter — jusqu'à ce jour stupéfiant de juillet 1881, où une bande de voleurs modernes conduisit Emil Brugsch, du Musée du Caire, dans une vallée perdue des montagnes de Thèbes. Les voleurs, originaires du village de Gourna, avaient découvert ce qui avait échappé aux archéologues : la dernière demeure des plus puissants rois, reines et princes d'Egypte, ensevelis dans cette « cachette royale » par un groupe de prêtres fidèles, à l'époque du déclin de la nation.

On ne trouva pas, dans la fameuse cache, tous les rois de l'Empire, pas plus qu'on n'identifia toutes leurs tombes. Lord Baskerville était convaincu que les parois dénudées de la Vallée recelaient encore des sépultures royales — voire, peut-être, un tombeau qui n'avait jamais été profané. Les déceptions se succédèrent, mais jamais il ne renonça à sa quête. Déterminé à y consacrer sa vie, il fit édifier une maison sur la rive ouest, mi-résidence d'hiver, mi-quartier général pour les membres de son expédition. En cet endroit charmant il fit venir son épouse, une belle jeune femme qui l'avait soigné pour une pneumonie contractée lors de son retour en Angleterre, dans le climat humide du printemps.

L'histoire de ce mariage romantique, avec son

côté « Cendrillon » — car la nouvelle Lady Baskerville était une demoiselle sans fortune et de basse extraction — avait été, à l'époque, amplement détaillée dans les journaux. Cet épisode se produisit avant l'éclosion de mon intérêt personnel pour l'Egypte, mais j'avais naturellement entendu parler de Sir Henry. Tous les égyptologues connaissaient son nom. Emerson le tenait en piètre estime, mais il faut dire qu'Emerson n'appréciait aucun de ses confrères archéologues, qu'ils fussent amateurs ou professionnels. En accusant Sir Henry d'être un amateur, il se montrait passablement injuste envers lui, car le gentleman n'avait jamais tenté de diriger lui-même les fouilles ; il employait toujours, pour cette tâche, un spécialiste.

En septembre de cette année, Sir Henry était parti pour Louxor, comme de coutume, accompagné de Lady Baskerville et de Mr. Alan Armadale, l'archéologue en titre. Leur objectif, pour cette saison, était de prospecter dans une zone située au centre de la Vallée, à proximité des tombes de Ramsès II et de Merenptah, qui avaient été mises au jour par Lepsius en 1844. Sir Henry pensait que les monceaux de détritus abandonnés par cette expédition avaient pu recouvrir les entrées cachées d'autres tombeaux. Il avait l'intention de déblayer le sol jusqu'à l'assise rocheuse pour s'assurer que Lepsius n'avait rien laissé passer. Et, de fait, les hommes étaient au travail depuis à peine trois jours que leurs pioches dégageaient la première marche d'un escalier taillé dans le roc.

(Bâillez-vous, gentil lecteur ? Si tel est le cas, c'est que vous n'entendez rien à l'archéologie. Des marches taillées dans le roc, au cœur de la Vallée des Rois, cela ne pouvait signifier qu'une seule chose : l'entrée d'une tombe.)

L'escalier, très raide, était entièrement obstrué par des pierres et des débris divers. Le lendemain après-midi, les hommes avaient achevé de tout déblayer, révélant la partie supérieure d'une porte condamnée par de lourds blocs de pierre. Imprimés dans le mortier, on pouvait voir les sceaux *intacts* de la nécropole royale. Notez ce mot, ô lecteur — ce mot si simple et néanmoins si lourd de sens. Des sceaux intacts, c'était le signe que la tombe n'avait pas été ouverte depuis le jour où les prêtres du culte funéraire l'avaient solennellement fermée.

Sir Henry, à en croire ses intimes, était un homme d'un tempérament extrêmement flegmatique, même pour un aristocrate anglais. Dans son excitation, il se borna à murmurer : « Ça alors ! » en caressant sa barbe peu fournie. D'autres se montrèrent moins blasés que lui. Les journaux, dûment alertés, publièrent la nouvelle.

Conformément aux termes de son permis de fouilles, Sir Henry avisa de sa découverte le Service des antiquités. Lorsqu'il descendit pour la deuxième fois les marches poussiéreuses, il était escorté d'un groupe éminent d'archéologues et de personnalités officielles. On avait à la hâte érigé une clôture afin de contenir la foule de curieux, de journalistes et d'indigènes — ces derniers fort pittoresques dans leurs longues djellabas flottantes et leurs turbans blancs. Parmi les membres de ce groupe, un visage se détachait : celui de Mohammed Abd er-Rassoul, l'un des découvreurs de la cachette royale, qui avait vendu le secret (et ses frères) aux autorités, ce qui lui avait valu un poste au Service des antiquités. Les témoins glosèrent sur sa mine profondément chagrinée et sur l'expression lugubre des autres membres de la famille. Pour une fois, les étrangers les avaient pris de vitesse, les privant d'une source de revenus potentielle.

Quoiqu'il fût remis de la maladie qui l'avait

amené en Egypte et qu'il jouît (son médecin devait en témoigner par la suite) d'une parfaite santé, Sir Henry n'avait pas un physique impressionnant. Une photographie de lui, prise en ce jour de gloire, montre un homme de haute taille, aux épaules tombantes, dont les cheveux semblent avoir glissé de son crâne pour adhérer un peu au hasard à ses joues et à son menton. Ceux qui le connaissaient bien, sachant qu'il était totalement dépourvu d'habileté manuelle, s'écartèrent discrètement lorsqu'il mit un burin en position sur la muraille de pierre et brandit son marteau. Le consul d'Angleterre, qui ne le connaissait pas bien, reçut le premier éclat de roche en plein sur le nez. Après s'être confondu en excuses et avoir administré les premiers soins, Sir Henry — maintenant environné d'un vaste espace libre — se prépara à frapper de nouveau. A peine avait-il levé son marteau que, de la foule des badauds égyptiens, s'éleva un long ululement.

Tous ceux qui l'entendirent en comprirent la signification. Par ce cri, les fidèles de Mahomet avaient coutume de pleurer leurs morts.

Après une brève pause, la voix retentit de nouveau. Elle cria (je traduis, naturellement) :

— Sacrilège! Sacrilège! Que la malédiction des dieux frappe celui qui trouble le repos éternel du roi!

Surpris par cette apostrophe, Sir Henry manqua le burin et se donna un coup de marteau sur le pouce. Les mésaventures de ce genre ne sont pas de nature à vous mettre de bonne humeur; on peut donc excuser Sir Henry d'avoir perdu son sang-froid. D'un ton rageur, il ordonna à Armadale de capturer l'oiseau de mauvais augure et de lui administrer une bonne correction. Comme Armadale s'avançait vers la foule grouillante afin d'exécuter la sentence, l'orateur cessa ses imprécations et demeura par conséquent anonyme, car tous ses amis affirmèrent ignorer son identité.

Tout le monde oublia bien vite ce futile incident — sauf Sir Henry, dont le pouce le faisait cruellement souffrir. Du moins sa blessure lui fournit-elle un excellent prétexte pour céder ses instruments à une personne capable de s'en servir. Mr. Alan Armadale, homme jeune et vigoureux, s'empara des outils et, de quelques coups bien ajustés, ménagea une ouverture suffisamment large pour y introduire une lumière. Il s'écarta alors avec respect, laissant à son mécène l'honneur du premier coup d'œil.

Ce n'était décidément pas un jour de chance pour le pauvre Sir Henry. Saisissant une bougie, il passa un bras impatient dans le trou béant. Son poing heurta alors une surface dure, avec une telle violence qu'il lâcha la bougie et retira promptement sa main, dont les jointures étaient considérablement écorchées.

Une inspection montra que l'espace, au-delà de la porte, était entièrement comblé de pierres. Cela n'était guère surprenant, car les Egyptiens utilisaient communément ce genre de stratagème pour décourager les pilleurs de tombes. La déconvenue n'en fut pas moins grande, et les spectateurs s'égaillèrent avec des murmures désappointés, laissant Sir Henry suçoter ses articulations meurtries en songeant au long et fastidieux travail qui l'attendait. Si cette tombe était construite suivant le même plan que celles déjà connues, il faudrait déblayer un couloir d'une longueur indéterminée avant de pouvoir atteindre la chambre sépulcrale. Les couloirs de certaines tombes mesuraient plus de trente mètres de long.

D'un autre côté, le fait que le passage fût condamné rendait la découverte d'autant plus prometteuse. Le *Times* lui accorda une pleine colonne en page trois. Mais la nouvelle suivante en provenance de Louxor eut droit, elle, aux gros titres de la « une ».

Sir Henry Baskerville était décédé. Il s'était couché en parfaite santé (hormis son pouce et ses articulations) ; le lendemain matin, on le retrouvait raide mort dans son lit. Une expression d'indicible horreur déformait ses traits. Sur son front haut était grossièrement dessiné — avec du sang, eût-on dit — un uræus, le symbole du divin pharaon.

Le « sang » se révéla être de la vulgaire peinture rouge. La nouvelle n'en était pas moins sensationnelle, d'autant que l'autopsie fut impuissante à déterminer la cause du décès.

Sir Henry eût-il succombé dans son lit, à Baskerville Hall, que les médecins se seraient caressé la barbe en camouflant leur ignorance derrière un charabia pseudo-médical. En dépit de ces circonstances dramatiques, l'histoire serait morte de sa belle mort (comme était censé l'avoir fait Sir Henry) si un reporter entreprenant, employé par l'une de nos gazettes les moins recommandables, ne s'était rappelé la malédiction du prophète anonyme. L'article du *Times* fut conforme à ce que l'on pouvait attendre de ce vénérable quotidien ; malheureusement, les autres journaux manifestèrent moins de retenue. Ils évoquèrent à longueur de colonnes des esprits vengeurs, d'énigmatiques malédictions antiques, des rites impies. Toutefois, deux jours plus tard, ces billevesées sombrèrent dans l'insignifiance lorsqu'on annonça que Mr. Alan Armadale, l'assistant de Sir Henry, avait disparu de la surface de la terre !

A ce stade de l'affaire, j'arrachais les journaux des mains d'Emerson tous les soirs quand il rentrait. Naturellement, je ne croyais pas un instant à ces absurdes histoires de malédictions ou de mort surnaturelle, et quand j'appris la disparition du jeune Armadale, j'eus la conviction de tenir la clef du mystère.

— Armadale est l'assassin ! déclarai-je à Emerson, qui, à quatre pattes, jouait à dada avec Ramsès.

Il émit un grognement quand son fils lui enfonça les talons dans les côtes. Le temps de reprendre sa respiration, il dit d'un ton courroucé :

— Qu'est-ce qui vous permet de parler de « l'assassin » avec tant d'assurance ? Aucun meurtre n'a été commis. Baskerville est mort d'une crise cardiaque ; il a toujours eu une santé délicate. Quant à Armadale, il est vraisemblablement occupé à noyer ses soucis dans une taverne. Il a perdu sa place et ne trouvera pas aisément un autre mécène à cette époque de la saison.

Je ne daignai pas relever cette ridicule suggestion. Le temps, je le savais, me donnerait raison ; dans l'intervalle, je ne voyais pas l'intérêt de gaspiller mon souffle à discuter avec Emerson, qui est le plus entêté des hommes.

Au cours de la semaine suivante, l'un des gentlemen qui avaient assisté à l'ouverture officielle de la tombe fut terrassé par une forte fièvre ; et, à Karnak, un ouvrier tomba d'un pylône, se brisant le cou. « La Malédiction fait de nouvelles victimes ! » proclama le *Daily Yell*. « A qui le tour ? » Après la chute de l'homme du pylône (où il était occupé à prélever des fragments de sculptures pour les vendre aux marchands d'antiquités illégales), ses collègues refusèrent d'approcher de la tombe. Depuis le décès de Sir Henry, les travaux étaient au point mort. A présent, on ne voyait pas comment ils pourraient reprendre.

La situation en était donc là en cette soirée froide et pluvieuse, après mon désastreux goûter. Depuis quelques jours, l'affaire Baskerville s'était plus ou moins apaisée, en dépit des efforts du *Daily Yell* pour la relancer en attribuant à la malédiction le moindre panari ou orteil cassé qui affligeait un habitant de Louxor. On ne retrouva nulle trace de l'infortuné (ou du coupable) Armadale, Sir Henry Baskerville fut inhumé auprès de ses aïeux, et le sépulcre demeura barricadé.

Je reconnais que le sépulcre était mon principal souci. Les verrous et les barreaux, c'était très bien, mais ni les uns ni les autres ne résisteraient bien longtemps aux maîtres-voleurs de Gourna. Cette découverte avait porté un coup à la fierté professionnelle de ces messieurs, qui s'estimaient bien plus doués que les archéologues étrangers pour localiser les trésors de leurs ancêtres ; et, de fait, ils avaient démontré, au fil des siècles, leur extrême habileté dans ce métier douteux. Maintenant que la tombe avait été mise au jour, ils ne tarderaient pas à se mettre à l'œuvre.

Donc, tandis qu'Emerson discutait zoologie avec Ramsès et que la pluie fouettait les carreaux, j'ouvris le journal. Depuis le début de l'affaire Baskerville, Emerson achetait aussi bien le *Yell* que le *Times,* faisant valoir que le contraste des styles journalistiques constituait une fascinante étude de la nature humaine. En réalité, ce n'était là qu'un prétexte ; le *Yell* était beaucoup plus divertissant à lire. Je portai donc directement mon attention sur cette gazette, non sans remarquer certains plis indiquant que je n'étais pas la première à en feuilleter les pages. Cette fois, l'article était intitulé : *Lady Baskerville s'engage à poursuivre les travaux.*

Le reporter — « Notre Correspondant à Louxor » — décrivait avec force adjectifs lyriques la veuve éplorée, dont « les lèvres délicates, en arc de Cupidon, tremblaient d'émotion pendant qu'elle parlait » et dont « le visage cireux portait les stigmates d'une longue fréquentation du chagrin ».

— Peuh ! fis-je après avoir lu plusieurs paragraphes de la même eau. Quelles sornettes! Franchement, Emerson, cette Lady Baskerville m'a l'air d'une sotte accomplie. Ecoutez cela : « Je n'imagine pas de plus bel hommage à mon amour perdu que la poursuite de cette grande cause pour laquelle il a donné sa vie. » Son amour perdu, je vous demande un peu!

Emerson ne répondit pas. Assis en tailleur par terre, Ramsès entre ses genoux, il tournait les pages d'un grand album de zoologie illustré, afin de convaincre le petit que son os ne pouvait appartenir à un zèbre — car Ramsès avait finalement répudié la girafe au bénéfice de cet animal à peine moins exotique. Par malheur, le zèbre est relativement proche du cheval, et l'exemple que trouva Emerson offrait une ressemblance frappante avec l'os que brandissait Ramsès. L'enfant émit un gloussement malveillant et fit remarquer :

— Vous voyez? Z'avais waison. C'est bien un zèbwe.

— Prends un autre gâteau, lui dit son père.

— Armadale n'a toujours pas été retrouvé, poursuivis-je. Je vous disais bien que c'était lui l'assassin.

— Pensez-vous! Il finira par réapparaître. Il n'y a pas eu de meurtre.

— J'ai peine à croire qu'il se soit enivré quinze jours durant.

— J'ai connu des hommes qui restaient ivres beaucoup plus longtemps que cela, dit Emerson.

— Si Armadale avait été victime d'un accident, on l'aurait d'ores et déjà retrouvé — lui ou sa dépouille. La région de Thèbes a été passée au peigne fin...

— Il est impossible de fouiller correctement les montagnes de la rive ouest, glapit Emerson. Vous savez bien comment sont ces falaises déchiquetées, sillonnées de centaines de couloirs et de ravins.

— Vous croyez donc qu'il est par là-bas ?

— Oui. Ce serait, certes, une tragique coïncidence qu'il ait trouvé la mort dans un accident si vite après le décès de Sir Henry; les journaux repartiraient de plus belle sur l'histoire de la malédiction. Mais de telles coïncidences se produisent...

— Il est probablement en Algérie à l'heure qu'il est.

— En Algérie ? Et pourquoi diantre, je vous le demande ?

— La Légion Etrangère est remplie, paraît-il, de meurtriers et de criminels qui tentent d'échapper à la justice.

Emerson se mit debout. Je constatai avec plaisir que ses yeux avaient perdu leur regard mélancolique et flamboyaient de colère. Je notai, par ailleurs, que quatre années de relative inactivité n'avaient point altéré la vigueur de sa silhouette. Il avait ôté sa redingote et son faux col pour jouer avec le petit, et son apparence échevelée me rappela irrésistiblement l'individu débraillé qui avait naguère conquis mon cœur. Je calculai que, si nous montions directement dans notre chambre, nous aurions peut-être le temps, avant de nous changer pour le dîner...

— Il est l'heure d'aller au lit, Ramsès, ta nounou va attendre. Tu peux emporter le dernier petit gâteau.

Ramsès me dédia un long regard songeur avant de se tourner vers son père, qui dit avec à-propos :

— File, mon garçon. Papa te lira un chapitre de son *Histoire de l'Egypte* quand tu seras couché.

— Twès bien.

Ramsès me salua avec une impériale condescendance qui n'était pas sans rappeler celle de son homonyme.

— Vous viendwez me diwe bonsoiw, maman ?

— Comme tous les soirs.

Lorsqu'il fut sorti, emportant l'ouvrage de zoologie en sus du dernier gâteau, Emerson se mit à arpenter la pièce.

— Vous prendrez bien une autre tasse de thé ? proposai-je.

Dans la mesure où cette suggestion émanait de moi, je supposai qu'il la déclinerait. Emerson, à l'instar de tous les hommes, est très réceptif aux formes de manipulation les plus grossières. Il se borna à répondre d'un ton rogue :

— Je prendrai un whisky-soda.

Emerson s'alcoolise rarement. Essayant de dissimuler mon souci, je m'enquis :

— Quelque chose ne va pas ?

— *Rien* ne va. Vous le savez bien, Amelia.

— Vos élèves ont-ils été particulièrement obtus aujourd'hui ?

— Nullement. D'ailleurs, il leur serait impossible d'être plus bouchés qu'ils ne le sont en temps normal. Ce qui me rend nerveux, c'est tous ces articles de journaux sur Louxor.

— Je comprends.

— Naturellement. Nous souffrons tous les deux du même mal — sauf que moi, j'ai au moins la possibilité de naviguer aux confins de la profession qui nous est chère. Je suis semblable à un enfant qui colle son nez à la devanture d'un magasin de jouets ; vous, Amelia, vous n'avez même pas le loisir de passer devant.

Cette envolée lyrique était si pathétique, si inhabituelle dans la bouche d'Emerson, que j'eus quelque difficulté à me retenir de le prendre dans mes bras. Mais il ne recherchait pas la compassion. Il était en quête d'un dérivatif à son ennui — et cela, je ne pouvais le lui procurer.

— Je n'ai même pas réussi à vous obtenir le piètre succédané de vos fouilles adorées, dis-je avec amertume. Après ce qui s'est passé aujourd'hui,

Lady Harold prendra un malin plaisir à écarter toute requête venant de nous. C'est ma faute, j'ai perdu mon sang-froid.

— Ne dites pas de sottises, Peabody, gronda Emerson. Personne ne peut entamer la marmoréenne stupidité de cette femme et de son époux. Je vous avais déconseillé d'essayer.

Cette tirade d'une touchante magnanimité me fit monter les larmes aux yeux. Voyant mon émotion, Emerson ajouta :

— Joignez-vous donc à moi pour une petite consolation alcoolisée. En règle générale, je désapprouve les gens qui noient leur chagrin, mais nous avons eu l'un et l'autre une journée éprouvante.

Tout en acceptant le verre qu'il me tendait, je pensai que Lady Harold eût été choquée de cet indice supplémentaire de mon inconvenance. A vrai dire, j'exècre le sherry, alors que j'aime beaucoup le whisky.

Emerson leva son verre. Un sourire aussi vaillant que sardonique retroussa les commissures de ses lèvres.

— A la vôtre, Peabody ! Nous surmonterons cette crise, comme nous avons surmonté les précédentes.

— Certainement. A la vôtre, mon cher Emerson.

Solennellement, comme s'il se fût agi d'un rituel, nous bûmes.

— Dans un an ou deux, dis-je, nous pourrons envisager d'emmener Ramsès avec nous. Il est d'une santé indécente. Je me dis parfois qu'exposer notre fils aux mouches, aux moustiques et aux fièvres d'Egypte serait un mauvais coup porté à ce pays.

Mon mari ne daigna pas récompenser d'un sourire cette tentative humoristique. Il secoua la tête en disant :

— Nous ne pouvons pas prendre ce risque.

— Il faudra bien que ce garçon aille un jour à l'école.

— Je ne vois pas pourquoi. Nous lui prodiguons une instruction bien supérieure à celle qu'il recevrait dans l'un de ces purgatoires pestilentiels que l'on appelle « écoles primaires ». Vous connaissez mon point de vue sur ce sujet.

— Il doit bien exister quelques écoles correctes dans ce pays.

— Peuh ! — Emerson vida le reste de son whisky. — Parlons d'autre chose, c'est trop déprimant. Que diriez-vous si nous montions dans... ?

Il tendit la main vers moi. Je m'apprêtais à la prendre lorsque la porte s'ouvrit, livrant passage à Wilkins. Emerson n'apprécie pas du tout d'être interrompu quand il est d'humeur galante. Il se tourna vers le majordome et cria :

— Crénom, Wilkins, que signifie cette intrusion ? Qu'est-ce que vous voulez ?

Nos domestiques ne sont pas le moins du monde intimidés par Emerson. Ceux qui survivent aux premières semaines de beuglements et de coups de sang ne tardent pas à découvrir qu'il est le meilleur des hommes. Wilkins répondit calmement :

— Je demande pardon à monsieur. Une dame demande à voir monsieur et madame.

Emerson caressa la fossette de son menton, signe chez lui d'une intense perplexité.

— Une dame ? Qui diantre cela peut-il être ?

Une pensée ahurissante traversa mon esprit : Lady Harold était-elle revenue, animée par un esprit de vengeance ? Etait-elle en ce moment même dans le hall, portant dans ses bras un panier d'œufs pourris ou une jatte remplie de boue ? Non, c'était absurde ; elle n'avait pas suffisamment d'imagination pour cela.

— Où est cette dame ? m'enquis-je.

— Elle attend dans le hall, madame. Je lui ai bien indiqué le boudoir, mais...

Wilkins conclut sa phrase par un petit haussement d'épaules et un sourcil en accent circonflexe. Ainsi, la dame en question avait refusé d'attendre dans le boudoir ; cela donnait à penser qu'elle était pressée, ce qui m'ôtait tout espoir de me glisser à l'étage pour me changer.

— Faites-la entrer, Wilkins, je vous prie.

La visiteuse était encore plus pressée que je ne l'avais supposé ; Wilkins eut tout juste le temps de s'effacer pour la laisser passer. Elle s'avançait déjà vers nous lorsqu'il annonça, avec quelque retard :

— Lady Baskerville.

CHAPITRE DEUX

Les mots tintèrent à mes oreilles avec une force quasi surnaturelle. Voir cette visiteuse inattendue, alors que je venais justement de parler d'elle (en termes rien moins qu'aimables), me donna le sentiment que je n'avais pas en face de moi une femme de chair et de sang, mais bien la vision d'un esprit dérangé.

Et je dois convenir que bien des gens l'eussent effectivement tenue pour une vision — une vision de la Beauté prenant la pose pour un portrait du Chagrin. Du sommet de la tête jusqu'à la pointe de ses mules minuscules, elle était tout de noir vêtue. Je ne saurais dire comment elle avait pu affronter les éléments sans récolter la moindre tache de boue, mais le fait est que sa robe en satin et ses voiles transparents étaient immaculés. Des perles d'un noir de jais, à l'éclat maussade, couvraient à profusion son corsage et les plis de son ample jupe. Les voiles lui tombaient presque aux pieds. Celui qui dissimulait son visage était rejeté en arrière, découvrant un ovale pâle, encadré d'ondulations vaporeuses. Ses yeux étaient noirs, et ses sourcils arqués lui conféraient une immuable expression d'innocente surprise. Sa bouche, d'un rouge éclatant, formait un contraste des plus saisissants avec ses joues dénuées de couleur. On ne pouvait se défendre de penser aux lamies et aux vampires légendaires, d'une beauté satanique.

De même, je ne pus me défendre de penser à ma robe toute crottée, peu seyante, et de me demander laquelle des deux odeurs — du whisky ou de l'os pourri — l'emportait sur l'autre. Même moi, qui ne me démonte pas facilement, je ressentis une certaine gêne. Je me surpris à tenter de cacher mon verre, encore à moitié plein, sous l'un des coussins du canapé.

Passé le premier émoi, je fus prompte à me ressaisir. Je congédiai Wilkins, me levai pour accueillir notre visiteuse, lui offris un fauteuil et une tasse de thé. Lady Baskerville accepta le siège mais refusa le thé. Je lui exprimai alors mes condoléances pour son deuil récent, ajoutant que le décès de Sir Henry représentait une grande perte pour notre profession.

Cette déclaration, comme je l'avais prévu, arracha brutalement Emerson à sa stupeur. Cependant, pour une fois, il se montra un modèle de tact et s'abstint de toute remarque déplacée sur l'incompétence de Sir Henry en tant qu'égyptologue. Il ne poussa quand même pas la délicatesse jusqu'à s'associer à mon compliment ou en ajouter un de son cru.

— Euh... humph ! fit-il. Un grand malheur. Vraiment navrant. Que diantre est devenu Armadale, selon vous ?

— Emerson ! m'exclamai-je. Ce n'est pas le moment...

— Je vous en prie, ne vous excusez pas.

Lady Baskerville leva une main blanche, délicate, ornée d'une grosse bague de deuil faite de cheveux tressés — ceux de feu Sir Henry, présumai-je. Elle dédia à mon mari un sourire charmeur :

— Je connais trop bien le bon cœur de Radcliffe pour me formaliser de ses manières bourrues.

« Radcliffe », voyez-vous cela ! Je déteste le prénom de mon mari, et je croyais qu'il partageait mon opinion sur ce point. Pourtant, loin de protester, il minauda comme un collégien.

— J'ignorais que vous vous connaissiez, tous les deux, dis-je, parvenant enfin à cacher mon verre de whisky derrière un vase de fleurs séchées.

— Oh ! oui, dit Lady Baskerville, tandis qu'Emerson continuait de lui sourire d'un air nigaud. Nous ne nous sommes pas vus depuis plusieurs années mais, à la grande époque, lorsque nous étions jeunes et passionnés — passionnés d'Egypte, j'entends — nous étions très proches. Je n'étais alors qu'une jeune mariée — trop jeune, je le crains — mais j'avais eu le coup de foudre pour mon cher Henry.

Elle se tamponna les yeux à l'aide d'un mouchoir bordé de noir.

Du ton qu'il prend parfois pour consoler Ramsès, Emerson dit :

— Là, là... il ne faut pas vous laisser aller. Le temps apaisera votre chagrin.

Entendre cela dans la bouche d'un homme qui se roulait en boule comme un hérisson quand il se trouvait, à son corps défendant, dans ce qu'il appelait « la société », et qui, de sa vie, n'avait jamais proféré une formule de courtoisie toute faite ! Il se rapprocha d'elle. D'ici un instant, il lui tapoterait l'épaule.

— C'est bien vrai, renchéris-je. Le temps est inclément, Lady Baskerville, et vous semblez très lasse. Vous accepterez, j'espère, de vous joindre à nous pour le dîner, qui sera servi sous peu.

Lady Baskerville ôta son mouchoir de ses yeux — parfaitement secs — et me sourit de toutes ses dents.

— Vous êtes trop aimable, mais je ne voudrais surtout pas m'imposer. De plus, je séjourne chez des amis qui attendent mon retour ce soir. En fait, je ne serais pas venue vous voir de façon si cavalière, sans y être invitée, si je n'avais eu un problème urgent à vous soumettre. Je suis ici pour affaires.

— Bien sûr, dis-je.

— Bien sûr? fit écho Emerson, d'un ton interrogateur.

A vrai dire, j'avais déjà deviné la nature du problème en question. Emerson appelle cela « sauter aux conclusions ». Moi, j'appelle cela de la simple logique.

— Oui, dit Lady Baskerville. Et j'irai droit au but, plutôt que de troubler plus longtemps votre quiétude. Je déduis, de votre question concernant ce pauvre Alan, que vous êtes au courant de la situation à Louxor?

— Nous l'avons suivie avec intérêt, dit Emerson.

— Nous? répéta la visiteuse en tournant vers moi un regard curieux. Ah! en effet, je crois savoir que Mrs. Emerson s'intéresse à l'archéologie. C'est aussi bien ainsi; je ne l'ennuierai donc pas en abordant ce sujet.

Je récupérai mon verre de whisky derrière le vase de fleurs.

— Non, confirmai-je, vous ne m'ennuierez pas.

— Vous êtes trop bonne. Donc, Radcliffe, pour répondre à votre question, on n'a retrouvé aucune trace du malheureux Alan. Toute cette affaire baigne dans les ténèbres les plus épaisses. Rien que d'y penser, je suis atterrée.

De nouveau, le coquet mouchoir fit son apparition. Emerson murmura des paroles compatissantes. Je bus mon whisky dans un silence bienséant. Enfin, Lady Baskerville reprit :

— Je ne puis rien faire concernant le mystère qui entoure la disparition d'Alan, mais j'ai l'espoir d'accomplir autre chose, une mission qui peut sembler de peu d'importance par rapport à la perte d'une vie humaine, mais qui était vitale aux yeux de mon défunt mari. La tombe, Radcliffe... la tombe!

Elle se pencha en avant, mains jointes, lèvres entrouvertes, la poitrine haletante, et fixa sur lui ses immenses yeux noirs. Emerson, apparemment hypnotisé, soutint son regard.

— Oui, dis-je. La tombe. Nous supposons, Lady Baskerville, que les travaux ont été suspendus. Vous savez que, tôt ou tard, elle sera pillée, et les efforts de votre mari seront réduits à néant.

La dame se tourna vers moi — mains jointes, lèvres entrouvertes, poitrine haletante, etc, etc.

— Précisément! Votre logique quasi masculine fait mon admiration, madame Emerson. C'est exactement ce que je tentais d'exprimer, à ma manière sottement maladroite.

— Je le pensais bien. Et qu'attendez-vous de mon époux?

Ainsi guidée, Lady Baskerville fut bien obligée d'en venir au fait. Si on l'avait laissée s'étendre, Dieu seul sait combien de temps cela aurait pu durer.

— Mais... qu'il prenne la direction des fouilles, bien sûr! répondit-elle. Il faut les poursuivre, et ce sans délai. Je crois sincèrement que mon Henry chéri ne reposera pas en paix tant que cette tâche, peut-être le sommet de sa magnifique carrière, sera en péril. Ce sera un hommage à l'un des plus grands...

— Oui, oui, l'interrompis-je, vous l'avez dit dans votre interview au *Yell*. Mais pourquoi vous adresser à nous? N'y a-t-il aucun spécialiste, en Egypte, qui puisse reprendre le flambeau?

— Je ne pouvais commencer que par vous! s'exclama-t-elle. Je sais que Henry aurait porté en priorité son choix sur Radcliffe, tout comme je l'ai fait.

Elle n'était point tombée dans mon piège. Rien n'aurait tant fait enrager Emerson que de s'entendre dire qu'elle était venue le trouver en dernier recours. De toute façon, elle avait raison : Emerson était bel et bien le meilleur.

— Eh bien, Emerson ? dis-je.

C'est d'un cœur battant, je l'avoue, que j'attendis sa réponse. Je crois avoir clairement dépeint les sentiments que m'inspirait Lady Baskerville ; l'idée de voir mon mari passer le restant de l'hiver avec elle n'était pas pour me plaire. Toutefois, ayant été témoin ce soir-là de son désarroi, je pourrais difficilement le dissuader de partir.

Emerson avait l'expression d'un prisonnier à qui l'on vient d'accorder sa grâce après dix ans d'emprisonnement. Soudain, ses épaules s'affaissèrent.

— C'est impossible, dit-il.

— Mais pourquoi ? s'enquit Lady Baskerville. Dans son testament, mon cher époux a prévu explicitement de financer jusqu'à son terme tout projet qui serait en cours au moment de son décès. L'équipe — à l'exception d'Alan — est à Louxor, prête à poursuivre la tâche. Je reconnais que les ouvriers ont manifesté une singulière réticence à retourner au tombeau, mais ce sont des êtres frustes, superstitieux...

— Cela ne présenterait aucun problème, lui assura Emerson. Non, Lady Baskerville, ce n'est pas en Egypte que réside la difficulté. C'est ici. Nous avons un enfant en bas âge. Nous ne pouvons prendre le risque de l'emmener à Louxor.

Un ange passa. Les sourcils arqués de Lady Baskerville se haussèrent un peu plus ; elle pivota vers moi, portant sur son visage la question qu'elle était trop bien élevée pour formuler à haute voix. Car, somme toute, l'objection soulevée par Emerson était hautement insignifiante. La plupart des hommes, face à une opportunité comme celle-ci, auraient accepté aussitôt la proposition, quitte à éliminer froidement une demi-douzaine d'enfants et autant d'épouses. C'était parce que cette idée, de toute évidence, n'avait pas effleuré l'esprit d'Emerson que je trouvai la force d'accomplir le geste le plus noble de toute ma vie.

— Que cela ne vous arrête pas, Emerson.

Je dus marquer une pause afin de m'éclaircir la gorge, mais je poursuivis avec une fermeté qui, si je puis me permettre de le dire, était tout à mon honneur :

— Ramsès et moi nous débrouillerons très bien ici. Nous vous écrirons tous les jours...

Emerson pivota brusquement vers moi, les yeux flamboyants, le front sillonné de rides profondes. Un témoin extérieur aurait pu croire qu'il était enragé.

— Qu'est-ce que vous racontez ? Je ne partirai certainement pas sans vous !

— Mais...

— Ne dites pas de sottises, Peabody. C'est hors de question.

Si je n'avais eu d'autres sources de satisfaction en cet instant, l'expression du visage de Lady Baskerville eût suffi à mon bonheur. La réaction d'Emerson l'avait prise complètement au dépourvu, et la stupéfaction avec laquelle elle me regardait, comme pour chercher quelque vestige des charmes qui pouvaient faire hésiter un homme à se séparer de moi, était assurément délectable à observer.

Elle se ressaisit et déclara d'un ton hésitant :

— S'il s'agit de trouver une villégiature pour l'enfant...

— Non, non, dit Emerson, le problème n'est pas là. Je regrette, Lady Baskerville. Si vous demandiez à Petrie ?

Lady Baskerville frissonna.

— Ce butor ? Henry ne pouvait pas le supporter : un homme grossier, sectaire, vulgaire...

— Naville, alors ?

— Henry avait une piètre opinion de ses compétences. En outre, je crois qu'il a des engagements par ailleurs.

Emerson proposa d'autres noms. Aucun ne trouva grâce aux yeux de notre visiteuse. Celle-ci resta néanmoins assise dans son fauteuil, et je me demandai quelle nouvelle approche elle envisageait. Je me pris à souhaiter qu'elle en vînt au fait, ou qu'elle prît congé. J'avais très faim, n'ayant eu aucun appétit au moment du goûter.

Une fois encore, mon fils — exaspérant mais utile — me débarrassa d'une invitée indésirable. Nos visites à Ramsès, juste avant le coucher, étaient une tradition bien établie. Emerson lui faisait la lecture, et j'avais également mon rôle à jouer. Ce soir, nous avions du retard, or la patience n'est pas la vertu cardinale de Ramsès. Estimant avoir attendu suffisamment longtemps, il venait donc nous quérir. J'ignore comment il avait trompé la vigilance de sa nounou et des autres domestiques, mais il avait élevé l'évasion au rang d'œuvre d'art. Les portes du salon s'ouvrirent toutes grandes, avec une telle force qu'on se fût attendu à voir paraître un Hercule. La vision de Ramsès dans sa petite chemise de nuit blanche, son visage radieux encadré de cheveux bouclés, ne fut point décevante pour autant : avec son air positivement angélique, il ne lui manquait plus que des ailes pour ressembler à l'un des chérubins les plus basanés de Raphaël.

Des deux bras, il serrait sur sa poitrine un grand classeur contenant le manuscrit de *L'Histoire de l'Egypte*. Avec sa détermination habituelle, il n'accorda qu'un bref coup d'œil à la visiteuse avant de trotter jusqu'à son père.

— Vous m'aviez pwomis de me faiwe la lectuwe, déclara-t-il.

— C'est vrai, c'est vrai, dit Emerson. J'arrive dans cinq minutes. Retourne auprès de ta nounou.

— Non, répondit Ramsès d'un ton uni.

— Quel petit ange ! s'extasia Lady Baskerville.

Je m'apprêtais à tempérer cette définition par une autre, plus exacte, quand Ramsès déclara d'une voix sucrée :

— Et vous, vous êtes une zolie dame.

Lady Baskerville sourit, rougissante, ignorant que ce compliment apparent était une simple constatation qui n'engageait en rien les sentiments personnels de son auteur. En fait, la lueur malicieuse de son œil et le choix du mot « jolie » plutôt que « belle » (distinction qu'il faisait parfaitement) me donnaient à penser que Ramsès, avec cette intuition si étonnante chez un enfant de son âge — intuition qu'il tenait de moi — nourrissait certaines réserves à l'égard de Lady Baskerville et n'hésiterait pas, si on l'y encourageait, à les exprimer avec sa franchise coutumière.

Malheureusement, avant que j'aie pu mettre au point une tactique appropriée, son père lui réitéra l'ordre de rejoindre sa nounou. Ramsès, avec ce redoutable côté calculateur qui fait partie intégrante de son caractère, décida alors d'utiliser la visiteuse à des fins personnelles. S'approchant d'elle à petits pas vifs, il mit son pouce dans sa bouche (habitude que je lui avais fait perdre dès son plus jeune âge) et la regarda fixement.

— Twès zolie dame. Wamsès va wester avec vous.

— Affreux hypocrite, lui dis-je. Hors de ma vue !

— Il est adorable, gazouilla Lady Baskerville. La jolie dame resterait volontiers si elle le pouvait, cher petit, mais elle doit s'en aller. Embrasse-moi avant que je parte.

Au lieu de le prendre sur ses genoux, elle se pencha pour lui offrir sa joue pâle et veloutée. Ramsès, visiblement dépité de son échec, y planta un gros baiser sonore, laissant une trace humide dans la couche auparavant régulière de poudre de riz.

— Ze m'en vais, annonça-t-il, irradiant la dignité offensée. Venez vite, papa. Vous aussi, maman. Et wendez-moi mon livwe.

Emerson livra docilement son manuscrit et Ramsès prit congé. Lady Baskerville se leva.

— Je dois regagner mes pénates, moi aussi, dit-elle avec un sourire. Pardonnez-moi encore de vous avoir dérangés.

— Du tout, du tout, dit Emerson. Je regrette seulement de n'avoir pu vous aider.

— Je le déplore également. Mais maintenant que j'ai rencontré votre délicieux enfant et votre charmante épouse... — Elle m'adressa un grand sourire, que je lui retournai — ... je comprends qu'un homme ne puisse se résoudre à les quitter pour braver les périls et l'inconfort de l'Egypte. Mon cher Radcliffe, vous êtes devenu parfaitement casanier ! C'est exquis ! Vous êtes le père de famille modèle ! Je suis heureuse de vous voir enfin installé, après ces aventureuses années de célibat. Je ne vous en veux pas le moins du monde d'avoir refusé ma proposition. Aucun de nous ne croit aux malédictions, certes, mais on ne peut nier qu'il se passe des choses étranges à Louxor, et seul un esprit affranchi, intrépide, téméraire, irait affronter pareils dangers. Au revoir, Radcliffe. Madame Emerson, enchantée d'avoir fait votre connaissance... non, non, ne me raccompagnez pas, je vous en conjure. J'ai suffisamment troublé votre tranquillité.

Durant cette tirade, le changement d'attitude de Lady Baskerville fut remarquable. Sa voix douce, murmurante, se fit mordante et impérieuse. Elle décocha ses phrases comme autant de flèches empoisonnées, sans même reprendre son souffle. Le visage d'Emerson s'empourpra. Il tenta de se justifier, mais elle ne lui en laissa pas le loisir. Elle sortit majestueusement, ses voiles noirs tourbillonnant comme des nuées d'orage.

— Zut ! dit Emerson en tapant du pied.

— Elle a été très impudente, en effet.

— Impudente ? Au contraire, elle a essayé de présenter les choses avec le maximum de tact. « Père de famille idéal ! Enfin installé ! » Dieu du ciel !

— Voilà qui est bien d'un homme... commençai-je, irritée.

— Etonnant, en vérité ! Je ne suis pas un homme, je suis un vieux schnock casanier, qui n'est pas assez intrépide ni téméraire pour...

— Vous réagissez exactement comme elle l'espérait. Ne voyez-vous pas qu'elle a choisi chacune de ses expressions avec une malveillance délibérée ? La seule qu'elle n'ait pas employée, c'est...

— « Mari dominé ». Très juste. Elle a été trop courtoise pour le dire.

— Ah ! vous croyez donc que je vous domine ?

— Certainement pas, dit Emerson avec l'incohérence que manifestent couramment, lors d'une dispute, les représentants de la gent masculine. Ce n'est pourtant pas faute d'essayer...

— Et vous, vous essayez de me tyranniser. Si je n'avais pas un caractère bien trempé...

Les portes du salon s'ouvrirent et Wilkins annonça :

— Le dîner est servi.

— Dites à la cuisinière d'attendre un quart d'heure. Il est préférable de coucher d'abord Ramsès, Emerson.

— Oui, oui. Je lui ferai la lecture pendant que vous changez cette horrible robe. Je refuse de dîner avec une femme qui ressemble à une matrone anglaise et qui fleure le tas d'ordures. Comment osez-vous dire que je vous tyrannise ?

— J'ai dit que vous *essayiez*. Aucun homme n'y parviendra, vous pas plus qu'un autre.

Wilkins s'écarta de la porte pour nous céder le passage.

— Merci, Wilkins. Quant à m'accuser de vous dominer...

— Je demande pardon à madame ?

— Je parlais au professeur Emerson.

— Bien, madame.

— Dominer est bien le mot que j'ai utilisé, gronda Emerson en s'effaçant pour me laisser gravir l'escalier. Et c'est bien le mot que je voulais dire.

— Dans ce cas, pourquoi n'acceptez-vous pas la proposition de Lady Baskerville ? Vous en haletiez d'envie. Quels moments délicieux vous pourriez passer ensemble, nuit après nuit, sous la lune égyptienne...

— Ne dites pas de bêtises, Amelia. La malheureuse ne retournera pas à Louxor ; les souvenirs lui seraient trop pénibles.

— Ah ! ricanai-je. La naïveté des hommes ne manquera jamais de m'étonner. Bien sûr que si, elle y retournera ! Surtout si vous y êtes.

— Je n'ai nullement l'intention de partir.

— Personne ne vous en empêche.

Nous atteignîmes le palier. Emerson tourna à droite pour continuer jusqu'à la nursery ; je pris à gauche pour gagner nos appartements.

— Vous montez bientôt, donc ? s'enquit-il.

— Dans dix minutes.

— Très bien, ma chère.

Il ne me fallut même pas dix minutes pour troquer la robe grise contre une toilette plus seyante. Lorsque j'entrai dans la nursery, éclairée seulement par une lampe, Emerson faisait la lecture à Ramsès, qui, dans son petit lit, contemplait le plafond avec une attention captivée. Cela formait un charmant tableau de famille, à condition de ne pas entendre les paroles que prononçait Emerson :

— ... les détails anatomiques des blessures, lesquelles comprenaient une large entaille de l'os frontal, une fracture de l'os malaire et un coup de lance qui avait écrasé l'apophyse mastoïde et traversé la vertèbre atlas, nous permettent de reconstituer les circonstances de la mort du roi.

— Ah ! dis-je, la momie de Seqenenre. Vous en êtes déjà là ?

Du lit d'enfant s'éleva une voix songeuse :

— Z'ai l'impwession qu'il a été azaziné.

— Pardon ? dit Emerson, décontenancé par le dernier mot.

— Assassiné, traduisis-je. Je me range à ton opinion, Ramsès : un homme dont le crâne a été défoncé à coups de lance n'est pas décédé de mort naturelle.

Le sarcasme échappa totalement à Ramsès.

— Ze veux diwe, insista-t-il, qu'il a été azaziné par sa femme.

— Exclu, décréta Emerson. Petrie a également avancé cette hypothèse absurde, mais c'est impossible parce que...

— Suffit, le coupai-je. Il est tard et Ramsès devrait déjà dormir. La cuisinière sera furieuse si nous ne descendons pas sur-le-champ.

— Bon, très bien. — Emerson se pencha sur le lit. — Bonne nuit, mon garçon.

— Bonne nuit, papa. C'est l'une des dames du hawem qui a commis le cwime, ze pense.

Je pris Emerson par le bras et le poussai vers la porte sans lui laisser le temps de commenter cette intéressante suggestion. Après avoir accompli ma part du rituel vespéral, je suivis Emerson dans le couloir.

— Je me demande si Ramsès n'est pas trop précoce, lui dis-je. Sait-il vraiment ce qu'est un harem ? D'aucuns pourraient penser que la lecture d'un pareil catalogue d'horreurs, avant le coucher, n'est pas recommandée pour les nerfs d'un enfant.

— Ramsès a des nerfs d'acier. Soyez assurée qu'il dormira du sommeil du juste et que demain, au petit déjeuner, il aura échafaudé sa théorie.

— Evelyn serait enchantée de le prendre chez elle pour l'hiver.

— Ah ! nous y revoilà. Quelle sorte de mère indigne êtes-vous, pour envisager d'abandonner ainsi votre enfant ?

— Je dois choisir, semble-t-il, entre abandonner mon mari ou mon enfant.

— Faux, absolument faux. Il n'est pas question d'abandonner qui que ce soit.

Nous prîmes place à table. Le valet, sous l'œil vigilant de Wilkins, apporta le premier plat.

— Excellente, cette soupe, dit Emerson d'un ton satisfait. Dites-le à la cuisinière, voulez-vous, Wilkins ?

Le majordome inclina la tête.

— Nous allons régler ce problème une fois pour toutes, reprit Emerson. Je refuse d'essuyer vos récriminations pendant des jours et des jours.

— Je ne récrimine jamais.

— Non, parce que je ne le permets pas. Comprenez-moi bien, Amelia : je ne partirai pas pour l'Egypte. J'ai refusé la proposition de Lady Baskerville, et je n'entends pas revenir sur ma décision. Est-ce suffisamment clair ?

— Vous commettez une grave erreur. Selon moi, vous devriez y aller.

— Je connais votre opinion, vous l'exprimez assez souvent. Vous serait-il possible de me laisser décider par moi-même ?

— Non, parce que vous avez tort.

Il est inutile de rapporter le restant de notre discussion. Elle se poursuivit tout au long du repas, Emerson prenant à témoin tantôt Wilkins, tantôt John, le valet, pour recueillir leur approbation. Au début, cela rendit John très nerveux, car il n'était à notre service que depuis quelques semaines. Peu à peu, cependant, il prit de l'intérêt au débat et hasarda des commentaires de son cru, faisant fi des froncements de sourcils de Wilkins, qui avait appris depuis longtemps à ne pas réagir aux manières excentriques d'Emerson. Soucieuse de ménager la susceptibilité du majordome, j'annonçai que nous prendrions le café au salon ; ainsi congédié, John se retira en déclarant avec chaleur : « Feriez mieux de rester ici, allez, monsieur. Ces indigènes, là, c'est rien que des gens bizarres, et on vous regrettera, pour sûr, si vous partez. »

En dépit des efforts d'Emerson pour changer de conversation, je me cramponnai à mon sujet avec ma détermination habituelle. Finalement, poussant un cri de rage, il jeta sa tasse de café dans l'âtre et sortit du salon comme une tornade. Je suivis le mouvement.

Lorsque j'entrai dans notre chambre à coucher, Emerson se déshabillait. Redingote, cravate et faux col étaient jetés en vrac sur divers éléments du mobilier, et les boutons de la chemise qu'il s'évertuait à ôter volaient dans la pièce comme autant de projectiles.

— Vous ferez bien d'acheter une autre douzaine de chemises la prochaine fois que vous irez à Regent Street, lui conseillai-je, baissant la tête pour éviter un bouton qui me siffla aux oreilles. Vous en aurez besoin si vous partez à l'étranger.

Emerson fit volte-face. Pour un homme de sa carrure, au torse si large, il est étonnamment vif dans ses mouvements. D'une seule enjambée, il franchit l'espace qui nous séparait. Me prenant par les épaules, il...

Mais je dois ici interrompre mon récit, le temps d'un bref commentaire. Pas une apologie, certes non! J'ai toujours jugé totalement absurde l'attitude d'aujourd'hui, moralisatrice et pudibonde, concernant l'affection entre les deux sexes, même entre mari et femme — une affection sanctifiée par l'Eglise et légalisée par l'Etat. Pourquoi cette activité, aussi respectable qu'intéressante, devrait-elle être passée sous silence par les romanciers qui prétendent dépeindre la « vie réelle »? Plus méprisables encore, à mes yeux, sont les circonlocutions qu'utilisent les écrivains pour aborder ce sujet. Très peu pour moi, la suavité évasive des Français ou la prétentieuse volubilité des Latins! La bonne vieille langue anglo-saxonne, celle de nos ancêtres, me suffit bien. S'il se trouve des hypocrites parmi vous, lecteurs, qu'ils sautent les paragraphes qui suivent! Malgré ma réserve naturelle, les plus perspicaces d'entre vous auront deviné que mes sentiments envers mon époux, et les siens envers moi, sont de la nature la plus passionnée. Je ne vois aucune raison d'en concevoir de la honte.

Donc, pour en revenir à nos moutons :

Me prenant par les épaules, Emerson me secoua comme un prunier.

— Sacrebleu, cria-t-il, je tiens à être maître chez moi! Dois-je encore vous apprendre qui prend les décisions dans cette maison?

— Je pensais que nous les prenions ensemble, après en avoir discuté avec calme et courtoisie.

En me secouant, Emerson avait dénoué mes cheveux, lesquels sont pourtant épais et ne cèdent pas aisément à la contrainte. Me tenant toujours par une épaule, il passa les doigts de son autre main dans le lourd chignon ramassé sur ma nuque. Peignes et épingles fendirent l'air. Ma chevelure tomba en cascade sur mes épaules.

Je ne me rappelle pas avec précision ce qu'il

déclara ensuite. Ce fut bref. Il m'embrassa. J'étais résolue à ne pas lui rendre son baiser, mais Emerson embrasse vraiment très bien. Il me fallut un moment pour retrouver l'usage de la parole. Je proposai alors de sonner la bonne pour qu'elle m'aide à enlever ma robe, mais Emerson accueillit fort mal cette suggestion et m'offrit lui-même ses services. Je lui fis observer que sa méthode pour ôter un vêtement rendait souvent ledit vêtement définitivement inutilisable. Il me répondit par un gloussement narquois avant de s'attaquer avec vigueur aux agrafes et aux œillets.

A la réflexion, quoique je professe la franchise en ces matières, il est certains domaines où un individu a droit à son intimité. En conséquence, je me vois dans l'obligation de recourir à un euphémisme typographique.

⁂

A minuit, la neige fondue avait cessé de tomber et, derrière notre fenêtre, un vent vif secouait les branches gelées des arbres. Ma joue reposait sur la poitrine de mon mari; j'entendais le battement régulier, cadencé, de son cœur.

— Quand partons-nous? murmurai-je.

Emerson bâilla.

— Il y a un bateau samedi.

— Bonne nuit, Emerson.

— Bonne nuit, Peabody chérie.

CHAPITRE TROIS

O lecteur, croyez-vous à la magie, aux tapis volants des contes orientaux de jadis ? Non, bien entendu. Cependant, oubliez provisoirement votre incrédulité et laissez la magie du mot imprimé vous transporter dans l'espace et dans le temps, en un lieu si différent de l'Angleterre froide et pluvieuse qu'on pourrait se croire sur une autre planète. Imaginez-vous assis avec moi à la terrasse de l'hôtel *Shepheard,* au Caire. Le ciel est d'un bleu de porcelaine. Le soleil dispense sans discrimination ses rayons bienveillants, tant sur les riches marchands que sur les mendiants en haillons, sur les imams enturbannés que sur les touristes européens en costume croisé — sur tous les humains, d'une infinie diversité, qui composent la foule animée qu'on voit traverser le large boulevard, devant nous. Un cortège nuptial passe, précédé de musiciens jouant de la flûte et du tambour dans une joyeuse cacophonie. La mariée est dissimulée aux regards des curieux par un dais en soie rose que portent quatre de ses relations masculines ; la pauvre petite passe d'un propriétaire à un autre, tel un ballot de marchandises. Mais en cet instant, même l'indignation que m'inspire cette coutume turque des plus iniques est adoucie par la joie que j'éprouve à me trouver là. Je suis remplie d'une intense satisfaction. Dans quelques instants, Emerson va me rejoindre et nous nous mettrons en route pour le Musée.

Une seule ride vient troubler la paisible surface de mon contentement. Est-ce de l'inquiétude pour mon petit garçon, si éloigné de la tendresse de sa mère ? Non point, cher lecteur. La pensée que plusieurs milliers de kilomètres me séparent de Ramsès me procure, au contraire, une paix profonde. Je m'étonne qu'il ne me soit jamais venu à l'idée, auparavant, de prendre congé de Ramsès.

Je savais que sa tante dévouée lui prodiguerait autant d'amour qu'il en recevait à la maison. Walter, qui avait suivi avec grand amusement l'intérêt croissant de Ramsès pour l'archéologie, avait promis de lui donner des leçons de hiéroglyphes. Je me sentais bien un peu coupable pour les enfants d'Evelyn, qui allaient vivre — pour reprendre la formule d'Emerson — « un long et rude hiver » ; mais après tout, cette expérience leur forgerait le caractère.

Il s'était avéré impossible de partir aussi rapidement que l'avait espéré, dans son optimisme, le cher Emerson. Tout d'abord, les vacances approchaient, et il eût été inconcevable de quitter Ramsès quelques jours seulement avant Noël. Nous passâmes donc les fêtes chez Walter et Evelyn ; ainsi, lorsque nous fîmes nos adieux, le lendemain de Noël, le chagrin d'Emerson à l'idée de se séparer de son fils était-il tempéré par les effets d'une semaine d'excitation juvénile et d'indulgence coupable. Tous les enfants, à l'exception de Ramsès, avaient vomi au moins une fois ; Ramsès, pour sa part, avait mis le feu au sapin de Noël, terrorisé la nourrice en exposant sa collection de gravures de momies (dont certaines dans un état de décrépitude avancée)... Mais un volume entier ne suffirait pas à décrire les innombrables activités de Ramsès.

Le matin de notre départ, son visage enfantin présentait un aspect horrifique, car il s'était fait cruellement griffer par le chaton de la petite Amelia en essayant de lui apprendre à remuer le pudding avec sa patte. Dans la cuisine où résonnaient encore les cris outrés de la cuisinière et les feulements du chaton, il avait expliqué que, dans la mesure où tous les membres de la famille avaient le droit de remuer le pudding en guise de porte-bonheur pour l'An neuf, il avait estimé de simple justice que les animaux domestiques participassent également à la cérémonie.

Avec de tels souvenirs, serez-vous surpris que j'envisage avec une satisfaction béate la perspective de passer quelques mois loin de Ramsès ?

Nous prîmes l'itinéraire le plus rapide : train jusqu'à Marseille, steamer pour Alexandrie, puis train jusqu'au Caire. Le temps d'arriver à destination, mon mari avait rajeuni de dix ans : tandis que nous nous frayions un chemin dans la cohue de la gare du Caire, je retrouvai l'Emerson d'antan, criant des ordres et des jurons en arabe courant. Au son de sa voix tonitruante, les têtes se tournèrent, les yeux s'écarquillèrent, et nous fûmes bientôt encerclés de vieilles connaissances qui nous saluaient, la mine réjouie. Des turbans blancs et verts ballottaient, tels des choux-fleurs animés, et des mains brunes se tendirent pour serrer les nôtres. L'accueil le plus touchant fut celui d'un vieux mendiant parcheminé, qui se jeta à terre et noua ses bras autour de l'une des bottes crottées d'Emerson, en pleurant :

— O Maître des Imprécations, vous êtes de retour ! Maintenant, je peux mourir en paix !

— Bah ! dit Emerson en réprimant un sourire.

Il dégagea doucement son pied et laissa tomber une poignée de pièces sur le turban du vieil homme.

Dès que nous avions décidé d'accepter la proposition de Lady Baskerville, j'avais câblé au *Shepheard* pour réserver des chambres, car l'hôtel était toujours bondé durant la saison d'hiver. Un nouvel édifice, magnifique, doté de l'électricité, avait remplacé celui où nous avions séjourné si souvent. Emerson pesta contre tout ce luxe qu'il jugeait inutile. Pour ma part, je n'ai rien contre le confort tant qu'il n'entrave pas des activités plus importantes.

A l'hôtel nous attendaient des messages d'amis qui avaient appris la mission d'Emerson. Nous trouvâmes également une missive de Lady Baskerville, qui nous avait précédés de quelques jours ; elle nous souhaitait d'heureuses retrouvailles avec l'Egypte et nous priait de nous rendre le plus tôt possible à Louxor. Le directeur du Service des antiquités n'avait point daigné envoyer de mot. Ce ne fut pas pour me surprendre : M. Grébaut et Emerson ne s'étaient jamais voué une grande admiration. Grébaut, sachant que nous avions besoin de son aval, voulait nous obliger à solliciter humblement une audience, comme des touristes ordinaires.

Emerson proféra des commentaires blasphématoires. Lorsqu'il se fut un peu calmé, je fis observer :

— Tout de même, nous ferions mieux de lui rendre visite sans délai. Il peut, s'il le veut, nous créer des difficultés.

Cette suggestion raisonnable suscita une nouvelle bordée d'imprécations, au cours de laquelle Emerson prédit à Grébaut un futur séjour dans un coin chaud et inconfortable de l'univers, proclamant que lui-même préférerait rejoindre le vaurien en cet endroit plutôt que de faire la plus petite concession à l'administration grossière et bornée. J'abandonnai donc provisoirement le sujet et acceptai la proposition d'Emerson de nous rendre d'abord à Aziyeh, un village sis près du Caire, où il avait recruté ses ouvriers par le passé. Si nous parvenions à emmener avec nous, à Louxor, une équipe réduite d'hommes non contaminés par les superstitions locales, nous pourrions aussitôt nous mettre au travail, en espérant recruter d'autres ouvriers une fois qu'aurait été démontrée la vanité de leurs craintes.

Cette concession améliora l'humeur d'Emerson, ce qui me permit de le convaincre de dîner à l'hôtel et non dans un restaurant indigène du bazar. Emerson a une préférence pour ces endroits-là, et moi de même ; mais je fis valoir que nous avions été longtemps absents et que notre résistance aux maladies locales avait probablement diminué. Nous ne pouvions risquer de tomber malades, car la plus légère indisposition serait interprétée comme une preuve supplémentaire de la malédiction des pharaons.

Emerson fut contraint de se rendre à mes arguments. Jurant et maugréant, il revêtit sa chemise amidonnée et sa redingote. Je lui nouai sa cravate et me reculai pour le contempler avec une fierté bien pardonnable. Je me gardai de lui dire qu'il avait fière allure, et pourtant c'était la vérité : son corps robuste et très droit, ses épaules carrées, ses épais cheveux noirs et ses yeux bleus flamboyants de colère formaient un splendide portrait de gentleman anglais.

J'avais une autre raison de vouloir dîner sur place. Le *Shepheard* est le centre mondain de la colonie européenne, et j'espérais rencontrer des gens de connaissance qui pourraient nous donner les dernières nouvelles concernant l'expédition de Louxor.

Mon attente ne fut point déçue. La première personne que je vis, en entrant dans la salle à manger ornée de dorures, fut Mr. Wilbour, que les Arabes appellent Abd er-Dign en raison de sa magnifique barbe blanche. Depuis bien des années, Wilbour prenait ses quartiers d'hiver en Egypte. Les mauvaises langues chuchotaient que, en raison de certains démêlés politiques, il préférait se tenir à l'écart de New York, sa ville natale. Pour notre part, nous le connaissions sous le jour d'un égyptologue enthousiaste et d'un protecteur des jeunes archéologues. En nous voyant, il se porta à notre rencontre et nous invita à rejoindre son groupe, lequel comptait d'autres vieux amis.

Je pris soin de m'asseoir entre Emerson et le révérend Mr. Sayce, car les deux hommes avaient échangé, l'hiver précédent, une correspondance acrimonieuse à propos de certaines tablettes cunéiformes. Cette précaution se révéla vaine. Emerson planta fermement un coude sur la table, se pencha devant moi et lança d'une voix forte :

— Savez-vous, Sayce, que les gens de Berlin ont confirmé la date que je donnais pour les tablettes d'Amarna ? Je vous disais bien que vous étiez huit cents ans à côté de la plaque.

Le visage avenant du révérend se durcit. Wilbour s'interposa vivement :

— A ce propos, Emerson, il s'est passé une histoire assez amusante. Vous a-t-on raconté comment Budge a réussi à subtiliser ces tablettes à Grébaut ?

Emerson détestait Mr. Budge, du British Museum, presque autant qu'il exécrait Grébaut ; mais, ce soir-là, après l'affront que lui avait infligé le directeur du Service des antiquités, il était tout disposé à se divertir à ses dépens. Distrait de son offensive contre le révérend, il répondit que nous étions au courant de l'événement mais que nous serions heureux d'entendre un récit de première main.

— Ce fut, à tous égards, une affaire des plus

regrettables, reprit Wilbour en secouant la tête. Grébaut avait averti Budge qu'il le ferait arrêter si celui-ci continuait à acheter et exporter illégalement des antiquités. Budge, nullement impressionné, se rendit aussitôt à Louxor et acheta, en sus de quatre-vingts de ces fameuses tablettes, nombre d'autres objets précieux. Les policiers intervinrent aussitôt, mais comme Grébaut avait omis de leur fournir un mandat, ils durent se contenter de cerner la maison en attendant que notre populaire directeur revienne avec le document nécessaire. Dans l'intervalle, ils ne virent rien de mal à accepter l'excellent repas d'agneau au riz que leur offrait le patron du *Louxor* — hôtel qui se trouvait jouxter la maison de Budge. Pendant que les honnêtes gendarmes se gobergeaient, les jardiniers de l'hôtel creusèrent un tunnel jusque dans la cave de la maison de Budge et déménagèrent les antiquités. Par une étrange coïncidence, le bateau de Grébaut s'était échoué à trente kilomètres au nord de Louxor; il était toujours bloqué là-bas quand Budge partit pour le Caire avec ses achats, laissant la police garder sa maison vide.

— Inconvenant, dis-je.

— Budge est une fripouille, dit Emerson. Et Grébaut, un imbécile.

— Etes-vous déjà allé voir notre cher directeur? s'enquit Sayce.

Emerson gronda entre ses dents. Le révérend sourit.

— Je partage votre opinion. Toutefois, il vous faudra bien le rencontrer. La situation est suffisamment difficile sans que vous alliez encourir, de surcroît, les foudres de Grébaut. Ne craignez-vous pas la malédiction des pharaons?

— Peuh! fit Emerson.

— Certes! Néanmoins, cher ami, vous aurez un certain mal à embaucher des ouvriers.

— Nous avons nos méthodes, intervins-je.

Et je décochai un coup de pied dans le tibia d'Emerson pour l'empêcher d'expliquer la nature desdites méthodes. Non qu'il y eût quoi que ce soit de répréhensible dans notre projet ; non, vraiment pas. Jamais nous n'irions « voler » à d'autres archéologues des ouvriers compétents. Si nos hommes d'Aziyeh préféraient travailler avec nous, c'était leur choix. Je jugeais simplement inutile de discuter cette possibilité avant que nous eussions pris nos dispositions.

— Au fait, demandai-je, que se passe-t-il à Louxor ? La malédiction se porte toujours à merveille, je présume ?

— Pour ça, oui ! répondit en riant Mr. Insinger, l'archéologue hollandais. Prodiges et présages abondent. La chèvre de Hassan ibn-Daoud a donné naissance à un bébé bicéphale, et des fantômes de l'ancienne Egypte hantent les collines de Gourna.

Mr. Sayce secoua tristement la tête.

— Telles sont les superstitions du paganisme. Pauvres gens ignares !

Emerson ne pouvait laisser passer une telle déclaration sans réagir.

— Vous trouverez tout autant de superstitions dans n'importe quel village anglais moderne, dit-il d'un ton sec. Et vous pouvez difficilement appeler « paganisme » le credo de Mahomet, Sayce ; il adore le même Dieu et les mêmes prophètes que vous.

Je ne laissai pas au révérend, rouge de colère, le loisir de répliquer.

— Il est fâcheux qu'on n'ait toujours pas retrouvé Mr. Armadale. Sa disparition contribue à alimenter les rumeurs.

— Si on le retrouvait, cela n'améliorerait guère la situation, j'en ai peur, dit Mr. Wilbour. Un autre décès, survenant après celui de Lord Baskerville...

— Vous croyez donc qu'il est mort ? s'enquit Emerson en me lançant un regard sournois.

— Dans le cas contraire, il serait déjà réapparu. Il a été victime, sans nul doute, d'un accident fatal en errant comme une âme en peine dans les collines. C'est fort regrettable ; c'était un excellent archéologue.

— Quoi qu'il en soit, dis-je, les craintes que nourrissent les Gournaouis les dissuaderont peut-être de s'attaquer à la tombe.

— N'y comptez pas trop, chère madame Emerson, dit Insinger. De toute manière, maintenant que vous êtes là, Mr. Emerson et vous, nous n'avons plus de souci à nous faire pour la tombe.

Après avoir spéculé sur les merveilles que pouvait receler l'hypogée, nous prîmes congé de nos amis sitôt le repas terminé.

Il était encore tôt et le hall de l'hôtel grouillait de monde. Comme nous approchions de l'escalier, un homme jaillit de la foule et me saisit par le bras.

— Mr. et Mrs. Emerson, je présume ? Oui, à coup sûr. J'étais impatient de m'entretenir avec vous, vrai de vrai. Me ferez-vous l'honneur de prendre un café ou un cognac en ma compagnie ?

Il y avait tant d'assurance dans sa voix, tant de hardiesse dans son attitude, que je dus y regarder à deux fois avant de m'apercevoir que l'homme était un parfait inconnu. Sa silhouette d'adolescent et son franc sourire le faisaient paraître bien trop jeune, de prime abord, pour fumer le gros cigare négligemment fiché entre ses lèvres. Des cheveux rouge vif et un nez retroussé, libéralement parsemé de taches de rousseur, complétaient le portrait du jeune effronté, dont l'accent ne laissait aucun doute sur son origine irlandaise. Voyant que je fixais son cigare, il s'empressa de le jeter dans un cendrier proche.

— Faites excuse, m'dame. Le plaisir de vous rencontrer me fait oublier mes bonnes manières.

— Qui diantre êtes-vous ? s'enquit sèchement Emerson.

Le sourire du jeune homme s'élargit.

— Kevin O'Connell, du *Daily Yell,* pour vous servir. Madame Emerson, quel effet cela vous fait-il de voir votre mari braver la malédiction des pharaons ? Avez-vous tenté de l'en dissuader, ou bien...

Des deux mains, je me cramponnai au bras d'Emerson afin de dévier le coup de poing destiné au menton en galoche de Mr. O'Connell.

— De grâce, Emerson... il vous arrive au nombril !

Cette remontrance eut l'effet que je n'aurais pu espérer atteindre par un simple appel à la raison, à la bienséance ou à la charité chrétienne. Le bras d'Emerson se détendit et ses joues s'empourprèrent — de dépit, j'en ai peur, plutôt que de honte. Me prenant par la main, il m'entraîna au galop dans l'escalier. Mr. O'Connell nous suivit au trot, sans cesser de poser ses questions.

— Souhaitez-vous hasarder une hypothèse sur ce qu'est devenu Mr. Armadale ? Madame Emerson, prendrez-vous une part active aux fouilles ? Monsieur Emerson, connaissiez-vous auparavant Lady Baskerville ? Est-ce une ancienne amitié entre elle et vous qui vous a incité à accepter une mission aussi périlleuse ?

Il est impossible de décrire le ton sur lequel il prononça le mot « amitié », ni le sous-entendu indélicat dont il lestait ce mot inoffensif. Je sentis, à mon tour, le rouge de la colère me monter au front. Emerson rugit tout bas et décocha un coup de pied en arrière. Avec un glapissement de surprise, Mr. O'Connell tomba à la renverse et dégringola les marches.

Arrivée au tournant de l'escalier, je lançai un coup d'œil en bas et constatai, à mon grand soulagement, que Mr. O'Connell n'était pas sérieusement blessé. Il s'était déjà remis debout et, encerclé d'une foule ahurie, époussetait énergiquement le fond de son pantalon. Croisant mon regard, il eut l'impudence de m'adresser un clin d'œil.

Emerson avait arraché sa redingote, sa cravate et la moitié des boutons de sa chemise avant même que j'eusse fermé la porte de notre chambre.

— Accrochez-la à un cintre, lui dis-je comme il s'apprêtait à jeter sa redingote sur une chaise. Je vous ferai remarquer, Emerson, que c'est la troisième chemise que vous détériorez depuis notre départ. Apprendrez-vous un jour...

Je n'achevai point mon admonestation. Obéissant à mon ordre, Emerson avait ouvert à toute volée les portes de l'armoire. Il y eut un éclair, suivi d'un bruit sourd; Emerson fit un bond en arrière en se tenant le bras d'étrange façon. Une traînée rouge vif sinuait sur la manche de sa chemise et des gouttes cramoisies tombaient sur le parquet, éclaboussant le poignard qui était planté entre ses pieds, le manche encore vibrant sous la violence du choc.

II

Emerson plaqua une main sur son avant-bras. Le flot de sang ralentit, puis s'arrêta. Une douleur sourde, dans la région de ma poitrine, me rappela que je retenais mon souffle. J'exhalai un soupir.

— Cette chemise était fichue, de toute manière, déclarai-je. Tendez bien le bras, je vous prie, afin de ne pas tacher votre pantalon neuf.

Je me fais une règle de toujours rester calme. Néanmoins, ce fut à une vitesse considérable que je traversai la pièce, attrapant au passage une serviette sur la table de toilette. J'avais apporté avec moi, selon mon habitude, une trousse à pharmacie.

Il ne me fallut pas longtemps pour nettoyer et panser la blessure, qui, par bonheur, n'était pas profonde. Je ne jugeai pas opportun d'appeler un médecin ; Emerson, sans nul doute, partageait mon sentiment sur ce point. Si l'on venait à apprendre que le nouveau responsable de l'expédition avait été victime d'un accident, cela risquait d'avoir des conséquences désastreuses.

Lorsque j'en eus terminé, je m'adossai au divan et, je l'avoue, ne pus réprimer un soupir. Emerson me regarda avec gravité. Puis un léger sourire retroussa les commissures de ses lèvres.

— Je vous trouve un peu pâle, Peabody. Nous n'allons pas avoir droit à des vapeurs féminines, au moins ?

— Je ne vois pas ce qu'il peut y avoir d'amusant dans cette situation.

— Vous m'étonnez ! Pour ma part, je suis frappé par le grotesque de cette affaire. Pour autant que je puisse en juger, le couteau était simplement posé sur l'étagère supérieure, laquelle repose de façon plus ou moins stable sur des pitons en bois. La vigueur avec laquelle j'ai ouvert la porte de l'armoire a fait basculer le couteau, et c'est pur accident s'il m'a égratigné le bras au lieu de tomber sagement par terre. D'autre part, l'inconnu ne pouvait pas être sûr que...

Subitement, l'amusement fit place à la colère sur son visage :

— Bonté divine, Peabody, vous auriez pu être gravement blessée si c'était vous qui aviez ouvert cette armoire !

— Vous aviez conclu, me semblait-il, qu'il n'y avait aucun risque de blessure grave, lui rappelai-je. Pas de vapeurs masculines, Emerson, je vous prie. Ce n'était qu'un avertissement, rien de plus.

— Ou une démonstration supplémentaire de l'efficacité de la malédiction des pharaons. Cela paraît plus vraisemblable. Aucune personne nous connaissant un tant soit peu ne pouvait imaginer un instant que nous nous laisserions intimider par une mise en scène aussi puérile. Cet incident demeurera sans effet, à moins qu'il ne soit rendu public.

Nos regards se croisèrent. Je hochai la tête.

— Vous pensez à Mr. O'Connell. Irait-il vraiment jusqu'à de telles extrémités pour obtenir la matière d'un article ?

— Ces gens-là ne reculent devant rien, affirma Emerson avec une farouche conviction.

Il était certes bien placé pour le savoir car, durant son active carrière, il avait figuré en bonne place dans les journaux à sensation. Comme me l'avait expliqué un journaliste : « Il fait de l'excellente copie, madame Emerson ; il est toujours à crier et à frapper les gens. »

Cette remarque n'était pas dénuée de fondement, et la prestation d'Emerson ce soir-là ferait sans nul doute de l'excellente copie. Je voyais déjà les gros titres : « Notre correspondant agressé par un célèbre archéologue ! Emerson réagit violemment à une question concernant son intimité avec la veuve de Lord Baskerville ! »

Rien d'étonnant à ce que Mr. O'Connell ait eu l'air si content de s'être fait jeter au pied de l'escalier. Quelques contusions, ce n'était pas cher payer pour un bon article. Je me rappelai soudain qu'il avait été le premier à publier — à inventer, plus exactement — l'histoire de la malédiction.

Point n'était besoin de s'interroger sur les scrupules — ou sur l'absence de scrupules — de Mr. O'Connell. Certes, il n'aurait eu aucune difficulté à s'introduire dans notre chambre. Les serrures étaient peu solides, les domestiques faciles à corrompre. Pour autant, était-il capable de jouer un tour qui risquait d'entraîner une blessure, si légère fût-elle ? J'avais peine à le croire. Cynique, mal élevé, dénué de scrupules, peut-être ; mais je m'y entends pour juger les caractères, et je n'avais décelé aucune trace de méchanceté sur sa figure constellée de taches de son.

Nous examinâmes le couteau, en pure perte ; c'était un modèle courant, comme on peut en acheter dans n'importe quel bazar. Quant aux domestiques, inutile de les interroger. Emerson avait raison : moins il y aurait de publicité, mieux cela vaudrait. Nous allâmes donc nous coucher, dans notre lit drapé d'une fine moustiquaire blanche. L'heure qui suivit me rassura sur la bénignité de la blessure d'Emerson : elle ne semblait pas l'incommoder le moins du monde.

III

Le lendemain, de bonne heure, nous partîmes pour Aziyeh. Quoique nous n'eussions envoyé aucun message annonçant notre venue, la nouvelle s'était déjà répandue, grâce à ces mystérieux moyens de communication propres aux peuples primitifs. C'est ainsi que, lorsque notre voiture de louage s'arrêta sur la place du village, dans un nuage de poussière, la majeure partie de la population était rassemblée pour nous accueillir. Dominant les autres têtes, j'avisai un turban immaculé surmontant un visage barbu, familier. Par le passé, Abdullah avait été notre *raïs,* ou chef de chantier. Sa barbe était maintenant presque aussi blanche que son turban, mais sa gigantesque carcasse paraissait plus vigoureuse que jamais. Il s'avança pour nous serrer la main, partagé entre un sourire de bienvenue et son instinctive dignité patriarcale.

Nous nous retirâmes dans la maison du cheik, où la moitié de la population mâle était entassée dans le petit salon. Nous bûmes du thé noir en échangeant des compliments, cependant que la température augmentait avec régularité. Il y avait de longs intervalles de silence poli, entrecoupés de commentaires répétés, tels que : « Dieu vous préserve » ou « Vous nous avez honorés. » Cette cérémonie peut durer plusieurs heures, mais les villageois connaissaient bien Emerson ; aussi échangèrent-ils des regards amusés quand, au bout de seulement vingt minutes, il aborda le motif de notre visite.

— Je vais à Louxor poursuivre les travaux du lord qui est mort. Qui m'accompagne ?

La question suscita exclamations étouffées et expressions étonnées. Que cette surprise fût feinte ne faisait pour moi aucun doute. Abdullah n'était pas le seul visage familier de la pièce ; nombre de nos hommes étaient également présents. Les ouvriers formés par Emerson étaient toujours très demandés, et j'étais bien persuadée que ces gens avaient quitté d'autres emplois afin de venir à nous. De toute évidence, ils avaient prévu la requête de mon mari et, selon toute probabilité, avaient déjà pris leur décision.

Toutefois, il n'est pas dans la nature des Egyptiens de donner leur accord sans moult débats et discussions préalables. Après un silence, Abdullah se leva, son turban frôlant le plafond bas.

— L'amitié que nous porte Emerson est connue, dit-il. Mais pourquoi n'engage-t-il pas les hommes de Louxor qui travaillaient pour le lord défunt ?

— Je préfère travailler avec mes amis, répondit Emerson. Des hommes sur qui je peux compter en cas de danger et de difficulté.

— Ah ! oui, murmura Abdullah en lissant sa barbe. Emerson parle de danger. Chacun sait qu'il ne ment jamais. Nous dira-t-il en quoi consiste ce danger ?

— Les scorpions, les serpents, les éboulements,

répliqua Emerson. Les dangers mêmes que nous avons toujours affrontés ensemble.

— Et les morts qui refusent de mourir, qui marchent sous la lune?

C'était là une question beaucoup plus directe que je ne m'y attendais. Emerson, lui aussi, fut pris de court. Il ne répondit pas tout de suite. Tous les hommes présents le fixaient sans ciller.

— Vous savez mieux que personne, Abdullah, dit-il enfin, que ces choses-là n'existent pas. Auriez-vous oublié cette momie qui n'était pas une momie, mais seulement un homme mauvais?

— Je m'en souviens bien, Emerson, mais qui peut dire que de telles choses n'existent pas? On dit que le lord qui est mort avait troublé le sommeil du pharaon. On dit...

— Ceux qui disent cela sont des imbéciles, l'interrompit Emerson. Dieu n'a-t-il pas promis aux fidèles de les protéger des esprits malins? Je pars continuer les travaux. Je cherche des *hommes* pour m'accompagner, non des idiots ni des couards.

Quand nous repartîmes du village, nous avions notre équipe. Néanmoins, grâce aux craintes opportunément formulées par Abdullah, nous dûmes accorder des salaires bien plus élevés que de coutume. La superstition a ses côtés pratiques.

IV

Le lendemain matin, donc, j'étais installée à la terrasse du *Shepheard,* en train de passer en revue les événements des deux derniers jours. Vous comprenez maintenant, ô lecteur, pourquoi un unique petit nuage projetait une ombre légère sur l'éclatante blancheur de mon plaisir. L'estafilade au bras d'Emerson se cicatrisait normalement, mais les doutes suscités par cet incident n'étaient pas si aisés à guérir. J'avais considéré, d'emblée, que la mort de Lord Baskerville et la disparition de son assistant faisaient partie d'une seule et même tragédie, isolée, et que la pseudo-malédiction n'était qu'une invention de journaliste entreprenant. L'étrange épisode du couteau dans l'armoire soulevait désormais une autre hypothèse, beaucoup plus alarmante.

Ne voyant pas l'intérêt de ressasser des problèmes qu'on ne peut maîtriser, j'écartai celui-ci de mon esprit pour goûter le paysage constamment changeant qui s'étendait devant moi. J'avais envoyé un messager à M. Grébaut pour l'informer de notre intention de lui rendre visite dans la matinée. Grâce à la procrastination d'Emerson, nous allions être en retard; mais quand je vis enfin arriver mon époux, la mine renfrognée et les lèvres pincées, je m'estimai déjà heureuse d'avoir réussi à le persuader d'y aller.

Depuis notre dernier séjour en Egypte, le Musée avait quitté ses quartiers de Boulaq, trop encombrés, pour trouver refuge au palais de Gizeh. Cela constituait une amélioration seulement sur le plan de la superficie; pour le reste, les décorations du palais, délabrées et surchargées, se prêtaient mal à l'exposition d'objets d'art, et les antiquités elles-mêmes étaient en piteux état. Cela ne fit qu'accroître la mauvaise humeur d'Emerson; le temps que nous arrivions sur place, il était rouge de colère. Quand un secrétaire dédaigneux nous annonça qu'il nous faudrait revenir un autre jour, le directeur étant trop occupé pour nous recevoir, Emerson écarta sans ménagements le jeune gandin et se jeta sur la porte du bureau intérieur.

Je ne fus pas surprise qu'elle refuse de s'ouvrir, car j'avais entendu une clef tourner dans la serrure. Mais quand Emerson est en campagne, ce ne sont pas les serrures qui l'arrêtent : une seconde poussée, plus énergique, vint à bout de la porte. J'adressai un sourire consolant au secrétaire apeuré avant de suivre mon impétueux mari dans le sanctuaire de Grébaut.

La pièce était bourrée à craquer de caisses ouvertes, remplies d'antiquités qui attendaient d'être examinées et classées. Pots en terre cuite, morceaux de bois provenant de meubles et de cercueils, jarres en albâtre, *ouchebtis* et des douzaines d'autres objets débordaient de leurs caisses pour se déverser sur les tables et sur le bureau.

Emerson laissa échapper un cri outré :

— C'est encore pis qu'à l'époque de Maspero ! Maudit gredin, où est-il ? Je vais lui montrer de quel bois je me chauffe !

Lorsqu'il est en présence d'antiquités, Emerson est aveugle à tout le reste. Il ne remarqua pas la paire de bottines, assez larges, dont la pointe dépassait de sous la tenture qui tapissait l'un des murs.

— Il est sorti, semble-t-il, répondis-je en fixant les bottines. Je me demande s'il y a une porte derrière cette tenture.

Les chaussures vernies se rétractèrent au point qu'on n'en vit bientôt plus que l'extrême bout. Grébaut, supposai-je, était aplati contre un mur ou une fenêtre fermée et ne pouvait battre en retraite davantage. C'était un homme passablement rondouillard.

— Je n'ai nullement l'intention de chercher ce misérable ! tonna Emerson. Je vais lui laisser un mot.

Il se mit à fourgonner parmi les papiers qui jonchaient le bureau du directeur. Lettres et documents s'envolèrent dans les airs.

— Calmez-vous, Emerson. M. Grébaut ne vous remerciera pas de mettre du désordre partout.

— Ça ne pourrait pas être pire que ça ne l'est. —

A deux mains, il jeta rageusement des papiers par terre. — Attendez que je l'aie en face de moi, cet imbécile ! Il est d'une incompétence crasse. J'ai l'intention d'exiger sa démission.

— Je remercie le ciel qu'il ne soit pas là, soupirai-je en lançant un coup d'œil discret vers la tenture. Vous avez si mauvais caractère, Emerson ! Vous êtes incapable de vous contrôler dans les situations de ce genre, et je ne voudrais pas que vous brutalisiez ce pauvre homme.

— J'adorerais le brutaliser ! J'adorerais lui casser les deux bras ! Un homme qui autorise un tel gâchis...

— Vous n'avez qu'à laisser un message à son secrétaire, suggérai-je. Il aura bien une plume et du papier sur son bureau. Vous n'en trouverez pas ici.

Sur un dernier geste qui éparpilla aux quatre coins de la pièce les documents qui restaient, Emerson sortit au pas de charge. Le secrétaire avait pris la fuite. Emerson, lui, prit sa plume et se mit à griffonner furieusement sur une feuille de papier. Je demeurai sur le seuil, un œil rivé sur Emerson, l'autre sur les bottines, et je dis à haute et intelligible voix :

— Emerson, vous devriez suggérer à M. Grébaut d'envoyer à notre hôtel le firman [1] vous nommant responsable de l'expédition. Cela vous épargnera un autre déplacement.

— Bonne idée, gronda-t-il. Si jamais je dois revenir, *j'assassine* ce crétin !

Doucement, je fermai la porte du bureau de Grébaut.

Nous prîmes congé. Trois heures plus tard, un messager délivrait le firman dans notre chambre.

1. Décret ottoman. *(N.d.T.)*

CHAPITRE QUATRE

Lors de mon premier séjour en Egypte, j'avais voyagé en *dahabièh*[1]. Ceux qui n'ont point expérimenté ce mode de locomotion peuvent difficilement en concevoir l'élégance et le charme. Mon bateau était équipé de tout le confort moderne, y compris un piano à queue dans le boudoir et un salon à ciel ouvert sur le pont supérieur. Combien d'heures bénies avais-je passées là-haut, sous les voiles gonflées par le vent, à boire du thé et à écouter les chants des marins tandis que, lentement, défilait à mes côtés l'extraordinaire panorama de la vie égyptienne : villages et temples, palmiers, chameaux, saints ermites en équilibre précaire sur des piliers ! Qu'étaient doux mes souvenirs de ce voyage, qui avait eu pour point d'orgue mes fiançailles avec mon futur époux ! Avec quel bonheur aurais-je renouvelé cette merveilleuse expérience !

Hélas ! cette fois, nous n'avions pas le temps de musarder. La voie de chemin de fer avait été prolongée jusqu'à Assiout, au sud, et comme c'était — de loin — le moyen de transport le plus rapide, nous endurâmes onze heures de chaleur, de cahots

1. Barque du Nil à rames et grande voile triangulaire. *(N.d.T.)*

et de poussière. D'Assiout, nous prîmes un steamer pour effectuer le reste du trajet. Quoique moins inconfortable que le train, c'était sans commune mesure avec ma chère *dahabièh*.

Le jour prévu pour le débarquement à Louxor, j'étais sur le pont dès l'aube, penchée par-dessus la rambarde, bouche bée, comme la première touriste venue. Les colonnes et les pylônes du temple de Louxor, aujourd'hui débarrassé des cahutes qui, si longtemps, avaient entaché sa beauté, luisaient d'un rose pâle dans la lumière matinale.

Ici, les paisibles visions du passé cédèrent la place à la bruyante animation des temps modernes : guides et portiers fondirent sur les passagers qui débarquaient, tandis que les drogmans des hôtels de Louxor vantaient à grands cris les avantages de leurs établissements respectifs et s'efforçaient d'entraîner les touristes indécis dans les attelages qui attendaient. Personne ne nous importuna.

Emerson s'en fut rassembler nos bagages et quérir nos ouvriers, qui avaient voyagé par le même bateau. Appuyée sur mon ombrelle, je contemplais la scène avec extase quand, soudain, une main se posa sur mon bras. Tournant la tête, je croisai le regard ardent d'un jeune homme rondelet, portant des lunettes cerclées d'or et arborant une énorme moustache dont les extrémités recourbées évoquaient les cornes d'un bouquetin.

Talons joints, il inclina le buste avec raideur en disant :

— Frau Professor Emerson ? Karl von Bork, l'épigraphiste de l'infortunée expédition Baskerville. La bienvenue à Louxor je vous souhaite. Par Lady Baskerville je suis envoyé. Où le professeur est-il ? Depuis longtemps j'attends l'honneur de le rencontrer. Le frère du si distingué Walter Emerson...

Cette rapide entrée en matière était d'autant plus remarquable que le visage du jeune homme demeura totalement inexpressif d'un bout à l'autre. Seules bougeaient ses lèvres et la gigantesque moustache qui les ornait. Ainsi que je devais le découvrir par la suite, Karl von Bork parlait rarement ; mais, une fois lancé, il n'y avait pratiquement aucun moyen de l'arrêter, sinon celui que j'adoptai en l'occurrence.

— Comment allez-vous ? dis-je d'une voix forte, noyant la fin de sa phrase. Je suis ravie de faire votre connaissance. Mon mari est... Tiens, où est-il ? Ah ! Emerson, permettez-moi de vous présenter Herr von Bork.

Emerson empoigna la main du jeune homme.

— L'épigraphiste ? Bien. J'espère que vous avez prévu un bateau de bonne taille. J'ai amené du Caire vingt hommes avec moi.

De nouveau, von Bork s'inclina.

— Excellente idée, Herr Professor. Un trait de génie ! Mais pas moins je n'espérais du frère du si distingué...

J'interrompis cette tirade, comme j'avais interrompu la première. Cela nous permit de constater que Herr von Bork, lorsqu'il ne parlait pas, était suffisamment efficace pour satisfaire mon exigeant mari lui-même. La felouque qu'il avait louée se révéla assez spacieuse pour nous contenir tous. Nos hommes, massés à l'avant de l'embarcation, toisèrent les matelots en échangeant des commentaires dédaigneux sur la stupidité des gens de Louxor. Les grandes voiles enflèrent, la proue s'abaissa et pivota ; tournant le dos aux temples antiques et aux maisons modernes de Louxor, nous voguâmes sur le large bras du Nil.

Les falaises occidentales déchiquetées, parées d'or par le soleil matinal, étaient depuis des millénaires un dédale de tombeaux où reposaient aussi bien les nobles, les pharaons, que les humbles paysans. Les vestiges des temples mortuaires, jadis grandioses, commencèrent à prendre forme tandis que nous approchions de la rive : les colonnades blanches de Deir el-Bahari, les murs rébarbatifs du Ramesseum et, dominant la plaine de toute leur hauteur, les colossales statues qui, seules, subsistaient du magnifique temple d'Amenhotep III. Plus évocatrices encore étaient les merveilles que nous ne pouvions voir — les sépulcres cachés, creusés dans le roc, des souverains d'Egypte.

La voix de von Bork m'arracha à la contemplation rêveuse de ce gigantesque cimetière. Je me pris à souhaiter que le jeune homme cessât de voir en Emerson le « frère du si distingué Walter ». Emerson avait la plus haute considération pour les compétences de Walter, mais on ne pouvait lui reprocher de prendre ombrage d'être considéré comme un simple appendice de son cadet. La spécialité de von Bork étant l'étude des langues anciennes, il n'était point surprenant qu'il vénérât les contributions de Walter dans ce domaine.

En fait, von Bork voulait simplement communiquer à Emerson les dernières nouvelles.

— Sur ordre de Lady Baskerville, une lourde porte métallique à l'entrée de la tombe a été installée. Dans la Vallée deux gardes résident, sous l'autorité d'un sous-inspecteur du Service des antiquités...

— Inutile ! s'exclama Emerson. Les gardes, quand ils ne sont pas apparentés aux pilleurs de tombes de Gourna, sont tellement superstitieux qu'ils n'osent pas quitter leurs huttes après la tombée de la nuit. Vous auriez dû surveiller vous-même la tombe, von Bork.

— *Sie haben recht,* Herr Professor, murmura avec soumission le jeune Allemand. Mais c'était chose difficile ; seuls Milverton et moi restent, et la fièvre l'a rendu malade. Il...

— Mr. Milverton est le photographe ? demandai-je.

— En effet, Frau Professor. Parmi les meilleurs étaient les membres de l'expédition ; maintenant que vous et le professeur êtes là, seul un artiste manque. Cette tâche était accomplie par Mr. Armadale, et je ne sais...

— C'est là une grave lacune, observa Emerson. Où allons-nous trouver un artiste ? Ah, si seulement Evelyn n'avait pas renoncé à sa prometteuse carrière ! Elle avait un bon coup de crayon. Elle aurait pu aller loin.

Evelyn étant l'une des femmes les plus riches d'Angleterre, mère comblée de trois charmants enfants et épouse affectionnée d'un homme en adoration devant elle, j'estimais qu'elle n'avait pas perdu grand-chose. Je savais néanmoins qu'il était inutile d'en faire la remarque à Emerson. Je me bornai donc à observer :

— Elle a promis de revenir en Egypte avec nous une fois que les enfants seraient à l'école.

— Oui, mais pour quand est-ce ? Elle produit les bébés à la chaîne et ne paraît nullement décidée à s'arrêter. J'aime beaucoup mon frère et sa femme, mais la procréation ininterrompue de petites Evelyn et de petits Walter me paraît un peu excessive. L'espèce humaine...

Dès que l'espèce humaine intervient dans la conversation, je cesse d'écouter. Emerson est capable de disserter sur ce sujet pendant des heures.

— Si je puis suggérer... commença von Bork.

Je le regardai avec étonnement. Sa voix était curieusement hésitante et, bien qu'il demeurât impassible, ses joues hâlées avaient un tantinet rosi.

— Mais certainement, dit Emerson, tout aussi surpris que moi.

Von Bork s'éclaircit la gorge.

— Dans le village de Louxor, il y a une demoiselle — une demoiselle anglaise — qui peint remarquablement. En urgence, on la pourrait persuader...

Emerson fit grise mine. Je ne pus que compatir ; je partageais son opinion sur les jeunes demoiselles appartenant à la catégorie des artistes « amateurs ».

— Nous n'en sommes encore qu'au début, dis-je avec tact. Lorsque nous aurons découvert des peintures méritant d'être copiées, nous nous préoccuperons de trouver un artiste. Quoi qu'il en soit, je vous remercie de votre suggestion, Herr von Bork. Je crois que je vais vous appeler Karl ; c'est plus court et plus amical. Vous n'y voyez pas d'inconvénient, j'espère ?

Le temps qu'il ait fini de m'assurer qu'il n'en voyait pas, nous accostions sur la rive ouest.

Grâce à l'efficacité de Karl et aux imprécations d'Emerson, nous fûmes bientôt prêts à poursuivre notre route à dos d'âne. Laissant Abdullah organiser le transport des hommes et des bagages, nous partîmes à travers champs. Le pas de l'âne étant, comme chacun sait, extrêmement mesuré, cela nous permit de converser durant le trajet. Lorsque nous arrivâmes en vue de l'endroit où le sol noir et fertile, fruit de l'inondation annuelle, cédait la place au sable rouge du désert, Emerson dit subitement :

— Nous allons passer par Gourna.

Maintenant qu'il s'était acquitté de la tâche consistant à nous accueillir et nous véhiculer sans encombre, Karl était bien plus détendu. Quand il était calme, je notai qu'il plaçait ses verbes correctement au lieu de s'empêtrer dans la structure grammaticale tortueuse de la langue allemande.

— Ce n'est pas le chemin direct, objecta-t-il. Je pensais que vous souhaiteriez vous reposer et vous rafraîchir après...

— J'ai mes raisons, le coupa Emerson.

— *Aber natürlich!* Comme le professeur voudra.

Le village de Gourna est niché dans les contreforts des montagnes, où il se confond avec le brun pâle des rochers. On pourrait se demander pourquoi les habitants, qui vivent en ce lieu depuis des centaines d'années, ne recherchent pas un site plus confortable. Ils ont, en fait, d'excellentes raisons économiques de rester ; en effet, sous les planchers de leurs huttes en briques décolorées, se trouvent les tombes anciennes dont les trésors représentent leur principale source de revenus. Les collines qui se dressent derrière le village, à une demi-heure de marche, abritent les vallées étroites où furent ensevelis les rois et les reines de l'Empire.

Nous entendîmes les bruits du village avant même d'en distinguer les habitations : voix d'enfants, aboiements de chiens, bêlements de chèvres. La coupole de la vieille mosquée était visible sur le coteau désertique, tandis que palmiers et sycomores camouflaient à demi une rangée de colonnes antiques. Emerson se dirigea vers elles, et je compris alors pourquoi il avait choisi cet itinéraire. Il y avait là une précieuse source d'eau fraîche, avec un sarcophage brisé en guise d'abreuvoir pour le bétail. Dans une petite communauté, le puits est toujours un centre d'animation ; les femmes y remplissent leurs cruches et les hommes y font boire leurs bêtes. A notre approche, le silence se fit et tout mouvement cessa.

Emerson salua les villageois d'une voix sonore, en arabe. Il ne s'arrêta pas, n'attendit point de réponse. D'un pas aussi majestueux que le lui permettait son petit âne, il passa son chemin, Karl et moi dans son sillage. Le puits était déjà loin derrière nous lorsque j'entendis l'activité reprendre normalement son cours.

Tandis que nos endurantes montures progressaient laborieusement dans le sable, je laissai Emerson prendre quelques mètres d'avance, position qu'il apprécie vivement et occupe rarement. Je voyais, à son maintien arrogant, qu'il s'imaginait dans le rôle d'un valeureux général à la tête de ses troupes. Je m'abstins de lui faire observer que nul ne peut avoir fière allure à dos d'âne, moins encore un homme aux jambes tellement longues qu'il doit les écarter à quarante-cinq degrés pour empêcher ses pieds de traîner par terre. (Emerson n'est pas exagérément grand, mais les ânes, eux, sont exagérément petits.)

— Pourquoi ce détour? me chuchota Karl, qui trottinait à ma hauteur. Je ne comprends pas. Demander au professeur je n'ose; mais vous, sa compagne et...

— Je ne vois aucune objection à vous l'expliquer. Emerson a jeté un défi à cette bande de voleurs. Il leur a dit : « Je suis là. Je ne vous crains pas. Vous savez qui je suis; si vous m'importunez, ce sera à vos risques et périls. » C'était bien joué, Karl; l'une des meilleures prestations d'Emerson, si je puis me permettre de le dire.

Contrairement à Karl, je n'avais pas pris la peine de modérer ma voix. Emerson eut un haussement d'épaules agacé mais ne se retourna pas. Quelque temps plus tard, au détour d'un éperon rocheux, nous vîmes devant nous la baie en croissant qui abrite les temples en ruine de Deir el-Bahari. Non loin de là se trouvait la maison.

La plupart des lecteurs, j'imagine, savent à quoi ressemble la désormais célèbre Baskerville House; en effet, nombre de périodiques en ont publié des gravures et des photographies. Je n'avais moi-même jamais eu l'occasion de l'observer, car elle était encore en construction lors de notre dernier séjour à Louxor. J'avais vu, certes, des croquis et des plans de la maison ; je fus néanmoins fort impressionnée de poser mon regard sur elle pour la première fois. A l'instar de nombreuses habitations orientales, elle était édifiée autour d'une cour intérieure, à laquelle donnait accès une large barrière ménagée au centre de l'un des côtés. La demeure, bâtie en briques ordinaires, était d'une taille pharaonique, et Lord Baskerville s'était plu à la décorer dans le style de l'ancienne Egypte. Ainsi, la barrière et les fenêtres étaient coiffées de linteaux en bois sur lesquels étaient peints des dessins égyptiens aux couleurs vives. Sur un côté, une rangée de colonnes, enlacées de vigne vierge et couronnées de chapiteaux à motifs de lotus dorés, supportaient une agréable loggia ombragée, où orangers et citronniers poussaient dans des pots en terre cuite. Une fontaine proche dispensait de l'eau pour les palmiers et les figuiers. Sous le soleil éclatant, l'ornementation archaïque nous rappelait l'aspect qu'avaient dû présenter les palais de jadis, avant que le temps ne les eût réduits à l'état de décombres.

Mon mari n'a aucun goût pour l'architecture, à moins qu'elle ne date de trois mille ans.

— Damnation ! s'exclama-t-il. Que d'argent gaspillé !

Les barrières en bois pivotèrent sur leurs gonds à notre approche, et nous pénétrâmes directement dans la cour intérieure. Sur trois côtés, des piliers soutenaient une galerie ouverte, en forme de cloître, surmontée d'un toit de tuiles rouges. Toutes les pièces ouvraient sur ce portique. A ma requête, Karl nous fit faire une brève tournée d'inspection, et je ne pus me défendre d'admirer l'inspiration qui avait présidé à l'agencement de la maison ; si je n'avais su à quoi m'en tenir, j'aurais pensé qu'une femme en était à l'origine. Un certain nombre de chambres à coucher, modestes mais confortables, étaient destinées aux membres de l'expédition et aux visiteurs. Une suite plus spacieuse, avec petite salle de bains attenante, avait été réservée à Lord et Lady Baskerville. Karl nous informa que la chambre du lord était désormais la nôtre et que j'y trouverais toutes les commodités désirables. Une partie de la pièce avait été aménagée en cabinet de travail, avec une longue table et une bibliothèque remplie d'ouvrages d'égyptologie.

De nos jours, ce type de logement n'a rien d'exceptionnel, d'autant que les équipes archéologiques sont souvent importantes. Mais à cette époque, où il arrivait qu'une expédition se composât, en tout et pour tout, d'un savant harassé qui, non content de diriger les fouilles, rédigeait lui-même ses rapports, cuisinait lui-même ses repas et lavait lui-même ses chaussettes — pour peu qu'il en portât — Baskerville House constituait un phénomène. L'une des ailes abritait une vaste salle à manger et un salon de bonnes dimensions, donnant sur la loggia à colonnes. Le mobilier était un mélange hétéroclite d'ancien et de moderne. Des nattes tissées recouvraient le parquet et, devant les hautes portes-fenêtres, des voilages d'un blanc vaporeux empêchaient les insectes d'entrer. Fauteuils et divans étaient tapissés d'un velours bleu roi ; tableaux et miroirs étaient ornés de lourds cadres dorés, tarabiscotés. Il y avait même un gramophone et une importante collection de disques d'opéra — la musique favorite de feu Sir Henry.

L'homme qui était étendu sur le divan se leva à notre entrée. Sa démarche incertaine et sa pâleur rendaient les présentations superflues : il s'agissait de Mr. Milverton, le photographe souffrant. Je lui intimai aussitôt de se rallonger et posai une main sur son front.

— La fièvre est tombée, lui dis-je, mais vous êtes encore faible. Vous n'auriez pas dû quitter votre lit.

— Pour l'amour du ciel, Amelia, contenez-vous ! grommela Emerson. J'avais espéré que, pour cette expédition, vous auriez la lucidité de ne pas vous prendre pour un médecin qualifié.

Je subodorai la cause de sa mauvaise humeur. En effet, Mr. Milverton était un jeune homme extrêmement séduisant. Il nous regarda tour à tour, mon époux et moi, avec un sourire las qui découvrit des dents blanches régulières et des lèvres bien dessinées. Ses boucles dorées tombaient en désordre, de manière fort seyante, sur son front haut. Toutefois, sa beauté était parfaitement masculine et sa constitution n'avait pas eu à pâtir de sa maladie ; son torse et ses épaules, très larges, étaient ceux d'un athlète accompli.

— Vous êtes fort aimable, madame Emerson, dit-il. Je suis parfaitement rétabli, je vous assure, et j'avais hâte de vous rencontrer, vous et votre célèbre mari.

— Humph ! fit Emerson d'un ton un peu plus avenant. Très bien, nous commencerons demain matin...

— Il serait prudent que Mr. Milverton ne s'expose point au soleil avant plusieurs jours.

— Je vous rappelle une nouvelle fois, Amelia, que vous n'êtes pas médecin.

— Et moi, je vous rappelle ce qui s'est passé le fameux jour où vous avez négligé mon avis médical.

Une expression particulièrement malveillante se peignit sur les traits d'Emerson. Se tournant vers Karl, il s'enquit :

— Et où est Lady Baskerville ? Une femme exquise !

— En effet, opina Karl. Et pour vous, professeur, j'ai un message personnel de cette dame si distinguée. A l'hôtel *Louxor* elle séjourne ; il ne serait pas convenable, voyez-vous, qu'elle habite cette maison sans avoir de chaperon, maintenant que son estimé mari...

— Oui, oui, s'impatienta Emerson. Quel est ce message ?

— A dîner elle vous invite — avec Mrs. Emerson, naturellement — ce soir à son hôtel.

— Magnifique, magnifique ! s'exclama Emerson. Je suis impatient d'y être !

Inutile de dire que les efforts transparents de mon mari pour me rendre jalouse de Lady Baskerville m'amusèrent fort.

— Si nous devons dîner à l'hôtel, Emerson, dis-je calmement, vous seriez bien avisé de défaire les bagages. Votre habit sera fâcheusement froissé. Vous, monsieur Milverton, retournez vous coucher séance tenante ; j'irai vous voir sous peu pour m'assurer que vous ne manquez de rien. Mais d'abord, je m'en vais inspecter la cuisine et parler au chef. Karl, je vous demanderai de me présenter aux domestiques. Avez-vous eu des difficultés à les garder ?

Prenant fermement Karl par le bras, je quittai la pièce sans laisser à Emerson le loisir de répliquer.

La cuisine se trouvait dans un bâtiment indépendant, derrière la maison, ce qui était un arrangement fort sensé dans un pays chaud. Une variété d'arômes délicieux m'apprit que le déjeuner était en cours de préparation. Karl m'expliqua que la plupart des serviteurs étaient restés à leur poste ; ils considéraient apparemment qu'ils ne risquaient rien à servir les étrangers tant qu'ils ne participaient pas eux-mêmes à la profanation de la tombe.

J'eus le plaisir de retrouver une vieille connaissance en la personne d'Ahmed, le chef, qui avait été employé autrefois au *Shepheard*. Il parut également heureux de me voir. Après avoir échangé les compliments et les questions d'usage sur nos familles respectives, je pris congé, satisfaite de constater que, dans ce domaine au moins, je n'aurais pas à exercer une surveillance constante.

Je trouvai Emerson dans notre chambre, occupé à consulter ses ouvrages et ses documents. Les valises contenant ses vêtements n'étaient toujours pas ouvertes. Accroupi par terre, le jeune domestique chargé de défaire les bagages parlait à mon mari avec animation.

— Mohammed me faisait part des nouvelles, dit joyeusement Emerson. Il est le fils d'Ahmed le cuisinier, vous vous rappelez... ?

— Oui, je viens de bavarder avec lui. Le déjeuner va être bientôt prêt.

Je pris les clefs des valises dans la poche d'Emerson, qui continua de trier ses papiers, et les remis à Mohammed, un mince adolescent aux yeux lumineux et à la beauté délicate. Avec mon aide, il s'acquitta rapidement de sa tâche et se retira. Je constatai avec plaisir qu'il avait rempli une cruche d'eau et préparé des serviettes.

— Enfin seuls ! badinai-je en déboutonnant ma robe. Cette eau m'a l'air bien rafraîchissante ! J'ai grand besoin de me laver et de me changer, après la nuit dernière.

J'avais suspendu ma robe dans la penderie et m'apprêtais à me retourner quand Emerson, nouant les bras autour de ma taille, me pressa contre lui.

— La nuit dernière n'a certes pas été satisfaisante, dit-il dans un murmure. (Quand Emerson murmure, il produit une sorte de grondement extrêmement pénible pour l'oreille.) Entre la dureté et l'extrême étroitesse des couchettes, et les oscillations du bateau...

— Allons, Emerson, ce n'est pas le moment,

dis-je en essayant de me libérer. Nous avons beaucoup à faire. Avez-vous pris des dispositions pour nos hommes ?

— Oui, oui, tout est réglé. Vous ai-je déjà dit, Peabody, combien j'admire la courbe de votre...

J'ôtai sa main de la zone en question — non sans un certain effort de volonté.

— Oui, vous me l'avez déjà dit. Nous n'avons pas le temps, Emerson. Je voudrais me rendre dans la Vallée cet après-midi pour examiner la tombe.

La perspective d'une investigation archéologique était la seule chose qui pût distraire Emerson des pensées qu'il entretenait en cet instant. Ce n'est point me faire injure que d'en convenir.

— Hmmm, oui, dit-il d'un air songeur. Mais il fera une chaleur de tous les diables, vous savez.

— Tant mieux, nous aurons ainsi un peu de paix et de tranquillité. Il nous faudra partir aussitôt après le déjeuner, puisque nous dînons ce soir avec Lady Baskerville.

Ainsi fut fait. Pour la première fois depuis bien des années, nous endossâmes notre tenue de travail. Un frisson me parcourut jusqu'au tréfonds lorsque je vis mon cher Emerson affublé des vêtements dans lesquels il avait conquis mon cœur. (Je parle au figuré, bien entendu, car les vêtements d'origine étaient depuis longtemps transformés en chiffons.) Ses manches retroussées dénudaient ses bras musclés et son col ouvert exposait sa gorge bronzée. Maîtrisant mon émotion, j'ouvris la voie jusqu'à la salle à manger.

Karl nous attendait. Sa ponctualité aux repas ne fut point pour me surprendre ; ses rondeurs attestaient que le manque d'appétit n'était pas son problème majeur. A ma vue, une expression d'étonnement se peignit sur ses traits.

Lors de mon premier séjour en Egypte, j'avais été fâchée de cette convention vestimentaire qui condamnait les femmes à porter de longues jupes traînant incommodément par terre. Ce type de toilette ne se prête nullement à l'escalade, à la course ni aux diverses activités inhérentes aux fouilles archéologiques. J'étais donc passée progressivement de la jupe à une forme de culotte bouffante; puis, lors de ma dernière saison, j'avais pris le taureau par les cornes et commandé un ensemble que je jugeais allier utilité et modestie féminine. Dans un pays où abondent les serpents et les scorpions, les grosses bottes sont une nécessité. Les miennes m'arrivaient aux genoux, où elles rejoignaient ma culotte bouffante, rentrée dans le haut de mes bottes afin d'éviter tout désordre accidentel. Je portais également une tunique qui me tombait aux genoux, fendue sur les côtés pour me permettre une extension maximale des membres inférieurs, au cas où un déplacement rapide — fuite ou poursuite — se révélerait souhaitable. Un chapeau à grands bords et une large ceinture équipée de crochets pour couteau, pistolet et autres instruments, complétaient la tenue.

Ce type de costume devint populaire pour la chasse, un ou deux ans plus tard, et je reste persuadée que ce fut mon exemple qui lança cette mode, bien que l'on ne m'eût jamais rendu hommage pour mon innovation.

Lorsqu'il apprit nos projets pour l'après-midi, Karl offrit de nous accompagner; nous déclinâmes sa proposition, désireux de rester seuls en cette première occasion. Il y a une sorte de route carrossable qui mène, à travers un défilé, aux falaises de la Vallée où sont ensevelis les défunts monarques d'Egypte; nous préférâmes prendre le chemin le plus direct, par le haut plateau situé derrière Deir el-Bahari. Dès que nous eûmes quitté le bocage ombragé et les jardins, le soleil darda sur nous ses rayons brûlants; j'aurais eu mauvaise grâce à m'en plaindre, me souvenant de l'hiver lugubre que nous avions laissé derrière nous.

Après avoir grimpé un raidillon rocheux, nous atteignîmes le sommet du plateau. Là, nous marquâmes une pause, le temps de reprendre notre souffle et d'admirer la vue. Devant nous s'étirait une vaste étendue de rocaille désolée; derrière et en dessous, la Vallée du Nil se déployait comme une toile de maître. Le temple de la reine Hatasu, mis au jour par Maspero, évoquait une maquette d'enfant. Au-delà du désert, les champs bordaient le fleuve à la manière d'un ruban vert émeraude. L'air était si limpide que nous distinguions les silhouettes miniatures des pylônes et des colonnes des temples de la rive est. Au sud se dressait le grand pic, en forme de pyramide, connu sous le nom de « Déesse de l'Ouest », celle qui garde les sépulcres antiques.

Notre promenade terminée, nous nous retrouvâmes au bord d'une falaise plongeant dans un canyon. Les parois rocheuses et le sol nu étaient du même brun terne, décoloré par le soleil. Seules quelques petites poches d'ombre venaient rompre la monotonie du cadre — hormis les ouvertures noires, rectangulaires, qui avaient valu son nom à la Vallée des Rois : les entrées des hypogées royaux.

J'observai avec satisfaction que mon espoir d'une relative intimité se trouvait exaucé. Les touristes avaient regagné leurs hôtels, et on ne voyait que les informes ballots de chiffons recouvrant les formes assoupies des guides et des gardes égyptiens qui travaillaient dans la Vallée. Et cependant... non! A mon grand chagrin, je dus réviser ma première impression en apercevant, au loin, la silhouette d'un homme de haute stature, vêtu à l'européenne, apparemment absorbé dans la contemplation des falaises environnantes.

Bien que nous n'eussions jamais visité la tombe

qui faisait l'objet de notre présente quête, je suis persuadée qu'Emerson aurait pu dresser un plan précis de son emplacement. En tout cas, je l'aurais pu. Elle attira nos regards à la manière d'un aimant.

Elle était là, en bas, du côté opposé de la Vallée. Les parois rocheuses, presque verticales, l'encadraient à la façon d'un décor de théâtre. Au pied de la falaise, il y avait une longue déclivité couverte de pierres et de gravier, hérissée par endroits de monticules de déblais provenant d'excavations antérieures, ainsi que de cabanes et d'entrepôts modernes. Une brèche triangulaire, dans le gravier, marquait l'entrée du tombeau de Ramsès VI. Plus bas, sur la gauche, je vis la massive grille en fer dont avait parlé Karl. Deux ballots poussiéreux — les gardes zélés que Grébaut avait chargés de surveiller la tombe — gisaient à proximité de la grille.

Emerson m'étreignit la main.

— Songez aux merveilles que recèle encore cette paroi dénudée ! murmura-t-il. Les tombeaux de Thoutmosis le Grand, d'Amenhotep II et de la reine Hatasu... voire une cache de momies royales comme celle qui fut découverte en 1881 ! Quelle sera la récompense de notre labeur ?

Je partageai son enthousiasme, mais je lui fis observer qu'il me broyait les doigts. Avec un profond soupir, il revint sur terre. Ensemble, nous descendîmes tant bien que mal le sentier jusqu'au plancher de la Vallée.

Les gardes endormis ne remuèrent pas à notre approche. De la pointe de sa botte, Emerson tâta l'un des ballots. Un œil noir, malveillant, apparut entre les chiffons, et une bouche invisible nous abreuva de jurons vulgaires en arabe. Emerson répondit dans le même registre. Le ballot bondit sur ses pieds, révélant une face patibulaire, couturée de balafres et sillonnée de rides. L'un des yeux était d'un blanc laiteux; l'autre foudroyait Emerson.

— Ah! dit mon mari en arabe, c'est donc vous, Habib. Je croyais que la police vous avait mis sous les verrous à perpétuité. Quel est l'insensé qui vous a confié une tâche d'honnête homme?

Les yeux, dit-on, sont le miroir de l'âme. Dans ce cas précis, l'unique prunelle valide de Habib exprima, l'espace d'un instant, la violence de ses sentiments profonds. Mais seulement l'espace d'un instant; il se mit aussitôt à ramper servilement, marmonnant des saluts, des excuses, des explications — et jurant qu'il avait renoncé à ses mauvais penchants et qu'il méritait la confiance du Service des antiquités.

— Humph! grogna Emerson, nullement convaincu. Allah connaît le fond de votre cœur, Habib; je n'ai pas sa clairvoyance, mais j'ai mes doutes. Ecartez-vous, que j'entre dans la tombe.

L'autre garde, qui s'était dressé à son tour, exécutait force courbettes et salamalecs. Il avait une figure un peu moins antipathique que Habib, sans doute parce qu'il était plus jeune.

— Hélas! grand seigneur, je n'ai pas la clef.

— Moi si, dit Emerson en la sortant de sa poche.

Les barreaux de la grille étaient solides, le cadenas massif; je savais néanmoins qu'ils ne constitueraient pas éternellement un obstacle pour des hommes capables de creuser des tunnels dans le roc afin de détrousser les morts. Une fois la grille ouverte, nous nous retrouvâmes devant la porte scellée qui avait causé tant de dépit à Lord Baskerville le dernier jour de sa vie. On n'avait touché à rien depuis lors. Le trou ménagé par Armadale béait encore, seule ouverture dans le mur de pierres.

Emerson alluma une bougie et nous regardâmes de conserve par le trou, nous cognant la tête dans notre empressement. J'avais beau savoir à quoi m'attendre, je trouvai déprimant de me trouver face à un monticule de débris rocheux dissimulant complètement ce qu'il y avait de l'autre côté.

— Jusque-là, tout va bien, dit Emerson. Personne n'a tenté d'entrer depuis la mort de Baskerville. Pour être franc, je pensais que nos amis de Gourna s'y seraient essayés depuis longtemps.

— Le fait qu'ils s'en soient abstenus me donne à penser qu'une longue tâche nous guette, dis-je. Peut-être attendent-ils que nous ayons déblayé le passage ; ils pourront ainsi s'introduire dans la chambre funéraire en faisant l'économie d'un ennuyeux travail manuel.

— J'espère que vous surestimez l'ampleur du déblaiement nécessaire. En règle générale, la blocaille ne s'étend pas plus loin que l'escalier.

— Belzoni signale qu'il a dû escalader des monceaux de débris quand il est entré dans le tombeau de Séthi, en 1844, lui rappelai-je.

— La situation n'était pas comparable. Ce tombeau avait été pillé et réutilisé pour des inhumations ultérieures. Les débris que décrit Belzoni...

Nous étions engagés dans une discussion archéologique délicieusement animée lorsque se produisit une interruption.

— Bonjour, en bas ! lança gaiement une voix sonore. Puis-je descendre, ou préférez-vous monter ?

Tournant la tête, je vis une silhouette se profiler sur le rectangle de lumière de l'embrasure, en haut des marches. C'était celle du personnage de haute stature que j'avais aperçu tout à l'heure. Emerson répondit aussitôt que nous montions ; il n'avait aucun désir de voir un étranger s'approcher de son nouveau jouet.

La silhouette se révéla appartenir à un gentleman très grand et très mince, au visage fin, spirituel, et aux cheveux blond cendré. Son accent avait déjà trahi sa nationalité. Dès que nous émergeâmes de l'escalier, il poursuivit, avec cette exubérance typique des natifs de notre colonie d'antan :

— Pas à dire, c'est un véritable plaisir. Je n'ai pas besoin de demander qui vous êtes, pas vrai ? Permettez-moi de me présenter : Cyrus Vandergelt, New York, U.S.A. Je suis votre serviteur, madame, et le vôtre, professeur Emerson.

Son nom était familier à toute personne versée dans l'égyptologie. Mr. Vandergelt était l'homologue américain de Lord Baskerville : un amateur enthousiaste, riche mécène de l'archéologie.

— Je savais que vous étiez à Louxor, dit Emerson sans chaleur excessive, en serrant la main tendue. Cependant, je ne m'attendais pas à vous voir si tôt.

— Vous devez vous demander ce que je fais là à cette heure impossible, gloussa Vandergelt. Eh bien ! les amis, je suis comme vous — nous sommes taillés dans la même étoffe. Il faudrait davantage qu'un soleil de plomb pour m'empêcher de réaliser mon projet.

— Et quel est-il ? m'enquis-je.

— Mais... vous rencontrer, pardi ! Je pensais bien que vous viendriez ici dès votre arrivée. Et si vous me permettez de le dire, madame, le seul fait de vous voir me dédommage de tous mes efforts. Je suis — je n'en fais pas mystère, madame, je le proclame même avec fierté ! — je suis un fervent admirateur du beau sexe et un connaisseur, au sens le plus noble du terme, du charme féminin.

On ne pouvait prendre ombrage de ses paroles, tant elles dénotaient une irrépressible jovialité transatlantique et un goût sans défaut. Je m'autorisai un sourire.

— Allons donc ! dit Emerson. Je vous connais de réputation, Vandergelt, et je sais pourquoi vous êtes là. Vous voulez me voler ma tombe.

Mr. Vandergelt sourit de toutes ses dents.

— Si je le pouvais, je n'y manquerais certes pas. Toutefois... — Il recouvra son sérieux — ... Lady Baskerville s'est juré d'accomplir cette mission en mémoire du cher disparu, et je ne suis pas homme à mettre des bâtons dans les roues d'une dame, surtout quand elle est animée de sentiments si touchants. Non, monsieur, Cyrus Vandergelt n'est pas homme à faire des coups bas ! Mon seul désir est de me rendre utile. Demandez-moi toute l'aide qui vous paraîtra nécessaire.

Il se redressa de toute sa taille — laquelle dépassait largement le mètre quatre-vingt-cinq — et leva la main comme pour prêter serment. C'était un spectacle impressionnant ; on se serait presque attendu à voir la Bannière étoilée flotter au vent, aux accents de l'hymne national américain.

— En d'autres termes, répliqua Emerson, vous voulez être de la fête.

Vandergelt éclata d'un rire joyeux et donna une claque dans le dos d'Emerson.

— Je vous disais bien qu'on se ressemblait ! Pas moyen d'abuser un fin renard comme vous. Vous avez raison, bien sûr. Si vous ne me laissez pas participer, je vous rendrai fou en inventant des prétextes pour passer à tout moment. Non, sérieusement, les amis, vous allez avoir besoin de renfort. Ces escrocs de Gourna vont vous tomber dessus comme la lèpre sur le bas clergé, et l'imam local fanatise ses ouailles dans les grandes largeurs. Faute de mieux, je peux au moins vous aider à garder le tombeau... et les dames. Mais ne restons pas là à jacasser sous le soleil brûlant. Ma voiture à cheval est à l'autre bout de la Vallée ; laissez-moi vous conduire à la maison, nous pourrons parler plus à notre aise.

Nous déclinâmes cette offre. Mr. Vandergelt prit congé en disant :

— Vous n'en avez pas terminé avec moi, les amis. Vous dînez ce soir avec Lady Baskerville, je crois ? Moi aussi. A tout à l'heure !

Je m'attendais à une diatribe en règle d'Emerson contre les manières et les arrière-pensées de Mr. Vandergelt, mais il demeura étrangement silencieux. Après avoir de nouveau examiné le peu que nous pouvions voir, nous nous préparâmes à partir. Je remarquai alors que Habib n'était plus avec nous. L'autre garde se lança dans des explications confuses, qu'Emerson interrompit net :

— Je l'aurais renvoyé de toute façon, dit-il, s'adressant à moi mais parlant en arabe pour le bénéfice d'éventuelles oreilles indiscrètes. Bon débarras !

Les ombres s'allongeaient quand nous reprîmes le sentier de la falaise ; je priai Emerson, qui me précédait, d'accélérer l'allure, car je voulais avoir tout loisir de me préparer pour notre dîner avec Lady Baskerville. Nous avions presque atteint le sommet lorsqu'un bruit me fit lever la tête. Aussitôt, je saisis Emerson par les chevilles et le tirai en arrière. Le gros rocher que j'avais vu vaciller au bord de la falaise le manqua de moins d'un pied avant de s'écraser en bas, projetant des éclats de pierre dans toutes les directions.

Lentement, Emerson se remit debout.

— Je vous serais reconnaissant, Peabody, d'être un peu moins abrupte dans vos méthodes, déclara-t-il en essuyant sur sa manche le sang qui coulait de son nez. Vous auriez pu dire calmement « Gare ! » ou tirer sur mon pan de chemise ; l'effet eût été tout aussi efficace et moins douloureux.

C'était là une réflexion inepte, mais je n'eus pas le temps d'y répondre. Car Emerson, après s'être assuré, d'un coup d'œil rapide, que j'étais indemne, entreprit d'escalader la falaise à toute allure, pour finalement disparaître par-dessus le rebord. Je le suivis. Arrivée en haut, ne le voyant nulle part, je m'assis sur un rocher pour l'attendre, et aussi — en toute franchise — pour me ressaisir, car mes nerfs étaient quelque peu ébranlés.

La vague théorie que j'avais échafaudée au Caire se trouvait à présent renforcée. Quelqu'un était déterminé à empêcher Emerson de poursuivre la tâche entreprise par Lord Baskerville. Que la mort de Sir Henry eût fait partie de son plan, ou que le scélérat anonyme eût exploité un tragique accident à des fins personnelles inavouables, je ne pouvais encore le déterminer. Ce dont j'étais sûre, en revanche, c'est que mon mari serait la cible de nouvelles tentatives. Je me félicitai de l'avoir finalement accompagné en Egypte, cédant à ce qui m'avait paru, sur le moment, une impulsion égoïste. Le conflit apparent entre mes devoirs d'épouse et mes devoirs de mère n'avait eu aucune raison d'être. Ramsès était heureux et en de bonnes mains, tandis qu'Emerson courait un danger mortel. Ma place était auprès de lui, pour le préserver de tout péril.

Je le vis alors réapparaître derrière un monticule de rochers, à quelque distance du sentier. Avec son visage maculé de sang et ses yeux exorbités de rage, il offrait un spectacle tout à fait redoutable.

— Il s'est échappé, n'est-ce pas ? demandai-je.

— Aucune trace. Je ne vous aurais point abandonnée, ajouta-t-il d'un ton d'excuse, si je n'avais eu la certitude que le gredin avait pris ses jambes à son cou dès son forfait accompli.

— Absurde ! L'attaque était dirigée contre vous, non contre moi — quoique l'agresseur ne semble guère se soucier des risques qu'il fait courir à l'entourage. Le couteau...

— Je ne crois pas que les deux incidents soient liés, Amelia. Les mains qui ont poussé ce rocher étaient certainement les mains crasseuses de Habib.

Cette hypothèse n'était pas totalement extravagante.

— Mais pourquoi vous déteste-t-il à ce point ? J'ai bien vu que vous étiez en mauvais termes, mais de là à tenter de vous tuer...

— C'est moi qui ai été à l'origine de son arrestation.

Emerson accepta le mouchoir que je lui tendais et entreprit de nettoyer son visage tandis que nous poursuivions notre chemin.

— Pour quel délit ? Vol d'antiquités ?

— Entre autres choses. La plupart des hommes de Gourna sont impliqués dans ce trafic. Cependant, l'affaire qui l'a amené devant la justice, par mon intermédiaire, était d'une nature différente et très pénible. Habib avait naguère une fille. Elle s'appelait Aziza. Quand elle était petite, elle travaillait pour moi comme porteuse de paniers. En grandissant, elle est devenue une jeune femme extrêmement jolie, fine et gracieuse comme une gazelle, avec de grands yeux noirs à faire fondre le cœur de n'importe quel homme.

Le récit que me fit Emerson avait en effet de quoi faire fondre le cœur le plus endurci — même celui d'un homme. La jeune fille, de par sa beauté, représentait un bien précieux, et son père nourrissait l'espoir de la vendre à un riche propriétaire terrien. Hélas ! la beauté d'Aziza attira d'autres admirateurs, et son innocence la rendit vulnérable à leurs artifices. Lorsque son déshonneur vint à être connu, le riche et répugnant acheteur la répudia ; Habib, fou de rage d'avoir perdu son argent, résolut alors de détruire cet objet désormais sans valeur. De telles pratiques sont plus répandues que n'aiment à en convenir les autorités britanniques ; au nom de « l'honneur familial », plus d'une malheureuse a connu un effroyable destin des mains mêmes de ceux qui étaient censés la protéger. Toutefois, en l'occurrence, la jeune fille parvint à s'enfuir avant que l'assassin eût parachevé son œuvre. Battue, ensanglantée, elle tituba jusqu'à la tente d'Emerson, qui l'avait prise sous sa protection.

— Elle avait les deux bras cassés, raconta Emerson d'une voix froide qui ne lui ressemblait guère. Elle avait essayé de se protéger la tête des coups de bâton que lui assenait son père. Je ne saurais dire comment elle lui échappa, comment elle put marcher si longtemps dans son état. Quand elle s'effondra à mes pieds, je l'installai le plus confortablement possible et courus chercher de l'aide. Profitant de mes quelques minutes d'absence, Habib, qui l'avait suivie, pénétra dans ma tente et lui fracassa le crâne d'un seul coup de gourdin.

« Je revins juste à temps pour le voir s'enfuir. Comme je ne pouvais plus rien pour la pauvre Aziza, je me lançai à la poursuite de Habib et lui administrai une solide correction avant de le livrer à la police. Il s'en tira avec une peine beaucoup plus légère qu'il ne le méritait, car, bien sûr, les tribunaux locaux jugèrent son mobile parfaitement valable. Si je n'avais pas menacé le cheik de toutes sortes de représailles, sans doute aurait-il libéré Habib sur-le-champ.

J'étreignis tendrement le bras d'Emerson. Je comprenais qu'il ne m'eût jamais conté cette histoire; aujourd'hui encore, le souvenir l'affectait en profondeur. Peu de gens connaissent le côté doux du caractère d'Emerson; pourtant, ceux qui sont dans la détresse perçoivent d'instinct sa véritable nature et vont le trouver, comme l'avait fait l'infortunée Aziza.

Après un silence pensif, il s'ébroua et dit, avec sa désinvolture coutumière :

— Donc, Amelia, soyez prudente avec Mr. Vandergelt; il n'exagérait pas en se qualifiant d'admirateur du beau sexe. Si j'apprends que vous avez cédé à ses avances, je vous corrigerai d'importance.

— N'ayez crainte, je veillerai à ce que vous ne m'attrapiez pas. Mais nous allons avoir bien du mal à résoudre cette affaire, Emerson, si nous espérons y parvenir en vous utilisant comme appât. Il y a trop de gens en Egypte qui rêvent de vous tuer.

CHAPITRE CINQ

Un magnifique coucher de soleil transformait le fleuve en chatoyante écharpe rouge et or tandis que nous voguions vers notre rendez-vous avec Lady Baskerville, sur la rive est. Emerson boudait parce que j'avais insisté pour prendre une voiture à cheval entre la maison et l'embarcadère. Hormis Emerson, aucun homme n'aurait eu l'idée de déambuler à travers champs en tenue de soirée, et moins encore d'attendre de son épouse qu'elle traîne dans la poussière sa robe de satin rouge et ses dentelles. Remarquez, Emerson est unique. Quand il a un comportement irrationnel, il est nécessaire d'être ferme avec lui.

Il se dérida néanmoins lorsque nous embarquâmes. L'air frais du soir caressait nos visages, la felouque glissait gracieusement sur l'eau et, devant nous, se déployait le grandiose panorama de Louxor : jardins et palmiers d'un vert éclatant, statues, piliers et pylônes des temples thébains. Un attelage nous attendait et nous transporta rapidement à l'hôtel *Louxor,* où séjournait Lady Baskerville.

A notre entrée, la dame vint majestueusement à notre rencontre, les mains tendues. Bien qu'elle fût vêtue de noir, sa toilette ne me sembla point convenir à une veuve de fraîche date. L'abominable faux cul, qui m'avait tant fâchée par le passé, était en voie de disparition ; la robe de Lady Baskerville était de la dernière mode, avec seulement une petite étoffe sur la croupe. Les couches successives de tulle noir qui formaient la jupe étaient si amples, les épaules si bouffantes, que sa taille paraissait ridiculement fine. Elle était étroitement corsetée et, selon moi, la portion de gorge exposée frisait l'indécence. Tout aussi déplacées étaient les fleurs blanches, cireuses, qui couronnaient ses cheveux relevés sur la tête.

(Je n'éprouve pas le besoin de m'excuser pour cette digression d'ordre vestimentaire. Non seulement elle est intéressante en soi, mais elle révèle dans une certaine mesure le caractère de cette femme.)

Lady Baskerville m'offrit les extrémités de ses doigts et étreignit avec chaleur la main d'Emerson. Puis elle se tourna pour nous présenter son compagnon.

— Nous avons déjà fait connaissance, dit Cyrus Vandergelt en nous adressant un sourire radieux. C'est rudement agréable de vous revoir, les amis. Madame Emerson, permettez-moi de vous dire que votre robe est très jolie. Ce rouge vous sied à merveille.

— Passons à table, décréta Lady Baskerville avec un léger froncement.

— Je croyais que miss Mary et son ami étaient des nôtres ? dit Vandergelt.

— Mary a promis de faire tout son possible pour venir. Mais vous connaissez sa mère.

Vandergelt leva les yeux au ciel.

— Si je la connais ! Avez-vous rencontré Mrs. Berengeria, madame Emerson ?

Je répondis que je n'avais pas eu ce plaisir.

— Elle prétend être venue ici pour étudier la religion des anciens Egyptiens, reprit-il, mais je crois plutôt que c'est parce que la vie y est peu chère. Je n'aime pas médire des représentantes du beau sexe, mais Mrs. Berengeria est une horrible mégère.

Lady Baskerville avait écouté avec un petit sourire satisfait. Elle aimait à entendre critiquer les autres femmes, tout autant qu'elle détestait les entendre complimenter.

— Allons, Cyrus, susurra-t-elle, ne soyez pas méchant. La malheureuse n'y est pour rien ; je crois qu'elle n'a pas toute sa tête. Nous avons tous une grande affection pour Mary, de sorte que nous tolérons sa mère. Mais la pauvre enfant est aux petits soins pour la vieille... la malheureuse créature, et peut rarement s'échapper.

Emerson se dandina d'un pied sur l'autre et inséra un doigt sous son col, selon sa coutume quand il s'ennuie ou se sent mal à l'aise. Ayant correctement interprété ces signaux — comme l'eût fait toute femme mariée — Lady Baskerville se tourna vers la salle à manger. A cet instant, Mr. Vandergelt émit une exclamation étouffée.

— Ça alors ! Comment fichtre... ? Regardez qui voilà. Vous ne l'aviez pas invitée, dites-moi ?

— Certainement pas, grinça Lady Baskerville en fusillant du regard la personne qui avait suscité la réflexion de Vandergelt. Remarquez, il lui en faudrait davantage pour l'arrêter. Cette femme a des manières de paysanne.

Un singulier duo venait vers nous. L'un des éléments en était une jeune demoiselle, modestement vêtue d'une robe en tulle jaune pâle quelque peu démodée. En temps ordinaire, elle eût capté l'attention générale, car elle était dotée d'une beauté étrangement exotique : sa peau olivâtre, ses yeux aux longs cils, ses traits délicats et sa mince silhouette évoquaient les Egyptiennes aristocratiques représentées sur les fresques des tombeaux, à tel point que sa toilette moderne semblait incongrue, un peu comme une tenue d'amazone sur une antique statue de Diane. On l'aurait plutôt imaginée dans des robes de lin diaphanes, avec des colliers de turquoise et de cornaline, des bracelets d'or enserrant ses bras et ses chevilles.

Tous ces bijoux, et davantage encore, ornaient sa compagne, dont l'extravagant aspect attirait l'œil au détriment du ravissant visage de la jeune fille. C'était une femme extrêmement imposante, qui faisait une bonne dizaine de centimètres de plus que sa fille, tant en hauteur qu'en largeur. La robe de lin qu'elle portait n'était plus d'un blanc immaculé mais d'un gris sale. Le plastron perlé qui tentait — en vain — de couvrir son ample poitrine était une piètre imitation des joyaux qui paraient les pharaons et leurs dames. Des sandales trop justes chaussaient ses très grands pieds, et une large ceinture aux broderies éclatantes ceignait la région imprécise de sa taille. Sa chevelure, semblable à une énorme ruche noire, était surmontée d'un bizarre couvre-chef composé de plumes, de fleurs et d'ornements en vulgaire laiton.

Je pinçai Emerson et lui glissai d'une voix menaçante :

— Si vous prononcez une seule des paroles qui vous démangent...

— Je me tairai si vous en faites autant.

Ses épaules frémissaient et sa voix tremblotait.

— Et tâchez de ne pas vous esclaffer, ajoutai-je.

J'obtins pour toute réponse une toux caverneuse.

Mrs. Berengeria s'avança, remorquant sa fille dans son sillage. De plus près, j'eus la confirmation de ce que je soupçonnais : la chevelure d'un noir artificiel était une perruque, du même style que celles que portaient les anciens Egyptiens. Le contraste entre cet objet hideux, qui semblait à base de crin de cheval, et les boucles brillantes de miss Mary eût été drolatique s'il n'avait été si épouvantable.

— Je suis venue, annonça Mrs. Berengeria d'un ton théâtral. Les augures étaient favorables. J'ai reçu la force d'endurer une rencontre dénuée de tout réconfort spirituel.

— C'est trop aimable, dit Lady Baskerville en découvrant ses longues dents blanches, comme si elle brûlait de les planter dans la gorge de l'intruse. Mary, mon enfant, je suis ravie de vous voir. Permettez-moi de vous présenter le professeur et Mrs. Emerson.

La jeune fille répondit par un sourire timide. Elle avait des façons délicieusement surannées, qui ne lui avaient certainement pas été inculquées par sa mère. Emerson l'observa avec une admiration mêlée de pitié, et je me demandai si ce charmant visage, de caractère tellement égyptien, ne lui rappelait pas l'Aziza assassinée.

Sans attendre les présentations, Mrs. Berengeria saisit la main d'Emerson et la serra dans les siennes avec une odieuse familiarité. Ses doigts, tachés de henné, étaient d'une propreté douteuse.

— Foin des mondanités, professeur! tonna-t-elle, d'une voix si forte que les rares têtes qui ne s'étaient pas tournées à son entrée pivotèrent dans notre direction. Mais puis-je vous appeler... Seth-nakht?

— Je n'en vois certes pas la nécessité, répondit Emerson, interloqué.

— Vous ne vous souvenez donc pas?

Presque de la même taille que mon mari, elle se tenait si près de lui que les cheveux d'Emerson ondoyèrent furieusement lorsqu'elle laissa échapper un soupir en rafale.

— Il ne nous est pas donné à tous de nous rappeler nos vies antérieures, reprit-elle. Cependant, j'avais espéré... J'étais Ta-weseret, la reine, et vous étiez mon amant.

Emerson tenta de dégager sa main, mais la femme s'y cramponna. Elle devait avoir une poigne d'homme, car les doigts d'Emerson blanchirent sous la pression.

— Ensemble nous régnions sur l'ancienne Waset, poursuivit Mrs. Berengeria avec ravissement. C'était après que nous eûmes assassiné Ramsès, mon misérable époux.

Révulsé par cette inexactitude historique, Emerson protesta :

— Ramsès n'était pas l'époux de Ta-weseret, et il n'est pas du tout prouvé que Sethnakht...

— Assassiné ! cria Mrs. Berengeria, faisant sursauter Emerson. Assassiné ! Nous avons expié ce péché dans d'autres vies, mais l'intensité de notre passion... Ah ! Sethnakht, comment avez-vous pu oublier ?

L'expression d'Emerson, tandis qu'il contemplait le soi-disant objet de sa flamme, est de celles dont je me souviendrai longtemps avec délectation. Toutefois, cette femme commençait à m'irriter ; devant le pitoyable regard de supplication que me lançait mon mari, je décidai d'intervenir.

J'ai toujours une ombrelle avec moi ; c'est un accessoire qui peut se révéler fort utile, de bien des manières différentes. Celle que j'avais ce soir-là était assortie à ma robe et éminemment adaptée à l'occasion. J'en donnai un coup sec sur le poignet de Mrs. Berengeria, qui émit un jappement et lâcha Emerson.

— Mon Dieu, suis-je donc maladroite ! m'exclamai-je.

Pour la première fois, la dame me regarda bien en face.

Le khôl noir qui lui cernait généreusement les yeux lui donnait l'air d'avoir subi une sévère rossée. Les iris étaient d'une couleur indéterminée, entre bleu et gris, et d'une telle pâleur qu'ils se fondaient dans le blanc sale de la cornée. Les pupilles étaient extraordinairement dilatées. Au total, cela formait une paire d'yeux fort déplaisante à voir, et l'intelligence venimeuse avec laquelle ils me fixèrent m'apprit deux choses : primo, je m'étais fait une ennemie ; secundo, les excentricités de la dame comportaient une part de calcul.

Lady Baskerville s'empara du bras de Mr. Vandergelt, je pris possession de mon pauvre Emerson éberlué, laissant Mrs. Berengeria et sa malheureuse fille fermer la marche, et nous entrâmes dans la salle à manger, où une table avait été préparée à notre intention. C'est là que se présenta une nouvelle difficulté — causée, comme l'on pouvait s'y attendre, par Mrs. Berengeria.

— Il n'y a que six places ! gronda-t-elle en s'installant d'autorité sur la chaise la plus proche. Mary ne vous a-t-elle pas dit, Lady Baskerville, que mon jeune admirateur dînait également avec nous ?

C'était d'une effronterie si énorme que chacun en demeura coi. Tremblante de fureur, Lady Baskerville demanda au maître d'hôtel d'ajouter un couvert. Au mépris de l'étiquette, j'installai résolument Emerson entre notre hôtesse et moi-même, ce qui laissa à Mr. Vandergelt le privilège d'être le voisin de table de Mrs. Berengeria. La chaise vide destinée à « l'admirateur » d'icelle se trouva placée entre miss Mary et moi. Préoccupée que j'étais par d'autres soucis, je ne m'interrogeai même pas sur l'identité de l'invité surprise ; aussi tombai-je des nues en voyant apparaître un visage familier, constellé de taches de son et surmonté d'une flamboyante tignasse rousse.

— Toutes mes excuses pour ce retard, Lady Baskerville, dit Mr. O'Connell en s'inclinant. J'ai fait au plus vite, croyez-moi. Quel plaisir de retrouver tant d'amis ! Est-ce là ma place ? Je ne pouvais en souhaiter de meilleure.

Devinant, à la lividité croissante de sa figure, qu'Emerson était sur le point de proférer un commentaire explosif, je lui écrasai lourdement le pied.

— Je ne m'attendais pas à vous voir ici, monsieur O'Connell, dis-je. Vous êtes remis, semble-t-il, de votre malencontreux accident.

— Un accident? s'exclama Mary en écarquillant ses yeux sombres. Vous ne m'aviez pas dit...

— Rien de grave, lui assura O'Connell. J'ai sottement trébuché et dégringolé quelques marches. — Il me lança un regard amusé. — C'est bien gentil à vous, madame Emerson, de vous rappeler un incident aussi négligeable.

— Je suis soulagée d'apprendre que vous l'avez jugé négligeable.

Je maintins ma pression sur le pied d'Emerson, que je sentais se tortiller sous la semelle de mon soulier.

Les yeux de Mr. O'Connell étaient aussi innocents que des flaques d'eau limpide.

— J'espère seulement que mon rédacteur en chef sera du même avis, dit-il.

— Je vois.

Des serveurs affairés apportèrent des bols de bouillon, et le repas commença. Les conversations également, chacun se tournant vers son voisin ou sa voisine. Cette estimable coutume mondaine se trouva perturbée par la présence d'un convive de trop, si bien que, grâce à Mrs. Berengeria, je n'eus personne à qui parler. Je ne m'en plaignis pas; cela me permit, tout en goûtant ma soupe, d'écouter à tour de rôle les autres conversations, aussi édifiantes que divertissantes.

Les deux jeunes gens semblaient en termes amicaux. A vrai dire, je soupçonnais Mr. O'Connell de nourrir à l'endroit de Mary des sentiments un peu plus enflammés; il la dévorait des yeux et lui parlait d'une voix suave, caressante. Bien que la jeune fille, de toute évidence, savourât son admiration, je n'aurais point juré qu'elle partageât sérieusement cette affection. Je remarquai, de même, que Mrs. Berengeria, tout en régalant Mr. Vandergelt d'une description de son histoire d'amour avec Sethnakht, surveillait les jeunes gens du coin de l'œil. Bientôt, elle se détourna brusquement de son voisin pour interrompre O'Connell au beau milieu d'un compliment. Ainsi libéré, Vandergelt croisa mon regard, mima un soupir de soulagement et se joignit à la discussion entre Emerson et Lady Baskerville.

Grâce à Emerson, la conversation avait pris une tournure strictement archéologique, en dépit des soupirs énamourés et des battements de cils de Lady Baskerville, qui le remerciait à l'envi de s'être galamment porté à la rescousse d'une malheureuse veuve solitaire. Insensible à ces stratagèmes, Emerson continua d'exposer ses plans pour l'excavation de la tombe.

N'allez pas croire, ô lecteur, que j'aie perdu de vue ce qui était désormais mon principal objectif : démasquer le meurtrier de Lord Baskerville. Ce n'était plus là une affaire d'ordre purement intellectuel. Peut-être Mr. O'Connell était-il responsable de la blessure d'Emerson au Caire (quoique j'eusse des doutes à ce sujet) ; peut-être l'ignoble Habib avait-il fait basculer ce gros rocher qui avait manqué de si peu mon mari. *Peut-être,* je dis bien ; car j'avais la conviction que deux tentatives si rapprochées avaient une signification plus profonde et plus sinistre. L'individu qui avait assassiné Baskerville s'attaquait maintenant à Emerson. Plus tôt je découvrirais son identité, plus tôt il serait mis hors d'état de nuire.

J'emploie le pronom masculin pour des raisons de commodité grammaticale, mais la possibilité qu'une main féminine eût manié l'arme du crime (quelle qu'elle fût) n'était point à exclure. A vrai dire, en regardant autour de la table, je me fis la réflexion que j'avais rarement vu un groupe de personnes de nature à inspirer autant de soupçons.

Que Lady Baskerville fût capable de commettre un meurtre, cela ne faisait aucun doute dans mon esprit. Pourquoi aurait-elle voulu tuer son mari ? Je l'ignorais pour l'instant, mais j'avais la conviction qu'une brève enquête révélerait un mobile et expliquerait comment elle avait mis en œuvre les deux agressions contre Emerson.

Quant à Mr. Vandergelt, en dépit de son apparente jovialité, je devais le considérer comme suspect. Nous savons tous avec quelle férocité ces milliardaires américains écrasent leurs rivaux afin d'accéder au pouvoir. Vandergelt avait convoité la tombe de Lord Baskerville. D'aucuns jugeraient ce motif insuffisant pour justifier un meurtre ; pour ma part, je connaissais trop bien le tempérament des archéologues pour écarter cette hypothèse.

Mrs. Berengeria, sentant peut-être peser sur elle mon regard spéculateur, leva les yeux de la côte de mouton qu'elle disséquait. Une fois encore, ses prunelles livides brillèrent de haine. Point n'était besoin de se demander si elle était capable de commettre un meurtre ! Elle était folle, très certainement, et les actes d'une folle sont par essence inexplicables. Elle avait très bien pu prendre Lord Baskerville pour l'un de ses antiques amants, puis le tuer quand il l'avait repoussée — comme tout homme normal se devait de le faire.

Laissant Mrs. Berengeria engloutir son dîner, je tournai mon attention vers sa fille, qui écoutait en silence Mr. O'Connell lui parler à voix basse. Elle souriait, mais d'un sourire empreint de tristesse ; l'éclairage du salon soulignait la pauvreté de sa robe et la fatigue de ses traits. Je la rayai séance tenante de ma liste de suspects. Le fait qu'elle n'eût pas encore massacré sa mère prouvait bien que la violence lui était étrangère.

Mr. O'Connell? Sans nul doute, il avait sa place sur ma liste. Il était en bons termes avec les trois femmes présentes, ce qui témoignait d'un caractère sournois et hypocrite. Gagner les faveurs de Mary ne présentait aucune difficulté : la petite était prête à répondre à toute marque d'intérêt ou d'affection. En vue de faciliter ses rapports avec la jeune fille, O'Connell s'était insinué dans les bonnes grâces de la mère, par pure duplicité (car personne ne pouvait sincèrement admirer, ni même tolérer, cette femme). La même fourberie pateline expliquait probablement son entregent avec Lady Baskerville. Il lui avait consacré des articles d'un sentimentalisme des plus écœurants, et elle était assez vaniteuse pour se laisser abuser par la vile flatterie. Bref, ce n'était pas un personnage digne de confiance.

Naturellement, toutes ces personnes ne représentaient qu'un échantillon des suspects possibles. L'Armadale disparu figurait haut sur ma liste; quant à Karl von Bork et Milverton, peut-être avaient-ils des mobiles encore inconnus de moi. Dès que je me pencherais sérieusement sur le mystère, à coup sûr, je découvrirais aisément la solution; et, franchement, la perspective de jouer au détective n'était point pour me déplaire.

Le dîner s'écoula ainsi en amusantes spéculations, et nous nous préparâmes à gagner le salon. Mrs. Berengeria avait mangé tout ce qui lui tombait sous la main, et son visage rond luisait de graisse. Elle avait également bu une grande quantité de vin. Pour se lever de table, elle saisit le bras de sa fille et s'appuya lourdement contre elle. Les genoux de Mary ployèrent sous le faix. Mr. O'Connell voulut se porter à la rescousse, mais Mrs. Berengeria le repoussa.

— Mary va m'aider, marmonna-t-elle. Chère fille... aide ta mère... une bonne fille ne quitte jamais sa mère...

Mary pâlit.

— Voudriez-vous appeler une voiture, monsieur O'Connell ? dit-elle à voix basse. Nous ferions mieux de partir, Mère, vous n'êtes pas bien.

— Me suis jamais sentie mieux, grogna la femme. Vais prendre un peu de café. Faut que je parle à mon vieil amant, Amenhotep... je l'appelais le Magnifique... Tu te souviens de ta petite reine chérie, dis, Amen ?

Lâchant le bras de sa fille, elle fonça sur Emerson.

La première fois, elle l'avait pris au dépourvu ; mais là, il décida d'agir, et aucune notion de bienséance ne saurait retenir mon mari quand il a décidé d'agir. Il empoigna la dame dans une étreinte paralysante et l'entraîna *manu militari* vers la porte.

— Une voiture ! cria-t-il. La voiture de Mrs. Berengeria, s'il vous plaît !

Le portier de l'hôtel bondit pour lui venir en aide. Mary leur emboîta le pas, mais O'Connell la retint :

— Ne pouvez-vous rester ? Je n'ai pas eu l'occasion de vous parler...

— Vous savez bien que je ne peux pas. Bonsoir à tous. Lady Baskerville, je vous fais mes remerciements... et mes excuses.

Mince et gracieuse dans sa misérable robe, elle suivit, tête basse, les portiers qui évacuaient sa mère.

La figure de Mr. O'Connell exprimait sans fard son chagrin et son affectueuse sollicitude. Je me sentais fondre pour le jeune homme, quand il se ressaisit et déclara :

— Alors, madame Emerson, avez-vous changé

d'avis au sujet de cette interview? Vos commentaires sur votre arrivée à Louxor intéresseraient énormément mes lecteurs.

Son visage se transforma de façon extraordinaire. Ses yeux étincelèrent d'ironie, ses lèvres serrées esquissèrent un rictus en demi-lune. Cette expression, qui représentait pour moi son visage de journaliste, me fit penser aux farfadets et aux elfes malicieux qui, dit-on, abondent sur l'Ile d'Emeraude.

Je ne daignai pas lui faire l'honneur d'une réponse. Par bonheur, Emerson n'avait pas entendu sa requête; appuyé au dossier de la chaise de Lady Baskerville, il exposait ses plans pour le lendemain.

— Et puisque nous devons partir au petit jour, conclut-il en me lançant un coup d'œil, nous ferions aussi bien de rentrer, hmm, Amelia?

Je me levai aussitôt. A ma grande surprise, Lady Baskerville fit de même.

— Mes bagages sont prêts. Voulez-vous appeler le portier, Radcliffe?

Voyant ma stupeur, elle me dédia un sourire sucré.

— Ne vous avais-je point fait part de mon intention d'aller avec vous, madame Emerson? Maintenant que vous êtes là, je n'ai pas de scandale à redouter si je regagne mon ancienne demeure, bénie de tant de doux souvenirs.

Ma réaction, cela va sans dire, fut parfaitement calme et courtoise.

II

J'avais craint que la présence de Lady Baskerville dans la chambre voisine n'inhibât Emerson dans une certaine mesure. Au début, tel fut le cas. Jetant un regard courroucé vers la porte fermée, il maugréa : « Crénom, Amelia, c'est une situation impossible ! Je n'oserai rien dire, de peur d'être entendu. » Cependant, peu à peu, il s'absorba à tel point dans son activité qu'il abandonna toute réserve et oublia les incommodités extérieures. Ma contribution personnelle, dans le succès de cette entreprise, fut loin d'être négligeable.

Confortablement nichée dans les bras de mon époux, je glissai dans le sommeil. Mais il était dit que nous ne reposerions pas en paix cette nuit-là. A peine avais-je fermé les paupières, me sembla-t-il, que je fus réveillée en sursaut par un ululement monstrueux, si perçant qu'il semblait provenir de notre chambre même.

Je me targue de pouvoir émerger du sommeil — ou de la méditation — l'esprit alerte, prête à passer à l'action. Je me dressai sur mon séant et bondis du lit. Malheureusement, je ne m'étais pas encore réhabituée aux accessoires indispensables pour dormir dans ces contrées, de sorte que je plongeai tête la première dans la moustiquaire. Mes efforts désespérés pour me libérer ne firent que m'emprisonner plus étroitement dans le rideau de mousseline. Les hurlements persistaient ; s'y joignaient à présent des cris d'alarme provenant d'une autre aile de la maison.

— Aidez-moi, Emerson ! criai-je avec irritation. Je suis empêtrée dans la moustiquaire. Pourquoi ne bougez-vous pas ?

— Parce que, ahana une voix faible, vous m'avez piétiné le ventre en vous levant. Je commence seulement à reprendre mon souffle.

— Alors veuillez l'employer, je vous prie, à agir plutôt qu'à disserter. Libérez-moi.

Emerson s'exécuta, non sans égrener des commentaires que j'estime inutile de rapporter. Après m'avoir dégagée, il s'élança vers la porte. Comme il passait dans un rai de lune qui filtrait par la fenêtre ouverte, je poussai un cri horrifié.

— Emerson ! Votre pantalon... votre chemise de nuit... quelque chose...

Avec un juron violent, il s'empara du premier vêtement qui lui tombait sous la main. Celui-ci se trouva être la fine chemise de nuit en lin blanc, agrémentée de larges bandes de dentelle, que j'avais ôtée précédemment. Emerson la lança vers moi, avec un juron encore plus violent, et se mit en devoir de chercher ses habits à lui. Lorsque nous sortîmes enfin dans la cour, les cris avaient cessé mais l'excitation ne s'était pas apaisée. Tous les membres de l'expédition faisaient cercle autour d'un serviteur assis par terre, les bras sur la tête, qui se balançait d'avant en arrière en gémissant. Je reconnus Hassan, l'un des hommes de Lord Baskerville, qui faisait office de veilleur.

— Qu'est-il arrivé ? demandai-je à la personne la plus proche de moi.

C'était Karl. Il était habillé de pied en cap, bras croisés, chaque poil de sa moustache bien en ordre. Inclinant le buste avec sa raideur germanique, il répondit calmement :

— L'insensé prétend avoir vu un fantôme. Vous savez combien ces gens-là sont superstitieux, et dans les circonstances actuelles...

— Ridicule ! soupirai-je, fort désappointée.

J'avais espéré que le tumulte était provoqué par l'assassin de Lord Baskerville, revenant sur les lieux de son crime. Emerson saisit Hassan au collet et le souleva de terre.

— Suffit ! cria-t-il. Etes-vous un homme ou un nouveau-né braillard ? Parlez. Dites-moi quelle vision a mis notre vaillant guetteur dans cet état.

Les méthodes d'Emerson, quoique peu orthodoxes, s'avèrent généralement efficaces. Hassan cessa de sangloter et se mit à fouetter l'air avec ses jambes. Emerson le fit descendre jusqu'à ce que la plante de ses pieds nus reposât sur la terre battue de la cour.

— O Maître des Imprécations! hoqueta-t-il. Allez-vous protéger votre serviteur?

— Mais oui, mais oui. Parlez.

— C'était un *affrit*, un esprit malfaisant, chuchota Hassan en roulant des yeux effarés. L'esprit de celui qui a un visage de femme et un cœur d'homme.

— Armadale! s'exclama Mr. Milverton.

Lady Baskerville et lui se tenaient côte à côte. Elle s'agrippait à sa manche, mais je n'aurais su dire lequel des deux soutenait l'autre, car il était aussi pâle qu'elle.

Hassan hocha la tête avec vigueur, autant que le lui permettait Emerson qui le serrait encore à la gorge.

— La main du Maître des Imprécations empêche de parler, se plaignit-il.

— Oh! pardon, dit Emerson en lâchant prise.

Hassan entreprit de masser son cou décharné. Il s'était remis de sa frayeur initiale; je soupçonnai, à la lueur rusée qui brillait dans ses yeux, qu'il commençait à apprécier d'être le centre de l'attention générale.

— Je l'ai vu au clair de lune, en faisant ma ronde, expliqua-t-il. L'esprit de celui qui a un visage de...

— Oui, oui, l'interrompit Emerson. Que faisait-il?

— Il rampait dans les ombres comme un serpent, un scorpion, un djinn malveillant! Il portait la longue robe de lin des cadavres, il avait une figure livide, creuse, avec des yeux fixes et...

— Suffit! rugit Emerson.

Hassan se tut, non sans jeter un regard en coin sur son public pour juger de l'effet produit par cette histoire de fantôme.

— Ce vaurien superstitieux aura rêvé, dit Emerson à Lady Baskerville. Retournez vous coucher. Je veillerai à ce qu'il...

— Non ! s'écria Hassan. Ce n'était pas un rêve, je le jure ! J'ai entendu les chacals hurler dans les collines, j'ai vu les brins d'herbe se coucher sous ses pieds. Il s'est approché d'une des fenêtres, ô Maître des Imprécations — une de ces fenêtres-là !

Il indiqua le côté de la maison où donnaient toutes nos chambres.

Karl émit un grognement. Le visage de Lady Baskerville prit une teinte grisâtre. Mais la réaction la plus spectaculaire fut celle de Milverton : il poussa un étrange soupir, ploya les genoux et s'effondra par terre, évanoui.

III

Un peu plus tard, au moment de nous recoucher, je dis à Emerson :

— Cela ne prouve rien. Je vous avais prévenu que ce jeune homme n'était pas complètement rétabli ; il n'a pas résisté au choc et à l'excitation.

Juché sur une chaise, Emerson s'efforçait de remettre en place la moustiquaire. Il avait repoussé avec humeur ma suggestion d'appeler l'un des domestiques en renfort.

— Vous me surprenez, Amelia. J'étais persuadé que cet évanouissement constituerait, à vos yeux, un signe de culpabilité.

— Ne soyez pas ridicule. L'assassin est Armadale, je ne cesse de vous le seriner depuis le début. Nous savons à présent qu'il est vivant et dans les parages.

— Nous ne savons rien de tel. Hassan est parfaitement capable de voir en imagination, simultanément, les esprits des onze Ramsès. Oubliez cet incident et venez au lit.

Il descendit de son perchoir. A mon grand étonnement, je vis qu'il avait remis la moustiquaire. Emerson déploie en permanence des talents que je ne lui soupçonnais pas. Je me pliai donc à son injonction.

CHAPITRE SIX

En dépit de notre nuit mouvementée, nous nous réveillâmes avant le point du jour. C'était une matinée superbe. Respirer une goulée d'air équivalait à boire une gorgée de vin blanc frais. Lorsque le soleil en majesté émergea à l'horizon, les falaises occidentales rosirent en signe de bienvenue et les alouettes se mirent à chanter pour accueillir l'aube.

Au lever du soleil, nous cheminions déjà dans la plaine, à travers des champs d'orge et de légumes mûrissants. Du fait de la nécessité de transporter avec nous une certaine quantité de matériel, nous avions emprunté cet itinéraire de préférence à l'autre chemin, plus court mais plus difficile, par les falaises. Nos fidèles compagnons d'Aziyeh nous escortaient, procession déguenillée mais joyeuse ; je me faisais l'effet d'un général à la tête d'une petite armée. Comme ma belle humeur requérait un exutoire, je me tournai sur ma selle et levai le bras au cri de « Huzzah ! » Notre troupe y répondit par un ban et Emerson par un dédaigneux « Ne vous ridiculisez pas, Amelia ».

En entrant dans la Vallée proprement dite, nous vîmes qu'une foule importante était massée auprès de notre tombe. Je remarquai l'un des hommes, qui se distinguait par sa stature inhabituelle et par son lourd *farageeyeh,* cette robe que portent surtout les érudits. Bras croisés, barbiche noire pointée en avant, il se tenait seul; les autres, à distance respectueuse, se bousculaient et jouaient des coudes. Son turban vert le désignait comme un descendant du Prophète; sa mine sévère et ses yeux caves, au regard fixe, dénotaient une personnalité autoritaire.

— C'est le saint homme local, dit Karl. Je dois vous avertir, professeur, qu'il était hostile à...

— Inutile, le coupa Emerson. Gardez le silence et restez à l'écart.

Il mit pied à terre et fit face à l'imam. L'espace d'un moment, les deux hommes se jaugèrent en silence. Ils semblaient transcender leur statut d'individu pour devenir les symboles de deux modes de vie : le passé et l'avenir, l'âge de la superstition et celui du rationalisme.

Mais je m'égare.

Solennellement, l'imam leva la main. Sans lui laisser le temps de prononcer une parole, Emerson déclara d'une voix forte :

— *Sabâkhum bilkheir,* saint homme. Etes-vous venu bénir le chantier? *Marhaba...* bienvenue.

Emerson soutient, à tort ou à raison, que tous les chefs religieux sont, fondamentalement, des hommes de spectacle. Celui-ci, se voyant « souffler la vedette », eut la réaction qu'aurait eue n'importe quel comédien chevronné; il maîtrisa la colère qui flambait dans ses yeux et répondit, après une imperceptible pause :

— Je n'apporte pas une bénédiction mais un avertissement. Vas-tu encourir la malédiction du Tout-Puissant? Vas-tu profaner les morts?

— Je viens sauver les morts, non profaner leurs tombes, répliqua Emerson. Depuis des siècles, les hommes de Gourna dispersent leurs pitoyables ossements dans les sables du désert. Pour ce qui est des malédictions, je ne crains ni les *affrits* ni les démons, car le Dieu que nous adorons, vous et moi, a promis de nous protéger du mal. J'invoque Sa bénédiction sur nos travaux de sauvetage ! *Allâhu akbar; lâ ilâha illa'llâh !*

Otant son chapeau d'un geste ample, il se tourna vers La Mecque et leva les mains de chaque côté de son visage, selon qu'il est prescrit pour réciter le *takbir*.

Je dus prendre sur moi pour ne pas crier « Bravo ! ». Un murmure de surprise et d'approbation parcourut l'assistance. Emerson garda sa pose théâtrale juste le temps qu'il fallait, puis se recoiffa. Avant que son adversaire désarçonné ait pu trouver une parade appropriée, il dit d'un ton bref :

— A présent, saint homme, vous m'excuserez si je me mets à la tâche.

Sans plus de cérémonie, il disparut dans l'escalier. L'imam, acceptant sa défaite avec la dignité que commandait sa fonction, tourna les talons et s'éloigna, suivi d'une partie de l'assemblée. Les autres s'accroupirent et se préparèrent à nous regarder travailler — dans l'espoir, sans nul doute, d'assister à une catastrophe.

J'allais suivre Emerson lorsque j'aperçus, dans la foule maintenant clairsemée, une silhouette jusque-là dissimulée dans leurs rangs. La tignasse rouge feu de Mr. O'Connell était cachée sous un panama d'une largeur inusitée. Il griffonnait fébrilement dans un carnet. Sentant que je le regardais, il leva la tête et se découvrit.

— Bien le bonjour, madame Emerson. Vous n'êtes pas trop fatiguée, j'espère, après votre nuit agitée ?

— Comment êtes-vous au courant ? demandai-je sèchement. Et qu'est-ce que vous fi... je veux dire, que faites-vous ici ?

— Ma foi, c'est un lieu public, et l'ouverture de cette tombe est un événement important. Grâce à votre mari, j'ai déjà un titre du tonnerre. Quel extraordinaire comédien !

Il n'avait pas répondu à ma première question. De toute évidence, il avait des informateurs au sein même de notre expédition et n'était pas tenté de les trahir. Quant au second point, il avait raison : nous pouvions lui interdire de pénétrer dans le tombeau, mais pas d'observer le chantier. Indifférent à mon regard courroucé, il sortit tranquillement un siège pliant, l'ouvrit et s'assit. Puis il mit son crayon en position et me considéra d'un air expectant.

Je me sentis une certaine affinité avec l'imam. Tout comme lui, je me trouvais dans l'impossibilité de contre-attaquer. Donc, suivant son exemple, je battis en retraite avec le maximum de dignité que je pouvais déployer.

En descendant les marches, je constatai qu'Emerson avait déverrouillé la grille métallique et conversait avec les gardes — non pas le détestable Habib et son ami, mais deux de nos hommes. Ne sachant point qu'Emerson avait eu cette initiative, je lui en fis l'observation.

— Vous me prenez pour un imbécile si vous me croyez capable de négliger une précaution aussi élémentaire, répondit-il. Cependant, je doute fort que cette mesure se révèle suffisante. Une fois que nous aurons déblayé le couloir, il faudra que l'un de nous passe la nuit sur place. Lorsque Milverton sera suffisamment rétabli à votre gré, nous serons trois...

— Quatre, rectifiai-je en brandissant mon ombrelle.

Nos hommes grommelèrent quelque peu quand ils découvrirent qu'il leur faudrait transporter les paniers de débris. Cette tâche subalterne était d'ordinaire dévolue aux enfants, mais Emerson avait décidé de ne demander aucune aide aux villageois. Ceux-ci, lorsqu'ils verraient que les travaux progressaient sans incident, viendraient spontanément nous trouver — du moins l'espérions-nous. Malheureusement, les péripéties telles que notre « fantôme » de la nuit précédente ne facilitaient pas les choses. Si seulement nous pouvions attraper l'insaisissable Armadale !

Les hommes cessèrent de se plaindre en voyant que Karl, Emerson et moi-même mettions la main à la pâte. Abdullah fut même horrifié de me voir soulever le premier panier de pierres afin de le vider au-dehors.

— Vous avez oublié mes habitudes, Abdullah, lui dis-je. Vous m'avez pourtant vue accomplir des travaux plus rudes que celui-ci.

Le vieil homme sourit.

— Je n'ai pas oublié votre caractère, au moins, Sitt Hakim. Il faudrait un homme plus brave qu'Abdullah pour vous empêcher d'agir à votre guise.

— Cet homme-là n'existe pas, rétorquai-je.

Je demandai à mon mari où il souhaitait former le tas de déblais, puisque mon panier aurait l'insigne honneur d'inaugurer l'emplacement. Emerson se frotta la mâchoire d'un air pensif avant d'indiquer un endroit au sud-ouest :

— Là-bas, près de l'entrée du tombeau de Ramsès VI. Il n'y a rien d'intéressant dans ce coin ; les seules ruines sont celles des huttes des anciens ouvriers.

Tandis que je faisais des aller-retour avec mon panier, je me sentis un brin gênée au début car Mr. O'Connell m'observait, imperturbable, sourire aux lèvres, et je savais qu'il dressait de moi un portrait à l'intention de ses lecteurs. Peu à peu, cependant, la cadence du travail me fit oublier sa présence. Le monticule de débris me semblait augmenter avec une pénible lenteur. Etant donné que je recevais mon panier des mains de l'homme qui l'avait rempli, je n'entrais pas moi-même dans la tombe; je n'avais par conséquent aucun moyen d'évaluer les progrès accomplis, ce que je trouvais diantrement décourageant (pour parler comme Emerson).

J'en vins à éprouver un immense respect pour les humbles petits porteurs de paniers. Comment ces enfants pouvaient-ils gambader joyeusement d'un point à l'autre, en chantant et en plaisantant? Je n'aurais su le dire. Pour ma part, je transpirais à grosses gouttes et ressentais en divers endroits de mon anatomie des douleurs inconnues jusqu'alors. Les touristes affluèrent au fil des heures, au point qu'il fallut, en sus de la clôture qui entourait l'hypogée proprement dit, tendre des cordes le long du passage menant de l'entrée de la tombe au tas de déblais. Les touristes les plus impudents faisaient fi de cette barrière, de sorte que j'étais constamment obligée d'écarter sans ménagements les badauds ébahis. A moitié aveuglée par le soleil, la poussière et la sueur, je leur accordai juste l'attention nécessaire pour les éjecter hors de mon chemin; aussi, lorsque j'avisai, au beau milieu du passage, une robe gris pâle très sophistiquée, ornée de dentelle noire, je lui décochai un coup de coude en passant. Un cri strident, suivi d'une exclamation masculine, me fit stopper net. M'essuyant le front pour éclaircir ma vision, je reconnus Lady Baskerville. Sans doute était-ce son corset qui l'empêchait de se redresser; tout son corps était penché en arrière, raide comme un tronc d'arbre, ses talons collés au sol et ses épaules soutenues par Mr. Vandergelt. De sous son chapeau à fleurs, qui lui était tombé sur le front, elle me foudroya du regard.

— Bonjour, madame Emerson, dit Mr. Vandergelt. Vous me pardonnerez, j'espère, de ne pas me découvrir.

— Certainement. Bonjour, Lady Baskerville, je

ne vous avais pas vue. Accordez-moi le temps de vider ce panier.

Lorsque je revins, Lady Baskerville, en position verticale, rajustait son chapeau et son humeur. La vision que j'offrais, échevelée, moite et couverte de poussière, lui rendit sa sérénité première. Elle me dédia un sourire apitoyé.

— Chère madame Emerson, je ne m'attendais certes pas à vous voir absorbée dans une tâche si mineure.

— C'est nécessaire, répondis-je d'un ton bref. D'ailleurs, quelques mains supplémentaires ne seraient pas de trop.

Je l'inspectai de la tête aux pieds, satisfaite de voir ses traits se figer d'indignation.

— Mr. Milverton va mieux, j'espère ? ajoutai-je.

— Vous l'avez vu vous-même ce matin, paraît-il.

— Oui, pour lui dire de ne pas sortir aujourd'hui.

J'allais me remettre au travail quand un cri, en provenance de la tombe, me fit lâcher mon panier et partir au trot. La foule des badauds, comprenant également la signification de ce cri, se pressa devant l'entrée, au point que je dus jouer des coudes pour atteindre l'escalier. Seules les gesticulations outragées d'Emerson dissuadèrent certains d'entre eux de me suivre en bas.

Les hommes travaillaient suffisamment près de l'entrée pour rendre inutile un éclairage artificiel ; cependant, l'espace d'un instant, je fus éblouie par la brutale transition entre le soleil et la pénombre. Puis je vis ce qui avait causé cette agitation. Sur l'un des murs, maintenant déblayé sur une longueur d'un mètre cinquante, on distinguait un pan de fresque montrant la partie supérieure d'un corps masculin, une main levée en un geste de bénédiction. Les couleurs brillaient avec autant d'éclat qu'en ce jour lointain où l'artiste les avait peintes :

le brun cuivré de la peau, le vert, le bleu et le rouge corail du collet orné de perles, le doré des grandes plumes qui couronnaient la tête noire.

— Amon! m'exclamai-je, reconnaissant les insignes de cette divinité. Quelle splendeur, Emerson!

— La décoration est aussi raffinée que celle du tombeau de Séthi Ier. Il nous faudra avancer lentement pour éviter d'endommager la peinture.

Vandergelt nous avait rejoints.

— Vous comptez dégager toute la blocaille? Pourquoi ne pas y creuser un tunnel, afin d'atteindre plus vite la chambre funéraire?

— Parce que cela ne m'intéresse pas de fournir de la copie aux journaux à sensation, pas plus que de faciliter la tâche aux pilleurs de tombes.

— Bien raisonné, dit Vandergelt avec un sourire. Ce n'est pas faute de vouloir rester, professeur, mais je crois préférable de ramener Lady Baskerville chez elle.

Nous continuâmes de déblayer jusqu'au soir. Lorsque nous nous arrêtâmes, le passage était dégagé sur plusieurs mètres et deux fresques splendides — une sur chaque mur — avaient été mises au jour. Elles représentaient une procession de dieux : outre Amon, voilà que Mut, Osiris et Isis avaient fait leur apparition. Il y avait des inscriptions, que Karl s'employait avec zèle à copier; mais, à notre grand désappointement, le nom de l'occupant du tombeau n'était pas mentionné.

Après avoir cadenassé la grille en métal et la porte de la petite cabane spécialement édifiée pour abriter notre matériel, nous reprîmes le chemin de Baskerville House. La nuit tendait vers nous ses longs bras de velours bleu tandis que nous allions vers l'est; mais derrière nous, à l'ouest, les derniers lambeaux du soleil couchant balafraient le ciel, telles des plaies ensanglantées.

II

Emerson avait beau décrier le luxe superflu, je notai qu'il ne répugnait point à disposer du confort de l'agréable petite salle de bains attenante à notre chambre. J'entendis les domestiques remplir de nouveau les grandes jarres en terre cuite cependant que j'achevais mes ablutions ; l'eau fraîche était, je dois l'avouer, fort délectable après une journée au soleil et dans la poussière. Emerson prit ma suite, et je souris à part moi en l'entendant entonner gaiement une chanson qui parlait, je crois, d'un jeune homme sur un trapèze.

Nous allâmes ensuite dans l'élégant salon, où un thé tardif nous attendait. Les fenêtres donnaient sur la loggia ombragée de vigne vierge, et le parfum du jasmin imprégnait la pièce. Nous étions les premiers.

A peine m'étais-je installée derrière le plateau à thé que Karl et Mr. Milverton arrivèrent à leur tour. Nous fûmes rejoints quelques instants plus tard par Mr. Vandergelt, qui entra par la porte-fenêtre avec la simplicité familière d'un vieil ami.

— J'ai été invité, m'assura-t-il en me baisant la main. Mais je dois reconnaître que je vous aurais imposé ma présence de toute façon, tant je suis impatient d'apprendre ce que vous avez découvert aujourd'hui. Où est Lady Baskerville ?

La dame fit son entrée sur ces entrefaites, dans un frou-frou de dentelles, une gerbe de jasmin blanc dans les bras. Après une courtoise discussion pour déterminer laquelle de nous deux servirait le réconfortant breuvage, je remplis les tasses. Emerson condescendit alors à livrer un bref mais piquant exposé des découvertes de la journée.

Avec sa générosité coutumière, il commença par mentionner ma contribution personnelle, qui n'était nullement négligeable. J'avais passé les dernières heures de l'après-midi à trier au tamis les débris retirés du couloir. Peu de fouilleurs s'embarrassent de cette corvée lorsqu'ils visent de plus grands desseins, mais Emerson a toujours insisté pour examiner chaque centimètre cube de blocaille — et, dans le cas présent, nos efforts avaient été récompensés. Non sans fierté, je présentai mes trouvailles, que l'on avait disposées sur un plateau : des tessons de poteries, un petit tas d'os (de rongeurs) et un couteau en cuivre.

Lady Baskerville manqua s'étrangler de rire.

— Pauvre chère madame Emerson ! Tant d'efforts pour une poignée de saletés !

Mr. Vandergelt se caressa la barbiche.

— Je n'en suis pas si sûr, m'dame. Ces débris ne font peut-être pas grande impression, mais je serais bougrement surpris qu'ils n'aient pas une signification précise — une signification pas très encourageante. Hein, professeur ?

Emerson acquiesça, à contrecœur. Il n'aime pas qu'on anticipe ses brillantes déductions.

— Vous êtes finaud, Vandergelt. Ces fragments de terre cuite proviennent d'une jarre qui servait à contenir de l'huile parfumée. Je crains fort, Lady Baskerville, que nous ne soyons pas les premiers à troubler le repos du pharaon.

— Je ne comprends pas, dit Lady Baskerville en esquissant un gracieux geste de perplexité.

— Mais ce n'est que trop clair ! s'exclama Karl. Cette huile parfumée était enterrée avec le défunt pour lui servir dans l'au-delà, de même que les aliments, les habits, les meubles et autres objets. Nous savons cela grâce aux bas-reliefs des tombes et aux papyrus qui...

— Très bien, très bien, l'interrompit Emerson. Ce que veut dire Karl, Lady Baskerville, c'est que la présence de ces tessons dans le couloir extérieur semble indiquer qu'un voleur a brisé l'une de ces jarres en voulant l'emporter.

— Peut-être a-t-elle été brisée au moment de l'inhumation, suggéra Milverton d'un ton badin. Mes serviteurs ne cessent de casser des choses.

— Si c'était le cas, objecta Emerson, on aurait balayé les débris de la jarre. Non, je suis presque certain qu'on s'est introduit dans la tombe après les funérailles. Une différence de densité dans la blocaille montre qu'un tunnel y avait été creusé.

— Et ensuite rebouché, sourit Vandergelt en menaçant du doigt Emerson. Allons, professeur, vous cherchez à entretenir le suspense, mais je vous vois venir. Le tunnel des pilleurs n'aurait pas été rebouché, ni les sceaux de la nécropole réapposés, si le tombeau avait été vide.

— Vous croyez donc qu'il reste encore des trésors à découvrir? s'enquit Lady Baskerville.

— Même si nous ne devions rien trouver d'autre que les superbes fresques que nous avons découvertes aujourd'hui, la tombe serait déjà un trésor, répondit Emerson. Mais, de fait, Vandergelt a encore raison sur ce point. — Il adressa à l'Américain un regard noir. — Je crois, en effet, qu'il y a une chance que les voleurs n'aient pas atteint la chambre funéraire.

Lady Baskerville poussa une exclamation ravie. Je me tournai vers Milverton, assis à côté de moi, qui cachait bien mal son amusement.

— Pourquoi souriez-vous, monsieur Milverton?

— J'avoue, madame Emerson, que je suis passablement dérouté par tout cet ergotage autour de quelques fragments de terre cuite.

— Etrange réflexion, de la part d'un archéologue.

— Je ne suis pas archéologue, seulement photographe. Cette mission est ma première incursion dans l'égyptologie.

Il détourna les yeux avant d'enchaîner rapidement, en évitant toujours mon regard :

— En fait, j'ai commencé à avoir des doutes sur mon utilité avant même le regrettable décès de Lord Baskerville. A présent qu'il n'est plus là, je ne crois pas... enfin, je pense que je ferais mieux...

Bien qu'il eût parlé d'une voix à peine plus audible qu'un murmure, Lady Baskerville l'avait entendu.

— Comment ? se récria-t-elle. Que dites-vous, monsieur Milverton ? Vous ne songez quand même pas à nous quitter ?

L'infortuné jeune homme passa par toutes les couleurs de l'arc-en-ciel.

— Je disais à Mrs. Emerson que je ne pensais pas être utile ici. Mon état de santé...

— Sottises ! s'exclama Lady Baskerville. Le Dr Dubois m'a assuré que vous étiez en excellente voie de guérison et bien mieux ici qu'à l'hôtel. Il ne faut pas vous enfuir.

— Nous avons besoin de vous, ajouta Emerson. Comme vous le savez, nous manquons cruellement de main-d'œuvre.

— Mais je n'ai aucune expérience...

— En archéologie, peut-être pas. Mais nous avons surtout besoin de gardes et de contremaîtres. Et puis, croyez-le, votre compétence professionnelle sera mise à contribution dès que vous pourrez nous accompagner.

Sous le regard acéré de mon mari, le jeune homme se tortilla à la manière d'un écolier tancé par un maître sévère. L'analogie était frappante ; Milverton figurait l'image même du jeune gentleman anglais d'excellente éducation, et on ne pouvait guère déceler sur son visage franc autre chose qu'un embarras somme toute normal. Néanmoins, je me flatte de savoir lire au-delà des apparences. Le comportement de Milverton était hautement suspect.

La peine de répondre lui fut épargnée. Karl, qui

avait examiné avec convoitise les fragments de poteries dans l'espoir d'y trouver des écritures, releva la tête en disant :

— Excusez-moi, Herr Professor, mais avez-vous réfléchi à ma suggestion, au sujet de l'artiste ? Maintenant que nous avons trouvé des peintures...

— C'est vrai, un artiste nous serait certes utile.

— Surtout, intervint Vandergelt, si l'on considère que vos travaux suscitent une grande hostilité. Il n'est pas à exclure que les vandales locaux, par pur dépit, détruisent les fresques.

— Faudrait-il encore qu'ils y aient accès ! dit Emerson d'un ton farouche.

— Vos gardes sont dignes de confiance, j'en suis sûr. Néanmoins...

— Inutile d'enfoncer le clou. Je ferai appel à la jeune fille.

Milverton s'était détendu depuis qu'il ne faisait plus l'objet de l'attention générale. Soudain, il se redressa tel un diable à ressort :

— Est-ce de miss Mary que vous parlez ? Voyons, Karl, vous n'y songez pas ! Comment pouvez-vous suggérer...

— C'est une artiste douée, protesta Karl.

— Je vous l'accorde. Mais il est hors de question de lui faire courir des risques.

Karl vira au rouge betterave.

— Des risques ? *Was ist ? Was haben Sie gesagt ? Niemals würde ich...* Pardonnez-moi, je m'oublie, mais l'idée qu'en danger je puisse mettre...

— Absurde, absurde ! cria Emerson, qui avait apparemment décidé de ne pas laisser le jeune Allemand terminer une seule de ses phrases. Qu'entendez-vous par là, Milverton ?

Milverton se leva. En dépit des graves soupçons que son étrange attitude avait éveillés dans mon esprit, je ne pus me défendre de l'admirer en cet instant : pâle comme un linge, ses beaux yeux bleus jetant des éclairs, sa virile silhouette dressée bien droite, il apaisa le brouhaha d'un geste théâtral.

— Comment pouvez-vous être aussi aveugles, tous ? Bien sûr qu'il y a des risques ! La mort mystérieuse de Lord Baskerville, la disparition d'Armadale, les menaces des villageois... Suis-je le seul d'entre vous à oser regarder la vérité en face ? Qu'à cela ne tienne ! Et soyez assurés que je ne me déroberai pas à mon devoir d'Anglais et de gentleman ! Jamais je n'abandonnerai miss Mary... ni vous, Lady Baskerville... pas plus que Mrs. Emerson...

Voyant qu'il perdait le fil de sa superbe envolée, je me levai et le pris par le bras.

— Vous êtes surexcité, monsieur Milverton. Selon moi, vous n'êtes pas complètement rétabli. Ce qu'il vous faut, c'est un bon dîner et une nuit réparatrice. Lorsque vous aurez recouvré la santé, ces fantasmes ne vous perturberont plus.

Le jeune homme m'observa, le regard trouble, les lèvres frémissantes. Je me sentis contrainte d'ajouter :

— Les indigènes m'appellent « Sitt Hakim », c'est-à-dire « la doctoresse ». Je sais ce qui est le mieux pour vous, croyez-moi. Votre propre mère vous donnerait le même conseil que moi.

— Voilà qui est parlé ! dit Vandergelt avec chaleur. Ecoutez donc Mrs. Emerson, mon garçon ; elle a du bon sens.

Subjugué par une personnalité plus forte (je parle de la mienne, bien entendu), Mr. Milverton inclina la tête d'un air soumis et se tint coi.

Toutefois, on ne pouvait gommer si aisément les effets de son esclandre. Pendant le restant de la soirée, Karl demeura silencieux et maussade ; les regards furieux qu'il lançait à Milverton montraient à l'envi qu'il ne lui avait pas pardonné son accusation. Lady Baskerville, elle aussi, semblait bouleversée. Après le dîner, Mr. Vandergelt la pria instamment de retourner à l'hôtel avec lui. Elle refusa dans un éclat de rire, mais, à mon sens, son rire sonnait faux.

Vandergelt prit congé, porteur d'un message qu'il avait promis de remettre à Mary. Tous les autres se retirèrent au salon. Je laissai Lady Baskerville servir le café, estimant que cette activité domestique lui calmerait les nerfs — ce qui n'eût pas manqué de se produire si les autres, à mon exemple, avaient adopté une attitude normale. Mais Karl bouda, Emerson s'enferma dans le silence impassible qui trahit son humeur la plus méditative, et Milverton était si nerveux qu'il tenait à peine en place. Je fus extrêmement soulagée d'entendre Emerson déclarer que nous devions tous nous coucher tôt, en raison de la dure journée de labeur qui nous attendait.

Lady Baskerville nous accompagna pour traverser la cour. Je remarquai qu'elle marchait tout près de nous, et je me demandai si elle avait peur de rester seule avec l'un ou l'autre des deux jeunes hommes. Y avait-il eu, dans l'éclat de Milverton, une menace voilée? Le subit accès de colère de Karl avait-il fait prendre conscience à notre hôtesse qu'il n'était pas incapable de violence?

Milverton nous suivit de peu. Je fus rassurée de le voir quitter le salon, non seulement parce qu'il avait besoin de repos, mais parce que je jugeai imprudent de laisser les deux hommes en tête-à-tête, eu égard à leur hostilité réciproque. Il marchait à pas lents, les mains dans les poches, la tête basse, et il était encore dans la cour lorsque nous atteignîmes nos chambres. Nous souhaitâmes courtoisement une bonne nuit à Lady Baskerville, qui ouvrit sa porte. A peine avait-elle franchi le seuil qu'un cri perçant, effroyable, jaillit de ses lèvres; elle recula en titubant, les bras tendus devant elle comme pour repousser un agresseur.

Je m'élançai pour la soutenir tandis qu'Emerson

s'emparait d'une lanterne et se ruait dans la chambre afin de déterminer la cause de son effroi. Comme de coutume, Lady Baskerville se montra bien peu reconnaissante de mes attentions. M'écartant rudement, elle se jeta dans les bras de Milverton, qui était aussitôt accouru.

— Au secours, Charles, au secours ! Sauvez-moi de... de...

L'envie me démangeait de la souffleter, mais elle avait le visage enfoui contre l'épaule de Milverton. A cet instant, un bruit incongru me parvint : c'était mon mari qui riait de bon cœur.

— Venez voir, Amelia !

Bousculant Lady Baskerville et Milverton, j'entrai dans la pièce.

Quoique plus petite que la chambre occupée précédemment par le lord, elle était de bonnes dimensions et décorée avec un raffinement tout féminin. Sous la fenêtre était installée une coiffeuse équipée de miroirs et de lampes en cristal. Debout près de la table, Emerson tenait haut sa lanterne.

Fermement campé au centre de la coiffeuse, parmi les petits pots contenant les produits de beauté de Lady Baskerville, trônait un énorme chat tigré. Sa silhouette et son attitude évoquaient de façon saisissante les nombreuses statues de félins qui nous sont parvenues de l'Egypte ancienne, et sa fourrure avait cette couleur brun-fauve que l'on peut admirer sur les peintures. L'animal se reflétait dans le miroir à trois faces, derrière lui, créant l'illusion que toute une meute de chats de l'Antiquité égyptienne nous faisait face. Malgré mon peu de compassion pour les femmes qui ont leurs vapeurs, je ne pus entièrement blâmer Lady Baskerville de sa réaction excessive. A la lueur de la lanterne, les yeux de la créature, semblables à de lumineuses flaques d'or, semblaient plonger leur regard dans le mien avec une froide intelligence.

Emerson est inaccessible aux nuances les plus subtiles. Il tendit la main pour chatouiller sous le menton le descendant de Bastet, la déesse-chat.

— Brave minou, dit-il en souriant. A qui peut-il bien appartenir? Il n'est pas sauvage, regardez comme il est gros et bien soigné.

— Mais... c'est la chatte d'Armadale! s'exclama Milverton.

Il avança dans la pièce, soutenant toujours Lady Baskerville. La chatte ferma les yeux en ronronnant et tourna la tête pour permettre aux doigts d'Emerson de la caresser sous l'oreille. Elle avait maintenant perdu son aspect inquiétant, et je ne voyais vraiment pas pourquoi Lady Baskerville avait fait un tel scandale, d'autant qu'elle connaissait cette chatte.

— Je me demande où elle était passée tout ce temps-là, dit Milverton. Je ne l'avais pas revue depuis la disparition d'Armadale. C'était lui qui s'occupait de Bastet mais, en fait, elle était un peu la mascotte de la maison. Nous avions tous de l'affection pour elle.

— Pas moi! s'indigna Lady Baskerville. Une horrible bête sournoise, toujours à laisser sur mon lit des souris crevées et des insectes...

— C'est la nature des chats, intervins-je en regardant l'animal d'un œil plus favorable.

Je n'ai jamais particulièrement prisé les chats. Il me semble que les chiens sont plus anglais. Toutefois, je m'apercevais maintenant que les félins pouvaient se révéler d'excellents juges, chose qui se trouva confirmée quand celui-ci roula sur le dos et serra dans ses pattes la main d'Emerson.

— Précisément, dit Milverton en offrant une chaise à Lady Baskerville. Votre mari expliquait que les anciens Egyptiens domestiquaient les chats en raison de leur habileté à éliminer les rongeurs — un talent précieux dans une société agricole.

Quand Bastet vous apportait ses souris, Lady Baskerville, c'était de sa part une attention délicate.

— Pouah! grimaça Lady Baskerville en s'éventant avec son mouchoir. Sortez-moi d'ici cette épouvantable créature. Et assurez-vous, monsieur Milverton, qu'elle ne m'a point laissé d'autres « attentions » du même acabit. Où est ma servante? Si elle avait été là, comme l'exigeait son devoir...

La porte s'ouvrit sur ces entrefaites, et le visage apeuré d'une Egyptienne entre deux âges apparut.

— Ah! te voilà, Atiyah, dit Lady Baskerville d'un ton courroucé. Pourquoi n'étais-tu pas là? Qu'est-ce qui t'a pris de laisser entrer cet animal?

Je compris, à l'expression déconcertée de la femme, qu'elle entendait fort mal l'anglais; néanmoins, la colère de sa maîtresse n'était que trop perceptible dans sa voix. Atiyah se mit à expliquer, dans un arabe bredouillant, que la chatte s'était introduite par la fenêtre et avait refusé de s'en aller. Lady Baskerville continua de l'admonester en anglais, Atiyah continua de geindre en arabe, jusqu'au moment où Emerson prit la chatte dans ses bras et gagna la porte d'un pas décidé, mettant un terme au spectacle.

— Tirez vos rideaux et couchez-vous, Lady Baskerville. Venez, Amelia. Rejoignez votre chambre, monsieur Milverton. Ridicule histoire! conclut-il avant de sortir.

Dans notre chambre, Emerson posa l'animal par terre. Aussitôt, Bastet bondit sur le lit et entreprit de faire sa toilette. Je m'avançai vers elle, avec une certaine réticence — non par peur, mais parce que je n'avais jamais été très proche des chats. Comme je tendais la main, elle roula sur le dos et se mit à ronronner.

— Intéressant, remarqua Emerson. C'est là une position de soumission, Amelia; en exposant son ventre vulnérable, elle montre qu'elle vous fait confiance. Elle est particulièrement peu sauvage. Je suis surpris qu'elle ait réussi à subsister seule si longtemps.

Cet aspect du problème m'avait échappé. Tout en grattant le ventre de la chatte (sensation fort agréable, j'en conviens), je soupesai l'argument.

— Emerson ! criai-je. Elle était avec Armadale ! Pensez-vous qu'elle pourrait nous conduire jusqu'à lui ?

— Vous ignorez tout de la nature des chats, répondit Emerson en déboutonnant sa chemise.

Comme pour lui donner raison, Bastet noua ses quatre pattes autour de mon bras et planta ses crocs dans ma main. Je la considérai avec stupéfaction.

— Lâchez-moi immédiatement ! dis-je d'un ton sévère. Peut-être considérez-vous cela comme une « délicate attention », mais je puis vous assurer que la bénéficiaire ne l'apprécie pas.

La chatte obéit aussitôt et me lécha les doigts en guise d'excuse. Puis elle s'étira. D'une série de bonds agiles, elle sauta par la fenêtre et disparut dans la nuit.

J'examinai ma main. Les crocs avaient marqué la peau, mais sans l'égratigner.

— Curieuse façon de témoigner son affection, dis-je. Cela étant, elle m'a l'air d'une créature très intelligente. Ne devrions-nous pas nous mettre à sa recherche ?

— C'est un animal nocturne, répondit Emerson. N'allez pas vous enflammer immodérément, Amelia, comme vous le faites chaque fois qu'un nouveau sujet captive votre imagination fertile. Laissez cette chatte se livrer à l'activité qui est celle des félins la nuit — une activité, permettez-moi d'ajouter, dont nous pourrions nous inspirer.

Toutefois, nous y renonçâmes. Terrassés par les

fatigues de la journée, nous sombrâmes rapidement dans un sommeil si profond qu'aucun bruit extérieur ne vint troubler notre repos. Pourtant, au cœur de la nuit, quelques heures avant l'aube, non loin de notre fenêtre ouverte, Hassan le veilleur rencontra Anubis le chacal, dieu des morts, et se mit en route pour l'Occident.

III

Hélas ! nous n'eûmes pas le loisir de cacher cette nouvelle preuve de la « malédiction des pharaons ». Le corps de Hassan fut découvert par un serviteur dont les ululements funèbres nous tirèrent du sommeil. Emerson sortit de notre chambre par la fenêtre, sans cérémonie, et arriva le premier sur les lieux. Inutile de préciser que je le suivais de près. Nous fûmes à temps pour voir disparaître dans les buissons le pan de chemise du découvreur. Attribuant cette fuite à l'horreur que les cadavres inspirent aux êtres primitifs, Emerson, au lieu de se lancer à sa poursuite, s'agenouilla et retourna sur le dos le paquet poussiéreux.

Les yeux vitreux et le visage livide de Hassan avaient une expression presque accusatrice. De son vivant, le personnage ne m'avait pas fait bonne impression ; néanmoins, une vague de pitié et d'indignation me submergea. Je me jurai de faire en sorte que son assassin ne demeurât point impuni.

Je fis part de ma résolution à Emerson. Accroupi auprès de la forme inerte, qu'il examinait avec soin, il répondit d'un ton acerbe :

— Voilà que vous recommencez à sauter aux conclusions, Amelia ! Qu'est-ce qui vous fait croire que cet homme a été assassiné ?

— Qu'est-ce qui vous fait croire le contraire ?

— Je ne sais fichtre pas de quoi il est mort.

Il se releva, chassant d'un geste distrait le nuage de petits insectes qui voletait autour de lui.

— Hormis une bosse à l'arrière du crâne, reprit-il, son corps ne présente aucune trace. En revanche, il y a une quantité de mouches... Crénom, je vais être en retard sur le chantier !

En Egypte, le rythme de la vie est lent et la mort banale. Dans des circonstances ordinaires, les autorités auraient pris leur temps pour répondre à un appel comme le nôtre. Mais notre cas était différent. S'il m'avait fallu une preuve de l'intérêt passionné que Louxor portait à nos affaires, elle m'eût été fournie par la célérité dont fit preuve la police.

Emerson, sur ma suggestion, était déjà parti pour la Vallée. Je lui avais fait observer qu'il était inutile que nous perdions tous les deux de précieuses heures de travail, d'autant qu'il ne pourrait rien ajouter à mon témoignage. Dans la mesure où cette solution rejoignait sa propre inclination, il n'avait élevé aucune objection. Je m'étais bien gardé de préciser la raison principale qui m'incitait à l'éloigner. Je prévoyais que les journalistes allaient bientôt s'abattre sur la maison, et j'estimais que nous fournissions déjà suffisamment de frissons aux gazettes sans que mon mari y apportât sa contribution personnelle.

On emporta finalement le corps du malheureux Hassan, après d'interminables délibérations pour savoir ce qu'il convenait d'en faire. Le constable souhaitait le restituer à sa famille, tandis que j'insistais pour que fût pratiquée une autopsie. J'obtins gain de cause, naturellement, mais il était évident, à voir les hommes secouer la tête et murmurer, que cet examen leur paraissait superflu. Hassan avait été tué par un *affrit*, le fantôme du pharaon. A quoi bon chercher plus loin ?

CHAPITRE SEPT

Si impatiente que je fusse de partir pour le chantier, je me fis un devoir d'aller prendre des nouvelles de Lady Baskerville. Elle était alitée, veillée par sa servante égyptienne, et se déclara anéantie. Les cernes sombres qui soulignaient ses yeux et la pâleur de ses joues me convainquirent que sa doléance ne relevait pas entièrement de la fiction.

— Quand donc verrons-nous la fin de cette horreur? gémit-elle en se tordant les mains.

— Je n'en ai assurément aucune idée. Puis-je faire quelque chose pour vous avant de partir?

— Non. Non, je vais tâcher de dormir. J'ai fait des cauchemars épouvantables.

Je pris congé sans lui laisser le loisir de me conter ses rêves. Ce fut un plaisir de revêtir ma tenue de travail et de me mettre en route dans la fraîcheur matinale.

Toutefois, de sombres pressentiments m'assaillirent durant le trajet. Je savais en effet que, lorsque la mort de Hassan serait connue, nos fidèles ouvriers eux-mêmes risquaient fort de jeter leurs outils et de refuser d'entrer dans la tombe maudite. Emerson n'était pas homme à s'effacer humblement quand on défiait ses ordres. Il résisterait, les hommes se retourneraient contre lui, l'attaqueraient... Mon imagination galopante me présenta une image atroce : mon mari gisant à terre, son sang imprégnant la poussière blanche, nos hommes piétinant son corps dans leur fuite. Le temps que j'atteigne la falaise surplombant la Vallée, je courais à toutes jambes.

D'un regard, je constatai que la tragédie redoutée ne s'était pas produite ; en revanche, la nouvelle de la dernière catastrophe s'était répandue. La foule était dix fois plus importante que la veille. Parmi les badauds, je vis trois de nos ouvriers qui renforçaient la clôture délimitant le chantier. Ils ne s'étaient pas rebellés ; ils étaient loyaux. Je n'ai aucun scrupule à admettre qu'une larme de soulagement humecta mon œil. Je l'essuyai résolument et entrepris de descendre.

Une fois de plus, ma fidèle ombrelle s'avéra précieuse : j'en enfonçai la pointe dans le dos des curieux afin de m'ouvrir un passage jusqu'à l'escalier. L'un des porteurs de paniers remontait justement ; je l'accueillis avec effusion, mais il marmonna je ne sais quoi et refusa de croiser mon regard. Mon appréhension revint à la charge. Avant qu'elle n'ait pu se muer en hystérie, j'entendis le son que je brûlais d'entendre : la voix tonitruante d'Emerson proférant un cinglant juron en arabe.

Lui fit écho, bizarrement, un suave rire féminin. Scrutant les ombres, en contrebas, je vis miss Mary perchée sur un tabouret, au pied des marches. Sa position devait être inconfortable, car elle était plaquée contre le mur afin de laisser passer les porteurs de paniers. Cependant, elle paraissait toute joyeuse ; avec un sourire timide, elle me glissa à voix basse :

— Le professeur ne se doute pas, je pense, que je parle couramment l'arabe. Ne lui en dites rien, je vous prie. Il a besoin d'extérioriser ses sentiments.

L'on pouvait concevoir que sa position exiguë, en pleine chaleur, la changeât agréablement de son occupation matinale usuelle, car toute activité n'ayant pas trait à sa mère ne pouvait être que plaisante. Je n'en trouvai pas moins sa gaieté un peu frivole, eu égard aux circonstances, et je m'apprêtai à lui en faire gentiment le reproche quand, soudain sérieuse, elle reprit :

— Je suis navrée de l'affreuse découverte que vous avez faite ce matin. Je n'ai appris la nouvelle qu'à mon arrivée ici; mais je puis vous assurer, madame Emerson, que je suis prête à tout pour vous aider.

Cette déclaration me confirma que je ne m'étais point trompée dans ma première appréciation du caractère de cette jeune fille. Sa gaieté n'était rien d'autre qu'un moyen de garder la tête haute, dans la meilleure tradition anglaise.

— Appelez-moi Amelia, lui dis-je avec chaleur. Nous travaillerons longtemps ensemble, je l'espère.

Sur ces entrefaites, Emerson sortit en coup de vent et m'enjoignit de me mettre au travail. Je le pris à part et lui murmurai :

— Emerson, il est temps d'agir pour mettre un terme à cette absurde histoire de malédiction, au lieu de faire comme si de rien n'était. Nous avons tout à y perdre, car le moindre incident sera interprété comme une nouvelle manifestation d'hostilité surnaturelle si nous...

— Pour l'amour du ciel, Amelia, trêve de discours! Venez-en, si possible, à une suggestion concrète.

— J'allais le faire lorsque vous m'avez grossièrement interrompue, répliquai-je avec feu. Nos hommes semblent perturbés par l'épisode de la nuit dernière. Eloignez-les de la tombe pendant un jour ou deux; donnez-leur pour mission de rechercher Armadale. Si nous pouvons le retrouver et établir qu'il est responsable de la mort de Lord Baskerville...

— Comment diantre pouvons-nous espérer le retrouver alors que des semaines de recherches n'ont donné aucun résultat ?

— Mais nous savons qu'il était là, sur le pas de notre porte (pour ainsi dire) voici moins de douze heures ! Hassan l'a vu en chair et en os, pas son fantôme, et Armadale est revenu le tuer cette nuit pour éviter d'être démasqué. Ou alors, peut-être Hassan a-t-il tenté de le faire chanter...

— Sapristi, Amelia, tâchez de refréner votre imagination débridée ! J'admets que votre suggestion est sensée. L'hypothèse que vous évoquez m'était d'ailleurs déjà venue à l'esprit, parmi bien d'autres...

— Vous n'y aviez jamais songé avant cet instant ! protestai-je, indignée. C'est bien vous, ça, de vous attribuer le mérite de mes...

— Pourquoi voudrais-je m'attribuer le mérite d'une aussi rocambolesque...

— Veuillez baisser le ton.

— Je ne hausse jamais le ton ! brailla Emerson.

Un écho fantomatique s'éleva des profondeurs de la tombe, comme si les mânes du roi s'offensaient d'être ainsi réveillés.

— Donc, vous ne comptez pas suivre ma suggestion ?

La voix d'Emerson se fit murmure tempétueux :

— Je suis venu ici pour faire des fouilles, Amelia, non pour jouer les Sherlock Holmes — rôle, permettez-moi de le dire, pour lequel vous n'êtes pas plus taillée que moi. Si vous souhaitez m'aider, mettez-vous au travail. Dans le cas contraire, rentrez à la maison prendre le thé avec Lady Baskerville.

Sur ces mots, il s'engouffra rageusement dans la tombe. Tournant la tête, je croisai le regard apeuré de Mary. Je lui souris.

— Ne faites pas attention au professeur, Mary. Chien qui aboie ne mord pas.

D'une main tremblante, elle repoussa une mèche qui lui tombait sur le front.

— Oh ! je le sais bien. Je... je n'ai pas du tout peur du professeur.

— De moi non plus, j'espère ? dis-je en riant.

— Oh, non !

— A la bonne heure ! J'ai un caractère très égal — bien que, par moments, Emerson ferait perdre patience à un saint. C'est l'une des menues difficultés de l'union conjugale, ma chère, ainsi que vous le découvrirez.

— Il est peu probable que j'en aie l'occasion, répondit Mary avec amertume.

Avant que j'aie pu relever cet intéressant commentaire, elle enchaîna :

— Je vous ai entendue malgré moi, madame Emerson... Pensez-vous vraiment que le pauvre Alan soit encore vivant ?

— Quelle autre explication voyez-vous ?

— Je ne sais pas. Je ne puis expliquer ce mystère, mais je suis sûre qu'Alan n'aurait jamais fait de mal à Lord Baskerville. Il était le meilleur des hommes.

— Vous le connaissiez bien ?

Mary rougit et baissa les yeux.

— Il... il m'avait fait l'honneur de me demander ma main.

— Ma pauvre enfant... Si j'avais su que vous étiez fiancée avec Mr. Armadale, je n'aurais point parlé de lui en termes si peu élogieux.

— Non, non, nous n'étions pas fiancés. J'ai été contrainte de lui répondre que ses espoirs étaient irréalisables.

— Vous ne l'aimiez donc pas ?

Elle me lança un regard étrange, où la surprise et l'amusement se mêlaient à un fatalisme inattendu chez une si jeune fille.

— Depuis quand l'amour entre-t-il en ligne de compte, madame Emerson ?

— Il est — ou devrait être — le seul fondement possible pour le mariage ! m'exclamai-je.

Mary continua de me scruter avec curiosité.

— Vous y croyez donc ? Oh ! pardonnez-moi, je ne voulais pas...

— Il n'y a rien à pardonner, ma chère. Je suis toujours enchantée de faire profiter de mon expérience la jeune génération et, au risque de passer pour orgueilleuse, j'ajouterai que je considère mon mariage comme un solide exemple de ce que peut et doit être cette union. Mes sentiments envers Emerson, et les siens envers moi, sont trop profonds pour qu'on puisse les cacher. Je suis la plus heureuse des femmes. Et, de son côté, il s'estime, j'en suis sûre, le plus heureux des hommes.

Mary fut prise d'une violente quinte de toux. Luttant héroïquement pour la maîtriser, elle se couvrit le visage avec les mains. Je lui administrai une bonne tape dans le dos en disant :

— Vous feriez bien de monter un instant, hors de la poussière.

— Non, merci, c'est fini à présent. C'était simplement... un chat dans la gorge. Madame Emerson...

— Amelia. J'insiste.

— Vous êtes trop aimable. J'aimerais, si vous le permettez, en revenir à Alan Armadale.

— Mais certainement. Je ne suis pas bornée au point de refuser d'examiner d'autres hypothèses.

— Je ne vous blâme certes pas de soupçonner ce pauvre Alan, soupira Mary. Vous n'êtes d'ailleurs pas la seule. Mais si vous l'aviez connu, vous sauriez qu'il ne peut pas avoir commis un acte aussi vil. Lord Baskerville était son mécène, son bienfaiteur. Alan lui était tout dévoué.

— En ce cas, qu'est-il devenu, selon vous ?

— Je crains qu'il n'ait eu un accident fatal.

Elle parlait d'une voix grave mais ferme, qui me donna à penser que ses sentiments envers le disparu, quoique teintés d'affection, n'avaient pas ce degré de tendresse qui m'eût interdit de discuter avec elle, en toute liberté, de l'innocence ou de la culpabilité d'Alan Armadale. Elle poursuivit :

— Les semaines qui ont précédé la mort de Lord Baskerville, il était d'humeur changeante : tantôt d'une folle gaieté, tantôt mélancolique et silencieux. Je me suis demandé si le fait que je l'eusse éconduit n'était pas à l'origine de son tourment...

— Cela semble peu probable, la rassurai-je.

— N'allez pas croire que je surestime mes charmes, dit-elle avec l'ombre d'un sourire. Sur le moment, il a bien réagi ; c'est seulement une ou deux semaines plus tard qu'il a manifesté ce fameux changement d'attitude dont je vous parle, et il ne m'a pas renouvelé sa proposition. Il avait certainement un problème — d'ordre physique ou moral, je ne saurais dire. Nous avons tous été bouleversés par le décès mystérieux de Lord Baskerville, naturellement, mais la réaction d'Alan... On eût dit qu'il n'osait pas tourner la tête, de peur de voir un démon derrière lui. Je suis persuadée qu'il a perdu la raison et qu'il est parti errer dans les montagnes, où il a rencontré une mort prématurée.

— Humph ! fis-je. C'est concevable, mais j'ai peine à croire que le décès de Lord Baskerville l'ait affecté à ce point. Sir Henry n'était pas, me semble-t-il, le genre d'homme à même de susciter l'indéfectible affection de ses subordonnés.

— Je ne voudrais pas... hésita Mary.

— Votre discrétion est tout à votre honneur. Toutefois, n'oubliez pas que nous enquêtons sur la mort du pauvre homme, et que l'heure n'est pas...

— L'heure n'est pas aux commérages ! tonna une voix dans mon dos.

Mary sursauta et laissa tomber son crayon. Je fis face à Emerson, figé dans une attitude belliqueuse, le visage congestionné par la chaleur et la colère.

— Vous n'enquêtez sur rien du tout, Amelia, reprit-il. Mettez-vous bien cela dans l'esprit, si vous en êtes capable. Cessez de distraire ma dessinatrice et retournez à votre tas de déblais, sans quoi je vous ramène à la maison comme un vulgaire paquet de linge !

Sans attendre de réponse, il disparut à l'intérieur du tombeau.

— Les hommes sont des couards ! m'indignai-je. Il ne m'a même pas laissé le temps de répliquer. N'importe, je m'occuperai de lui plus tard. Si je le rejoignais pour lui démontrer la faiblesse de son argument, cela ferait mauvaise impression sur les ouvriers. Je suis heureuse d'avoir eu cette conversation avec vous, Mary.

Je lui donnai une petite tape rassurante sur l'épaule et la laissai à sa tâche. Non que je fusse le moins du monde impressionnée par le courroux d'Emerson — certes pas ! Je voulais simplement méditer les confidences de la jeune fille. Elle m'avait fourni ample matière à réflexion. J'étais particulièrement intéressée par sa description de l'étrange comportement d'Armadale, peu avant la mort de Lord Baskerville. Ce que Mary ne voyait pas, dans son affection pour le jeune homme, c'est que cela renforçait ma théorie selon laquelle Armadale avait assassiné son protecteur.

II

Lorsque nous regagnâmes la maison, ce soir-là, accablés de chaleur et recrus de fatigue, ce ne fut pas un plaisir de s'entendre annoncer que Lady Baskerville désirait nous voir séance tenante. Emerson répondit d'un mot bref, véhément, avant de s'éloigner à grandes enjambées vers notre chambre. Je m'attardai un instant afin de rassurer la messagère, qui était devenue verte de terreur.

Atiyah, la servante de Lady Baskerville, était Cairote et copte, ce qui n'était point fait pour la rendre populaire auprès des domestiques musulmans. Créature timide et timorée, d'âge indéterminé, elle passait la plus grande partie de son temps dans la chambre de Lady Baskerville, où elle vaquait à ses corvées, ou dans la petite pièce qui lui avait été dévolue. Lady Baskerville la réprimandait sans répit. Un jour, ayant surpris l'une de ces admonestations, je demandai à notre hôtesse pourquoi elle n'employait pas une servante anglaise, puisque Atiyah semblait si incompétente. Elle me répondit, avec une jolie moue, que Lord Baskerville n'avait pas souhaité engager cette dépense. Cela rejoignait ce que j'avais ouï dire du singulier mélange de prodigalité professionnelle et d'avarice personnelle qui caractérisait le lord : il n'avait, par exemple, jamais eu de domestique à son service durant son séjour en Egypte. Toutefois, selon moi, la véritable raison en était que Lady Baskerville n'aurait pas pu harceler et malmener une Anglaise émancipée comme elle le faisait d'une humble indigène.

Par conséquent, je pris soin de parler gentiment à la femme, dont les mains égrenaient un rang de perles en bois sculpté, que je supposai être une sorte de chapelet.

— Dites à Lady Baskerville que nous viendrons dès que nous serons changés, Atiyah. Vous n'avez aucune raison d'avoir peur.

Ces paroles, qui se voulaient rassurantes, produisirent l'effet exactement inverse. Atiyah tressaillit violemment et se mit à parler. Sa voix était si basse, son discours si décousu, que je fus obligée de la secouer — en douceur, bien sûr — pour saisir un mot de ce qu'elle disait. Puis je la congédiai et me hâtai de rejoindre Emerson.

Il avait fini de prendre son bain et s'employait à mettre ses bottines.

— Dépêchez-vous, dit-il. Je veux mon thé.

— Moi aussi, Emerson, croyez-le bien. Je viens d'avoir une conversation fort édifiante avec Atiyah. La nuit dernière, environ à l'heure où Hassan était assassiné, elle a vu une silhouette de femme, vêtue d'une robe et d'un voile blanc vaporeux, gambader dans la palmeraie. Elle est absolument terrorisée, la malheureuse ; il m'a fallu...

Emerson, qui s'apprêtait à chausser sa seconde bottine, l'envoya valser à travers la chambre. Elle heurta un vase en porcelaine, qui tomba par terre et se brisa en mille morceaux. Au fracas de la chute se mêla le rugissement d'Emerson. Je passe sous silence son commentaire, qu'il conclut en me priant de lui épargner de nouveaux exemples de la superstition locale, sujet qui ne lui était que trop familier.

Je le laissai s'époumoner et commençai mes ablutions. Lorsqu'il fut enfin à bout de souffle, je déclarai posément :

— Je vous assure, Emerson, qu'elle m'a narré son histoire avec un luxe de détails d'une vraisemblance convaincante. Elle a vu quelque chose, cela ne fait aucun doute. N'avez-vous point remarqué que, non loin d'ici, réside une dame qui a pour habitude de se vêtir à la mode de l'ancienne Egypte ?

Le visage apoplectique d'Emerson se décongestionna. Il émit un rire bref.

— « Gambader » n'est guère le terme que j'emploierais pour décrire la démarche de Mrs. Berengeria.

— Aussi n'est-ce pas celui qu'a utilisé Atiya. Simple licence poétique de ma part. Aidez-moi à boutonner cette robe, Emerson, nous sommes en retard.

Je m'attendais à ce que notre retard s'aggravât encore, car le processus de boutonnage a généralement pour effet d'attiser les instincts galants d'Emerson. En l'occurrence, cependant, il se borna à faire ce qu'on lui demandait. Puis il récupéra sa bottine et acheva de s'habiller. Je dois admettre — puisque j'ai résolu d'être parfaitement franche sur cette question — que j'en fus un tantinet désappointée.

Lorsque nous pénétrâmes dans le salon, Lady Baskerville marchait de long en large, manifestement fâchée de ce contretemps. Aussi m'employai-je — selon mon invariable coutume — à arrondir les angles.

— J'espère que vous n'avez pas trop attendu, Lady Baskerville. Vous aurez compris, j'en suis sûre, que nous avions besoin de faire un brin de toilette après notre dure journée de labeur.

Ma gracieuse excuse eut droit à un regard malveillant mais, quand la dame se tourna vers Emerson, elle était tout charme. Mr. Milverton et Karl étaient également présents. Ce dernier portait encore sa tenue de travail toute fripée. Par contraste, Mr. Cyrus Vandergelt, dans son costume de lin d'une blancheur immaculée, était l'image même de l'élégance vestimentaire. Un diamant, de la taille d'une cerise, étincelait sur sa cravate.

— Me revoilà ! lança-t-il joyeusement en me prenant la main. J'espère que vous n'êtes pas lassée de voir ma vieille figure tannée, madame Emerson.

— Nullement.

— J'en suis heureux. A vrai dire, j'ai tarabusté Lady Baskerville pour qu'elle m'invite. Pensez-vous pouvoir la persuader d'offrir un lit à un malheureux Yankee sans abri ?

Ses yeux brillaient de malice et les rides de ses joues se creusèrent en une expression amusée. J'eus néanmoins le sentiment que sa suggestion, apparemment badine, cachait quelque chose de sérieux.

— Votre suggestion, apparemment badine, cache quelque chose de sérieux, déclarai-je. Où voulez-vous en venir ?

— Stupéfiante intuition ! s'exclama-t-il. Comme toujours, madame Emerson, vous avez raison à cent pour cent. Je suis atterré de la tournure que prennent les événements. Vous n'avez guère passé de temps à Louxor, vous autres, mais la ville bourdonne comme une ruche, vous pouvez me croire. Quelqu'un s'est introduit cet après-midi dans la chambre de Mrs. Berengeria, pendant qu'elle faisait sa sieste, et a emporté ses bijoux...

— Ce n'est certes pas une grande perte, murmura Lady Baskerville.

— Peut-être pas, mais la pauvre femme a eu la peur de sa vie lorsque, en se réveillant, elle a vu la pièce sens dessus dessous. Je me trouvais par hasard à l'hôtel quand les domestiques ont donné l'alerte. La pauvre petite miss Mary, à son retour, passera un mauvais quart d'heure ; Mrs. Berengeria vociférait contre les filles ingrates qui abandonnent leur mère... et le reste à l'avenant !

Mr. Vandergelt sortit un mouchoir de sa poche et s'épongea le front comme s'il revivait cette pénible entrevue.

— Je sais, tout comme vous, que ce type de cambriolage n'a rien d'inhabituel. Malgré tout, je n'ai pas souvenance d'un vol aussi audacieux que celui-ci ; c'est le signe d'une hostilité croissante contre les étrangers, notamment contre ceux qui sont liés à cette expédition. Je me propose donc de m'installer ici pour aider à protéger ces dames en cas de troubles. Voilà, vous savez tout.

— Humph ! fit Emerson. Je puis vous assurer, Vandergelt, que je suis parfaitement capable de protéger non seulement Amelia et Lady Baskerville, mais un nombre indéterminé de femelles sans défense.

J'ouvris la bouche, une protestation indignée sur mes lèvres tremblantes, mais je n'eus pas le loisir de l'exprimer. De plus en plus échauffé, Emerson enchaîna :

— Crénom, Vandergelt, il y a ici trois hommes robustes, sans compter mes hommes d'Aziyeh, qui seraient prêts à donner leur vie pour nous défendre, Amelia et moi-même ! Qu'est-ce que vous avez derrière la tête ?

— Le professeur est correct, intervint Karl à sa manière germanique. Les dames nous pouvons défendre ; jamais en danger elles ne seront quand je suis ici.

Mr. Milverton manifesta son approbation, d'un timide murmure que je jugeai rien moins que rassurant. Karl se leva, incarnation du dévouement viril, son corps musclé (et sa moustache) vibrant d'émotion, ses lunettes cerclées d'or luisant à la lumière. Il ajouta :

— Je souhaite seulement, mesdames et messieurs, que miss Mary puisse ici s'installer. La laisser à Louxor, seule avec sa vieillissante et bizarre parente, n'est pas une chose bien.

— Nous ne pouvons pas la faire venir ici sans inviter aussi sa mère, dit Mr. Vandergelt.

Suivit une brève pause, le temps que chacun digère cette idée. Karl fut le premier à rompre le silence :

— Si cela est nécessaire...

— Certainement pas ! s'écria Lady Baskerville. Je ne tolérerai pas la présence de cette femme. En revanche, Cyrus, si vous désirez vous joindre à nous, sachez que vous êtes le bienvenu. Quoique, à mon sens, il n'y ait pas de réel danger.

— Attendez que les gens de la ville aient eu vent de la dame en blanc, dis-je sombrement.

Lady Baskerville poussa une exclamation et darda sur moi un regard de braise.

— Auriez-vous... conversé avec cette sotte d'Atiyah ?

J'eus l'impression très nette que ce n'était pas cela qu'elle avait initialement voulu dire.

— Elle déclare avoir vu, la nuit dernière, une silhouette en robe blanche, à peu près au moment où Hassan était tué, répondis-je. Certes, ce pourrait être le fruit de son imagination.

— Que voulez-vous que ce soit d'autre ? Cette femme est désespérément superstitieuse.

— N'importe, dit Vandergelt en secouant la tête. C'est le genre de rumeur dont vous n'avez vraiment pas besoin, les amis.

— C'est parfaitement ridicule ! s'emporta Lady Baskerville.

Elle s'approcha des fenêtres. La nuit était tombée sur le désert et le vent du soir faisait tournoyer les voilages, amenant dans le salon le parfum entêtant du jasmin. Je dus reconnaître que Lady Baskerville, dans son élégante robe noire, formait un joli tableau, avec son port altier et sa couronne de cheveux brillants.

La discussion se poursuivit. Emerson pouvait difficilement refuser d'accueillir Mr. Vandergelt, dans la mesure où la maîtresse de maison se déclarait prête à le recevoir ; toutefois, il n'essaya pas de camoufler son mécontentement. Vandergelt réagit avec aménité mais, à mon sens, il savourait la déconfiture d'Emerson.

Soudain, Lady Baskerville poussa un cri aigu et s'écarta de la fenêtre. L'avertissement vint trop tard. Avec la célérité d'une balle de revolver (mais de dimensions bien plus importantes), un projectile jaillit par la fenêtre ouverte et traversa la pièce pour finalement atterrir, avec fracas, sur la table à thé, projetant des débris de porcelaine dans toutes les directions. Toutefois, avant d'atteindre sa destination dernière, il toucha sa cible. Poussant une exclamation violente (et malsonnante, je le souligne à regret), Emerson porta une main à sa tête, chancela et tomba de tout son long sur le tapis. Sous le choc, plusieurs bibelots fragiles basculèrent de leurs guéridons, si bien que la chute du colosse (si je puis me permettre cette métaphore littéraire) fut accompagnée d'une symphonie de verre brisé.

Comme un seul homme (au sens figuré, dans mon cas), nous nous précipitâmes aux côtés d'Emerson. La seule exception fut Lady Baskerville, qui, telle l'épouse de Loth, demeura figée sur place. Inutile de préciser que je fus la première à me pencher sur mon époux ; cependant, avant que j'aie pu le serrer contre mon cœur, il se redressa, la main toujours plaquée sur sa tempe. Entre ses doigts, déjà horriblement tachés de sang, un filet cramoisi coulait sur sa joue hâlée.

— Crénom, dit-il.

Il eût donné libre cours à son humeur, sans nul doute, s'il n'avait été saisi d'un étourdissement. Ses yeux chavirèrent, sa tête retomba en arrière, et il serait de nouveau tombé si je ne l'avais retenu entre mes bras.

— Combien de fois vous ai-je dit qu'il ne faut pas faire de mouvement brusque après avoir reçu un coup sur la tête ? déclarai-je sévèrement.

— J'espère que vous n'avez pas eu l'occasion de lui donner ce conseil trop souvent, dit Mr. Vandergelt en proposant son mouchoir.

Croyez-moi, cher lecteur, je ne commis pas l'erreur de prendre son flegme pour de la froide indifférence. Il avait observé, tout comme moi, que le projectile n'avait fait qu'érafler le crâne d'Emerson. J'admire les hommes de tempérament ; je lui adressai donc un sourire approbateur avant d'appliquer son mouchoir sur la blessure d'Emerson. Cet entêté commençait à se débattre, apparemment désireux de se relever.

— Restez allongé, lui ordonnai-je, sinon je dis à Mr. Milverton de s'asseoir sur vos jambes.

Mr. Milverton me lança un regard effaré. Par bonheur, l'expédient que j'avais suggéré ne s'avéra pas nécessaire. Emerson se détendit, ce qui me permit de poser sa tête sur mes genoux. Le calme commençait à revenir lorsque Lady Baskerville créa une nouvelle sensation.

— La dame en blanc ! cria-t-elle d'une voix stridente. Je l'ai vue... là-bas...

Mr. Vandergelt la rejoignit à l'instant précis où elle se pâmait. Si j'étais une femme malveillante, je la soupçonnerais d'avoir attendu, pour s'évanouir, qu'il fût prêt à la recevoir dans ses bras.

— Je vais quérir un docteur ! s'exclama Mr. Milverton.

— Inutile, dis-je en pressant le mouchoir sur la tempe de mon époux. La plaie est superficielle. Peut-être a-t-il subi une légère commotion, mais je peux le soigner moi-même.

Emerson ouvrit les yeux.

— Amelia, croassa-t-il, faites-moi penser à vous dire, quand j'aurai repris des forces, ce que je pense de votre...

Je lui mis une main sur la bouche et susurrai d'un ton apaisant :

— Je sais, mon chéri. Vous n'avez pas besoin de me remercier.

Désormais rassurée sur l'état d'Emerson, je pus consacrer mon attention à Lady Baskerville, qui était lovée de manière fort charmante dans les bras de Mr. Vandergelt. Elle avait les paupières closes ; sa longue chevelure noire, libérée de ses épingles, pendait en cascade brillante. Pour la première fois depuis que je le connaissais, Mr. Vandergelt me parut vaguement décontenancé, ce qui ne l'empêchait pas de serrer contre lui, avec ferveur, le corps inanimé de la dame.

— Allongez-la sur le divan, dis-je. Elle n'est qu'évanouie.

— Madame Emerson, dit Karl, regardez cela.

Il tenait au creux de sa paume le projectile qui avait infligé tant de dommages. Je ne vis d'abord qu'une pierre grossièrement taillée, d'une vingtaine de centimètres de diamètre, et je fus parcourue d'un frisson à la pensée de ce qui aurait pu advenir si l'objet avait atteint sa cible de plein fouet. Puis Karl retourna la pierre, révélant un visage humain. Les yeux étaient caves, le menton anormalement long, les lèvres incurvées en un sourire étrange, énigmatique. Des traces de peinture bleue marquaient encore la coiffure en forme de casque : la couronne de bataille des pharaons égyptiens. J'avais déjà vu cette physionomie particulière ; elle m'était, à vrai dire, aussi familière que celle d'un vieil ami.

— Khuenaton ! m'exclamai-je.

Dans mon excitation, j'avais oublié que ce nom — entre autres termes archéologiques — eût suffi à réveiller Emerson d'un profond coma. Il repoussa ma main, que j'avais distraitement laissée sur sa bouche, se mit sur son séant et arracha à Karl la tête sculptée.

— C'est inexact, Amelia, dit-il. Vous savez bien que, selon Walter, le nom se prononce Akhenaton, non Khuenaton.

— Pour moi, il restera à jamais Khuenaton.

Me rappelant l'époque de notre première rencontre dans la cité en ruine du pharaon hérétique, j'adressai à Emerson un regard énamouré. Ma tendre allusion lui échappa ; le front plissé, il continua d'examiner l'objet qui avait manqué lui fracasser le crâne.

— Stupéfiant, marmonna-t-il. C'est une statue authentique, non une copie. Où diantre... ?

— Ce n'est pas le moment de faire de l'archéologie, le sermonnai-je. Mettez-vous au lit sur-le-champ, Emerson. Quant à Lady Baskerville...

— Au lit ? Vous n'y pensez pas.

Emerson se remit debout, assisté par le prévenant Karl. Ses yeux vitreux parcoururent la pièce avant de se poser sur le corps inerte de Lady Baskerville.

— Qu'a-t-elle donc ? demanda-t-il sans aménité.

Comme à un signal, Lady Baskerville ouvrit les paupières.

— La dame en blanc ! cria-t-elle.

Vandergelt mit un genou à terre et lui prit la main.

— Vous êtes en sûreté, ma chère, n'ayez crainte. Qu'avez-vous vu ?

— Une dame en blanc, semble-t-il, répondis-je. Qui était-ce, Lady Baskerville ? A-t-elle lancé le projectile ?

Lady Baskerville se passa une main sur le front.

— Je l'ignore. J'ai simplement aperçu une vague silhouette blanche, fantomatique, parée de bracelets d'or. Puis j'ai vu un objet arriver sur moi à toute allure, et j'ai eu un mouvement de recul involontaire. Oh ! Radcliffe, mais vous êtes couvert de sang ! Quelle horreur !

— Je vais très bien, déclara Emerson, insoucieux des taches cramoisies qui déparaient son visage. Où diantre notre homme a-t-il bien pu trouver cette tête sculptée ?

La scène aurait pu se prolonger indéfiniment — Emerson spéculant sur l'origine de l'objet, Lady Baskerville se lamentant comme une pleureuse — si l'un de nous n'était intervenu. A ma grande surprise, ce fut Mr. Milverton. Une saisissante transformation s'était opérée en lui. Il avait le teint frais, la démarche élastique. D'un ton respectueux et néanmoins ferme, il dit :

— Pardonnez-moi, professeur, mais nous avons

tous besoin d'un temps de repos et de réflexion. Vous avez reçu un bon coup sur la tête, et nous ne pouvons prendre le risque qu'il vous arrive quelque chose. Lady Baskerville devrait se reposer, elle aussi, après la frayeur qu'elle a eue. Si vous me permettez...

Avec une œillade complice à mon adresse, il prit Emerson par le bras. Mon époux se laissa emmener sans protester. Il continuait de s'extasier devant la tête miniature, qu'il tenait dans ses mains en coupe.

Lady Baskerville suivit, soutenue par Mr. Vandergelt. Lorsqu'il eut escorté Emerson jusqu'à notre chambre, Mr. Milverton m'entraîna à l'écart :

— Je m'en vais mettre de l'ordre dans le salon. Il ne faut pas que les domestiques découvrent ce qui s'est passé.

— Je crains qu'il ne soit trop tard, répondis-je, mais cette pensée vous honore, monsieur Milverton. Merci.

Le jeune homme sortit en sifflotant tout bas. Je regardai mon mari, hypnotisé par les étranges yeux sculptés du pharaon hérétique. Tandis que je pansais sa blessure en remerciant le Tout-Puissant de l'avoir miraculeusement épargné, je m'avisai que la subite bonne humeur de Mr. Milverton avait une explication. Nul ne pouvait le soupçonner d'avoir lancé le projectile mortel. Etait-il soulagé parce que l'auteur de l'agression — un comparse, peut-être — l'avait lavé de tout soupçon ?

CHAPITRE HUIT

Lorsque je voulus mettre au lit mon époux blessé, je découvris qu'il était déterminé à sortir.

— Je dois parler à nos hommes, insista-t-il. Ils auront eu vent de ce dernier incident, soyez-en sûre, et si je ne suis pas d'une parfaite honnêteté avec eux...

— A votre aise, dis-je froidement. Mais changez au moins de chemise, je vous prie ; celle-ci est fichue. Je vous avais bien dit d'en commander une autre douzaine avant notre départ d'Angleterre ; vous êtes l'homme le plus dévastateur...

Emerson quitta la chambre en toute hâte. Bien entendu, je le suivis.

Les ouvriers résidaient dans un bâtiment qui, à l'origine, avait dû servir d'entrepôt. Celui-ci se trouvait à une courte distance de la maison, et nous y avions fait installer toutes les commodités nécessaires. Lorsque nous arrivâmes, je pus constater qu'Emerson avait vu juste : les hommes étaient bel et bien au courant de la nouvelle, qu'ils commentaient véhémentement.

Ils regardèrent Emerson avec effarement, comme s'ils voyaient un fantôme. Enfin, Abdullah, qui était accroupi près du feu, se dressa de toute sa haute taille.

— Ainsi, vous êtes en vie, dit-il d'une voix calme

que démentaient ses yeux brillants d'émotion. Nous avions entendu...

— Mensonges, dit Emerson. Un ennemi a lancé une pierre sur moi. Le coup m'a seulement effleuré.

Il écarta de son front ses mèches ondulées, dévoilant la vilaine blessure. A la lumière rougeâtre du feu, les taches de sang, sur sa chemise, paraissaient noires. Il demeura immobile, la main sur le front, dans une posture d'un calme altier, tel un pharaon sculpté. Des ombres creusaient la fossette de son menton et soulignaient le contour de ses lèvres fermes.

Après avoir laissé aux hommes le temps de l'observer à loisir, il laissa retomber ses boucles noires.

— Les esprits des morts ne lancent pas de pierres, dit-il. Y a-t-il à Gourna un fellah qui me haïsse au point de souhaiter ma mort ?

Les hommes opinèrent du chef en échangeant des regards entendus. Ce fut Abdullah qui répondit, un sourire malicieux éclairant son austère visage barbu :

— Il y a, à Gourna et ailleurs, bien des fellahs qui vous haïssent à ce point, Emerson. Le coupable déteste le juge, et l'enfant réprimandé maudit son père sévère.

— Vous n'êtes ni des coupables ni des enfants, répliqua Emerson. Vous êtes mes amis. Je suis venu vous trouver sans délai, pour vous dire la vérité. *Allah yimmessikum bilkheir.*

II

Naturellement, si j'avais jugé nécessaire qu'Emerson gardât le lit, j'eusse fait en sorte qu'il y restât, par un moyen ou par un autre. Cependant, de toute évidence, il était au mieux de sa forme : le lendemain matin, il bondit du lit avec tout le panache de d'Artagnan se préparant à prendre d'assaut La Rochelle. Dédaignant mon assistance, il fixa sur son front un gros carré de sparadrap, apparemment peu soucieux de cacher sa blessure.

J'étais très fâchée contre lui. Le drame primitif du face à face avec nos hommes avait suscité en moi des émotions tout aussi primitives ; j'en fis part à Emerson, lequel me répondit qu'il avait la migraine. C'était une excuse raisonnable, certes, mais je ne pus me défendre d'être piquée.

Bien entendu, je camouflai mes sentiments avec ma dignité coutumière et, le temps que nous partions pour la Vallée, j'étais rassérénée. Le soleil se levait majestueusement derrière les montagnes, à l'est, et ses rayons dorés semblaient nous caresser, tels des bras aimants, de la même manière que les bras du dieu Aten étreignaient le divin roi qui était son fils.

Cette journée, qui commençait pourtant sous d'excellents auspices, se révéla riche en calamités. A peine arrivés au tombeau, nous nous trouvâmes face à l'imam. Il se lança dans une harangue enflammée, brandissant un long bâton, nous menaçant de mort et de damnation, pointant un doigt vengeur sur le front pansé d'Emerson afin de souligner la dernière manifestation de la malédiction des pharaons.

Emerson a beau le nier, je suis convaincue qu'il prend plaisir à ces affrontements. Les bras croisés, il écouta avec un air d'ennui courtois. Une fois, même, il bâilla. Au lieu d'interrompre l'imam, il le laissa pérorer à satiété. Et, bientôt, l'inévitable se produisit : l'assistance, à son tour, montra des signes d'ennui, et la joute oratoire tant espérée se réduisit à un simple monologue. L'imam, à court d'anathèmes, cessa finalement d'éructer. Emerson attendit encore un peu, la tête penchée de côté, puis s'enquit poliment :

— Est-ce tout ? Merci, Saint Homme, pour cette homélie.

Et, contournant respectueusement le religieux furieux, il disparut dans la tombe.

Moins d'une heure plus tard se produisit une nouvelle perturbation. Entendant des éclats de voix en provenance du sépulcre, je descendis voir de quoi il retournait. Karl et Mr. Milverton se faisaient face, raidis dans une attitude belliqueuse. Milverton était campé sur ses pieds écartés, poings levés ; Karl, maîtrisé par Emerson, se débattait et exigeait qu'on le relâchât afin d'administrer à son adversaire un châtiment de nature non spécifiée. Une ecchymose, sur la mâchoire de Karl, montrait que le pugilat avait dépassé le stade purement verbal.

— Il a insulté miss Mary ! cria Milverton sans se départir de sa posture combative.

Karl se lança dans un discours enflammé en allemand. Ce n'était point lui, mais Milverton, qui avait insulté la demoiselle ; mécontent de ses remontrances, Milverton l'avait frappé.

Le teint de Milverton, d'ordinaire pâle, vira au cramoisi. Le combat eût certainement repris si Emerson, d'une main de fer, n'avait empoigné le biceps de l'un et immobilisé l'autre en l'attrapant au collet.

— C'est ridicule ! s'exclama Mary.

La jeune fille, qui était restée en retrait sans mot dire, s'avança, les joues empourprées et le regard fulgurant. Elle était d'une beauté saisissante, à tel point que les hommes — y compris mon époux — cessèrent de se disputer pour la contempler avec une admiration non dissimulée.

— Personne ne m'a insultée, déclara-t-elle. Je vous sais gré de vouloir me défendre, tous les deux, mais vous êtes des nigauds. Je vous prie maintenant de vous serrer la main et de faire amende honorable, comme de bons garçons.

Ce discours — accompagné d'une œillade langoureuse, répartie en toute impartialité entre Milverton et Karl — ne contribua guère à améliorer les relations entre les deux rivaux, mais les contraignit à faire semblant de se réconcilier. Ils se saluèrent froidement du bout des doigts. Mary sourit. Emerson leva les bras au ciel. Je retournai à mon tas de déblais.

En début d'après-midi, Emerson vint me rejoindre.

— Comment ça va ? s'enquit-il, jovial, en s'éventant avec son chapeau.

Nous devisions tranquillement de choses et d'autres quand, soudain, il regarda derrière moi. Je le vis changer de contenance de façon si effrayante que je me retournai, alarmée.

Un extravagant cortège approchait. En tête venaient six hommes titubants, ployant sous le faix de deux longs brancards sur lesquels était juchée une structure carrée, entièrement entourée de rideaux, qui oscillait dangereusement. Une longue file d'indigènes en turbans et djellabas escortait l'apparition.

La procession se fraya laborieusement un chemin jusqu'à nous. Je repérai alors, marchant derrière le palanquin, un homme vêtu à l'européenne. Il était coiffé d'un chapeau rabattu sur les yeux, mais quelques mèches de cheveux roux s'en échappaient, trahissant une identité qu'il ne semblait guère enclin à afficher.

Haletants, en sueur, les porteurs firent halte et abaissèrent les brancards. Malheureusement, ils ne procédèrent pas à l'unisson, de sorte que la litière bascula, déversant sur le sol une forme trapue, qui se mit à pousser des cris de douleur et d'indignation. J'avais déjà pressenti qui pouvait être l'occupante de cette insolite chaise à porteurs. Personne d'autre, à Louxor, n'aurait eu l'idée de se déplacer dans un tel équipage.

Mrs. Berengeria portait sa robe de lin, piètre copie des exquises robes plissées qui paraient, au temps des pharaons, les dames de la noblesse. Son vêtement s'était retroussé dans sa chute, dévoilant une fort peu ragoûtante portion de chair grasse, livide. Sa perruque noire, environnée d'une nuée de petits insectes, lui était tombée sur le nez.

Les poings sur les hanches, Emerson considéra la femme qui se tortillait à ses pieds.

— Eh bien ! O'Connell, aidez-la donc à se relever. Et si vous voulez éviter une scène déplaisante, remettez-la dans cet engin ridicule et emmenez-la d'ici.

— Mr. O'Connell n'a nul désir d'éviter les scènes, intervins-je. Il est là pour les provoquer.

Mon commentaire acerbe rendit au jeune homme tout son aplomb. Il sourit et repoussa son chapeau sur la nuque, à un angle canaille.

— Vous me peinez, madame Emerson. Quelqu'un voudrait-il me donner un coup de main ? Je ne pourrai pas y arriver tout seul, vrai de vrai.

Affalés par terre, les porteurs haletaient et juraient. De toute évidence, il ne fallait espérer aucune aide de leur part. Voyant qu'Emerson n'avait nullement l'intention de toucher Mrs. Berengeria, je joignis mes efforts à ceux de Mr. O'Connell pour tenter de la hisser sur ses pieds, et nous y parvînmes. Dans l'aventure, toutefois, je me froissai plusieurs muscles du dos.

Alertés par le charivari, les autres émergèrent du tombeau. J'entendis distinctement Mary proférer un mot tout à fait malsonnant dans la bouche d'une jeune Anglaise bien élevée.

— Au nom du ciel, Mère, que faites-vous ici? Vous n'auriez pas dû venir. La chaleur... la fatigue...

D'une tape, Mrs. Berengeria chassa la main que sa fille avait posée sur son épaule.

— J'ai été appelée! J'ai reçu l'ordre de venir. Je me devais de transmettre l'avertissement. Eloigne-toi d'ici, mon enfant!

— Crénom! marmonna Emerson. Plaquez-lui une main sur la bouche, Amelia, vite!

Je n'en fis rien, vous pensez bien. Le mal était fait : les touristes, les indigènes qui avaient accompagné le palanquin — tous écoutaient avec avidité. Adoptant une attitude hiératique, la dame enchaîna :

— L'appel m'est venu alors que je méditais devant le sanctuaire d'Amon et de Sérapis, le dieu des enfers. Danger! Calamité! Malgré l'effort que requérait cette mission, il était de mon devoir de venir mettre en garde ceux qui profanent la tombe. Grâce à son cœur de mère, une femme agonisante a trouvé la force de voler au secours de son enfant...

— Mère! cria Mary en tapant du pied.

Peut-être la divine Cléopâtre avait-elle offert cette apparence lorsqu'elle défiait César. Encore fallait-il se représenter Cléopâtre en jupette et corsage, les yeux remplis de larmes amères.

Mrs. Berengeria se tut, mais uniquement parce qu'elle avait terminé son allocution. Sa petite bouche mesquine arborait un sourire satisfait.

— Je vous fais mes excuses, Mère, dit Mary. Je ne voulais pas être effrontée, mais...

— Je te pardonne.

— Mais vous ne devez pas tenir ce langage. Il vous faut rentrer immédiatement.

L'un des porteurs, qui comprenait l'anglais, poussa un ululement et s'adressa à Mary dans un arabe virulent. Malgré les explétifs et les complaintes qui ornaient son discours, la moelle en était relativement simple : il avait l'échine rompue, ses amis avaient l'échine rompue — bref, ils ne pourraient pas porter la dame un pas de plus.

Emerson régla la difficulté grâce à un savant alliage de menaces et de corruption. Lorsque le bakchich eut atteint un niveau suffisant, les porteurs s'avisèrent que, en fin de compte, ils n'avaient pas du tout l'échine rompue. Nous fourrâmes sans cérémonie Mrs. Berengeria dans son palanquin, opposant une farouche résistance à ses efforts pour étreindre Emerson, qu'elle appelait affectueusement Ramsès le Grand, son amant et époux. Avec des gémissements pitoyables, les porteurs se préparaient à soulever la litière quand, une fois de plus, la tête échevelée de la dame apparut entre les rideaux.

— A Baskerville House ! ordonna-t-elle.

— Non, Mère ! s'insurgea Mary. Lady Baskerville ne tient pas... Il serait inconvenant de lui rendre visite sans y être invitée.

— Une œuvre de merci ne requiert pas d'invitation. Je vais jeter le manteau de ma protection sur cette maison maudite. Par la prière et la méditation, j'écarterai le danger.

Descendant subitement de ses hauteurs éthérées, elle ajouta :

— J'ai également apporté tes affaires, Mary. Tu n'auras pas besoin de retourner à Louxor ce soir.

— Vous... vous voulez dire que vous envisagez d'y séjourner ? hoqueta Mary. Voyons, Mère, vous ne pouvez pas....

— Je n'ai certainement pas l'intention de passer une nuit de plus dans cet hôtel où j'ai manqué d'être assassinée hier dans mon lit !

— Pourquoi n'écartez-vous pas le danger par la prière et la méditation ? m'enquis-je.

Mrs. Berengeria me foudroya du regard.

— Vous n'êtes pas la maîtresse de Baskerville House. Que la lady refuse de m'héberger, si elle le peut ! — Elle aiguillonna le porteur le plus proche. — Allons, en route !

— C'est peut-être aussi bien ainsi, glissai-je à Emerson. Nous pourrons la surveiller si elle habite sous le même toit.

— Quelle effroyable perspective ! Franchement, Amelia, je ne pense pas que Lady Baskerville...

— Dans ce cas, retenez-la. Je ne sais comment vous y parviendrez, à moins de la ligoter et de la bâillonner. Mais si tel est votre désir...

— Ah, bah ! dit Emerson en croisant les bras. Je me lave les mains de toute cette affaire.

Mary, submergée de honte, avait également renoncé à s'interposer. Voyant qu'elle avait gagné, Mrs. Berengeria se permit un sourire de crapaud. La procession s'ébranla, laissant dans son sillage Mr. O'Connell, petite baleine échouée sur une plage de sable fin.

Emerson se tourna vers lui, la poitrine soulevée d'indignation, mais Mary le prit de vitesse :

— Comment avez-vous osé, Kevin ? Comment avez-vous pu l'encourager à faire cela ?

— Mais j'ai tout essayé pour l'en dissuader, ma chère, vrai de vrai ! Que pouvais-je bien faire, sinon l'accompagner pour la protéger en cas de besoin ? Vous me croyez, au moins, Mary ?

Il lui prit la main. Elle se dégagea brusquement, avec un geste d'ineffable dédain, et des larmes de détresse brillèrent dans ses yeux. Vivement, elle se détourna et rebroussa chemin vers la tombe.

Le visage de Mr. O'Connell s'allongea. Ceux de Karl et de Milverton arborèrent une même expression de satisfaction hautaine. Comme un seul homme, ils tournèrent les talons et suivirent Mary.

Croisant mon regard, O'Connell haussa les épaules et esquissa un sourire.

— Epargnez-moi vos commentaires, madame Emerson. Je rentrerai bientôt dans ses bonnes grâces, n'ayez crainte.

— Si les journaux publient un seul mot sur cet incident... commençai-je.

— Mais qu'y puis-je ? D'ici ce soir, tous les journalistes de Louxor seront au courant, s'ils ne le sont pas déjà. Je perdrais mon travail si je laissais mes sentiments personnels prendre le pas sur mes devoirs envers mes lecteurs.

Voyant qu'Emerson commençait à gronder et à piaffer, tel un taureau sur le point de charger, je conseillai à Mr. O'Connell de prendre le large. Il me dédia un large sourire. Avec l'aide de Mr. Vandergelt, je parvins à éloigner mon mari, qui, après un intervalle de profonde cogitation, déclara d'un air lugubre :

— En définitive, Vandergelt, je crois que je vais accepter votre proposition. Non pas pour protéger les dames, mais pour *me* protéger d'elles.

— Vous m'en voyez ravi, dit l'Américain.

En regagnant mon tas de déblais, je constatai que Mr. O'Connell avait pris le large. Tout en me livrant à la tâche méthodique et monotone qui consistait à tamiser les débris, je méditai une idée qui m'était venue durant ma conversation avec le jeune journaliste. Celui-ci était visiblement prêt à encourir de bon cœur des violences physiques afin d'obtenir la matière d'un article — et, tôt ou tard, Emerson lui donnerait cette satisfaction si on l'y encourageait. Puisque nous ne pouvions pas nous débarrasser de ses assiduités, pourquoi ne pas le mettre de notre côté et obtenir un droit de regard sur ses reportages en lui offrant l'exclusivité de nos impressions ? S'il voulait préserver cette avantageuse position, il lui faudrait accéder à nos désirs et se garder de provoquer mon irascible époux.

Je fus tentée de soumettre sur-le-champ mon

plan à Emerson; toutefois, étant donné que sa réaction première à mes suggestions est généralement négative, je décidai d'attendre un peu, le temps qu'il fût remis de notre dernière rencontre avec Mrs. Berengeria.

Un événement alarmant se produisit dans le courant de l'après-midi : une partie du plafond du couloir s'effondra, manquant de peu l'un de nos hommes. Le vacarme et le nuage de poussière qui s'élevait de l'escalier suscitèrent parmi les badauds un frémissement d'excitation et me firent accourir au galop. A travers le brouillard, je distinguai à peine Emerson, qui s'essuyait le visage avec sa manche en jurant copieusement.

— Nous devrons étayer le plafond et les murs au fur et à mesure que nous avancerons, annonça-t-il. J'avais bien remarqué que la roche était en mauvais état, mais j'espérais que cela irait en s'améliorant. Il semble malheureusement que ce soit l'inverse. Abdullah, envoyez Daoud et son frère chercher du bois et des clous à la maison. Crénom, voilà qui va encore ralentir le chantier!

— Mais ce doit être fait, dis-je. Un accident grave convaincrait les gens qu'il y a bel et bien une malédiction.

— Merci pour votre sollicitude, grogna Emerson. Que faites-vous ici, au fait? Retournez au travail.

Manifestement, le moment était mal choisi pour lui exposer mon plan concernant Mr. O'Connell.

Nul ne peut m'accuser d'être une épouse dénuée de tout esprit critique, en adoration devant son mari. Je suis pleinement consciente des nombreux défauts d'Emerson. En l'occurrence, toutefois, son humeur exécrable me parut une manifestation de cette force de caractère, quasi surnaturelle, qui conduit certains hommes à accomplir des exploits qui dépassent leurs ressources purement humaines. Les sinistres prédictions de Mrs. Berengeria, suivies de près par l'effondrement du plafond, avaient rendu plus ombrageux encore un tempérament qui, par ailleurs, n'était pas resté insensible aux catastrophes qui avaient précédé. Un homme de moindre qualité que mon époux eût peut-être renoncé à sa mission ce jour même.

Hélas, la majestueuse autorité d'Emerson est mâtinée, dans le domaine privé, d'une arrogance que toute femme moins compréhensive que moi ne tolérerait pas un instant. Si je m'y résignais, c'était uniquement parce que j'étais tout aussi désireuse que lui de voir avancer le chantier à un rythme soutenu.

La nuit approchait lorsque Emerson renvoya les hommes harassés, et ce fut un groupe épuisé qui s'engagea sur le sentier escarpé. J'avais tenté de persuader Mary de prendre le chemin le plus long, à dos d'âne, mais elle insista pour nous accompagner. Bien entendu, nos deux jeunes hommes la suivirent comme des moutons. Vandergelt était parti plus tôt, déclarant qu'il nous retrouverait à la maison après être passé prendre ses bagages à l'hôtel.

J'étais toujours aussi fière de mon idée d'enrôler Mr. O'Connell sous notre bannière, mais je me gardai bien d'en parler à Emerson. Les mains dans les poches, tête basse, il cheminait dans un sombre silence. En sus des autres désastres de la journée, les dernières heures de labeur avaient mis au jour une découverte inquiétante. Nos hommes avaient déblayé le corridor sur presque dix mètres, révélant enfin la figure d'un personnage royal, sans doute le propriétaire de la tombe. Hélas! la tête de ladite figure avait été sauvagement martelée, de même que le nom royal inscrit au-dessus. Cette preuve que la tombe avait été profanée nous consternait tous. Avions-nous évacué des montagnes de débris pour seulement découvrir, au bout du compte, un sarcophage vide ?

Cette crainte, à elle seule, eût suffi à justifier le silence morose de mon mari. La perspective d'affronter Mrs. Berengeria et Lady Baskerville — laquelle ne serait sans doute pas d'humeur folâtre — le déprimait encore davantage.

Si Mary était préoccupée par l'embarrassante situation qui l'attendait à la maison, elle n'en laissait rien paraître. Elle marchait en tête avec ses chevaliers servants ; je l'entendais bavarder joyeusement, et même rire. Je notai qu'elle donnait le bras à Karl et s'adressait en priorité à lui. Milverton, de l'autre côté, s'efforçait en vain d'attirer son attention. Au bout d'un moment, il fit halte et laissa ses compagnons prendre de l'avance. En arrivant à sa hauteur, je vis qu'il observait avec un poignant désarroi la mince silhouette de la jeune fille.

Emerson passa son chemin sans même accorder un coup d'œil au jeune homme désolé. Pour ma part, je ne me sentis pas le droit de négliger des symptômes si évidents de misère morale. En conséquence, je pris le bras de Milverton et lui demandai assistance. Je n'ai aucun scrupule à recourir au mensonge et à feindre l'épuisement lorsque les circonstances l'exigent.

Milverton eut une réaction de gentleman. Nous marchâmes quelque temps en silence, puis, comme je m'y attendais, son cœur blessé chercha du réconfort dans la conversation.

— Que peut-elle bien lui trouver ? explosa-t-il. Il est quelconque, pédant et pauvre !

Je fus tentée de rire à l'énoncé de ce catalogue allitératif de défauts. Je me bornai à secouer la tête en soupirant.

— Je crains qu'elle ne soit une flirteuse impénitente, monsieur Milverton.

— Permettez-moi de vous contredire, répliqua-t-il avec feu. Mary est un ange.

— Elle a, certes, la beauté d'un ange.

— A qui le dites-vous ! Elle me fait penser à cette reine égyptienne, je ne me rappelle plus son nom...

— Néfertiti ?

— Tout juste. Et sa silhouette... observez cette démarche gracieuse...

Ce n'était point chose facile, car — je m'en aperçus avec un certain malaise — le crépuscule était bien avancé. A la lumière du jour, le sentier était déjà dangereux ; la descente ne serait pas aisée dans l'obscurité. De plus, la nuit servirait de refuge à nos ennemis. Je me pris à espérer que l'entêtement d'Emerson ne nous exposerait point à un accident, voire pis. Je hâtai le pas et resserrai mon étreinte sur le bras de Milverton. Les autres nous avaient maintenant largement distancés ; Emerson n'était plus qu'une ombre qui se découpait sur le ciel étoilé.

Milverton continuait d'accabler Mary, tour à tour, de louanges et de reproches. Maîtrisant mon appréhension, je tentai de lui faire voir la situation à la lumière calme de la raison.

— Peut-être nourrit-elle des doutes sur vos intentions, monsieur Milverton. Elles sont, je présume, parfaitement honorables ?

— Vous me blessez au plus haut point, madame Emerson ! Mes sentiments sont si profonds, si respectueux...

— En ce cas, pourquoi ne les exprimez-vous pas à celle qui en est l'objet ? Lui avez-vous fait votre demande ?

— Comment le pourrais-je ? soupira-t-il. Qu'ai-je à lui offrir, dans la situation...

Il s'interrompit net, retenant son souffle.

Je crois, en vérité, que ma propre respiration s'arrêta un instant, tandis que s'imposait à moi la signification de cette pause révélatrice. S'il avait conclu sa phrase par ce mot, s'il l'avait laissée se perdre dans le douloureux silence de l'indécision, j'eusse supposé qu'il parlait de sa position subalterne, de sa jeunesse, de son manque de sécurité financière. Mon instinct de détective — fruit d'une aptitude naturelle et d'une expérience non négligeable — m'indiqua aussitôt la véritable raison de sa soudaine réticence. Le confortable manteau d'obscurité et l'influence lénifiante d'une oreille féminine compatissante lui avaient fait baisser sa garde. Il avait été à deux doigts de passer aux aveux !

L'instinct du détective, quand il est en action, abolit sans remords toute considération d'ordre sentimental. J'ai honte d'avouer que mes paroles suivantes me furent dictées non par la sollicitude, mais par la ruse. J'étais résolue à briser sa résistance, à lui extorquer une confession.

— Votre situation est épineuse, lui dis-je. Mais je sais que Mary, si elle vous aime, vous soutiendra. N'importe quelle femme digne de ce nom aurait cette attitude.

— L'aura-t-elle ? L'auriez-vous ?

Il se tourna vers moi et me prit par les épaules.

J'admets qu'une vague appréhension tempéra mon ardeur de détective. Dans les ténèbres maintenant complètes, la haute silhouette de Milverton me dominait comme une créature de la nuit. Je sentis son haleine brûlante sur mon visage, je sentis ses doigts s'enfoncer douloureusement dans ma chair. Je me fis la réflexion que j'avais peut-être commis une légère erreur de jugement.

Au moment où j'allais me livrer à un acte ridicule, tel qu'appeler à l'aide ou frapper Mr. Milverton avec mon ombrelle, la pleine lune émergea au-dessus des falaises. La lueur argentée me permit de voir le visage du jeune homme, que, dans son élan, il avait approché du mien. Je constatai alors, à mon vif soulagement, que ses traits séduisants exprimaient l'anxiété et la détresse, sans nulle trace de la folie que j'avais redouté d'y trouver.

La même lumière permit à Mr. Milverton de voir *mon* visage, lequel devait trahir une certaine inquiétude. Aussitôt, il me relâcha.

— Pardonnez-moi, je... je ne suis pas moi-même, madame Emerson. Depuis quelques semaines, je suis à moitié fou. Je ne puis endurer plus longtemps ce calvaire. Il faut que je parle. Puis-je me confier à vous ?

— Vous le pouvez ! m'écriai-je.

Le jeune homme prit une profonde inspiration et se redressa de toute sa hauteur, carrant ses larges épaules. Ses lèvres s'entrouvrirent.

A cet instant précis, un cri strident, prolongé, se répercuta dans la vaste étendue de rocaille. Je crus d'abord que Mr. Milverton hurlait à la lune, tel un loup-garou, mais non : il semblait tout aussi surpris que moi. La lune était à présent complètement levée et, tandis que je scrutais les alentours, cherchant l'origine du lugubre cri, un spectacle alarmant s'offrit à ma vue.

Emerson traversait le plateau à toute allure, sautant par-dessus les rochers et franchissant d'un bond les crevasses. Il était suivi d'un nuage de poussière argentée, et ses cris inhumains, associés à cette escorte ectoplasmique, avaient de quoi frapper de terreur un esprit superstitieux. Il venait dans notre direction, mais en biais par rapport au sentier. Agitant mon ombrelle, je me lançai dans une course propre à croiser sa trajectoire.

Je parvins à l'intercepter, car j'avais correctement évalué les angles d'intersection. Le connaissant bien, je ne tentai pas de le stopper en lui touchant le bras ou en l'agrippant par la manche ; je me jetai contre lui de tout mon poids. Nous culbutâmes ensemble sur le sol, et Emerson se retrouva au-dessous.

Lorsqu'il eut repris son souffle, la scène éclairée par la lune retentit à nouveau de l'écho de ses cris, à présent blasphématoires et quasiment tous dirigés contre moi. Je m'assis sur un rocher voisin et attendis qu'il se calmât.

— C'en est trop, commenta-t-il en se mettant sur son séant. Non seulement je suis la cible de tous les maniaques religieux de Louxor, mais ma propre femme se retourne contre moi ! J'étais en chasse, Amelia... en chasse ! Sans votre intempestive intervention, j'aurais attrapé le gredin.

— Je puis vous certifier le contraire. A part vous, il n'y avait personne en vue. Sans doute se sera-t-il faufilé entre les rochers pendant que vous couriez dans tous les sens en bramant. Qui était-ce ?

— Habib, je suppose. J'ai seulement aperçu un turban et une djellaba. Crénom, Amelia, j'étais sur le point...

— Et moi, j'étais sur le point d'être la dépositaire d'une confidence de Mr. Milverton, dis-je avec la plus grande contrariété. Il s'apprêtait à confesser son crime. Je souhaiterais que vous appreniez à refréner cet enthousiasme juvénile qui vous incite à agir avant de...

— Que ne faut-il pas entendre ! s'exclama Emerson. « Enthousiasme » est un mot trop aimable pour décrire la vanité invétérée qui vous incite à croire...

Les autres nous rejoignirent avant qu'il ait pu aller jusqu'au bout de sa remarque insultante. S'ensuivirent des questions inquiètes et des explications. Puis nous reprîmes la route, Emerson concédant à contrecœur qu'il était inutile de continuer à poursuivre quelqu'un qui s'était volatilisé depuis longtemps. Il prit la tête de la procession, en se massant la hanche et boitant avec ostentation.

De nouveau, je me trouvai à côté de Mr. Milverton. Comme il m'offrait son bras, je vis qu'il réprimait à grand-peine un sourire.

— J'ai entendu sans le vouloir une partie de votre conversation... commença-t-il.

J'essayai de me rappeler ce que j'avais dit. J'avais parlé de « confession », j'en étais sûre. Toutefois, lorsque Milverton enchaîna, je constatai avec soulagement qu'il n'avait pas surpris cette partie de mon dialogue.

— Je ne voudrais pas être insolent, madame Emerson, mais je suis intrigué par les relations que vous entretenez avec le professeur. Etait-il vraiment nécessaire de l'envoyer au tapis ?

— Naturellement. Hormis la violence physique, rien ne peut arrêter Emerson quand il est en rage ; or, si je ne l'avais pas stoppé, il aurait continué de galoper jusqu'à tomber par-dessus la falaise ou se prendre le pied dans une fissure.

— Je vois. Pourtant, il n'a pas semblé, euh... apprécier votre sollicitude à son endroit.

Emerson, qui persistait à boiter d'une manière puérile et peu convaincante, n'était pas loin devant nous, mais je ne pris pas la peine de baisser la voix pour répondre :

— Oh ! il est ainsi fait. Comme tous les Anglais, il ne voit aucun inconvénient à étaler ses sentiments en public. Dans le privé, je vous assure, il est le plus tendre et le plus attentionné des...

N'y tenant plus, Emerson se retourna et cria :

— Dépêchez-vous, tous les deux ! Qu'est-ce que vous avez à traînasser ?

Ainsi, à mon grand dépit, j'abandonnai tout espoir de regagner la confiance de Milverton. Tandis que nous descendions la pente sinueuse et escarpée, je n'eus pas l'occasion d'avoir une conversation privée avec lui. Nous n'avions parcouru qu'une courte distance vers la maison, dont on voyait briller les lumières à travers les frondaisons des palmiers, quand nous rencontrâmes Mr. Vandergelt. Inquiet de ne pas nous voir rentrer, l'Américain était parti à notre recherche.

En entrant dans la cour, Milverton me prit la main.

— Vous parliez sérieusement ? murmura-t-il. Vous m'avez assuré...

Une étincelle d'exultation jaillit des braises de mon espoir moribond.

— Oui, lui répondis-je sur le même ton. Ayez confiance en moi.

— Que signifient ces messes basses, Amelia ? bougonna Emerson. Pressez-vous, que diable !

Au prix d'un effort surhumain, je parvins à me retenir de l'assommer avec mon ombrelle.

— J'arrive, répondis-je. Allez devant.

Nous étions presque à la porte lorsque j'entendis une voix chuchoter à mon oreille :

— Minuit, dans la loggia.

III

Sitôt entré dans la maison, Emerson s'enfuit vers notre chambre comme s'il était pourchassé par des démons. De fait, l'écho lointain d'une voix tonitruante — celle de Mrs. Berengeria — rendait excusable sa fuite éperdue. Lorsque je pénétrai à mon tour dans la chambre, il se mit à geindre et à grimacer de douleur. Dévoilant une large portion de peau rougie, écorchée, il m'accusa d'être responsable de son infortune.

Je ne prêtai aucune attention à cette puérile exhibition.

— Emerson, m'exclamai-je, vous ne devinerez jamais ce qui s'est passé ! Malgré votre stupide intervention... — Là, je dus hausser le ton pour couvrir ses protestations — ... j'ai gagné la confiance de Mr. Milverton. Il va avouer !

— Criez donc plus fort, dit Emerson. Il doit encore y avoir des personnes dans la maison qui ne vous ont pas entendue.

Le reproche, quoique formulé avec goujaterie, était justifié. Je poursuivis dans un murmure :

— Il est profondément perturbé, Emerson. Je suis sûre qu'il a été acculé au meurtre ; son geste n'était pas prémédité.

Emerson ôta sa chemise et entreprit de se laver à l'aide d'une éponge.

— Humph ! fit-il. Que vous a-t-il dit, précisément ?

— Je vous trouve bien calme. — Je lui pris l'éponge et frottai son dos couvert de sable et de poussière. — Il n'a pas été en mesure de me fournir des détails ; ce sera pour plus tard. Il m'a donné rendez-vous à minuit, dans...

— Vous avez perdu l'esprit ! me coupa Emerson.

Comme je continuais de masser à un rythme régulier ses muscles dorsaux, il laissa échapper un absurde ronronnement de plaisir. D'une voix radoucie, il enchaîna :

— Pensez-vous vraiment, ma chère Peabody, que je vous laisserai aller retrouver un meurtrier au beau milieu de la nuit ?

— J'ai préparé mon plan. Vous serez caché à proximité.

Emerson me prit la serviette des mains et acheva rapidement de s'essuyer.

— En aucun cas, dit-il. Je compte passer la nuit dans la tombe. Quant à vous, vous allez vous enfermer dans cette chambre et y rester.

— De quoi parlez-vous ?

— Nous approchons de l'extrémité du couloir. Celui-ci devrait être déblayé d'ici un jour ou deux. Une paire de voleurs déterminés, travaillant en hâte, pourrait se ménager un tunnel en quelques heures.

Je ne lui demandai pas comment il savait que le bout du passage était proche. Sur le plan professionnel, Emerson est le plus grand archéologue de ce siècle, voire de tous les temps. C'est seulement dans les aspects quotidiens de la vie qu'il manifeste un degré normal d'incompétence masculine.

— Nos hommes ne sont-ils pas de garde ? objectai-je.

— Deux hommes, qui sont dans un tel état de nerfs qu'un hurlement de chacal les ferait détaler pour se mettre à l'abri. En outre, deux hommes ne suffiraient pas à contenir un assaut en force. Les Gournaouis ont déjà attaqué des archéologues.

— Et vous vous proposez de devenir l'une de leurs victimes ?

— Ils n'oseront pas s'en prendre à un Anglais, rétorqua Emerson avec superbe.

— Allons donc ! Je sais bien, moi, pourquoi vous désirez vous esquiver. Vous avez peur de Mrs. Berengeria.

Emerson éclata d'un rire jaune.

— Absurde ! Ne nous querellons pas, Peabody. Otez donc ce costume poussiéreux, vous devez étouffer là-dedans.

D'une pirouette agile, je me dérobai à ses mains tendues.

— Ce stratagème ne marchera pas, Emerson. Et veuillez vous habiller. Si vous croyez que la vue de votre carcasse — musclée et bien découplée, j'en conviens — me détournera de mon devoir...

Cette fois, ce ne fut pas Emerson qui m'interrompit, quoique son attitude engageante indiquât des intentions de cette nature. Un coup à la porte l'incita à chercher précipitamment son pantalon, et une voix annonça que Lady Baskerville nous attendait.

Le temps de nous laver et de nous changer, les autres étaient assemblés dans le salon. L'atmosphère n'était pas celle d'une réunion mondaine, mais bien plutôt d'un conseil de guerre. Je constatai avec soulagement que Mrs. Berengeria était retombée dans un état de semi-stupeur, et la forte odeur de cognac qui l'environnait ne fut pas pour me surprendre. Elle minauda paresseusement à l'intention d'Emerson, mais se révéla incapable de parler ou de bouger.

Ainsi délivré de sa plus grande crainte, Emerson exposa ses intentions et ses projets avec sa fougue coutumière. Lady Baskerville laissa échapper un cri de détresse.

— Non, Radcliffe, vous ne devez pas vous exposer ainsi ! Je préfère que le tombeau soit entièrement pillé plutôt que de vous voir risquer un seul cheveu de votre tête !

Cette déclaration idiote, qui m'aurait valu un cinglant reproche, amena sur le visage d'Emerson un sourire de plaisir fat. Il tapota la main d'albâtre qui se cramponnait à sa manche.

— Il n'y a pas le moindre danger, je vous en donne l'assurance.

— Vous avez sans doute raison, dit Vandergelt, qui n'avait point apprécié cette démonstration de sollicitude de la part de notre hôtesse. Je vous accompagnerai néanmoins, professeur. Deux six-coups valent mieux qu'un, et c'est plus sûr d'avoir un camarade pour surveiller ses arrières.

Sur ce, Lady Baskerville se répandit en cris d'effroi. Allaient-ils l'abandonner à la merci du fantomatique assassin qui avait déjà tué un homme et agressé Emerson ? Vandergelt, à qui elle s'agrippait maintenant, se montra tout aussi sensible que mon mari à cette prestation de théâtre amateur.

— Elle a raison, au fond, dit-il d'un ton soucieux. Nous ne pouvons laisser les dames sans protection.

Milverton et Karl proclamèrent alors leur volonté de se rendre utiles. Il fut finalement décidé que Karl se joindrait à Emerson pour garder la tombe. Dans son impatience de partir, mon mari n'attendit même pas d'avoir dîné ; il se fit préparer un panier de pique-nique et s'apprêta à se mettre en route avec Karl. En dépit de ses efforts pour m'éviter, je parvins à le prendre à l'écart un instant.

— Emerson, il est absolument nécessaire que je parle avec Mr. Milverton tant qu'il se trouve dans de bonnes dispositions. Demain, peut-être aura-t-il changé son fusil d'épaule.

— Amelia, il n'y a pas la moindre chance que Milverton ait l'intention de passer aux aveux. Soit ce rendez-vous est un piège, auquel cas vous seriez infiniment stupide de tomber dedans ; soit, comme je le subodore, il s'agit simplement du produit de votre imagination galopante. Quoi qu'il en soit, je vous interdis de quitter la maison cette nuit.

Sa voix grave, posée, me fit une profonde impression. J'aurais cependant répondu à ses arguments s'il ne m'avait soudain prise dans ses bras et serrée contre lui, sans se soucier de Mary qui traversait la cour pour gagner sa chambre.

— Pour une fois dans votre vie, Peabody, faites ce que je vous dis ! S'il vous arrive quoi que ce soit, je vous assassine !

Sur une dernière étreinte qui me coupa littéralement le souffle, il prit congé. Je l'entendis crier à Karl de se hâter.

Je m'adossai au mur, tenant mes côtes endolories et luttant pour maîtriser l'émotion suscitée par notre tendre séparation. Une main se posa doucement sur mon épaule, et je vis Mary près de moi.

— Ne vous inquiétez pas, madame Emerson. Karl veillera sur lui ; il est tout dévoué au professeur.

— Je ne suis pas inquiète du tout, merci. — Discrètement, je portai mon mouchoir à mes yeux. — Bonté divine, je suis en nage ! Il fait très chaud ici.

La jeune fille me prit par la taille.

— Il fait *très* doux, convint-elle. Venez, retournons au salon.

Cette soirée fut l'une des plus pénibles de mon existence. Lady Baskerville concentra sur Mr. Vandergelt ses indéniables charmes. Milverton, silencieux et maussade, déjoua mes efforts pour croiser son regard. Mrs. Berengeria avait été exilée dans sa chambre, mais sa présence semblait planer sur nous, ombre monstrueuse et menaçante. Par-dessus tout, la pensée d'Emerson en sentinelle près de la tombe, vulnérable à une nouvelle offensive contre sa vie, imprégnait chaque mot de la conversation et gâtait le goût de chaque bouchée que j'avalais. N'y eût-il point eu d'autre ennemi que l'infâme Habib — et j'étais sûre qu'il y en avait un — celui-ci avait un double motif de s'en prendre à mon mari : la vengeance et la cupidité.

La soirée se termina tôt. Il n'était que dix heures lorsque je me couchai et disposai la moustiquaire autour du lit. La pensée de mon époux en péril m'avait attendrie à tel point que j'avais presque résolu d'obéir à sa dernière injonction. Toutefois, je fus incapable de m'endormir. J'observai le clair de lune dessiner sur le parquet un chemin mystérieux, dont l'attrait devint bientôt aussi irrésistible que le charme d'une route menant à un territoire étrange, inconnu. Il me fallait le suivre.

Je me levai. Avec circonspection, j'entrouvris ma porte.

Le silence feutré de la nuit n'était troublé que par le bourdonnement des insectes et les hurlements funèbres des chacals, au fin fond des collines. La maisonnée avait succombé au sommeil. J'attendis, le regard et l'oreille à l'affût. Au bout d'un moment, je vis une sombre silhouette traverser silencieusement la cour. Après la mort de Hassan, Emerson avait confié à l'un de nos hommes le poste de veilleur.

Nullement découragée — car je n'avais jamais eu l'intention d'emprunter ce chemin — je refermai la porte sans bruit et m'habillai. Jetant de nouveau un coup d'œil par l'entrebâillement, je m'assurai que la maison était quiète et le guetteur toujours dans la cour. Je m'approchai alors de la fenêtre.

J'avais un genou sur l'appui et m'apprêtais à hisser l'autre pied quand une ombre imposante apparut devant moi. Une voix familière murmura en arabe :

— La Sitt désire quelque chose? Son serviteur va aller lui chercher.

Si je n'avais fermement tenu l'appui, je serais tombée à la renverse. Recouvrant mes esprits, je me hissai dans l'embrasure.

— La Sitt désire sortir par la fenêtre, Abdullah, répondis-je. Donnez-moi un coup de main ou ôtez-vous de mon chemin.

La haute silhouette du *raïs* ne bougea pas.

— Les *affrits* et les méchants hantent les ténèbres, dit-il. La Sitt sera mieux dans son lit.

Le débat étant impossible à éviter, je m'assis sur le rebord, jambes pendantes.

— Pourquoi n'êtes-vous pas parti avec Emerson, pour le protéger?

— Emerson m'a laissé ici pour garder le trésor qui est plus cher à son cœur que l'or du pharaon.

Je doutai fort qu'Emerson eût formulé la chose en ces termes, quoiqu'il pût avoir un style assez fleuri quand il parlait arabe. Mes scrupules d'avoir passé outre à sa requête s'évanouirent subitement. Il ne m'avait pas fait confiance!

— Aidez-moi à descendre, dis-je en tendant les bras à Abdullah.

Il poussa un gémissement.

— S'il vous plaît, Sitt Hakim, ayez pitié. Emerson mettra ma tête au bout d'une pique s'il vous arrive du mal.

— Comment pourrait-il m'arriver du mal si vous veillez sur moi ? Je ne vais pas loin, Abdullah. Je veux que vous me suiviez, sans être vu, et que vous vous cachiez derrière un arbre ou un buisson quand je serai dans la loggia.

Je me laissai choir sur le sol. Abdullah secoua la tête, désespéré, mais ne s'avisa pas de tenter de me retenir. Tandis que j'avançais furtivement dans les bosquets, essayant d'éviter les flaques de clair de lune, je savais qu'il me suivait, bien que je n'entendisse pas un bruit. En dépit de sa stature, Abdullah pouvait se mouvoir comme un pur esprit quand il le voulait.

Arrivée au coin de la maison, je vis devant moi la loggia, avec ses piliers dont la couleur éclatante était étrangement altérée par la lumière blême. L'intérieur était plongé dans les ombres. Hormis les contours des tables et des sièges en osier blanc, je ne distinguai aucune forme humaine. Je fis halte et dis à mi-voix :

— Attendez ici, Abdullah. Pas un bruit, et n'intervenez que si j'appelle à l'aide.

Je m'avançai à pas de loup. Emerson a beau me taxer de légèreté, je n'étais nullement disposée à tenter une approche directe. J'entendais inspecter les environs, à l'abri d'un pilier, avant de m'aventurer dans la place.

Un frisson me parcourut lorsque je vis rougeoyer, au fond de la loggia, l'extrémité ronde d'un cigare. Abandonnant ma cachette, je me dirigeai furtivement vers le point lumineux.

— Madame Emerson !

Milverton se leva et éteignit son cigare.

— Ainsi, vous êtes venue. Dieu vous bénisse !

— Vous devez avoir des yeux de chat, dis-je, chagrinée de n'avoir pu arriver jusqu'à lui sans être vue.

— J'ai l'ouïe remarquablement fine, répondit-il dans un murmure. Je vous ai entendue approcher.

A tâtons, je trouvai une chaise et m'assis. Milverton suivit mon exemple, choisissant le siège voisin du mien. La brise nocturne faisait bruire la vigne vierge qui enroulait ses bras verts autour des piliers.

Nous demeurâmes un moment sans échanger une parole. Je jugeai préférable de rester coite, car la situation était délicate et je redoutais de dire ce qu'il ne fallait pas. Milverton, lui, se colletait avec ses craintes et son sentiment de culpabilité. Du moins espérais-je que c'était son occupation du moment et qu'il n'était pas en train de réfléchir au moyen le plus rapide de m'éliminer. Si jamais il me saisissait à la gorge, je ne serais pas en mesure d'appeler Abdullah. Je me pris à regretter de ne pas avoir apporté mon ombrelle.

La première déclaration de Milverton ne fut point de nature à apaiser mon appréhension.

— Vous êtes une femme courageuse, madame Emerson, dit-il d'une voix sinistre. Venir seule ici, en pleine nuit, après une mort mystérieuse et une série d'accidents étranges...

— C'est assez stupide de ma part, j'en conviens. J'ai bien peur d'avoir péché par présomption. Emerson m'en fait souvent le reproche.

— Loin de moi l'idée de suggérer une telle chose ! Je préfère croire que votre décision était fondée sur une connaissance profonde de la nature humaine et sur cette compassion toute féminine qui est un trait insigne de votre personnalité.

— Ma foi, si vous le formulez ainsi...

— Et vous avez eu raison, poursuivit-il. Vous avez correctement jugé mon caractère. Je suis faible et insensé, madame Emerson, mais je ne suis pas méchant. Vous ne courez aucun danger avec moi. Je suis incapable de faire du mal à une femme — ni à qui que ce soit, d'ailleurs. Et la confiance que vous avez placée en moi vous a hissée au faîte de mon estime. Je suis prêt à mourir pour vous défendre.

— Espérons que cela ne s'avère point nécessaire.

Quoique rassurée, j'éprouvais un certain désappointement. Ce discours n'avait rien d'un prélude à des aveux.

— Je n'en apprécie pas moins votre proposition, monsieur Milverton. Mais l'heure est tardive ; puis-je vous prier de me dire... ce que vous souhaitiez me dire ?

Mon interlocuteur, silhouette confuse dans l'obscurité, émit une sorte de rire étouffé.

— Vous avez mis le doigt sur l'essence de ma confession, madame Emerson. Vous m'avez appelé par un nom qui n'est pas le mien.

— Mais alors, qui êtes-vous ? demandai-je, surprise.

La réponse fusa, ahurissante :

— Je suis Lord Baskerville.

CHAPITRE NEUF

Milverton avait perdu l'esprit : telle fut ma première pensée. La culpabilité et le remords empruntent des voies étranges ; sa conscience, désireuse de nier l'ignoble forfait, avait persuadé le jeune homme que Lord Baskerville était encore en vie — et que c'était lui (Lord Baskerville, pour être précise).

— Je suis ravie de faire votre connaissance, dis-je. De toute évidence, la nouvelle de votre décès était très exagérée.

— Ne badinez pas, je vous en prie, dit-il dans un gémissement.

— Je ne badine pas.

— Mais alors... Ah ! je comprends.

De nouveau, il émit ce rire étouffé qui ressemblait davantage à un cri de douleur.

— Je ne puis vous blâmer de me croire fou, madame Emerson. Cependant, je ne le suis pas — pas encore — bien que je n'en sois pas très loin par moments. Permettez-moi de m'expliquer.

— J'allais vous en prier, dis-je avec chaleur.

— Je m'appelle Lord Baskerville parce que c'est désormais mon titre. Je suis le neveu du défunt, et son héritier.

L'explication était tout aussi inattendue que mon idée première. Malgré ma vivacité d'esprit, il me fallut plusieurs secondes pour assimiler cet élément nouveau et ses sinistres implications.

— En ce cas, que diantre faites-vous ici sous un nom d'emprunt? demandai-je. Lord Baskerville — feu Lord Baskerville, j'entends — connaissait-il votre véritable identité? Sapristi, jeune homme, avez-vous conscience de la situation scabreuse dans laquelle vous vous êtes mis?

— Naturellement. Je suis dans un tel désarroi depuis le décès de mon oncle que cela a contribué, je le crois, à la sévérité de la fièvre que j'ai contractée. S'il n'y avait eu cette complication, j'aurais tourné casaque depuis longtemps.

— Mais, monsieur Milverton... comment dois-je vous appeler, alors?

— Mon prénom est Arthur. Je serais honoré que vous l'utilisiez.

— Soit. C'est une chance que vous n'ayez pu vous enfuir, Arthur; cela aurait équivalu à un aveu de culpabilité. Or, si je vous comprends bien, vous affirmez n'être pour rien dans la mort de votre oncle.

— Je le jure sur mon honneur d'aristocrate anglais.

Il était difficile de mettre en doute un serment aussi impressionnant. Néanmoins, mes réserves persistèrent.

— Dites-moi tout.

— Mon père était le frère cadet du défunt lord, commença Arthur. Dans sa jeunesse, à la suite de je ne sais quelle peccadille, il encourut les foudres de son géniteur. D'après ce qu'on m'en a dit, le vieux gentleman était un homme sévère, intraitable, qui eût été plus à sa place dans le Commonwealth puritain qu'en notre siècle actuel. Appliquant les préceptes de l'Ancien Testament, il coupa aussitôt la main droite qui l'avait offensé et jeta le fils prodigue dans les ténèbres extérieures. Doté d'une maigre pension mensuelle, mon pauvre père fut expatrié en Afrique, pour y vivre ou y mourir selon la décision du Destin.

— Son frère n'a pas intercédé en sa faveur ?

Arthur hésita avant de répondre :

— Je ne vous cacherai rien, madame Emerson. Feu Lord Baskerville approuva totalement l'attitude inflexible de son père. Lorsqu'il accéda au titre, un an seulement après l'exil forcé de son frère, l'un de ses premiers gestes fut d'écrire à mon paternel pour lui dire de n'attendre de sa part aucune assistance, car, par conviction personnelle autant que par respect filial, il se sentait tenu de bannir son frère de la même manière que leur père l'avait banni.

— Quelle cruauté !

— J'ai appris à le considérer comme un véritable démon, dit Arthur.

Un frisson me parcourut en entendant cet aveu. Le jeune homme ne s'apercevait-il pas que chacune de ses paroles aggravait sa position ? Croyait-il que je garderais le silence sur son identité ? A moins qu'il n'envisageât le recours à d'autres moyens pour éviter d'être démasqué ?

Arthur poursuivit son récit :

— J'ai entendu mon père le maudire tous les soirs, quand il était... bref, pour dire les choses crûment, quand il avait trop bu — ce qui se produisait, je le dis à regret, à intervalles de plus en plus rapprochés au fil du temps. Cependant, quand il était lui-même, mon père était le plus délicieux des hommes. Sa personnalité attachante avait conquis le cœur de ma mère, qui était la fille d'un gentleman de Nairobi. En dépit des objections de ses parents, elle l'épousa. Ma mère jouissait d'un petit revenu personnel qui nous permit de subsister.

« Elle l'aimait de tout son cœur, je le sais. Jamais je ne l'ai entendue proférer une plainte ou un reproche. Toutefois, lorsque mon père succomba aux inévitables conséquences de son intempérance, il y a six mois, ce fut ma mère qui me persuada que ma haine à l'égard de mon oncle était peut-être injuste. Et elle le fit, croyez-le, sans émettre la plus petite critique à l'endroit de mon père...

— Ce ne dut pas être une mince affaire.

Je m'étais formé une image précise du géniteur d'Arthur, et j'éprouvais une grande compassion pour son épouse. Sans relever mon commentaire, Arthur reprit :

— Elle me fit également observer que, Lord Baskerville n'ayant pas d'enfants, j'étais son héritier. Il n'avait pas tenté de se mettre en relation avec moi, bien que ma mère, par correction, lui eût annoncé la mort de son cadet. Mais, encore une fois, ses manquements et sa dureté ne justifiaient pas de ma part un comportement indigne. Je me devais, par égard pour ma famille et pour moi-même, de me présenter devant l'homme à qui j'étais appelé à succéder un jour.

« Je me gardai de dire à ma mère qu'elle m'avait convaincu, car j'avais élaboré un plan stupide et artificieux que je comptais mettre à exécution. Lorsque je quittai le Kenya, je lui annonçai simplement que j'allais tenter fortune dans le vaste monde, grâce à la photographie qui, dans ma jeunesse, avait été mon violon d'Ingres. Si elle a lu dans les gazettes le mystère qui entoure le décès de mon oncle, elle est certainement loin d'imaginer que le Charles Milverton de l'expédition n'est autre que son misérable fils.

— Mais elle doit être folle d'inquiétude à votre sujet ! m'exclamai-je. Elle ignore totalement où vous êtes ?

— Elle me croit en route pour l'Amérique, avoua le jeune homme à voix basse. Je lui ai promis de lui envoyer mon adresse une fois que je serais installé.

Je ne pus que secouer la tête en soupirant. Néanmoins, il était inutile d'engager Arthur à correspondre sans délai avec sa mère : la vérité serait bien plus pénible pour elle que l'incertitude dans laquelle elle se trouvait actuellement. De surcroît, malgré mes sombres pressentiments quant à l'avenir de son fils, il y avait toujours une possibilité, même minime, que je fisse erreur.

— Mon plan était le suivant : me présenter à mon oncle sans me faire connaître, puis gagner sa confiance et son estime avant de proclamer ma véritable identité, poursuivit Arthur. Epargnez-moi vos commentaires, madame Emerson ; c'était une idée naïve, digne d'un roman-feuilleton. Au moins était-elle inoffensive. Je n'avais d'autre intention, je vous le jure, que de faire mes preuves à force de labeur et de dévouement. Je savais, naturellement, que mon oncle projetait de passer l'hiver en Egypte ; toute la population anglophone du globe devait être au courant. Je me rendis donc au Caire et lui offris mes services dès son arrivée. Mes références...

— Forgées de toutes pièces ?

— Je pouvais difficilement lui soumettre d'authentiques recommandations, n'est-ce pas ? Celles que je lui montrai étaient impressionnantes, croyez-moi. Il m'engagea séance tenante. Et voilà quelle était la situation au moment de sa mort. Il n'a jamais su mon identité, quoique...

Comme il hésitait, je terminai la phrase à sa place :

— Il s'en doutait, vous pensez ? Remarquez, peu importe à présent. Mon cher Arthur, il vous faut raconter votre histoire aux autorités. Même si cela vous met en position d'être soupçonné de meurtre...

— Mais rien n'indique qu'il s'agisse d'un meurtre ! protesta Arthur. La police a conclu que Lord Baskerville était décédé de mort naturelle.

Il avait raison, certes, mais son empressement à souligner cette faille mineure dans mon raisonnement augurait mal de son innocence. Néanmoins, tant que je n'étais pas en mesure de déterminer *comment* Lord Baskerville avait été assassiné, rien ne servait de me demander *qui* l'avait assassiné.

— Raison de plus pour que vous disiez toute la vérité, insistai-je. Vous devez vous faire connaître afin de revendiquer votre héritage...

— Chut !

Arthur me plaqua une main sur la bouche. Captivée par son récit, j'en avais oublié les craintes que je nourrissais pour ma sécurité ; elles revinrent aussitôt à la charge, mais mon appréhension fut de courte durée.

— Il y a quelqu'un dehors, dans les buissons, chuchota-t-il. J'ai perçu un mouvement...

J'ôtai sa main de mes lèvres.

— Ce n'est qu'Abdullah. Vous pensez bien que je n'ai pas commis l'imprudence de venir seule. N'ayez crainte, il n'a rien...

— Non, non, m'interrompit Arthur en se levant.

Je crus qu'il allait se précipiter au-dehors mais, après quelques instants, il se détendit.

— Plus rien. Mais ce n'était pas Abdullah, madame Emerson. C'était une silhouette plus mince, plus petite... drapée dans des voiles d'une pâleur neigeuse.

— La dame en blanc ! dis-je dans un souffle.

II

Avant de nous séparer, je demandai à Arthur la permission de conter son histoire à Emerson. Il accepta. Sans doute savait-il que je l'aurais fait de toute manière, avec ou sans son aval. En revanche, il repoussa ma suggestion d'aller dès le lendemain à Louxor pour faire connaître sa véritable identité ; et, après discussion, je dus admettre que son raisonnement n'était pas dénué de fondement. Les personnes habilitées à recevoir cette information étaient, bien entendu, les autorités britanniques, or il n'y avait à Louxor aucun fonctionnaire suffisamment important pour traiter cette affaire, l'agent consulaire étant un Italien dont la principale occupation consistait à approvisionner Budge, du British Museum, en antiquités volées. Arthur me promit de s'en remettre au jugement d'Emerson pour ce qui concernait la conduite à tenir, et je lui promis en retour de l'assister dans toute la mesure de mes moyens.

La confession, dit-on, est un bienfait pour l'âme. En tout cas, elle avait assurément eu un effet bénéfique sur la tranquillité d'esprit d'Arthur. Il s'éloigna d'un pas sautillant, en sifflotant tout bas.

Pour ma part, ce fut d'un cœur lourd que j'allai rassurer le fidèle Abdullah sur mon sort. J'aimais bien le jeune homme — non pas, comme l'affirme Emerson, parce qu'il était un séduisant spécimen de mâle anglais, mais parce qu'il était plaisant et aimable. Toutefois, j'étais défavorablement impressionnée par certains traits de sa personnalité, lesquels me rappelaient fâcheusement sa description du charmant bon à rien qui l'avait engendré. La légèreté dont il avait fait preuve concernant ses références truquées, l'invraisemblable immaturité du stratagème romanesque qu'il avait mis au point pour gagner l'affection de son oncle, d'autres choses encore indiquaient que la bonne influence de sa mère n'avait point triomphé de la superficialité qu'il avait héritée du côté paternel.

Je trouvai Abdullah caché (plus ou moins) derrière un palmier. Lorsque je le questionnai sur l'apparition en blanc, il nia avoir vu quoi que ce fût.

— Mais je vous observais, ajouta-t-il. Je n'ai pas

quitté des yeux le pavillon ténébreux où vous êtes entrée. Dites, Sitt Hakim... c'est inutile de raconter à Emerson votre escapade.

— Ne soyez pas si couard, Abdullah. Je lui dirai que vous avez fait tout votre possible pour me retenir.

— Alors, voulez-vous me donner un bon coup sur la tête, que j'aie une bosse à lui montrer ?

Abdullah a beau posséder un humour indéniable, ce n'était pas là le genre de plaisanterie qu'il était susceptible de faire.

— Ne dites pas d'âneries.

Abdullah gémit.

III

Je brûlais d'annoncer à Emerson que j'avais élucidé le meurtre de Lord Baskerville. Certes, quelques menus détails restaient encore à éclaircir, mais j'étais bien persuadée que, si je me penchais sérieusement sur le problème, je découvrirais les réponses sans délai. J'entendais d'ailleurs m'y attaquer dès cette nuit ; malheureusement, je m'endormis avant d'être parvenue à une conclusion quelconque.

Mon premier réflexe, au réveil, fut de m'inquiéter pour la sécurité d'Emerson. La voix de la raison m'assurait que, s'il y avait eu un malheur, la maisonnée eût été alertée ; mais l'affection, indifférente à la logique, me fit hâter mes préparatifs pour me rendre dans la Vallée.

Cyrus Vandergelt, encore plus matinal que moi, était déjà dans la cour lorsque je sortis de ma chambre. Pour la première fois, je le vis en tenue de travail et non dans l'un de ses costumes de lin immaculés qu'il portait d'ordinaire. Sa veste de tweed, aussi élégamment coupée que ses autres vêtements, n'offrait guère de ressemblance avec les hardes dont s'affublait Emerson. L'Américain était coiffé d'un casque colonial d'aspect militaire, orné d'un ruban rouge, blanc et bleu. En me voyant, il se découvrit avec galanterie et m'offrit son bras pour m'escorter jusqu'à la salle à manger.

Lady Baskerville était rarement des nôtres au petit déjeuner. J'avais entendu les hommes se perdre en conjectures sur son important besoin de sommeil; pour ma part, je savais bien qu'elle s'affairait à sa toilette, car la perfection artificielle de son apparence devait manifestement requérir des heures de travail.

Imaginez donc ma surprise en la voyant déjà assise à sa place. Ce matin, elle n'avait pas pris le temps de se maquiller, si bien qu'elle paraissait son âge. Vandergelt, atterré par sa mine défraîchie, s'inquiéta de sa santé. La dame reconnut qu'elle avait eu une nuit agitée, et sans doute serait-elle entrée dans les détails si Milverton — ou plutôt, Arthur Baskerville — n'avait fait irruption sur ces entrefaites, se confondant en excuses pour son retard.

De toutes les personnes présentes, seul lui, le coupable, semblait avoir dormi d'un sommeil réparateur, sans rêves. Les sourires de gratitude qu'il me lançait à l'envi m'assurèrent que toute mélancolie l'avait désormais quitté. C'était là un témoignage supplémentaire de cette immaturité qui m'avait déjà frappée : maintenant qu'il s'était confessé à quelqu'un de plus âgé et de plus avisé, il se sentait dégagé de toute responsabilité.

— Où est miss Mary? s'enquit-il. Nous ne devrions point traîner; Mrs. Emerson a certainement hâte de revoir son époux.

— Elle s'occupe de sa mère, je suppose, répondit Lady Baskerville du ton cassant dont elle usait pour parler de Mrs. Berengeria. Je ne comprends pas que vous ayez pu laisser cette horrible femme s'installer ici. Puisque le mal est fait, je dois m'y résigner, mais je refuse absolument de rester seule avec elle dans la maison.

— Venez avec nous, suggéra Vandergelt. Nous vous ménagerons une confortable petite place à l'ombre.

— Je vous remercie, mon ami, mais je suis trop lasse. Après ce que j'ai vu la nuit dernière...

Dans sa sollicitude, Vandergelt mordit à l'hameçon et demanda des détails. Je résume le récit de notre hôtesse, car il était entrelardé de hoquets, de soupirs et de descriptions théâtrales. Une fois dépouillé de ces appendices superflus, il était relativement simple : Lady Baskerville, incapable de dormir, était allée à sa fenêtre et avait vu la désormais fameuse apparition, voilée de blanc, se faufiler entre les arbres avant de disparaître en direction des falaises.

Je regardai Arthur et devinai, sur son visage ingénu, les intentions qui l'animaient. Le jeune sot était à deux doigts de s'exclamer que nous avions vu, nous aussi, la dame en blanc — ce qui eût éventé le secret de notre rendez-vous de minuit. Je devais à tout prix l'empêcher de prendre la parole. Je lui décochai un coup de pied sous la table mais, dans ma hâte, je manquai ma cible et frappai rudement le tibia de Mr. Vandergelt. Cette erreur de tir eut néanmoins l'effet recherché ; le cri de douleur que poussa l'Américain et mes excuses confuses donnèrent à Arthur le temps de se ressaisir.

Vandergelt continua d'implorer Lady Baskerville de se joindre à nous. Comme elle refusait, il s'offrit à rester avec elle.

— Mon cher Cyrus, dit-elle avec un sourire attendri, vous brûlez d'envie d'aller visiter votre vilaine tombe crasseuse. Pour rien au monde je ne voudrais vous priver de ce plaisir.

Après une interminable et ridicule discussion, il fut finalement décidé qu'Arthur tiendrait compagnie à ces dames. Au moment où nous partions de conserve, Vandergelt et moi, Mary nous rejoignit, essoufflée et contrite. Plus anxieuse encore du fait de ce contretemps, j'imposai une allure que l'Américain lui-même, malgré ses longues jambes, eut bien du mal à soutenir.

— Holà! madame Amelia, dit-il, la pauvre miss Mary va être fourbue avant même d'avoir commencé à travailler. Il est inutile de s'alarmer, vous savez; nous serions déjà au courant si quelque rapace matinal avait trouvé le professeur baignant dans son sang.

Quoique sa remarque se voulût sans doute réconfortante, je ne la jugeai pas exprimée avec beaucoup de tact.

Après une nuit de séparation, je m'attendais à ce qu'Emerson m'accueillît avec un certain enthousiasme. Il se borna à me regarder, interdit, comme s'il ne se rappelait pas qui j'étais. Lorsqu'il me reconnut enfin, il eut un froncement de sourcils courroucé.

— Vous êtes en retard, lança-t-il d'un ton accusateur. Mettez-vous au travail sans délai; nous avons beaucoup d'avance sur vous, et les hommes ont déjà trouvé dans les déblais un nombre considérable de petits objets.

— Vraiment? gazouilla Vandergelt en se caressant la barbiche. Voilà qui ne paraît pas très sain, dites-moi, professeur?

— J'ai dit que, selon moi, des pilleurs de l'Antiquité s'étaient introduits dans la tombe, glapit Emerson. Cela ne signifie pas nécessairement...

— J'entends bien. Si vous me laissiez jeter un coup d'œil sur ce qui a été fait? Ensuite, je promets de me mettre à l'ouvrage. J'irai jusqu'à trimbaler des paniers si tel est votre désir!

— Bon, d'accord, dit Emerson de son ton le plus rogue. Mais faites vite.

Il fallait vraiment être un fanatique pour juger que l'effort d'inspection en valait la peine : en effet, le couloir, maintenant dégagé sur une quinzaine de mètres, avait atteint un degré d'inconfort inconcevable. Il descendait en pente raide dans une obscurité abyssale, étouffante, chichement éclairée par la lueur des lanternes. L'air était irrespirable, tellement brûlant que les hommes avaient ôté tous leurs vêtements — hormis ceux que requérait la décence. Le moindre mouvement, si léger fût-il, soulevait la fine poussière blanche laissée par les débris de calcaire qui avaient servi à obstruer le corridor. Cette poudre cristalline, collée aux corps en sueur des ouvriers, leur conférait un aspect singulièrement inquiétant : les silhouettes livides, lépreuses, qui se mouvaient dans le brouillard opaque ressemblaient à s'y méprendre à des momies revenues à la vie, prêtes à assaillir les intrus qui troublaient leur sommeil.

En partie dissimulés par l'échafaudage rudimentaire, les dieux peints sur les murs s'enfonçaient dans les ténèbres en procession solennelle : Thot à tête d'ibis, divinité du savoir, Maat, déesse de la vérité, Isis et son fils Horus à tête de faucon. Mais ce qui captiva mon attention au point de me faire oublier l'extrême inconfort de la chaleur et de l'air confiné, ce fut l'amoncellement de gravats. Au début, celui-ci obstruait le passage du sol au plafond; à présent, il nous arrivait à peine à l'épaule.

Après un rapide coup d'œil sur les fresques, Vandergelt saisit une lanterne et se dirigea tout droit vers la pile de gravats. Je me haussai sur la pointe des pieds et regardai par-dessus son bras tandis qu'il éclairait l'autre côté du barrage.

Dans les ombres, au-delà de la lumière dispensée par la lanterne, se profilait une masse compacte :

l'extrémité du couloir, bloquée, tout comme l'avait été l'entrée, par une barrière de pierres.

D'un geste impérieux, Emerson nous fit signe de le suivre dans le vestibule, au pied de l'escalier. Essuyant la poussière de mon front en sueur, je le regardai d'un air de reproche.

— Voilà donc le véritable motif de votre désir de monter la garde ici la nuit dernière! Comment avez-vous osé, Emerson? N'avons-nous pas toujours partagé le frisson de la découverte? Je suis piquée au vif par votre duplicité!

Emerson se frotta nerveusement le menton.

— Je vous dois des excuses, Peabody. Honnêtement, je n'avais nulle intention de vous tenir à l'écart. Je vous ai dit la pure vérité : à partir de maintenant, la tombe court le danger imminent d'être pillée.

— Et depuis quand la perspective du danger me fait-elle reculer? ripostai-je. Depuis quand cédez-vous à la méprisable tentation de me protéger?

— Bien longtemps, à vrai dire. Non que j'y parvienne souvent; mais franchement, Peabody, votre inclination à foncer tête baissée là où les anges eux-mêmes n'osent s'aventurer...

— Un instant, le coupa Vandergelt.

Il avait ôté son chapeau et essuyait méthodiquement la poussière qui lui collait au visage. Il ne semblait point conscient du fait que cette substance, mêlée à la transpiration, prenait la consistance du ciment liquide et gouttait à la pointe de sa barbiche.

— Ne commencez pas à vous quereller, reprit-il. Je n'aurai pas la patience d'attendre que vous en ayez terminé. Qu'y a-t-il au bout, professeur?

— L'extrémité du couloir, répondit Emerson. Et une sorte de puits, que je n'ai pu franchir. Il y avait quelques débris de bois pourri, les restes d'une passerelle ou d'un auvent...

— L'œuvre de voleurs ? s'enquit Vandergelt, soudain alerte.

— Possible. De telles fosses étant courantes dans les tombes de cette période, les pilleurs devaient être préparés à ces obstacles. Toutefois, s'ils ont trouvé une porte tout au fond, on n'en voit aucune trace aujourd'hui : seulement un mur lisse orné d'une peinture d'Anubis.

Vandergelt se caressa la barbiche d'un air songeur, ce qui eut pour effet de faire dégouliner un ruisselet de boue sur le devant de sa veste naguère immaculée.

— Soit la porte est cachée derrière le plâtre et la peinture, dit-il, soit le corridor est un cul-de-sac et la chambre sépulcrale se trouve ailleurs — peut-être au fond du puits.

— Exact. Comme vous le voyez, nous avons encore bien des heures de travail en perspective. Nous devrons tester minutieusement chaque mètre carré, du sol au plafond. Plus nous approcherons de la chambre funéraire, plus nous risquerons de rencontrer un piège.

— En ce cas, mettons-nous à l'ouvrage ! m'écriai-je avec excitation.

— C'était précisément ma suggestion, répliqua Emerson.

Je décidai de ne pas relever son intonation éminemment sarcastique, car son attitude pouvait se comprendre. Mon cerveau fourmillait de visions enchanteresses. Pour le moment, la fièvre de l'archéologue supplantait la fièvre du détective. Je passais déjà au tamis la première portion de déblais quand je m'avisai que je n'avais pas encore parlé à Emerson de la confession d'Arthur.

Je me persuadai qu'il n'y avait point urgence en la matière. Emerson insisterait très certainement pour terminer le travail de la journée avant de regagner la maison, et Arthur avait accepté de ne prendre aucune initiative sans m'en référer au préalable. Je décidai par conséquent d'attendre la pause de midi pour me confier à Emerson.

Les jaloux affirmeront peut-être, à la lumière des événements ultérieurs, que ce fut une erreur de jugement de ma part. Telle n'est pas mon opinion. Seule une autre Cassandre, possédant le don de prophétie, aurait pu prédire ce qui allait survenir. En outre, *si* j'avais eu une prémonition, je n'aurais en aucun cas pu convaincre Emerson d'agir sur ce seul critère.

Témoin la réaction qu'il eut lorsque je lui rapportai ma conversation avec Arthur. Nous avions terminé notre repas frugal et prenions quelque repos sous le dais en toile spécialement érigé pour m'abriter des rayons du soleil pendant que je travaillais. En bas, Mary, s'efforçait de copier les dernières fresques qui avaient été mises au jour. Les seuls moments où elle pouvait œuvrer, c'était pendant que les hommes se reposaient, car les nuages de poussière qu'ils soulevaient avec leurs pieds rendaient quasiment impossible d'y voir, et à plus forte raison de respirer. Inutile de préciser que Karl lui tenait compagnie. Vandergelt, après avoir dévoré son déjeuner, avait aussitôt regagné la tombe, qui exerçait sur lui une puissante fascination. Emerson l'eût suivi si je ne l'avais retenu par la manche.

— Je dois vous parler de la conversation que j'ai eue cette nuit avec Arthur, lui dis-je.

Ma déclaration eut pour effet de capter l'attention d'Emerson.

— Crénom, Amelia, je vous avais enjoint de ne pas quitter notre chambre ! J'aurais dû me douter qu'Abdullah n'était pas de taille à vous arrêter. Attendez que je l'attrape, celui-là !

— Ce n'était pas de sa faute.

— J'en suis bien conscient.

— Alors cessez de rouspéter et écoutez-moi. L'histoire vous intéressera, je vous en réponds. Arthur a avoué...

— Arthur ? Vous voilà bien familière avec un meurtrier ! Mais attendez... je croyais qu'il se prénommait Charles ?

— Je l'appelle Arthur car, si je devais utiliser son véritable nom, cela prêterait à confusion.

Emerson se laissa choir par terre avec une expression d'incommensurable ennui. Cependant, lorsque j'en arrivai au point d'orgue de mon récit, il renonça à camoufler son intérêt.

— Sapristi ! Si ce qu'il dit est vrai...

— J'en suis persuadée. Il n'aurait aucune raison de mentir.

— Non, d'autant que l'on peut vérifier ses assertions. A-t-il conscience de se trouver dans une situation extrêmement épineuse ?

— Certes, mais je l'ai convaincu de raconter son histoire. La question est de savoir à qui.

Emerson appuya ses bras sur ses genoux tout en réfléchissant au problème.

— Il doit apporter la preuve de son identité s'il souhaite faire valoir ses droits sur le titre et l'héritage. Nous ferions mieux de communiquer directement avec le Caire. Ils seront sans doute surpris.

— De le trouver ici, oui. Mais je suis bien sûre que les personnalités du gouvernement qui traitent ce genre d'affaires sont au courant de son existence, en tant qu'héritier le plus proche. Je m'étonne de n'y avoir pas pensé moi-même. Car, bien entendu, l'héritier de Lord Baskerville est le suspect le plus logique.

Emerson fronça ses sourcils broussailleux.

— Il le serait *si* Lord Baskerville avait été assassiné. Je croyais que vous aviez conclu à la culpabilité d'Armadale ?

— Cela, c'était avant que je connaisse la véritable identité de Milverton... enfin, d'Arthur, expliquai-je avec une patience méritoire. Naturellement, il nie avoir tué son oncle...

— Ah oui ?

— On ne pouvait guère espérer qu'il avoue.

— Moi, non. Vous, si, d'après mes souvenirs. Bon, je m'entretiendrai ce soir — ou demain — avec ce jeune écervelé, et nous conviendrons du parti à prendre. Pour le moment, nous avons perdu assez de temps. Au travail !

— J'estime que nous devrions régler cette affaire sans délai.

— Pas moi. L'affaire qui ne souffre aucun délai, c'est la tombe.

Lorsqu'elle eut fini de copier les peintures, Mary rentra à la maison et le reste de l'équipe se remit à l'ouvrage. A mesure que l'après-midi avançait, je trouvai dans les déblais un nombre croissant d'objets : débris de poteries, éclats de faïence bleue, quantité de perles faites d'une substance semblable au verre. Ces perles me donnaient bien du tracas, car elles étaient si petites que je devais passer au tamis chaque centimètre cube pour être sûre de n'en laisser passer aucune.

A l'ouest, le soleil déclina et ses rayons se faufilèrent sous mon auvent de toile. J'étais toujours à chercher des perles quand, soudain, une ombre s'allongea sur mon panier. Levant les yeux, je vis devant moi Mr. O'Connell. D'un geste ample, il ôta son chapeau et s'accroupit à mes côtés.

— Vrai de vrai, ça fait pitié de voir une dame aussi charmante s'abîmer les mains et le teint avec une pareille corvée, dit-il d'un air engageant.

— Inutile de gaspiller votre charme irlandais avec moi, répliquai-je. Je commence à voir en vous un oiseau de mauvais augure, monsieur O'Connell. A chacune de vos apparitions, une catastrophe se produit.

— Ah ! ne rudoyez pas un pauvre bougre, madame Emerson. Je ne suis pas moi-même aujourd'hui ; ma joyeuse humeur m'a quitté.

Il poussa un gros soupir. Me souvenant de mon projet de rallier à notre cause ce jeune présomptueux, je modérai la sécheresse de ma voix.

— Vous n'avez donc pas réussi à reconquérir votre place dans le cœur de miss Mary ?

— Vous avez du flair, madame E. Elle est toujours fâchée contre moi, en effet, la tyrannique dulcinée.

— Elle a d'autres admirateurs, vous savez. Ils ne lui laissent guère le loisir de soupirer après un outrecuidant journaliste rouquin.

— C'est bien ce que je redoute, répondit O'Connell d'un ton lugubre. Je reviens juste de Baskerville House. Mary a refusé de me recevoir. Elle m'a fait tenir un message m'enjoignant de lever le camp, sans quoi elle me ferait jeter dehors par les domestiques. Je suis vaincu, madame E., vrai de vrai. Je demande une trêve. J'accepterai toutes conditions raisonnables si vous m'aidez à me réconcilier avec Mary.

Baissant la tête, je fis semblant de me concentrer sur mon travail afin de dissimuler mon sourire de triomphe. Moi qui avais été sur le point de proposer un compromis, je me trouvais maintenant dans l'avantageuse position de dicter mes conditions.

— Que suggérez-vous ? m'enquis-je.

O'Connell parut hésiter. Cependant, quand il prit la parole, ce fut avec une telle aisance que, visiblement, il avait déjà échafaudé son plan.

— Je suis le plus charmant des hommes, dit-il avec modestie. Mais si je ne vois jamais Mary, mon charme ne m'est d'aucune utilité. En revanche, si on m'invitait à séjourner à la maison...

— Dieu du ciel ! Je ne vois pas comment je pourrais arranger une chose pareille, dis-je, choquée.

— Lady Baskerville ne ferait aucune difficulté. Elle a une haute opinion de moi.

— Oh ! je ne doute pas que vous puissiez amadouer Lady Baskerville. Malheureusement, Emerson est moins influençable.

— Je peux le circonvenir.

— Comment ? demandai-je sans détour.

— Par exemple, je pourrais m'engager à soumettre tous mes articles à son approbation avant de les envoyer à mon rédac'chef.

— Et vous tiendriez parole ?

— Je n'en ai fichtrement — excusez, m'dame, je m'emporte — je n'en ai diantrement pas envie. Mais je le ferais pour arriver à mes fins.

— Ah ! l'amour... persiflai-je. C'est bien vrai qu'un tendre sentiment peut réformer un méchant homme.

— Dites plutôt qu'il peut ramollir le cerveau d'un homme malin, répliqua O'Connell d'un air morose. Il croisa mon regard. Au bout d'un moment, les coins de sa bouche esquissèrent un sourire mélancolique, dénué de cette ironie qui, si souvent, déparait son expression.

— Vous avez vous-même bien du charme, madame E. Je pense que vous êtes fort sentimentale de nature, malgré vos efforts pour le cacher.

— Absurde ! protestai-je. Sauvez-vous vite avant qu'Emerson ne vous voie. Je lui parlerai ce soir de votre proposition.

— Pourquoi pas maintenant ? Je brûle de déclarer ma flamme !

— Ne poussez pas trop loin votre chance, monsieur O'Connell. Si vous repassez par le chantier demain vers cette heure-ci, j'aurai peut-être une bonne nouvelle à vous annoncer.

— Je le savais ! s'écria-t-il. Je savais qu'une dame comme vous, avec une figure et une silhouette comme les vôtres, ne pouvait se montrer cruelle envers un amoureux !

Il me saisit par la taille et m'embrassa avec fougue sur la joue. Je m'emparai aussitôt de mon ombrelle pour lui en décocher un coup, mais il se mit hors d'atteinte. Avec un sourire épanoui, le jeune insolent m'envoya un baiser et s'éloigna en sautillant.

Il n'alla pas loin; chaque fois que je levais les yeux de mon travail, je le voyais au milieu des badauds. Lorsque nos regards se croisaient, il pressait une main sur son cœur en soupirant, ou alors il clignait de l'œil et souriait en portant un doigt à son chapeau. Je ne pouvais me défendre d'être amusée, mais je me gardai bien de le montrer. Au bout d'une heure, il sentit à l'évidence qu'il avait rempli son contrat; il disparut des lieux et je ne le revis plus.

Le disque rougeoyant du soleil déclinait à l'ouest et les ombres gris-bleu du crépuscule s'allongeaient sur le sol quand, soudain, une interruption dans le flux monotone des paniers chargés me fit sentir qu'il s'était passé quelque chose. Levant la tête, je vis les membres de l'équipe sortir du tombeau à la queue leu leu. Emerson ne les avait certainement pas renvoyés chez eux; il y avait encore une heure de jour. J'allai aussitôt voir de quoi il retournait.

Le monceau de gravats avait considérablement diminué, pour n'être plus qu'un tas de pierres et de cailloux de taille modérée. L'extrémité d'une massive dalle en pierre était à présent visible. Plantés devant, Emerson et Vandergelt regardaient quelque chose par terre.

— Venez voir, Peabody, dit Emerson. Que pensez-vous de cela?

Il pointa l'index sur un objet brun, friable, couvert de poussière de calcaire, que Vandergelt s'employait à épousseter avec un petit pinceau.

Forte de mon expérience, je compris sur-le-champ que l'étrange objet était un bras momifié —

ce qu'il en restait, plus exactement, car la peau avait en grande partie disparu. Les os dénudés étaient brunis par l'âge et les parcelles de peau, tannées comme du vieux cuir. Par quelque caprice du destin, les doigts délicats étaient intacts; tendus vers l'extérieur, ils semblaient quêter désespérément de l'air... du secours... la vie.

CHAPITRE DIX

Je fus singulièrement émue par ce spectacle tout en sachant bien qu'il s'agissait ni plus ni moins d'un arrangement fortuit d'ossements humains. Cependant, le sang-froid étant nécessaire chez un archéologue, je n'exprimai pas mes sentiments à haute voix.

— Où est le reste du squelette? m'enquis-je.

— Sous la dalle, répondit Vandergelt. Nous sommes en présence d'un cas de justice immanente, madame Amelia : un voleur qui s'est fait coincer la main dans le sac, au sens le plus littéral.

Je levai les yeux. La cavité rectangulaire, dans le plafond, formait une poche d'obscurité plus profonde.

— Pourrait-il s'agir d'un accident?

— Peu probable, dit Emerson. Nous avons appris à nos dépens que la roche, ici, est dangereusement friable. Néanmoins, la forme symétrique de ce bloc montre qu'on l'a délibérément descellé et posé en équilibre de manière à ce qu'il tombe si jamais un voleur, par inadvertance, actionnait le mécanisme de déclenchement. Fascinant! Nous avons déjà vu des dispositifs de ce genre, Peabody, mais aucun qui soit aussi radical.

— A première vue, la dalle fait une bonne cinquantaine de centimètres d'épaisseur, observa Vandergelt. Il ne doit pas rester grand-chose du malheureux chenapan.

— Suffisamment, en tout cas, pour effaroucher nos hommes, répliqua Emerson.

— Pourquoi donc ? demandai-je. Ils ont déterré des centaines de momies et de squelettes.

— C'est vrai, mais les circonstances sont particulières. Peut-on concevoir démonstration plus convaincante de l'efficacité de la malédiction des pharaons ?

Ses dernières paroles se répercutèrent lugubrement dans les profondeurs du tombeau.

— Holà ! ça suffit, professeur, dit Vandergelt, sinon c'est moi qui vais bientôt me mettre à divaguer sur les démons. Que diriez-vous d'arrêter là pour aujourd'hui ? Il se fait tard, et c'est un travail qui requiert du temps.

Emerson le regarda, les yeux écarquillés de surprise.

— Arrêter ? Pas question ! Je dois voir ce qu'il y a sous cette dalle. Peabody, allez me chercher Karl et Abdullah.

Je trouvai Karl adossé à la clôture, occupé à exécuter une excellente copie d'une inscription hiératique. Le jeune homme était si absorbé par sa tâche qu'il ne s'avisa de ma présence que lorsque je lui touchai l'épaule.

Avec l'assistance de Karl et du *raïs,* nous parvînmes enfin à dégager la dalle ; ce fut néanmoins une entreprise délicate et dangereuse. Au moyen de leviers et de cales, nous la soulevâmes graduellement avant de la faire basculer sur le côté, exposant les restes du voleur mort depuis des siècles. On avait peine à imaginer que ces débris friables eussent été jadis un être humain. Le crâne luimême était fracassé en morceaux.

— Crénom, voilà une occasion où notre photographe nous serait bien utile ! maugréa Emerson. Peabody, courez à la maison...

— Soyez raisonnable, professeur ! s'exclama Vandergelt. Cela peut attendre demain matin. Vous ne voudriez pas que votre dame se promène sur le plateau en pleine nuit.

— Il fait donc nuit ? s'étonna Emerson.

— Permettez que je fasse un croquis, Herr Professor, intervint Karl. Je ne dessine pas avec la grâce et l'aisance de miss Mary, mais...

— Oui, oui, c'est une bonne idée.

Emerson s'accroupit et, prenant une petite brosse, entreprit d'ôter la poussière qui enveloppait les os.

— J'ignore ce que vous espérez trouver, grogna Vandergelt en essuyant son front ruisselant. Ce pauvre bougre était un paysan ; il n'aura pas d'objets précieux sur lui.

A peine avait-il terminé sa phrase qu'un éclat brillant s'anima dans la poussière soulevée par la brosse.

— De la cire ! glapit Emerson. Vite, Peabody ! Il me faut de la cire.

Je m'exécutai aussitôt — non pour obéir aux ordres impérieux d'un époux tyrannique, mais pour répondre au besoin impératif d'un collègue archéologue. La paraffine faisait partie des fournitures courantes que nous gardions sous la main ; elle nous servait à recoller provisoirement des objets cassés, en attendant de pouvoir y appliquer un adhésif plus efficace. J'en fis fondre une grande quantité sur ma petite lampe à alcool et me hâtai de regagner la tombe, où Emerson avait fini d'épousseter l'objet dont le brillant, d'emblée, avait révélé à nos yeux la présence d'or.

Il m'arracha le récipient des mains, sans souci de se brûler, et versa lentement le liquide sur le sol. Je ne vis que des éclairs de couleurs — bleu, rouge orangé, cobalt — avant que la cire, en durcissant, ne cachât l'objet.

Emerson transféra la masse compacte dans une boîte et, son trophée à la main, consentit à interrompre le travail pour la nuit. Abdullah et Karl restèrent sur place afin de monter la garde.

Comme nous approchions de la maison, Emerson rompit un long silence :

— Pas un mot sur cette trouvaille, Vandergelt, même à Lady Baskerville.

— Mais...

— Je l'informerai en temps opportun et avec les précautions requises. Crénom, Vandergelt, la plupart des serviteurs ont de la famille dans les villages avoisinants ! S'ils viennent à apprendre que nous avons découvert de l'or...

— Compris, professeur, dit l'Américain. Hé, où allez-vous ?

Car Emerson, au lieu de suivre le sentier menant à la barrière, se dirigeait vers l'arrière de la maison.

— Dans notre chambre, bien sûr, répondit-il. Dites à Lady Baskerville que nous la rejoindrons sitôt que nous aurons pris un bain et changé de vêtements.

Nous laissâmes l'Américain se gratter la tête d'un air perplexe. Tandis que nous enjambions l'appui de la fenêtre, je songeai avec satisfaction au côté pratique de cette entrée — et, avec moins de satisfaction, à sa vulnérabilité aux intrus.

Emerson alluma les lampes.

— Verrouillez la porte, Peabody.

Cela fait, j'allai tirer les rideaux. Emerson, de son côté, débarrassa la table, sur laquelle il étendit un mouchoir blanc. Puis, ouvrant la boîte, il en fit précautionneusement glisser le contenu sur le carré de tissu.

Il avait été bien inspiré d'utiliser de la cire pour assembler les morceaux brisés. En effet, quoique déformés et épars, ceux-ci gardaient encore la trace du motif original. S'il les avait prélevés un à un, tout espoir de restaurer l'objet eût été perdu.

C'était un pectoral en forme de scarabée aux ailes déployées. L'élément central était taillé dans du lapis, une pierre dure qui était demeurée presque intacte. Les ailes délicates, en or fin serti de petits éclats de turquoise et de cornaline, étaient si bosselées qu'une experte telle que moi pouvait seulement imaginer leur forme. Le scarabée était enserré dans une plaque en or qui avait compté, entre autres ornements, une paire de cartouches contenant les noms d'un pharaon. Les minuscules hiéroglyphes n'étaient point gravés dans le métal mais incrustés, chacun des signes étant taillé dans un fragment de pierre précieuse. Ceux-ci étaient maintenant dispersés au hasard, mais mon œil exercé avisa d'emblée un « ankh » en lapis et un minuscule oiseau turquoise, qui représentait le son « u » ou « w ».

— Bonté divine ! dis-je. Je suis surprise qu'il n'ait pas été réduit en poudre.

— Il était protégé par le corps du voleur, répondit Emerson. Quand le cadavre s'est décomposé, le bloc de pierre s'est stabilisé ; la plaque en or a été aplatie, mais non fracassée comme ç'eût été le cas si la dalle était tombée directement dessus.

Mon imagination fertile n'eut aucune difficulté à reconstituer le drame antique, et le décor qu'il avait eu pour théâtre : la chambre funéraire, éclairée seulement par la flamme fuligineuse d'une chiche lampe d'argile, l'imposant sarcophage de pierre grand ouvert, et le visage sculpté du mort fixant d'un air énigmatique les silhouettes furtives qui s'affairaient, prenant des bijoux par poignées, fourrant des statuettes et des coupes en or dans les sacs qu'ils avaient apportés à cet effet. Des hommes endurcis, ces pilleurs de l'antique Gourna, mais pas pour autant inaccessibles à la terreur, puisque l'un d'eux avait mis à son cou l'amulette du roi mort afin que le scarabée reposât sur son cœur affolé.

En fuyant avec son butin, il avait été pris au piège de la dalle, dont la chute fracassante avait dû alerter les gardes du cimetière. Les prêtres, venant réparer les dommages, avaient laissé le monolithe en place, à titre d'avertissement pour de futurs voleurs ; et, de fait, on n'aurait pu concevoir meilleure démonstration du courroux des dieux.

Avec un soupir, j'en revins au temps présent. Emerson remettait soigneusement l'objet dans sa boîte.

— Si seulement nous pouvions lire le cartouche, dis-je. Ce bijou devait appartenir au propriétaire de notre tombe.

— Ah, vous n'avez donc point remarqué ? dit Emerson avec un rictus mauvais.

— Voulez-vous dire...

— Tout juste. Votre penchant bien féminin pour l'or vous obscurcit l'esprit, Peabody. Utilisez votre cervelle. Mais peut-être souhaitez-vous que je vous éclaire...

— Ce ne sera pas nécessaire, répondis-je en réfléchissant à toute allure. Etant donné que le nom et l'effigie de l'occupant de la tombe ont été martelés, nous pouvons en déduire qu'il était l'un des pharaons hérétiques — voire Akhenaton en personne, si la construction du tombeau a commencé aux premiers temps de son règne, avant qu'il ne quitte Thèbes et n'interdise le culte des dieux anciens. Néanmoins, les fragments de hiéroglyphes qui subsistent ne coïncident pas avec son nom. Je ne vois qu'un seul nom qui puisse convenir... celui de Toutankhamon ! conclus-je triomphalement.

— Humph, grogna Emerson.

— Nous savons, repris-je, que les personnages royaux de...

— Suffit ! m'interrompit cavalièrement Emerson. Inutile de me faire un cours, je suis plus ferré que vous sur ce sujet. Veuillez vous hâter de vous changer. J'ai beaucoup à faire, et je voudrais m'y mettre sans délai.

En temps normal, la jalousie professionnelle est étrangère à Emerson ; à l'occasion, toutefois, il lui arrive de se froisser quand je témoigne de plus d'astuce que lui. Je le laissai donc bouder et, tout en m'habillant, je fis le point de mes connaissances sur le pharaon Toutankhamon.

A vrai dire, on n'en savait pas grand-chose. Il avait épousé l'une des filles d'Akhenaton mais, après son retour à Thèbes, il n'avait pas suivi la voie religieuse hérétique de son beau-père. Exhumer une tombe royale, quelle qu'elle soit, procure toujours un frisson sans égal ; cependant, je ne pus me défendre de regretter que nous n'eussions point découvert le sépulcre d'un autre souverain que ce roi éphémère, au règne si court. L'un des grands Amenhotep ou Touthmôsis eût été bien plus excitant.

Nous trouvâmes les autres qui nous attendaient au salon. Je crois qu'Emerson, tout à l'allégresse de sa découverte, avait complètement oublié la présence de Mrs. Berengeria. Une expression d'horreur pétrifia ses traits lorsqu'il aperçut l'ample silhouette d'icelle, affublée de son habituel accoutrement. Par bonheur, nul ne fit attention à nous ; Mrs. Berengeria elle-même écoutait, bouche bée, la description macabre que brossait Vandergelt des restes du voleur. (Il ne fit aucune allusion au bijou en or.)

— Pauvre hère, murmura Mary. Penser qu'il gisait là depuis des millénaires, pleuré par sa femme, sa mère et ses enfants, oublié du monde...

— C'était un voleur et un criminel qui méritait son sort, décréta Lady Baskerville.

— Son âme maudite se contorsionne dans les fosses ardentes d'Amenti, psalmodia Mrs. Berengeria d'une voix sépulcrale. Damnation éternelle... châtiment et destruction... Euh, si vous insistez, monsieur Vandergelt, je crois que je reprendrai une goutte de sherry.

Vandergelt obtempéra docilement. Mary pinça les lèvres mais ne dit mot; sans doute avait-elle appris de longue date que toute tentative de refréner sa mère se soldait par une pénible altercation. En ce qui me concernait, plus vite la dame sombrerait dans les vapeurs de l'alcool, mieux cela vaudrait.

Lady Baskerville observait l'autre femme, une lueur de mépris dans ses grands yeux noirs. Elle se leva, comme si elle ne tenait pas en place, et s'approcha gracieusement de la fenêtre. C'était sa posture favorite; les murs crépis rehaussaient l'élégance de sa silhouette tout de noir vêtue.

— Donc, professeur, vous croyez que nous approchons du but? demanda-t-elle.

— C'est possible. Je veux retourner dans la Vallée demain à la première heure. Dorénavant, l'aide de notre photographe nous sera essentielle. Milverton, je tiens... Mais où diantre est-il?

Avec quelle précision me rappelé-je le frisson prémonitoire qui, en cet instant, figea le sang dans mes veines! Emerson a beau ricaner, je compris sur-le-champ qu'il s'était passé quelque chose d'affreux. J'aurais dû observer tout de suite que le jeune homme n'était pas des nôtres. La seule excuse que je puisse invoquer est que ma fièvre archéologique était encore dans sa phase ascendante.

— Il est dans sa chambre, je suppose, dit Lady Baskerville. Il m'a paru fébrile, cet après-midi, aussi lui ai-je conseillé de se reposer.

A l'autre bout de la pièce, Emerson chercha mon regard. Je lus sur son visage une inquiétude qui faisait écho à la mienne. Sans doute une vibration mentale frôla-t-elle Lady Baskerville, car elle pâlit notablement et s'exclama :

— Pourquoi cet air étrange, Radcliffe ? Que se passe-t-il ?

— Rien, rien. Je m'en vais juste quérir le jeune homme et lui rappeler que nous l'attendons. Vous autres, restez ici.

Je savais que cette consigne ne me concernait pas. Toutefois, les longues jambes d'Emerson lui donnaient un avantage sur moi ; il atteignit le premier la porte de la chambre de Milverton. Sans prendre la peine de frapper, il l'ouvrit toute grande. La pièce était plongée dans l'obscurité mais je sentis tout de suite, grâce à ce sixième sens qui nous avertit d'une présence humaine — ou de son absence — qu'il n'y avait personne.

— Il s'est enfui ! m'exclamai-je. Connaissant sa faiblesse de caractère, j'aurais dû prévoir cette issue.

— Attendez un peu, Amelia, avant de sauter aux conclusions. — Emerson frotta une allumette pour éclairer la lampe. — Peut-être est-il parti se promener, ou...

Mais le spectacle qu'offrait la chambre, à la lueur de la lampe, étouffa dans l'œuf toute explication innocente.

Quoiqu'elles ne fussent pas dotées du luxe qui caractérisait les appartements de Lord Baskerville et de son épouse, les chambres des membres de l'équipe étaient relativement confortables. Lord Baskerville considérait — à juste titre, selon moi — que l'on travaillait plus efficacement lorsqu'on jouissait d'un certain confort matériel. Cette pièce contenait un lit métallique, une table et une chaise, une armoire et une commode — sans oublier les habituelles toilettes portables, pudiquement camouflées derrière un paravent. Le désordre défiait toute description. Les portes de l'armoire étaient grandes ouvertes, les tiroirs de la commode déversaient un enchevêtrement de vêtements. Par contraste, le lit était fait avec une précision toute militaire, les pans de la courtepointe tombant impeccablement de chaque côté.

— J'en étais sûre, gémis-je. J'avais le pressentiment...

— Ne le dites pas, Peabody !

— ... d'un désastre imminent !

— Je vous avais demandé de ne pas le dire.

— Mais peut-être ne s'est-il pas enfui, repris-je d'un ton plus joyeux. Peut-être ce capharnaüm est-il le résultat d'une recherche frénétique...

— De quoi, au nom du ciel ? Non, non, je crains que votre première idée ne soit correcte. Ma parole, ce jeune vaurien a une garde-robe ridiculement pourvue ! Jamais nous ne parviendrons à déterminer s'il manque quelque chose. Je me demande...

Tout en parlant, il fourgonnait dans les vêtements éparpillés par terre. D'un coup de pied, il écarta le paravent et inspecta la table de toilette.

— Il n'a pas emporté son rasoir. Peut-être en a-t-il un de rechange, bien sûr, ou a-t-il prévu d'en acheter un autre. J'avoue que la situation du nouveau Lord Baskerville commence à se gâter sérieusement.

Un cri strident, en provenance du seuil, annonça l'arrivée de Lady Baskerville. Les yeux agrandis par l'appréhension, elle s'appuyait au bras de Mr. Vandergelt.

— Où est Mr. Milverton ? cria-t-elle. Et qu'entendiez-vous, Radcliffe, par votre allusion à... à...

— Comme vous le voyez, répondit mon époux, Milverton n'est pas ici. D'ailleurs, il ne s'appelle pas... c'est-à-dire, son vrai nom est Arthur Baskerville. Il est le neveu de votre défunt mari. Il avait promis d'aller trouver aujourd'hui même les autorités, mais il semble avoir... Attention, Vandergelt !

Il s'élança à la rescousse de l'Américain — car Lady Baskerville, en entendant la nouvelle, s'était promptement évanouie, de la manière la plus gracieuse qui fût. Murée dans un silence dédaigneux, je regardai les deux hommes tirailler à hue et à dia le corps inerte de la dame. Vandergelt finit par l'emporter et la souleva dans ses bras.

— Nom d'un petit bonhomme, professeur, le tact n'est pas votre point fort ! Est-ce seulement vrai, ce que vous dites de Milverton... Baskerville... quel que soit son nom ?

— Certes, répondit Emerson avec hauteur.

— Eh bien ! cette journée aura été fertile en surprises de toutes sortes. Je vais ramener cette malheureuse dans sa chambre ; il nous faudra ensuite tenir un conseil de guerre, pour décider de ce qu'il convient de faire.

— Je sais ce qu'il convient de faire, déclara Emerson. Et j'ai bien l'intention de le faire.

Fronçant les sourcils d'un air impérieux, il gagna la porte à grandes enjambées. Vandergelt s'éclipsa avec son fardeau. Je m'attardai, fouillant la pièce du regard dans l'espoir de repérer un indice qui nous aurait échappé. Quoique la fuite lâche d'Arthur confirmât sa culpabilité, je n'en concevais aucun sentiment de triomphe ; seulement de la détresse.

Et cependant... pourquoi s'était-il enfui ? Ce matin encore, il était apparu joyeux, libéré de son anxiété. Que s'était-il passé, dans l'intervalle, pour le transformer en fugitif ?

Je ne prétends pas posséder un quelconque pouvoir de divination. J'affirme néanmoins que, ce jour-là, un souffle d'air froid parut frôler ma chair hérissée. Il y avait anguille sous roche. J'en avais l'intuition, même si aucun des cinq sens conventionnels ne confirmait ma funeste impression. De nouveau, j'embrassai la pièce du regard. Les portes de l'armoire étaient ouvertes, le paravent déplacé. Restait un endroit où nous n'avions pas cherché. Je m'étonnai de n'y avoir point songé, car c'était d'ordinaire celui par lequel je commençais. M'agenouillant près du lit, je soulevai le bord de la courtepointe.

Emerson prétend que, en cet instant, j'ai hurlé son nom. Je n'en ai pas souvenance, mais je dois admettre qu'il arriva instantanément, encore pantelant d'avoir rebroussé chemin au grand galop.

— Peabody, mon petit, qu'y a-t-il ? Etes-vous blessée ?

— Non, non, pas moi. Mais lui, oui. Il est là, sous le lit...

Je relevai la courtepointe que, sous le choc, j'avais laissé retomber.

— Bon Dieu !

Emerson saisit la main inerte qui, d'emblée, m'avait avertie de la présence du jeune Arthur.

— Ne le touchez pas ! m'écriai-je. Il est encore vivant, mais dans un triste état. Gardons-nous de le bouger avant d'avoir déterminé la nature de sa blessure. Pouvons-nous déplacer le lit, selon vous ?

Dans les moments de crise, Emerson et moi agissons en parfaite intelligence. Il se posta au chevet du lit, moi au pied ; avec précaution, nous soulevâmes le châssis et le posâmes de côté.

Arthur Baskerville gisait sur le dos. Il avait les jambes raidies, les bras pressés contre ses flancs. Cette position, guère naturelle, rappelait de façon horrible la manière dont les Egyptiens disposaient leurs morts momifiés. Je me demandai si mon diagnostic n'avait pas été trop optimiste : en effet, si Arthur respirait, on n'en voyait aucun signe. Il n'y avait non plus aucune trace de blessure.

Emerson glissa une main sous la nuque du jeune homme.

— Rien de mystérieux là-dedans, dit-il posément. Il a reçu un violent coup sur la tête. Je crains qu'il n'ait une fracture du crâne. Heureusement que vous m'avez empêché de le sortir de sous le lit !

— Je vais faire quérir un docteur.

— Asseyez-vous un moment, mon amour. Vous êtes blanche comme un linge.

— Ne vous inquiétez pas pour moi. Faites vite, Emerson, le temps nous est peut-être compté.

— Vous restez auprès de lui ?

— Je ne le quitte pas.

Emerson acquiesça. L'espace d'un instant, sa main vigoureuse se posa sur mon épaule — geste de camarade et d'ami. Il n'avait nul besoin d'en dire davantage. Une fois de plus, nous étions en parfaite harmonie de pensée. La personne qui avait assommé Arthur Baskerville avait eu l'intention de le tuer. Il (ou elle) avait échoué dans sa tentative. Nous devions faire en sorte de l'empêcher de recommencer.

II

Il était minuit passé lorsque nous pûmes enfin, Emerson et moi, nous retirer dans notre chambre. Mon premier soin fut de m'effondrer en travers du lit avec un long soupir.

— Quelle soirée !

— Inoubliable, en effet, en convint Emerson. C'est la première fois, je crois, que j'ai entendu mon épouse se déclarer dépassée par les événements.

Tout en parlant, il s'assit à côté de moi et entreprit de déboutonner ma robe serrée, avec des gestes qui étaient aussi doux que sa voix avait été sarcastique. Je m'étirai voluptueusement, laissant mon mari ôter mes souliers et mes bas. Quand il apporta un linge humide et se mit à me bassiner le visage, je m'assis et le lui pris des mains.

— Mon pauvre ami, vous méritez qu'on vous dorlote, vous aussi. Après une nuit blanche dans les rochers, vous avez travaillé toute la journée dans cette fournaise. Allongez-vous et laissez-moi m'occuper de vous. Je vais mieux, je vous assure ; vous n'avez aucune raison de me traiter comme une enfant.

— N'empêche que cela vous a plu, dit-il en souriant.

Je lui administrai une preuve tactile de ma reconnaissance.

— C'est vrai. Mais à présent, c'est votre tour. Couchez-vous et tâchez de grappiller quelques heures de sommeil. Quoi qu'il advienne, j'en suis sûre, vous serez debout aux aurores.

Emerson baisa la main avec laquelle je lui caressais le front (comme j'ai eu l'occasion de le dire, il se montre étonnamment sentimental en privé), mais il m'échappa et se mit à arpenter la chambre.

— Je suis trop agité pour dormir, Peabody. Cessez de me mitonner ; vous savez bien que je peux tenir plusieurs jours sans me reposer si besoin est.

Dans sa chemise blanche froissée, déboutonnée, qui révélait son torse musclé, il était de nouveau l'homme que j'avais adoré au premier regard, dans les étendues désertiques, et je l'observai un moment dans un tendre silence. Je compare parfois le physique d'Emerson à celui d'un taureau, car sa tête massive et sa carrure disproportionnée évoquent cet animal dans la forme, tout comme ses accès de colère l'évoquent dans le tempérament. Il a néanmoins une démarche extraordinairement souple et agile ; quand il est en mouvement, il fait plutôt penser à un grand félin, une panthère ou un tigre à l'affût.

Je n'étais pas d'humeur à dormir, moi non plus. Je calai un oreiller derrière mon dos et m'assis.

— Vous avez fait tout ce que vous pouviez pour

Arthur, lui dis-je. Le docteur a consenti à le veiller cette nuit, et j'imagine que Mary, elle aussi, restera à son chevet. Elle a fait preuve d'une touchante prévenance. La situation serait des plus romantiques si elle n'était si tragique. Toutefois, je suis plus confiante que le Dr Dubois. Le jeune Arthur a une robuste constitution. Je crois qu'il a une chance de se rétablir.

— Mais il sera incapable de parler avant plusieurs jours, à supposer qu'il se réveille, marmonna Emerson d'un ton qui montrait que la romance, tout comme la tragédie, échappaient à son entendement. La situation devient intenable, Peabody. Comment puis-je me concentrer sur ma tombe, avec tous ces événements absurdes ? Il me faut régler cette affaire si je veux avoir la paix.

Je me redressai, les sens en alerte.

— Vous vous rangez donc à la suggestion que je vous ai soumise voici peu : retrouver Armadale et le forcer à avouer ?

— Nous devons certes faire quelque chose, opina sombrement Emerson. Et je reconnais que, Milverton-Baskerville étant hors de cause, Mr. Armadale devient le principal suspect. Maudit sacripant ! J'étais disposé à le laisser échapper à la justice s'il me laissait tranquille ; mais s'il persiste à entraver mon travail, je serai contraint de passer à l'action.

— Que proposez-vous ?

Bien entendu, je savais pertinemment ce qu'il convenait de faire, mais j'estimais plus diplomatique de laisser Emerson trouver la solution par lui-même, quitte à le guider par des questions et des commentaires judicieux.

— Nous allons devoir rechercher ce gredin, je suppose. Pour cette tâche, il nous faudra enrôler des villageois de Gourna ; nos hommes ne sont pas familiarisés avec la topographie du terrain. Je connais bien certains de ces petits sournois ; pour tout dire, ils ont envers moi des dettes — déjà anciennes — dont j'ai l'intention de réclamer aujourd'hui le remboursement. Je les gardais en réserve dans l'éventualité d'une urgence. A présent, je crois le moment venu.

— Splendide ! dis-je en toute sincérité.

Emerson me surprendra toujours. J'étais loin de me douter qu'il était si dénué de scrupules et qu'il avait de telles accointances avec la gent criminelle de Louxor — car ces anciennes dettes, j'en suis convaincue, avaient un rapport avec le négoce d'antiquités volées, toujours en vogue dans cette région. Ce qu'il proposait, en bref, c'était une forme de chantage. Je l'approuvai de tout cœur.

— Il me faudra toute la matinée pour arranger cela, dit-il. Ces gens-là sont tellement fainéants ! Vous devrez prendre la direction des fouilles, Amelia.

— Naturellement.

— Ne prenez pas cet air blasé. Il vous faudra procéder avec d'extrêmes précautions, afin d'éviter les chausse-trappes et les chutes de pierres. Si vous trouvez la chambre funéraire et que vous y entrez sans m'attendre, je demande le divorce.

— Naturellement.

Emerson me regarda. Son froncement de sourcils céda la place à un sourire penaud, puis à un rire franc et massif.

— Nous ne formons pas une si mauvaise équipe, hein, Peabody ? A propos, ce costume que vous portez est singulièrement seyant ; je suis surpris que les dames ne l'aient pas adopté comme toilette de jour.

— Une culotte bouffante et une camisole, fussent-elles agrémentées de dentelle, ne sauraient constituer une toilette de jour seyante, répliquai-je. N'essayez pas de détourner la conversation, Emerson ; nous avons encore beaucoup de choses à débattre.

— Exact.

Emerson s'assit au pied du lit, prit mes pieds nus dans ses mains et les baisa l'un après l'autre. Je tentai de me dégager — en pure perte. Remarquez, pour être honnête, je ne me donnai pas beaucoup de mal.

CHAPITRE ONZE

Le lendemain matin, l'état d'Arthur était stationnaire. Plongé dans un coma profond, il respirait à peine. Toutefois, le simple fait qu'il eût passé la nuit était déjà un signe encourageant ; le médecin, sur mes instances, finit par en convenir. C'était un petit Français tatillon, doté de ridicules moustaches cirées et d'un ventre rebondi, mais qui jouissait d'une bonne réputation dans la colonie européenne de Louxor. De fait, après l'avoir interrogé, je dus admettre qu'il semblait connaître les rudiments de son art. D'un commun accord, nous estimâmes qu'une opération chirurgicale ne s'imposait pas dans l'immédiat ; en effet, la boîte crânienne, quoique fracturée, ne semblait pas comprimer le cerveau. J'en fus, bien sûr, soulagée ; d'un autre côté, il eût été fort intéressant d'assister à une telle opération, que plusieurs civilisations anciennes, y compris les Egyptiens, pratiquaient avec succès.

En bref, nous ne pouvions rien faire pour Arthur, sinon attendre que la nature accomplisse son œuvre. Dans la mesure où l'hôpital le plus proche se trouvait au Caire, ç'eût été folie de le transporter.

Lady Baskerville offrit ses services d'ancienne infirmière. Elle était la personne toute désignée pour assumer cette responsabilité, mais Mary se montra tout aussi déterminée à soigner le jeune homme, et le débat tourna rapidement à l'aigre. Convoqué pour arbitrer le conflit, Emerson chagrina les deux candidates en annonçant qu'il avait déjà fait appel à une garde-malade professionnelle. Celle-ci, une religieuse appartenant à un ordre missionnaire de Louxor, arriva en temps et en heure. Quoique je n'éprouve aucune sympathie pour les pratiques idolâtres du papisme, la vue de cette femme calme et souriante, vêtue d'une austère robe noire, eut un effet étonnamment réconfortant.

Emerson et moi partîmes ensuite pour la Vallée, car mon mari ne supportait pas de régler son affaire avec les Gournaouis sans avoir jeté au préalable un coup d'œil sur sa tombe bien-aimée. Je peinai à soutenir son allure : il bondissait sur le sentier comme si un retard de quelques secondes pouvait se révéler désastreux. Je finis par le persuader de ralentir le pas, car j'avais plusieurs questions à lui poser. Cependant, avant que j'aie pu ouvrir la bouche, il explosa :

— Nous sommes désespérément à court de main-d'œuvre ! Mary ne nous sera pas d'une grande aide, à soupirer après ce jeune bon à rien.

Le moment semblait judicieux pour aborder le plan que j'avais formé concernant Mr. O'Connell. La réaction d'Emerson fut plus calme que je ne l'avais espéré.

— Si ce jeune........... s'approche à moins de deux mètres, je lui botte le derrière, déclara-t-il.

— Il vous faudra renoncer à cette attitude. Nous avons besoin de lui.

— Absolument pas.

— Bien sûr que si. Tout d'abord, en lui accordant l'exclusivité de nos travaux, nous pourrons exercer un droit de regard sur ce qu'il écrit. De surcroît, nous sommes en manque d'hommes valides. Je m'inclus dans cette catégorie, bien sûr...

— Bien sûr, agréa Emerson.

— Donc, nous manquons d'hommes. Il faudrait quelqu'un pour rester à la maison, auprès des dames. Tous les autres sont nécessaires sur le chantier. O'Connell ne connaît rien aux fouilles, mais c'est un jeune homme astucieux, et je serais soulagée de savoir qu'une personne compétente veille sur la maisonnée. Mary n'est pas incompétente — loin de moi cette pensée — mais, entre son travail à la tombe et son assiduité auprès de sa mère, elle sera déjà bien occupée.

— C'est vrai, admit Emerson.

— Je suis heureuse que vous partagiez mon opinion. Après tout, Armadale peut frapper de nouveau. Peut-être me jugerez-vous trop imaginative, Emerson...

— En effet, Amelia, en effet.

— ... mais je me fais du souci pour Mary. Armadale lui a naguère demandé sa main; peut-être nourrit-il encore une passion illicite. Supposez qu'il décide de l'enlever?

— En plein désert, sur son beau chameau blanc? s'enquit Emerson avec un large sourire.

— Votre frivolité m'écœure.

— Amelia, je vous prie de surmonter votre inclination ridicule pour les jeunes amoureux. Si Armadale rôde dans les montagnes, il a d'autres préoccupations que de courtiser une jouvencelle. Toutefois, je rejoins votre précédente remarque. Pourquoi, selon vous, ai-je appelé une infirmière professionnelle? Le coup administré à Milverton-Baskerville (peste soit de ces gens qui usent de noms d'emprunt!) était destiné à le faire taire définitivement. L'agresseur risque de récidiver.

— Cette idée vous est donc venue?

— Naturellement. Je ne suis pas encore sénile.

— Ce n'est pas chrétien de votre part d'exposer cette malheureuse nonne aux attentions d'un meurtrier.

— Je ne crois pas qu'il y ait le moindre danger tant que Milverton ne sera pas sorti du coma... si cela doit arriver un jour. Tout de même, votre proposition concernant O'Connell a quelque mérite, et je suis prêt à l'examiner. En revanche, je refuse de parler moi-même à ce diable de journaliste. Vous réglerez les formalités.

— Je le ferai volontiers. J'estime néanmoins que vous êtes un peu dur avec lui.

— Pensez-vous ! Les Egyptiens savaient ce qu'ils faisaient quand ils représentaient Seth, l'équivalent antique de Lucifer, sous les traits d'un homme roux.

Nos ouvriers étaient déjà arrivés au tombeau. Tous, y compris Abdullah et Karl, étaient rassemblés autour de Feisal, le contremaître, qui leur annonçait l'agression contre Arthur. Feisal, le meilleur conteur du groupe, ne lésinait pas sur les effets : il accumulait les gestes furieux et les grimaces expressives. Nos deux gardes, qui ignoraient jusqu'alors l'événement, avaient oublié leur dignité et écoutaient avec autant d'avidité que les hommes. Les Arabes apprécient grandement les histoires bien contées, et ils écouteront sans se lasser un récit qu'ils connaissent par cœur, surtout s'il est narré par un conteur de talent. Je soupçonnai Feisal d'avoir ajouté quelques fioritures de son cru.

Le groupe se dispersa à la hâte quand Emerson fit irruption sur les lieux. Seuls restèrent Karl et Abdullah, lequel se tourna vers mon mari en se caressant la barbe avec une évidente agitation.

— Est-ce vrai, Emerson ? Ce menteur... — Il désigna d'un geste méprisant Feisal, qui feignait de ne pas écouter — ... raconterait n'importe quoi pour attirer l'attention.

Emerson se lança dans une description fidèle et détaillée de ce qui s'était passé. A voir les yeux d'Abdullah s'écarquiller et sa main tirailler sa barbe avec une nervosité croissante, il était manifeste que les faits bruts étaient déjà assez troublants.

— Mais c'est terrible, dit Karl. Je dois à la maison aller. Miss Mary est seule...

Je m'employai à le rassurer. La nomination de Mr. O'Connell comme protecteur éventuel de ces dames n'apaisa nullement le jeune Allemand, qui eût continué de réprimander Emerson si celui-ci n'avait coupé court à la discussion.

— Mrs. Emerson me remplacera aujourd'hui, annonça-t-il. Je reviendrai dès que possible. Dans l'intervalle, vous voudrez bien lui obéir comme vous le feriez avec moi.

Sur un regard mélancolique vers les profondeurs de la tombe — le genre de regard qu'un amant eût pu adresser à sa bien-aimée avant de partir à la guerre — il s'éloigna à grandes enjambées, suivi, à mon grand désarroi, d'une petite escorte de journalistes et de curieux qui lui criaient des questions. Mon mari assiégé finit par arracher, des mains d'un Egyptien surpris, la bride d'un âne. Il sauta sur la bête et piqua des deux. La cavalcade disparut dans un nuage de poussière, le propriétaire furieux de l'animal menant la poursuite.

Je cherchai, en vain, la tête flamboyante de Mr. O'Connell. Je fus surprise de son absence car, avec les sources d'information dont il disposait, il était certainement déjà au courant de la dernière catastrophe et devait brûler de rejoindre Mary. Ce mystère trouva son explication peu après, quand un enfant déguenillé me remit une missive. Je donnai un bakchich au messager et déchiffrai le pli.

« *J'espère que vous avez réussi à convaincre le professeur* », commençait-il abruptement. « *Sinon, il lui faudra m'évincer par la force. Je suis allé à Baskerville House pour être auprès de Mary.* »

Bien que déplorant l'impétuosité du jeune

homme, je ne pus que respecter la profondeur des sentiments qu'il vouait à sa bien-aimée. De plus, c'était pour moi un soulagement de savoir qu'un homme valide montait la garde. L'esprit en paix — au moins sur ce point-là — je pus tourner mon attention vers la tombe.

La première tâche à l'ordre du jour consistait à photographier le pan de mur que nous avions dégagé la veille au soir. J'avais fait apporter sur le site l'appareil d'Arthur, persuadée que, avec un peu de réflexion, je saurais en maîtriser le fonctionnement. Assistée de Karl, j'installai le matériel. Mr. Vandergelt, qui arriva sur ces entrefaites, apporta également sa contribution. Nous prîmes plusieurs clichés. Cela fait, les hommes reçurent pour mission d'ôter les restes, lesquels incluaient un certain nombre de perles et d'éclats de pierres précieuses qui nous avaient échappé. Il s'avéra alors nécessaire d'évacuer du couloir la grosse dalle qui bloquait le passage. Son apparition à l'extérieur provoqua une bousculade parmi les spectateurs; deux d'entre eux tombèrent même dans l'escalier et durent être emmenés en ambulance, contusionnés et menaçant d'engager des poursuites judiciaires.

A présent, la voie était libre pour déblayer la blocaille qui restait. Je m'apprêtais à ordonner aux hommes de s'attaquer à cette tâche, quand Abdullah fit opportunément observer que c'était la pause de midi. Je n'étais point hostile à une interruption, d'autant que je commençais à me faire du souci pour Emerson.

Gardez-vous de croire, ô lecteur, que si je n'ai pas exprimé mes craintes, c'est que celles-ci n'existaient pas. Dire que mon mari est impopulaire au sein de la corporation des voleurs de Gourna serait un euphémisme risible. Certains archéologues coopèrent tacitement avec cette engeance, afin d'obtenir la priorité sur les antiquités illicites que ces vauriens exhument; Emerson, pour sa part, considère qu'un objet arraché à son emplacement d'origine perd une grande partie de sa valeur historique, et qu'il est souvent endommagé par des manipulations maladroites. Mon mari fait valoir que, si les gens refusaient d'acheter des antiquités illégales, les pilleurs n'auraient plus aucune raison de fouiller. Par conséquent, sur le plan économique, il est la bête noire des organisateurs de ce commerce; et, sur le plan personnel, je pense avoir clairement fait ressortir que le tact n'est pas sa vertu première. Aussi avais-je pleinement conscience du risque qu'il courait en approchant les Gournaouis. Ceux-ci pouvaient fort bien décider, non de céder au chantage, mais de supprimer le maître chanteur.

Ce fut donc avec un intense soulagement que je vis la silhouette familière se diriger vers moi d'un pas énergique, écartant les touristes comme d'autres écrasent des moucherons. Les journalistes suivaient à distance respectueuse. Observant que le reporter du *Times* clopinait, je souhaitai avec ferveur qu'Emerson n'en fût pas la cause.

— Où est passé l'âne? m'enquis-je.

— Où en sont les travaux? demanda-t-il simultanément.

Je dus répondre d'abord à sa question, autrement il n'aurait jamais répondu à la mienne. Pendant que je lui faisais un résumé des activités de la matinée, il s'assit à côté de moi pour prendre une tasse de thé. Profitant de ce qu'il était provisoirement privé de parole par une bouchée de toast, je répétai ma question.

Il regarda autour de lui, interdit.

— Un âne? Quel âne? Ah! oui... Je suppose que son propriétaire l'a récupéré.

— Que s'est-il passé à Gourna? Avez-vous réussi dans votre mission?

— Nous devrions pouvoir dégager aujourd'hui le reste de blocaille, dit-il d'un ton songeur. Crénom ! je savais bien que j'avais oublié quelque chose... le remue-ménage de la nuit dernière m'a troublé. Des planches ! Il nous faudra...

— Emerson !

— Il est inutile de crier, Amelia. Je suis assis à côté de vous, au cas où vous ne l'auriez pas remarqué.

— Comment cela s'est-il passé ?

— Quoi donc ? Ah ! oui, dit-il en me voyant saisir mon ombrelle. A Gourna, vous voulez dire ? Ma foi... comme je l'avais prévu. Ali Hassan Abd er-Rassoul — un cousin de Mohammed — s'est montré fort coopératif. Ses amis et lui sont déjà à la recherche d'Armadale.

— Aussi simple que cela ? Allons, Emerson, n'arborez pas cet air de supériorité hautaine, vous savez à quel point cela m'horripile. J'étais malade d'inquiétude.

— Cela prouve que vous n'aviez pas les idées claires, rétorqua Emerson en me donnant sa tasse à remplir. Ali Hassan et ses compères avaient tout intérêt à satisfaire ma requête, abstraction faite des... euh... des questions personnelles que nous avons abordées à notre satisfaction réciproque. J'ai offert une coquette récompense pour la capture d'Armadale. De plus, cette mission leur donne l'occasion de faire en toute légalité ce qu'ils font d'ordinaire en catimini : quadriller les montagnes à la recherche de tombes cachées.

— J'avais pensé à cela, naturellement.

— Naturellement.

Emerson me sourit. Il termina son thé, laissa choir sa tasse (il est presque aussi cruel avec la vaisselle en faïence qu'avec ses chemises) et se leva.

— Bon, au travail ! Où sont-ils tous ?

— Karl dort. Allons, Emerson, ajoutai-je en le

voyant froncer les sourcils, vous ne pouvez guère demander à ce jeune homme de veiller toute la nuit et de travailler tout le jour. Vandergelt, lui, est retourné à la maison pour le déjeuner. Il voulait prendre des nouvelles d'Arthur et s'assurer que tout allait bien.

— Il voulait déjeuner dans le confort et profiter des sourires de Lady Baskerville, oui ! glapit-il. Cet homme est un dilettante. Je le soupçonne de vouloir me voler ma tombe.

Je ramassai les débris de la tasse et remballai les reliefs de nourriture.

— Vous soupçonnez tout le monde de ce sombre dessein.

— Hâtez-vous, Amelia, vous avez perdu assez de temps, dit Emerson en s'éloignant.

J'étais sur le point de reprendre mes travaux lorsque je vis approcher Vandergelt. Il avait mis à profit son escapade pour changer de vêtements ; il portait un autre costume de tweed impeccablement coupé, dont il semblait avoir une réserve inépuisable. Appuyée sur mon ombrelle, je le regardai venir vers moi à grandes enjambées. Quel âge pouvait-il bien avoir ? Malgré ses cheveux grisonnants et son visage buriné, il avait une démarche de jeune homme, et la vigueur de ses bras était remarquable.

En me voyant, il souleva son chapeau avec son habituelle courtoisie.

— J'ai le plaisir de vous annoncer que tout va bien, dit-il.

— Lady Baskerville n'a donc pas encore assassiné Mrs. Berengeria ?

L'Américain me dévisagea d'un air incertain avant de sourire.

— Ah, l'humour anglais ! A vous dire vrai, madame Amelia, lorsque je suis arrivé, ces deux dames se toisaient tels des boxeurs professionnels.

J'ai dû jouer les pacificateurs, et je me flatte d'avoir bien fait les choses. J'ai suggéré à Mrs. Berengeria d'intercéder auprès des dieux égyptiens pour qu'ils épargnent la vie du jeune Arthur. Elle a sauté sur cette idée comme un tigre sur sa proie. Quand je suis parti, elle était assise en tailleur au milieu du salon, à psalmodier en faisant des gestes mystiques. Horrible spectacle, en vérité!

— Il n'y a pas de changement dans l'état d'Arthur?

— Non, mais il tient bon. Dites, madame Amelia, j'ai une petite question à vous poser... Avez-vous vraiment dit à ce chenapan de O'Connell qu'il pouvait s'installer à la maison? Je l'ai trouvé en train de passer de la pommade à Lady Baskerville tant qu'il pouvait et, quand je lui ai demandé ce qu'il faisait là, il m'a affirmé que vous lui aviez donné la permission.

— Voilà qui ne plaira pas à Lady Baskerville. Croyez-moi, monsieur Vandergelt, je n'avais nullement l'intention d'empiéter sur les prérogatives de notre hôtesse. Eu égard aux circonstances, Emerson et moi avons pensé...

— Compris. D'ailleurs, je dois avouer que je suis soulagé de le savoir auprès de ces dames. C'est un chenapan, mais je pense qu'il sait se servir de ses poings.

— Espérons qu'on n'en arrivera pas là.

— Bon, mettons-nous au travail avant que le professeur ne vienne m'accuser de vous faire les yeux doux. Je reconnais que je suis écartelé entre mes devoirs envers Lady Baskerville et mon intérêt pour la tombe. Je ne voudrais pas manquer pour un empire l'ouverture de la chambre funéraire.

Sur ce dernier point, il était condamné à voir ses espoirs déçus — au moins pour ce jour-là. En fin d'après-midi, les hommes avaient évacué le reste des débris de calcaire et le couloir s'étirait devant nous, complètement dégagé. Les ouvriers se retirèrent alors, afin de laisser la poussière se déposer, et notre quatuor se massa au bord du puits.

Emerson leva une lanterne, dont la lumière voilée sculpta des ombres sinistres sur les visages : Vandergelt, beaucoup plus échevelé mais pas moins excité qu'il ne l'était quatre heures plus tôt ; Karl, les traits fatigués et les yeux bouffis de sommeil ; Emerson, plus alerte et énergique que jamais. Quant à moi, j'avais conscience de ne pas être à mon avantage.

— Il n'est pas bien large, déclara Vandergelt en évaluant les dimensions du puits. Je pense que je pourrais l'enjamber.

— Je pense que vous n'en ferez rien, répliqua Emerson d'un ton dédaigneux. Vous franchiriez sans doute l'espace, mais pour atterrir où ? Le trou fait une trentaine de centimètres de largeur et donne sur un mur lisse.

Avançant au bord de la fosse, il s'allongea à plat ventre, la tête et les épaules au-dessus du vide, et abaissa la lanterne aussi loin que le lui permettait son bras. La flamme vacillante se mit à bleuir. L'air était déjà vicié dans cette partie reculée du couloir, par manque de ventilation, et c'était encore pis dans les profondeurs du puits. Quoique j'eusse suivi l'exemple d'Emerson, je ne pus distinguer que fort peu de détails. Tout en bas, à l'extrême limite du cercle de lumière, un pâle scintillement était visible : toujours ces omniprésents débris de calcaire, dont nous avions déjà évacué du tombeau tant de tonnes.

— Oui, dit Emerson lorsque je lui fis part de cette observation, le puits est en partie comblé. On a laissé vide la moitié supérieure dans l'espoir qu'un éventuel voleur tombe dedans et se rompe les os.

Se relevant, il braqua la lanterne vers le mur du

fond. Là, d'une impressionnante dignité, le guide des morts à tête de chacal tendit les mains en un geste d'accueil.

— Amelia, messieurs, voici les hypothèses qui s'offrent à nous, déclara Emerson. A partir d'ici, le couloir est dérobé aux regards : soit il se prolonge derrière cette peinture d'Anubis, soit il se poursuit à un niveau inférieur, auquel on accède par le fond du puits. A l'évidence, nous devrons vérifier chacune de ces deux possibilités. Nous ne pouvons le faire ce soir. Lorsque j'aurai une fidèle copie de la fresque d'Anubis, nous apporterons des planches pour établir une passerelle et nous commencerons à démolir le mur. Pour explorer le puits, il nous faudra des cordes, et il serait sage d'attendre que l'air s'éclaircisse encore un peu. Vous avez vu, comme moi, la couleur bleue de la flamme.

— Zut! s'exclama Vandergelt. Ecoutez, professeur, je vais tenter une reconnaissance; vous avez ici quelques cordes, je n'aurai qu'à me laisser glisser et...

— *Aber nein,* intervint Karl, c'est le plus jeune et le plus vigoureux qui doit descendre. Herr Professor, permettez...

— La première personne à descendre sera moi, décréta Emerson d'un ton sans réplique. Et ce sera pour demain matin.

Il me regarda avec insistance. Je souris sans mot dire. Il allait de soi que la personne la plus légère du groupe était toute désignée pour cette tâche, mais nous aurions le loisir d'en discuter plus tard. Au bout d'un moment, Emerson s'éclaircit la gorge.

— Très bien, nous sommes d'accord. Je propose que nous arrêtions pour aujourd'hui et que nous reprenions demain de bonne heure. J'ai hâte de savoir comment la situation se présente à la maison.

— Et qui sera de garde cette nuit ? demanda Vandergelt.

— Peabody et moi.

— Peabody ? Qui est... ? Ah ! oui. Dites voir, professeur, vous jouez franc jeu avec moi, au moins ? Ce ne serait pas honnête que vous commenciez le travail cette nuit, Mrs. Amelia et vous.

— Puis-je vous rappeler que je suis le chef de cette expédition ?

Lorsqu'il parle sur ce ton-là, Emerson a rarement besoin de se répéter. Vandergelt, en dépit de sa forte personnalité, reconnut plus fort que lui et se tint coi.

Toutefois, il ne nous lâcha pas d'une semelle pendant le trajet de retour, si bien qu'il me fut impossible de parler en privé avec mon mari, comme j'en avais nourri l'espoir. Mon cœur avait bondi d'exaltation quand Emerson m'avait désignée pour monter la garde avec lui, et cette décision m'avait confortée dans mon intuition qu'il n'entendait point se borner à veiller. A qui pouvait-il se fier autant qu'à moi, sa partenaire conjugale et professionnelle ? Sa décision d'arrêter tôt le travail se justifiait pleinement : tant qu'il y aurait de la lumière — celle du soleil ou celle de la lune — la tombe ne risquerait rien. Les vampires de Gourna, comme toutes les malfaisantes créatures de la nuit, n'agissaient que dans les ténèbres. Lorsque la lune disparaîtrait derrière les collines, alors commencerait le danger ; et d'ici là, peut-être, nous aurions percé le secret du pharaon.

Bien que cette pensée excitât au plus haut point mon âme d'archéologue, n'allez pas croire que je négligeai pour autant mes devoirs. Je me rendis d'abord dans la chambre où gisait Arthur. La nonne, silencieuse et tout de noir vêtue, semblait n'avoir pas bougé depuis le matin. Seul le léger frottement du chapelet qu'elle égrenait entre ses doigts montrait qu'elle était un être de chair et non une statue. Lorsque je lui demandai des nouvelles du malade, elle se borna à secouer la tête pour indiquer que c'était stationnaire.

Mrs. Berengeria venait ensuite sur ma liste. Je décidai que, pour le confort de toute la maisonnée, mieux valait qu'elle fût sagement cloîtrée dans sa chambre avant mon départ. Tout en dirigeant mes pas vers le salon, où je la supposai encore occupée à communier avec les dieux, je réfléchis au meilleur moyen d'atteindre mon but. Une idée parfaitement méprisable et ignominieuse me vint à l'esprit. Oserai-je l'avouer? Puisque je me suis engagée à être tout à fait honnête, permettez-moi de confesser, au risque d'encourir les foudres de mes lecteurs, que je me proposai d'utiliser le penchant de la dame pour l'alcool afin de l'enivrer jusqu'à l'hébétude. Ceux qui seraient tentés de me condamner, s'ils s'étaient trouvés dans ma situation et avaient vu l'épouvantable femme en action, se montreraient sans doute plus indulgents à l'égard de ce plan, j'en conviens, hautement répréhensible.

Grâce au ciel, la nécessité d'agir me fut épargnée. Lorsque j'atteignis la pièce en question, je constatai que Berengeria avait pris les devants. Le son caverneux de ses ronflements s'entendait de loin; je compris ce qui s'était passé avant même de l'avoir vue vautrée sur le tapis, dans une posture aussi indécente que disgracieuse. Une bouteille de cognac, vide, gisait près de sa main droite.

Lady Baskerville se tenait près d'elle, et l'on ne m'accusera pas de malveillance, je l'espère, si je rapporte que la dame avait levé l'une de ses mules délicates, comme si elle se préparait à donner un coup de pied. A mon entrée, elle se hâta de reprendre une attitude digne.

— Abominable! s'exclama-t-elle, les yeux flamboyants. Madame Emerson, je vous demande instamment de faire disparaître de ma maison cette horrible femme. Il est d'une extrême cruauté de l'avoir amenée ici alors que je suis dans un lamentable état de nerfs, broyée par le chagrin...

— Permettez-moi de souligner, Lady Baskerville, que cette décision ne venait point de moi. Je partage pleinement votre opinion, mais nous pouvons difficilement la renvoyer à Louxor dans cet état. A propos, où a-t-elle trouvé ce cognac ? Je croyais que vous fermiez à clef l'armoire aux alcools.

— En effet. Sans doute aura-t-elle réussi à se procurer les clefs ; ces ivrognes sont d'une habileté inouïe quand il s'agit de satisfaire leur vice. D'ailleurs, quelle importance, Dieu du ciel ? — Elle porta ses blanches mains à sa poitrine et les tordit douloureusement. — Je deviens folle, vous dis-je !

Son numéro théâtral m'apprit qu'elle avait un nouveau public, car elle me savait insensible à ces simagrées. Je ne fus donc pas surprise de voir entrer Vandergelt.

— Jésus, Marie, Joseph ! s'écria-t-il en considérant d'un air horrifié le tas répandu par terre. Depuis combien de temps est-elle ainsi ? Ma pauvre enfant...

Prenant la main que tendait vers lui Lady Baskerville, il l'étreignit tendrement dans les siennes.

— Nous devons l'emmener dans sa chambre et l'enfermer à double tour, déclarai-je. Prenez-la par les épaules, monsieur Vandergelt ; Lady Baskerville et moi, nous prendrons...

La belle dame exhala un cri plaintif.

— Vous vous gaussez, madame Emerson !

— Mrs. Emerson ne badine jamais avec ces choses-là, dit Vandergelt avec un sourire. Si nous refusons de l'aider, elle traînera toute seule cette femme par les pieds. Madame Emerson, je suggère que nous appelions à la rescousse un — voire deux ou trois — de nos domestiques. Il n'y a aucun espoir de camoufler l'état de cette pauvre créature, ni de sauvegarder sa réputation.

Cette affaire dûment réglée, j'allai ensuite à la cuisine pour prévenir Ahmed qu'Emerson et moi ne dînerions pas à la maison. Tandis que je cheminais, absorbée dans mes pensées, j'aperçus du coin de l'œil une silhouette mouvante entre les arbres. Un coin de tissu bleu pastel, genre gandoura égyptienne, m'apparut l'espace d'un éclair.

Peut-être était-ce l'un de nos hommes, mais le mouvement avait eu quelque chose de précipité et de furtif. J'agrippai donc fermement mon ombrelle et me lançai à la poursuite de l'ombre.

Depuis mon rendez-vous nocturne dans la loggia avec ce pauvre Arthur, j'avais pris la résolution de ne jamais m'aventurer au-dehors sans cet instrument d'une grande utilité. Certes, je n'en avais pas eu besoin ce soir-là, mais une urgence pouvait survenir à tout moment. J'avais par conséquent fixé l'ombrelle à ma ceinture, au moyen de l'un des crochets qui étaient fournis avec cet article d'habillement. Ce n'était pas toujours très pratique, car le manche avait une fâcheuse tendance à se glisser entre mes jambes, au risque de me faire trébucher. Néanmoins, je préférais encore m'égratigner les genoux plutôt que de me trouver sans défense en cas d'agression.

Je foulai sans bruit l'herbe tendre, me mettant à couvert quand je le pouvais. Dissimulée derrière un buisson épineux, j'avisai, dans le feuillage d'un autre buisson, la silhouette d'un homme en tenue indigène. Après avoir regardé autour de lui, d'une manière sournoise qui ne préjugeait rien de bon, il fila comme un serpent et franchit la porte d'un petit bâtiment, l'une de ces structures en briques où l'on remisait les outils. J'aperçus son visage tandis qu'il jetait un coup d'œil furtif par-dessus son épaule, et c'était assurément une face de scélérat. Une cicatrice livide barrait sa joue avant de disparaître dans son épaisse barbe grisonnante.

En temps normal, la porte de la remise était cadenassée. Le but de l'homme était manifestement le vol, voire pis. Décidée à donner l'alerte, je me ravisai à la pensée qu'un cri avertirait le félon et favoriserait sa fuite. Je décidai donc de le capturer moi-même.

Je me jetai à plat ventre, dans le plus pur style Peau-Rouge, et m'avançai en rampant. J'attendis d'avoir atteint l'abri du mur pour me remettre debout. Entendant des voix à l'intérieur de la cabane, je m'étonnai de l'impudence des voleurs. Ils étaient au minimum deux, à moins que le gredin balafré ne parlât tout seul. Ils conversaient en arabe, mais je ne pus saisir qu'un mot par-ci par-là.

Je pris une profonde inspiration et me ruai dans la cabane en faisant tournoyer mon ombrelle. J'entendis un grognement de douleur tandis que le manche en métal heurtait quelque chose de mou. Des mains m'agrippèrent. Tout en me débattant, je frappai derechef. Mon ombrelle me fut arrachée. Nullement impressionnée, je décochai un solide coup de pied dans le tibia de mon agresseur. J'étais sur le point d'appeler à l'aide quand une voix me pria de cesser. Une voix que je connaissais.

— Que faites-vous ici ? demandai-je, passablement essoufflée.

— Je pourrais faire écho à cette question, répondit Emerson sur le même mode. Mais à quoi bon ? Je sais que vous êtes douée d'ubiquité. Cela ne me trouble pas ; ce qui me désole, en revanche, c'est votre impétuosité. Je crois bien que vous m'avez cassé la jambe.

— Sornettes ! grondai-je en reprenant possession de mon ombrelle. Si vous condescendiez à m'informer de vos projets, ces malentendus fastidieux pourraient être évités, pour notre bénéfice commun. Qui est avec vous ?

— Permettez-moi de vous présenter Ali Hassan Abd er-Rassoul.

Emerson termina les présentations en arabe, me désignant comme son « épouse en chef, de haute naissance et de grande érudition » — ce qui eût été très flatteur s'il n'avait usé d'un ton si sarcastique. Ali Hassan, qui était blotti dans un coin, riboula des yeux et proféra une remarque extrêmement insultante. Je rétorquai sur-le-champ :

— Fils de chameau borgne et rejeton de chèvre crevée, retenez votre langue souillée de faire des commentaires sur ceux qui valent mieux que vous ! (Je vous livre là une traduction édulcorée, l'arabe d'origine étant bien trop imagé pour être restitué dans un anglais décent.)

Emerson amplifia abondamment cette déclaration et Ali Hassan se recroquevilla peureusement.

— J'avais oublié que l'honorable Sitt comprend notre langue, dit-il. Donnez-moi ma récompense et je m'en irai.

— Une récompense ? m'exclamai-je. Emerson, voulez-vous dire...

— Oui, mon honorable épouse en chef, c'est cela même. Ali Hassan m'a fait parvenir un message par l'un des domestiques pour me fixer rendez-vous ici. J'ignore pourquoi il ne s'est pas présenté à la maison et, franchement, je n'en ai cure. Toujours est-il qu'il affirme avoir retrouvé Armadale. Bien entendu, je n'ai pas l'intention de le payer avant d'avoir la preuve de ses dires.

— Où est Armadale ?

— Dans une grotte, dans les montagnes.

J'attendis qu'il poursuivît, mais il se tut. Comme

le silence se prolongeait, un frisson de compréhension me parcourut toute.

— Il est mort.

— Oui, dit Emerson avec gravité. Et, à en croire Ali Hassan, il est mort depuis un certain temps.

CHAPITRE DOUZE

Le soleil couchant passa un long bras mordoré par la porte ouverte, éclairant le coin ombreux où était tapi Ali Hassan. Je vis qu'Emerson m'observait d'un œil narquois.

— Voilà qui ébranle quelque peu votre théorie, n'est-ce pas ?

— Je ne puis me prononcer pour l'instant, répliquai-je. « Un certain temps » est une formule plutôt imprécise. Mais s'il s'avérait, en définitive, qu'Armadale était déjà mort quand s'est produite la dernière agression... non, cela ne me surprendrait pas vraiment. L'autre théorie que j'avais formulée...

— Crénom, Amelia, auriez-vous le culot infernal de prétendre...

Emerson interrompit net son apostrophe. Après quelques instants de respiration oppressée, il me montra les dents en une expression qui se voulait manifestement un sourire, car, lorsqu'il reprit la parole, sa voix était d'une écœurante suavité :

— Je n'en dirai point davantage. Je ne tiens pas à ce que Ali Hassan pense qu'il y a désaccord entre nous.

— Ces Arabes ne comprennent pas la manière qu'ont les Occidentaux d'exprimer leur affection, opinai-je distraitement. Emerson, nous devons agir sur-le-champ. Nous nous trouvons devant un dilemme de proportions considérables.

— Exact. Il nous faut ramener ici le corps d'Armadale. Et il faut que quelqu'un surveille la tombe ; elle est plus vulnérable que jamais.

— De toute évidence, nous devons nous répartir les tâches. Dois-je aller chercher Armadale ou garder la tombe ?

— Armadale, répondit-il sans hésiter. Quoique... je n'aime pas vous demander cela, Peabody.

— Vous me confiez la mission la moins dangereuse.

Emerson me regardait avec une expression qui ne laissa pas de m'émouvoir, mais l'heure n'était pas au sentiment. A l'ouest, le soleil déclinait davantage à chaque seconde qui passait.

Ali Hassan grogna et se mit debout.

— Je pars, maintenant. Vous me donnez...

— Pas avant que vous nous ayez conduits auprès d'Armadale, coupa Emerson. La Sitt va vous accompagner.

Une lueur de cupidité s'alluma dans les yeux de Ali Hassan. Il se mit à geindre, arguant de son grand âge et de son état d'épuisement. Après marchandage, il accepta les cinquante piastres supplémentaires que lui offrait Emerson pour me conduire à la grotte.

— Et vous répondez sur votre vie de la sécurité de la Sitt, Ali Hassan, ajouta Emerson d'une voix rauque, menaçante. Si elle revient avec la plus petite égratignure, s'il lui manque un seul cheveu de sa tête, je vous arracherai le foie. Vous savez que je dis vrai.

— Je le sais, soupira Ali Hassan d'un air lugubre.

— Partez immédiatement, Peabody. Prenez avec vous Abdullah et deux autres hommes. Peut-être aussi Karl...

— Pourquoi pas moi, plutôt ? s'enquit une voix.

Le soleil embrasait la chevelure de Mr. O'Connell. Seule sa tête dépassait du chambranle, ce qui tendait à indiquer qu'il était prêt à fuir au moindre signe d'hostilité. Néanmoins, son sourire était aussi épanoui et impertinent que de coutume.

— Humph ! dit Emerson. Je vous ai cherché partout, monsieur O'Connell.

— J'ai estimé préférable de vous éviter dans un premier temps, répondit le journaliste.

Rassuré par l'attitude posée d'Emerson, il sortit de son abri, les mains dans les poches.

— J'ai entendu malgré moi votre conversation, dit-il.

— Grrr.

(Il n'y a pas d'autre moyen, je vous assure, de reproduire le son qu'émit mon époux.)

— C'est la pure vérité, dit O'Connell en ouvrant tout grands ses yeux bleus. Et c'est une chance, finalement, pas vrai, professeur ? Vous ne voudriez pas que Mrs. E. se balade dans les collines sans qu'un homme soit là pour la protéger.

— Je n'ai nul besoin d'un homme pour me protéger ! m'indignai-je. Et si tel était le cas, Abdullah ferait parfaitement l'affaire.

— Certes, certes. Vous en remontreriez à Cormac en personne, m'dame, vrai de vrai. Laissez-moi vous accompagner, pour me faire plaisir, comme la gente dame que vous êtes. Je jure par tous les dieux de la vieille Irlande que je vous soumettrai directement mon article après l'avoir écrit.

Emerson et moi échangeâmes un coup d'œil.

— Et Mary ? m'enquis-je. Allez-vous la laisser ici avec Karl ? Il l'admire grandement, vous savez.

— Elle ne m'adresse toujours pas la parole, avoua O'Connell. Et puis, rendez-vous compte, c'est le scoop de l'année ! *Nouvelle victime de la Malédiction des Pharaons ! Notre correspondant sur les lieux ! Le courage de Mrs. Emerson, ombrelle à la main !*

Entendant cela, mon mari se remit à gronder. J'avoue que, pour ma part, je trouvai la tirade plutôt amusante. Au bout d'un moment, Emerson bougonna :

— Très bien. O'Connell, allez chercher Abdullah. Demandez-lui d'apporter l'équipement nécessaire — cordes, lanternes — et retrouvez-nous ici dans dix minutes, avec deux de ses meilleurs hommes.

Le visage fendu d'une oreille à l'autre, O'Connell fit diligence. Sans se soucier de Ali Hassan, qui nous observait avec des yeux ronds, Emerson m'enserra dans une affectueuse étreinte.

— J'espère que je n'aurai pas à m'en repentir, murmura-t-il. Soyez prudente, Peabody.

— Vous de même, Emerson. — Je l'étreignis à mon tour. — Allez, à présent, avant que la tombée de la nuit n'ajoute encore au danger.

II

Il fut, bien sûr, impossible de mettre sur pied en dix minutes une opération de cette nature. Toutefois, une demi-heure à peine s'était écoulée quand Abdullah arriva avec les fournitures requises. Son visage grave était, comme d'habitude, un impénétrable masque de cuivre, mais je le connaissais suffisamment bien pour percevoir le trouble profond qui le tenaillait. Le comportement des deux hommes qu'il avait choisis pour l'accompagner était encore plus révélateur : on eût dit des prisonniers qu'on menait au poteau d'exécution.

— Savent-ils ce que nous cherchons ? murmurai-je à Abdullah.

— Je n'ai pas pu empêcher l'homme aux cheveux rouges de parler, répondit-il en jetant un regard hostile à O'Connell. Sitt Hakim, je crains...

— Moi aussi. Partons, vite, avant qu'ils n'aient le temps de réfléchir et de se raviser.

Nous partîmes, Ali Hassan marchant en tête sans se presser. O'Connell semblait avoir perdu son exubérance ; il regardait sans cesse à droite et à gauche, comme s'il notait chaque détail du paysage en vue de l'article qu'il écrirait plus tard.

Ali Hassan nous conduisit directement aux falaises qui se dressaient derrière Deir el-Bahari. Au lieu d'emprunter le sentier menant à la Vallée des Rois, il prit au sud et se mit à grimper, agile comme un cabri escaladant les rochers déchiquetés. O'Connell insista pour me donner le bras, mais je repoussai son offre. Grâce à mon ombrelle et à mon entraînement, j'étais en bien meilleure condition physique que lui ; d'ailleurs, il fut bientôt contraint d'utiliser ses mains pour l'ascension. Abdullah me suivait de près. Je l'entendais marmonner dans sa barbe et, quoique je ne pusse saisir ses paroles, je croyais savoir ce qui le tracassait. Ali Hassan donnait en effet l'impression de choisir, délibérément, le chemin le plus difficile ; à deux reprises, au moins, j'avais repéré des passages plus accessibles que ceux qu'il nous faisait prendre.

Enfin nous atteignîmes le sommet du plateau, et notre progression devint plus aisée. Eussions-nous eu le loisir d'en profiter, la vue était magnifique. Le large bras du fleuve était taché de cramoisi par le soleil couchant. Les falaises, à l'est, se teintaient de rose et de mauve ; au-dessus, le ciel s'était assombri, manteau bleu cobalt semé de minuscules diamants. Ali Hassan se dirigea vers l'ouest, où le soleil, énorme globe de cuivre embrasé, n'allait pas tarder à disparaître ; alors l'obscurité s'abattrait comme une chauve-souris aux ailes noires — car, dans ces contrées, le crépuscule ne dure guère. J'essayai de me rappeler quand la lune devait se lever. Cette partie du plateau ne m'était pas familière : une étendue désertique de rocaille aride, sillonnée d'innombrables crevasses et ravines. Cela rendrait la marche périlleuse une fois la nuit tombée, même avec l'aide des lanternes que nous avions apportées.

O'Connell peinait, car il s'était sévèrement entaillé la main durant l'escalade. Comme le temps nous était compté, je n'avais pas eu le loisir de le soigner, me bornant à nouer un mouchoir autour de son membre blessé. Derrière moi, la respiration accélérée d'Abdullah trahissait son agitation. Il avait amplement matière à s'alarmer, entre les dangers naturels du terrain, les risques d'embuscade et l'inquiétude de nos hommes, effarouchés par les *affrits* et les démons nocturnes.

Ali Hassan trottait quelques mètres devant moi, fredonnant à mi-voix. Il ne semblait nullement redouter les terreurs surnaturelles de la nuit ; et, de fait, un homme qui avait la sinistre pratique de détrousser les morts ne pouvait guère être sensible à la superstition. Son évidente bonne humeur eut pour effet d'assombrir la mienne. Si Ali Hassan était content de lui, j'avais toutes les raisons de me méfier. Je le soupçonnais de nous fourvoyer délibérément mais, faute de preuves, je pouvais difficilement l'accuser.

Ayant les yeux rivés sur la djellaba déguenillée d'Ali Hassan, à l'affût du premier signe de duplicité, je ne vis point la créature qui, soudain, m'effleura la cheville. Dans cette région, on pense tout de suite aux serpents ; aussi m'écartai-je vivement, bousculant Mr. O'Connell qui s'étala de tout son long. J'empoignai mon ombrelle et pivotai pour affronter ce nouveau péril.

La chatte Bastet était perchée sur un rocher tout proche. Elle avait fait un bond de côté, tout comme moi, et son expression outragée montrait qu'elle appréciait fort peu mon accueil discourtois.

— Je vous demande pardon, lui dis-je, mais c'est votre faute. Vous auriez dû signaler votre approche. Je ne vous ai pas fait mal, j'espère ?

Elle se borna à me fixer. Ali Hassan, qui était revenu sur ses pas pour voir le motif de notre pause, invoqua le nom d'Allah d'une voix empreinte d'émotion.

— Elle parle au chat! s'exclama-t-il. Cet animal est un démon, un esprit, et elle est sa maîtresse!

Il fit volte-face, si rapidement que sa djellaba enfla comme une montgolfière. Grâce à la poignée recourbée de mon ombrelle, je le retins par le cou.

— Ce petit jeu n'a que trop duré, Ali Hassan, lui dis-je. Vous nous faites tourner en rond. Cette chatte — qui est, en effet, l'esprit de la déesse Sekhmet — est venue m'avertir de votre duplicité.

— C'est bien ce que je pensais, gronda Abdullah.

Il voulut saisir au collet Ali Hassan, mais je m'interposai.

— Ali Hassan sait ce que lui fera Emerson si je rapporte cet incident à mon mari. A présent, Ali, menez-nous directement à la grotte, sinon j'enverrai la déesse-chatte vous lacérer dans votre sommeil.

Je relâchai le gredin et Abdullah s'avança, prêt à le maîtriser si jamais il tentait de fuir. Mais cette précaution s'avéra inutile. Ali Hassan, les yeux égarés, contempla la chatte qui fouettait l'air de sa queue, dans une posture menaçante.

— Elle était là quand j'ai trouvé le mort, marmonna-t-il. J'aurais dû deviner la vérité. Je n'aurais pas dû essayer de la frapper avec une pierre. O Sekhmet, dispensatrice d'épouvante, pardonne au misérable que je suis!

— Elle vous pardonnera si je le lui demande, dis-je d'un ton entendu. En route, Ali Hassan.

Il eut un haussement d'épaules fataliste.

— Pourquoi pas? Elle connaît le chemin; si je ne vous conduis pas, elle le fera.

Lorsque nous repartîmes, Abdullah escortait Ali Hassan, sa grande main serrant fermement le bras du Gournaoui. Ali Hassan ne chantonnait plus.

— Comment avez-vous su ? me demanda O'Connell avec respect. Je n'avais pas le moindre soupçon.

— Connaissant le caractère du personnage, j'ai agi sur mon intuition. Et il a été assez stupide pour avouer.

— Vrai de vrai, m'dame, vous êtes une perle rare.

D'un sourire, je le remerciai de ce compliment — au demeurant bien mérité.

— Dépêchez-vous, Ali Hassan, lançai-je. Si la nuit tombe avant que nous soyons arrivés à la grotte...

Bastet avait disparu, comme si, ayant accompli sa mission, elle n'avait point jugé utile de rester. Ali Hassan hâta le pas. Je ne fus nullement surprise de constater que nous cheminions à présent vers l'est, dans la direction par laquelle nous étions venus. La partie inférieure du soleil s'enfonça derrière l'horizon. Ali Hassan se mit à trotter sans vergogne, faisant claquer sa djellaba bleue. Nos ombres couraient devant nous, longues silhouettes gris-bleu, semblables au *kas* protecteur des Egyptiens de l'Antiquité.

Finalement, Ali Hassan s'arrêta.

— Nous y voici, ô Sitt Hakim, haleta-t-il. Nous sommes arrivés et le soleil n'est pas encore couché ; j'ai fait ce que vous m'avez demandé. Dites à cet homme de me lâcher et assurez à la divine Sekhmet que j'ai obéi à ses ordres.

Il disait vrai. Un fin croissant rouge marquait l'endroit où le soleil s'était enfoncé. La nuit tombait avec rapidité. Détachant mon regard de notre environnement immédiat, je m'aperçus que nous étions près du bord de la falaise, à une centaine de mètres seulement au nord du raidillon que nous avions escaladé.

— Fils de chien enragé, gronda Abdullah en

secouant Ali Hassan à l'en faire claquer des dents, tu nous as fait tourner en rond! Il n'y a pas de grotte ici. Qu'est-ce que tu manigances?

— Elle est bien là, insista Ali Hassan. Au début, je me suis perdu; cela peut arriver à n'importe qui. Mais maintenant, nous y sommes. Donnez-moi mon argent et laissez-moi partir.

Naturellement, nous ne prêtâmes aucune attention à cette absurde requête. J'ordonnai aux hommes d'allumer les lanternes. Le temps qu'ils s'exécutent, seules les dernières lueurs du couchant adoucissaient un tant soit peu le noir du ciel constellé d'étoiles. A la lumière des lampes, la face malveillante d'Ali Hassan évoquait l'un de ces démons nocturnes dont il dédaignait avec tant de superbe la funeste influence.

Abdullah prit une lanterne et ouvrit la marche, poussant devant lui notre voleur réticent. Le sentier se révéla moins hasardeux que je ne l'avais craint; la descente fut néanmoins assez éprouvante, dans l'obscurité presque totale, avec en sus un compagnon inexpérimenté. Le pauvre Mr. O'Connell avait perdu tout son allant gaélique : il me suivait en gémissant et jurant à mi-voix. Lorsque la lumière éclaira le pansement ensanglanté qui couvrait sa main, force me fut d'admirer son courage, car je savais que sa blessure devait le faire considérablement souffrir. Nous étions presque arrivés au pied de la falaise quand Ali Hassan tourna sur la droite et indiqua une ouverture dans le roc.

— C'est là. Maintenant, laissez-moi partir.

Malgré mon expérience, jamais je n'aurais repéré la brèche sans l'aide de son doigt pointé. Les falaises sont couturées de fissures, chacune d'elles projetant une ombre, de sorte qu'il faut d'interminables investigations pour déterminer lesquelles donnent sur une caverne. Laissant Abdullah tenir la lanterne — et Ali Hassan — j'allai explorer la crevasse désignée.

Elle était basse et très étroite. Moi qui ne mesure guère plus d'un mètre cinquante-cinq, je dus me voûter pour entrer. Une fois sous le linteau rocheux, l'espace s'élargit et je sentis, à la texture de l'air, qu'une grotte s'ouvrait devant moi. Mais il faisait un noir d'encre, et j'admets sans honte aucune que je n'étais nullement disposée à m'y engager sans lumière. Je criai à Abdullah de me tendre la lanterne. Puis, la tenant bien haut, je m'avançai.

Il gisait sur le flanc, les genoux remontés et la tête renversée en arrière. Les tendons de sa gorge nue ressemblaient à des cordes séchées. L'une de ses mains était si près de mon pied que je faillis marcher dessus. Ma propre main n'était point aussi ferme que je l'eusse souhaité ; le tremblement qui agitait la lanterne faisait bouger les ombres, créant l'illusion que les doigts crochus du mort agrippaient ma cheville.

J'avais vu des photographies d'Armadale ; néanmoins, si je n'avais pas su que ce corps était le sien, je n'aurais jamais reconnu ce visage spectral. De son vivant, le jeune homme avait eu une séduction juvénile, un visage long et fin, des traits délicats qui expliquaient le sobriquet dont l'avaient affublé les Arabes. Il avait tenté de camoufler la structure presque féminine de son visage au moyen d'une moustache style cavalerie. Cet ornement facial avait maintenant disparu. Une épaisse mèche de cheveux bruns lui cachait les yeux, ce qui n'était pas pour me déplaire.

Tandis que je m'efforçais de contrôler les frissons qui me secouaient toute, un incident étrange se produisit. Du fond de la grotte, émergeant des ombres, le pas lent et digne, apparut Bastet. Elle s'approcha de la tête du cadavre et s'assit, les oreilles dressées, les moustaches hérissées.

Les cris alarmés d'Abdullah finirent par m'arracher à la paralysie qui m'avait saisie. Je lui adressai une réponse rassurante, d'une voix qui — je crois — ne tremblait pas. Toutefois, avant de mander sur les lieux mon fidèle *raïs* ou le jeune journaliste curieux, je m'agenouillai pour procéder à un bref examen de la pitoyable dépouille.

Le crâne était intact et les parties visibles du corps ne présentaient aucune blessure. Il n'y avait pas de sang. Au prix d'un effort, j'écartai les cheveux raides, sans vie, qui tombaient sur le front. La peau tannée avait un aspect normal. Je vis cependant, tracé à la peinture rouge, le dessin rudimentaire d'un serpent : l'uræus, emblème royal des pharaons.

III

Je jette un voile sur l'heure qui suivit, non pas, je vous l'assure, parce que ce souvenir m'est intolérable — j'ai connu bien des moments plus pénibles — mais parce qu'il se passa tant de choses en un délai si court qu'une description détaillée serait interminable.

Evacuer le corps d'Armadale ne souleva aucune difficulté, car nous étions à seulement quinze minutes de marche de la maison et notre *raïs,* toujours efficace, avait apporté de quoi construire une civière de fortune. Le seul obstacle fut la répugnance des hommes à toucher le cadavre. Je connaissais bien ces deux personnes ; en fait, je les considérais comme des amis. Jamais encore je ne les avais vus pusillanimes. Pourtant, en cette occasion, je dus recourir à toute mon éloquence pour les convaincre de faire le nécessaire. Et dès que la dépouille eut été déposée dans un entrepôt vide, les porteurs de civière s'enfuirent comme s'ils avaient le diable aux trousses.

Ali Hassan observa leur débandade, un sourire cynique sur les lèvres.

— Ils ne travailleront plus dans la tombe maudite, murmura-t-il. Ils ont beau être sots, ils ont au moins la sagesse de craindre les morts.

— Dommage que vous ne soyez pas dans les mêmes dispositions, lui dis-je. Voici votre argent, Ali Hassan. Vous ne le méritez pas, après le tour que vous nous avez joué, mais je tiens toujours parole. Et retenez bien ceci : si vous tentez de pénétrer dans la tombe ou de gêner nos travaux, j'appellerai sur vous le courroux de Sekhmet.

Ali Hassan se répandit en bruyantes protestations, auxquelles Abdullah mit un terme en s'avançant vers lui, le poing serré. Après le départ de l'homme de Gourna, Abdullah déclara avec gravité :

— Je vais parler à mes hommes, Sitt. Ce voleur a raison; ce sera difficile de les faire retourner à la tombe quand ils apprendront la nouvelle.

— Un instant, Abdullah. Je comprends votre raisonnement, et je le partage, mais j'ai besoin de vous. Je pars pour la Vallée. Il faut prévenir Emerson sur-le-champ. Si cela se trouve, Ali Hassan a gagné du temps pour permettre à ses amis d'attaquer la tombe.

— Je vous accompagne, dit O'Connell.

— Est-ce le journaliste qui parle, ou le gentleman ? m'enquis-je.

Le visage du jeune homme s'empourpra.

— Je ne l'ai pas volée, celle-là, dit-il avec une humilité inaccoutumée. Et j'avoue que mon âme de reporter brûle de connaître la réaction du professeur quand vous lui annoncerez les nouvelles. Néanmoins, ce n'est pas la raison qui m'incite à vous proposer mes services. Abdullah doit rester ici, on a besoin de lui.

Sous la froide clarté de la lune, les parois rocheuses évoquaient un paysage lunaire, désolé, où toute vie avait cessé depuis des millions d'années. Au début, nous parlâmes peu. Finalement, O'Connell laissa échapper un profond soupir.

— Votre main vous fait-elle souffrir ? lui demandai-je. Pardonnez-moi de ne pas avoir soigné votre blessure ; le souci que je me fais pour mon mari est ma seule excuse.

— Ma « blessure », comme vous dites, n'est qu'une égratignure et ne me trouble pas. Non, j'ai d'autres sujets de préoccupation. Jusqu'à présent, madame Emerson, cette affaire n'était pour moi qu'une aubaine journalistique — le plus grand reportage de ma vie, peut-être. Maintenant que je vous connais bien, tous, et que je suis de plus en plus lié à certains d'entre vous, mon point de vue a changé.

— Puis-je en déduire que votre coopération nous est acquise sans réserve ?

— Certes ! Je voudrais seulement pouvoir faire davantage pour vous soulager. Comment ce malheureux garçon a-t-il trouvé la mort ? Pour autant que j'aie pu en juger, il ne portait aucune marque — pas plus que Lord Baskerville.

— Peut-être est-il mort de faim et de soif, répondis-je avec circonspection.

J'inclinais à croire les protestations de Mr. O'Connell, mais il m'avait flouée trop souvent pour mériter ma confiance pleine et entière.

— N'oubliez pas, enchaînai-je, que vous avez promis de me montrer vos articles. Assez de spéculations sur de prétendues malédictions, je vous prie.

— Je me fais l'effet du Dr Frankenstein, admit O'Connell avec un rire désabusé. J'ai créé un monstre qui s'est animé d'une vie propre. La malédiction est une invention de mon cru, parfaitement cynique de surcroît ; je n'ai jamais cru à ces choses-là. Mais comment allons-nous expliquer... ?

Il n'acheva pas sa phrase. Le claquement sec d'un coup de feu l'interrompit net.

Le bruit se répercuta dans le silence, mais je savais d'où il venait. La logique me l'eût dit, même si l'affection conjugale n'avait point aiguisé mes sens. Je me mis à courir. Une autre détonation retentit. Dégainant mon revolver de son étui et dégageant mon ombrelle de son crochet afin de ne pas me prendre les pieds dedans, je dévalai la pente à une allure qui, même de jour, eût été imprudente. Peut-être fut-ce ma vélocité même qui m'empêcha de tomber. Mon ombrelle dans la main gauche, mon revolver dans la droite, je me précipitai dans la Vallée, faisant feu en chemin. Je tirai essentiellement en l'air, je crois, mais je n'en jurerais pas ; mon but était de faire savoir aux assaillants que les renforts approchaient avec célérité.

Je n'entendis pas d'autres coups de feu. Que présageait ce silence de mort ? La victoire pour nous, les pillards blessés ou en déroute ? Ou alors... Mais je refusai d'envisager l'autre hypothèse. Accélérant encore l'allure, je vis devant moi, livide au clair de lune, la pile de débris de calcaire que nous avions déblayés de la tombe. L'entrée proprement dite était juste à côté. Il n'y avait aucun signe de vie.

Soudain, une silhouette noire se profila devant moi. Je pointai mon revolver et pressai la détente.

Le percuteur frappa la chambre vide avec un déclic sonore. Et j'entendis la voix d'Emerson :

— Vous feriez mieux de recharger, Peabody. Vous avez tiré la dernière balle voici déjà un moment.

— Tout de même, haletai-je, c'était bien téméraire de vous mettre ainsi en travers de mon chemin.

— Soyez assurée que je ne l'aurais point fait si je n'avais d'abord compté les coups de feu. Je connais trop bien votre tempérament fougueux.

Je fus incapable de répondre. Prenant conscience — tardivement — de ce que j'avais failli faire, je perdis le peu de souffle qui me restait. Emerson disait vrai, je le savais, en affirmant qu'il ne m'aurait pas approchée sans savoir que mon revolver était vide ; je n'en étais pas moins malade de remords et de désarroi. Conscient de mon émotion, Emerson me prit dans ses bras.

— Tout va bien, Peabody ?

— Je suis malade de remords et de désarroi. Il faudra vraiment, à l'avenir, que je m'efforce d'agir avec plus de sérénité. Je crois que la situation affecte mes nerfs. En temps normal, jamais je ne me serais conduite si sottement.

— Humph !

— Sincèrement, mon cher Emerson...

— Peu importe, ma chère Peabody. Le panache avec lequel vous foncez tête la première dans le danger est la qualité qui, d'emblée, m'a séduit chez vous. Mais que diantre, vous n'êtes pas venue seule ?

— Non, Mr. O'Connell est avec moi. Du moins l'était-il. Monsieur O'Connell ?

— Il n'y a plus de danger ? On peut sortir ? s'enquit la voix du jeune homme.

— Vous m'avez entendu : son revolver est vide, répondit Emerson.

— Le sien, oui, dit O'Connell, toujours invisible. Mais le vôtre, professeur ?

— Ne soyez pas si couard, mon vieux ! Tout péril est écarté ; j'ai simplement tiré quelques coups de feu pour tenir ces gredins à distance. Remarquez... — Emerson me sourit — ... je ne m'en serais peut-être pas sorti aussi aisément si Mrs. Emerson n'était arrivée sur ces entrefaites, déguisée en bataillon de gendarmerie. Elle a fait autant de bruit qu'une douzaine d'hommes.

— C'était bien mon but, dis-je.

— Ha ! ricana Emerson. Bon, asseyez-vous, tous les deux, et racontez-moi ce que vous avez découvert.

Lorsque nous fûmes installés sur la couverture qu'il avait étalée devant l'entrée du tombeau, j'entrepris de lui narrer les événements de la soirée. Un homme de moindre envergure qu'Emerson eût pu se récrier d'horreur au récit des épouvantables épreuves que j'avais traversées. Seulement voilà : un homme de moindre envergure qu'Emerson ne m'eût jamais permis de les affronter. Mon exposé terminé, il se borna à hocher la tête.

— Bien joué, Peabody. J'ai la conviction que c'est la bande de voleurs d'Ali Hassan qui m'a attaqué tout à l'heure. Si vous n'aviez pas vu clair dans son jeu, vous ne seriez sans doute pas arrivée ici à temps pour me porter secours.

Je crus déceler un brin d'amusement dans ses derniers mots. Je le regardai d'un œil soupçonneux, mais son visage était parfaitement sérieux, tout comme l'était sa voix quand il enchaîna :

— Quoi qu'il en soit, nous les avons mis en fuite, au moins pour cette nuit. Ce qui m'intéresse davantage, c'est Armadale. Il n'y avait aucun signe indiquant de quoi il est mort ?

— Aucun.

— Par contre, dit O'Connell, il y avait un cobra écarlate sur son front.

Je lui lançai un regard torve. J'avais bien pris soin de rabattre la mèche d'Armadale sur son front avant de laisser les autres pénétrer dans la grotte, et j'avais espéré que cet indice aurait échappé au journaliste.

— Donc, dit Emerson, nous devons envisager la possibilité qu'il ait été assassiné, même s'il n'y a aucun signe de violence visible. D'autre part, je ne puis croire que le corps ait atteint l'état que vous décrivez en moins de trois ou quatre jours. Qui, par conséquent, est responsable de l'agression contre le jeune Arthur ?

— Mrs. Berengeria, dis-je.

— Quoi ? fit Emerson d'un ton courroucé. C'était une question de pure forme, Amelia. Vous ne pouvez pas...

— Croyez-moi, je n'ai pensé à rien d'autre depuis que nous avons retrouvé Armadale. Qui avait intérêt à sa mort ? Qui, sinon cette folle qui se cramponne à sa fille comme une sangsue et qui n'est nullement disposée à la marier ? Mr. Armadale avait fait sa demande à Mary...

— Le vaurien ! s'exclama Mr. O'Connell. A-t-il eu le culot infernal de faire une chose pareille ?

— Il n'était pas le seul à avoir une grande dévotion pour miss Mary, répliquai-je. La jalousie n'est-elle pas un mobile de meurtre, monsieur O'Connell ? Iriez-vous jusqu'à commettre le péché de Caïn pour conquérir la femme de votre cœur ?

Ses yeux saillirent de leurs orbites. Au clair de lune, son visage avait la pâleur de la mort — ou de la culpabilité.

— Amelia, dit mon époux en grinçant des dents, je vous saurais gré de vous contrôler.

— J'ai à peine commencé ! protestai-je, indignée. Karl von Bork est pareillement suspect. Il aime Mary, lui aussi. N'oubliez pas que l'autre homme qui a été agressé est également un admirateur de la demoiselle. Toutefois, je considère que Mrs. Berengeria est la suspecte la plus vraisemblable. Elle est mentalement dérangée, or seule une personne déséquilibrée irait commettre un meurtre pour une raison aussi futile.

Emerson empoigna ses cheveux à deux mains et parut s'employer à les arracher par la racine.

— Amelia, vous raisonnez dans le vide !

— Attendez, professeur, murmura O'Connell d'une voix songeuse. Mrs. E. tient peut-être quelque chose. Si j'ai pu me lier d'amitié avec Mary, c'est uniquement parce que j'ai feint d'admirer sa mère. La vieille... euh... sorcière a fait fuir bon nombre de soupirants, je peux vous l'assurer.

— De là à commettre un meurtre ! se récria Emerson. Crénom, Amelia, il y a trop de lacunes dans votre théorie. La vieille... euh... sorcière n'a ni l'énergie ni la morphologie nécessaires pour sillonner les collines thébaines en assommant de jeunes hommes vigoureux.

— Peut-être a-t-elle recruté des tueurs à gages, contrai-je. Je reconnais ne pas avoir creusé cette idée dans le détail, mais j'espère en avoir bientôt l'occasion. Rien ne sert de discuter plus avant cette nuit ; nous avons besoin de repos.

— Vous dites toujours cela quand vous êtes à bout d'arguments, maugréa Emerson.

Je ne daignai pas honorer d'une réponse ce commentaire puéril.

CHAPITRE TREIZE

Dès que les premières lueurs de l'aube apparurent dans le ciel, à l'est, nous nous affairâmes. J'avais bien dormi, quoique j'eusse insisté pour prendre mon tour de garde. Emerson trépignait presque, tant il était anxieux de s'attaquer à la tombe ; toutefois, la présence du journaliste refréna son ardeur, et il concéda — non sans réticence — que nous ferions mieux de regagner la maison et de régler la dernière crise en date avant de nous mettre au travail. Nous laissâmes O'Connell en faction, avec la promesse de lui envoyer du renfort, et la dernière chose que je vis en grimpant le sentier fut sa tête rouquine embrasée par les rayons du soleil levant. Emerson avait fermé à clef la grille métallique, de façon qu'il ne fût pas tenté de s'introduire furtivement dans la tombe durant notre absence.

En dépit des tâches funèbres qui nous attendaient, je me sentis inondée de plaisir tandis que nous cheminions, main dans la main, en regardant le ciel s'éclaircir pour accueillir le soleil dans toute sa majesté. Le grand dieu Amon-Rê avait survécu à un nouveau voyage nocturne dans les périls des ténèbres, comme il l'avait déjà fait des millions de fois et continuerait de le faire longtemps après que nous, spectateurs de cette aurore, ne serions plus que poussière. De quoi inciter à l'humilité.

Telles étaient mes rêveries poétiques et philosophiques quand Emerson, selon son habitude, gâcha mon humeur en proférant une remarque grossière.

— Vous savez, Amelia, ce que vous avez dit hier soir était sacrément stupide.

— Ne jurez pas, je vous prie.

— Vous m'y contraignez. De surcroît, c'était irresponsable de votre part d'exposer vos soupçons devant l'un des principaux suspects.

— J'ai fait cela uniquement pour l'ébranler un peu. Je ne soupçonne pas Mr. O'Connell.

— Et qui a vos faveurs, ce matin ? Lady Baskerville ?

Ignorant le sarcasme, je répondis gravement :

— Je ne puis l'éliminer de la liste, Emerson. Vous semblez oublier que Lord Baskerville a été la première victime.

— Je semble oublier ? postillonna-t-il. C'est vous qui avez décrété, hier soir, que le mobile était la jalousie suscitée par miss Mary !

— J'ai présenté cela comme une hypothèse parmi d'autres. Ce que nous avons ici, Emerson, c'est une série de meurtres perpétrés en vue de camoufler le véritable mobile. Nous devons d'abord déterminer quel est le « principal assassiné », si vous me permettez d'employer cette expression.

— Je ne vois pas comment je pourrais vous en empêcher. Si choquante que soit l'expression, elle me choque moins que la théorie que vous proposez. Pensez-vous sérieusement que deux des agressions meurtrières — trois, si vous comptez Hassan — n'étaient que pur camouflage, et qu'un assassin massacre les gens au hasard afin de brouiller sa piste ?

— Qu'y a-t-il de si ridicule là-dedans ? Pour résoudre un meurtre, il faut en connaître le mobile. Les principaux suspects sont ceux qui ont le plus à gagner à la mort de la victime. En l'occurrence, nous avons quatre victimes — car je compte bien évidemment Hassan — et, par voie de conséquence, une pléthore de mobiles.

— Humph ! dit Emerson en se frottant le menton d'un air pensif. Mais Lord Baskerville a été le premier.

— Et s'il était mort dans des circonstances ordinaires, sans cette absurde histoire de malédiction, quels auraient été les principaux suspects ? Ses héritiers, bien sûr : le jeune Arthur (quand il serait venu réclamer son héritage) et Lady Baskerville. Toutefois, si je vois juste, le meurtre de Lord Baskerville n'est pas le meurtre essentiel. Ce serait trop évident. Il est plus vraisemblable que l'assassin a commis ce premier meurtre pour nous lancer sur une fausse piste, et que le principal assassiné était Armadale ou Arthur.

— Dieu nous vienne en aide si jamais vous vous lancez dans le crime ! dit Emerson avec conviction. Amelia, cette idée est tellement inepte qu'elle en acquiert une sorte de charme insensé. Elle me séduit, mais elle ne saurait me convaincre. Si je reconnais que, dans la plupart des cas, le mobile est d'une grande importance pour résoudre un crime, je ne crois pas qu'il puisse nous aider dans le cas présent. Il y a trop de mobiles. Le fait que ces événements aient débuté après la découverte d'une nouvelle tombe royale est assurément significatif. Les voleurs locaux, conduits par Ali Hassan, espéraient peut-être que la mort de Baskerville donnerait un coup d'arrêt aux travaux, le temps de leur permettre de piller la tombe. L'imam, poussé par je ne sais quelle ferveur religieuse, a peut-être décidé d'anéantir le profanateur. Vandergelt, lui, paraît avoir des vues sur la veuve de Lord Baskerville aussi bien que sur son permis de fouilles. Une enquête sur la vie privée du lord pourrait faire apparaître une demi-douzaine d'autres mobiles.

— C'est vrai. Mais comment expliquez-vous la mort d'Armadale et l'agression contre Arthur ?

— Armadale a peut-être été témoin du meurtre et a tenté de faire chanter l'assassin.

— Faiblard, dis-je en secouant la tête. Très faiblard, Emerson. Pourquoi Armadale serait-il resté caché si longtemps ?

— Peut-être ne se cachait-il pas. Peut-être était-il mort depuis le début.

— Je ne pense pas qu'il soit mort depuis plus d'un mois.

— Cela, nous le saurons seulement quand le médecin l'aura examiné. Gardons-nous de spéculer tant que nous n'avons pas les faits.

— Une fois que nous aurons les faits, nous n'aurons pas besoin de spéculer. Nous connaîtrons la vérité.

— Je me le demande, dit Emerson d'un ton morose.

II

J'avais espéré avoir le temps de prendre un bain et de me changer avant d'affronter le tumulte qui ne manquerait pas de se produire lorsque les autres apprendraient la mort d'Armadale. Quoique j'eusse l'habitude de « vivre à la dure », je n'avais pas changé de vêtements depuis presque vingt-quatre heures, ce qui montrait dans quel tourbillon d'activité j'avais été prise depuis lors. Toutefois, sitôt entrée dans la cour, je compris que cette petite satisfaction serait de nouveau différée. D'emblée, je fus frappée par le silence insolite. Les domestiques auraient dû être levés et vaquer à leurs corvées depuis longtemps. Je vis alors Mary venir vers nous en courant. Elle avait les cheveux en désordre, les yeux mouillés de larmes.

— Dieu merci, vous êtes là ! s'exclama-t-elle.

— Calmez-vous, ma chère, dis-je doucement. S'agit-il d'Arthur ? Est-il... ?

— Non, grâce au ciel, il semble plutôt aller un peu mieux. Mais tout le reste est si terrible, Amelia...

La voyant sur le point de s'effondrer, je lui dis d'un ton ferme :

— Eh bien ! mon petit, nous sommes là et vous n'avez plus de souci à vous faire. Venez dans le salon et prenons une tasse de thé pendant que vous nous conterez ce qui s'est passé.

Les lèvres tremblantes de Mary esquissèrent un vaillant sourire.

— C'est une partie du désastre. Il n'y a pas de thé, ni de petit déjeuner. Les serviteurs se sont mis en grève. L'un d'eux a découvert, voici quelques heures, le corps de ce pauvre Alan. La nouvelle s'est propagée rapidement et, quand je suis allée à la cuisine commander le petit déjeuner pour la garde-malade, j'ai trouvé Ahmed en train de faire son baluchon. J'ai cru devoir alerter Lady Baskerville, en sa qualité de maîtresse de maison, et...

— Et Lady Baskerville a aussitôt piqué une crise de nerfs, achevai-je.

— Elle a eu une vive réaction, rectifia Mary avec tact. Mr. Vandergelt est à la cuisine avec Ahmed ; il s'emploie à le persuader de rester. Karl est allé au village pour tenter d'embaucher des remplaçants...

— L'idiot ! rugit Emerson. Il n'a pas à quitter ainsi la maison sans me consulter. D'autant que son initiative se révélera futile. Amelia, voulez-vous aller... hum... persuader Ahmed de défaire son bagage ? Les autres suivront son exemple. J'avais prévu d'envoyer Karl prendre la relève de O'Connell ; à présent, je vais devoir dépêcher Feisal ou Daoud. Je vais leur parler moi-même. Commençons par le commencement.

Sur cette forte déclaration, il tourna les talons. Mary tendit vers lui une main timide :

— Professeur...

— Ne me retardez pas, mon enfant. J'ai beaucoup à faire.

— C'est que, monsieur... vos hommes aussi sont en grève.

A ces mots, Emerson s'arrêta au beau milieu d'une enjambée, le pied droit en suspens une quinzaine de centimètres au-dessus du sol. Puis il l'abaissa, très lentement, comme s'il marchait sur une plaque de verre. Ses grandes mains se crispèrent et un rictus mauvais découvrit ses dents. Mary poussa un cri étouffé et se rapprocha de moi, apeurée.

— Calmez-vous, Emerson, lui dis-je. Vous aurez une crise cardiaque, un de ces quatre matins. Nous aurions dû prévoir cela ; voici déjà plusieurs jours que le problème se serait présenté, si votre personnalité charismatique n'avait pas pesé sur les ouvriers.

La bouche d'Emerson se referma avec un claquement sec.

— Me calmer ? répéta-t-il. Me calmer ? Je ne saurais dire ce qui vous fait supposer que je ne suis pas parfaitement calme. Veuillez m'excuser un moment, mesdames. Je m'en vais parler calmement à mes hommes et leur faire observer calmement que, s'ils ne se préparent pas sur-le-champ à reprendre le travail, je les assommerai calmement, l'un après l'autre.

Sur ce, il s'éloigna d'un pas lent et majestueux. Quand je le vis ouvrir la porte de notre chambre, je me perdis en conjectures ; puis je compris qu'il empruntait l'itinéraire le plus direct, en passant par la fenêtre. Je me pris à espérer que, dans son irrésistible avancée, il n'irait pas marcher sur le chat ou piétiner mes affaires de toilette.

— Le manque total de logique de la gent masculine ne laisse pas de me stupéfier, déclarai-je. Il y a peu de danger que la tombe soit attaquée en plein jour; Emerson aurait pu attendre que nous ayons réglé les autres questions, autrement pressantes. Mais, comme d'habitude, tout me retombe sur les bras. Retournez auprès d'Arthur, ma chère. Je vous ferai porter un petit déjeuner sous peu.

— Mais comment... ? bredouilla Mary, les yeux écarquillés.

— Laissez-moi faire.

Je trouvai Mr. Vandergelt en compagnie d'Ahmed. Le cuisinier était accroupi par terre, au milieu des balluchons qui contenaient ses biens terrestres, y compris sa précieuse batterie de cuisine. Le visage empreint de sérénité, il contemplait rêveusement le plafond cependant que Vandergelt lui agitait sous le nez des poignées de dollars américains.

Lorsque je quittai la cuisine, Ahmed avait repris le travail. Je ne saurais m'en attribuer tout le mérite; en affichant une indifférence excessive vis-à-vis de l'argent, Ahmed avait trahi le fait que la vue des billets verts commençait à l'affecter. Le salaire qu'il consentit enfin à accepter était véritablement princier; je crois néanmoins, non sans fierté, que mes fervents appels à l'honneur, à la loyauté, à l'amitié, portèrent également leurs fruits.

Je repoussai avec grâce les congratulations que me prodiguait Mr. Vandergelt et lui demandai de transmettre la bonne nouvelle à Lady Baskerville. Je pus alors, enfin, me dépouiller de mes vêtements crottés. Je constatai avec soulagement que les cruches d'eau, dans la salle de bains, étaient remplies. Quoique j'eusse aimé prolonger mon immersion dans l'eau fraîche, je me hâtai autant que possible, car j'étais bien persuadée que, si la crise urgente avait été résolue, d'autres problèmes m'attendaient. J'étais à moitié habillée quand Emerson enjamba l'appui de la fenêtre ; sans même m'accorder un regard, il entra dans la salle de bains et claqua la porte.

Je compris, à sa mine sombre, que sa mission avait échoué. Quel que fût mon désir de le réconforter, je ne pouvais malheureusement m'attarder ; de toute manière, il n'était certes pas d'humeur à accepter des condoléances dans l'immédiat.

Je me rendis dans la salle à manger, où un serveur disposait sur la desserte des assiettes fumantes ; je lui ordonnai de préparer un plateau et de me suivre jusqu'à la chambre d'Arthur. A mon entrée, Mary se leva de sa chaise en poussant un cri de surprise.

— Vous avez donc convaincu les domestiques de rester ?

— Trêve de grève, répliquai-je avec esprit. Bonjour, ma sœur.

La religieuse me salua avec bienveillance. Son visage rond était frais et rose, comme si elle avait dormi pendant huit heures, et j'observai que, malgré ses vêtements épais, elle n'avait pas une goutte de transpiration sur le front. Pendant qu'elle attaquait son petit déjeuner bien mérité, j'examinai mon patient.

L'optimisme de Mary était justifié. Le jeune homme avait encore le visage creusé, les paupières étroitement closes, mais son pouls battait nettement plus fort.

— Il faut maintenant qu'il s'alimente, dis-je. Peut-être un bouillon de viande ou de légumes... Je vais demander à Ahmed de faire cuire un poulet.

Il n'y a rien de plus fortifiant qu'un bouillon de poulet.

— Le docteur a suggéré du cognac, dit Mary.

— Rien de pis. Allez vous reposer dans votre chambre, Mary. Si vous continuez ainsi, vous tomberez malade à votre tour, et que deviendrai-je alors ?

Cet argument stoppa net les objections de la jeune fille. Lorsqu'elle fut sortie, après un dernier regard sur le visage figé de son amant, je m'assis près du lit.

— Ma sœur, je dois vous parler franchement.

La nonne hocha la tête et m'adressa un grand sourire, mais ne dit mot.

— Etes-vous muette ? m'enquis-je sèchement. Répondez, je vous prie.

Le front placide de la brave femme se plissa.

— Comment ? s'enquit-elle en français.

— Doux Jésus ! soupirai-je. Vous ne parlez pas l'anglais, je suppose ? Vous nous serez d'une grande aide si Arthur se réveille et essaie de raconter ce qui lui est arrivé ! Enfin... nous devons faire de notre mieux.

Dans les termes les plus simples possible, j'entrepris d'expliquer la situation à la religieuse. Je compris, à son expression ahurie, qu'elle croyait que son malade avait été victime d'un accident ; personne n'avait parlé de tentative de meurtre. La surprise fit place à l'inquiétude sur son visage quand je fis remarquer que le meurtrier risquait de revenir achever sa tâche.

— Donc, conclus-je, vous comprenez bien, ma sœur, qu'on ne doit jamais laisser seul ce jeune homme. Soyez sur vos gardes, vous aussi. Je ne pense pas que vous soyez en danger, mais il est possible que le gredin essaie de vous droguer pour pouvoir approcher sa victime. Ne touchez qu'à la nourriture que je vous apporte de mes propres mains.

— Ah, mon Dieu! s'exclama la sœur en prenant son chapelet. Mais quelle affaire!

— Je ne saurais mieux dire. Cependant, vous n'allez pas nous abandonner?

Après un bref débat intérieur, la religieuse inclina la tête.

— Nous sommes entre les mains du Seigneur, dit-elle. Je vais prier.

— Excellente idée, mais je vous suggère également d'ouvrir l'œil. N'ayez crainte, ma sœur, je vais m'arranger pour vous avoir un garde. Vous pourrez lui faire totalement confiance.

Je me rendis aussitôt, via ma fenêtre, au bâtiment où nos hommes étaient logés. Plusieurs d'entre eux se prélassaient dans l'herbe en toute insouciance. A ma vue, ils disparurent précipitamment dans la maison. Seul resta Abdullah, adossé à un palmier, une cigarette entre les doigts.

— Je suis indigne de votre confiance, Sitt, murmura-t-il. Je vous ai manqué.

— Ce n'est pas votre faute, Abdullah, les circonstances sont exceptionnelles. Avant longtemps, je vous le promets, Emerson et moi aurons résolu cette affaire et convaincu les hommes que ces tragédies ont été causées par la malveillance humaine. Je viens maintenant vous demander une faveur. Les hommes accepteraient-ils d'aider aux tâches de la maison? Il me faut quelqu'un pour monter la garde devant la fenêtre du malade et le protéger, ainsi que la sainte femme en noir.

Abdullah m'assura que ses compagnons seraient heureux, pour soulager leur conscience coupable, de m'assister dans tous les domaines qui ne concernaient pas directement la tombe maudite. Je pus ainsi faire mon choix parmi une douzaine de volontaires. Je jetai mon dévolu sur Daoud, l'un des nombreux neveux d'Abdullah, et le présentai à la religieuse. L'esprit en paix sur ce point, je pus enfin aller prendre mon petit déjeuner.

Emerson était déjà à table, déchiquetant avec fureur ses œufs au bacon. Karl était revenu ; assis le plus loin possible de mon époux, les moustaches tombantes, il mangeait à petites bouchées timides. J'en déduisis qu'il avait eu droit à une verte semonce d'Emerson, et j'en fus navrée pour lui. Vandergelt, en éternel gentleman, se leva pour m'avancer un siège.

— La situation n'est guère brillante, dit-il. Je ne sais pas combien de temps encore nous pourrons tenir dans ces conditions. Comment va notre malade, aujourd'hui, madame Amelia ?

— Aucun changement, répondis-je en me servant une tasse de thé. Je doute qu'il retrouve un jour la parole, le malheureux. Où est Lady Baskerville ?

A peine avais-je terminé ma phrase que la dame fit une entrée majestueuse. Elle était en déshabillé, les cheveux épandus sur ses épaules. Devant mon regard stupéfait, elle eut la grâce de rougir.

— Veuillez excuser ma tenue. Atiyah, ma stupide servante, s'est enfuie et je suis trop nerveuse pour rester seule. Qu'allons-nous devenir ? La situation est désespérée.

— Nullement, répondis-je en beurrant mon toast. Asseyez-vous, Lady Baskerville, et prenez quelque chose. Vous vous sentirez mieux quand vous aurez mangé.

— Impossible !

Elle se mit à arpenter la pièce en se tordant les mains. Il ne lui manquait qu'une brassée de fleurs sauvages pour incarner une Ophélie d'âge passablement mûr. Karl et Vandergelt s'efforcèrent de la calmer. Pour finir, elle se laissa escorter jusqu'à une chaise.

— Je ne puis rien avaler, décréta-t-elle. Comment va ce pauvre Mr. Milverton... ou Lord Baskerville, devrais-je dire ? J'ai bien du mal à m'y retrouver. J'ai essayé de le voir mais Mary m'en a empêchée, avec un zèle des plus intempestifs. Elle a eu l'impudence de me dire, Radcliffe, qu'elle obéissait à vos ordres.

— Je craignais qu'une visite ne vous bouleverse, répondit froidement Emerson. Soyez assurée que tout est mis en œuvre pour le sauver. Il n'y a pas grand-chose à faire, hélas ! C'est bien votre avis, Amelia ?

— Il est à l'agonie, dis-je sans ambages. Je doute qu'il reprenne conscience.

— Encore une tragédie !

Lady Baskerville tordit ses longues mains d'albâtre, geste qui eut l'avantage d'étaler leur délicate beauté.

— Je suis à bout de forces, reprit-elle. Si pénible que me soit cette décision, Radcliffe, je dois m'incliner devant le destin. La mission est annulée. J'exige que la tombe soit refermée, aujourd'hui même.

J'en laissai choir ma cuiller.

— Vous ne pouvez pas faire une chose pareille ! D'ici une semaine, elle sera pillée par les voleurs !

— Je n'ai cure des voleurs ni des tombes ! s'écria-t-elle. Que représentent d'anciennes reliques en regard de vies humaines ? Deux hommes sont morts, un autre est à la dernière extrémité...

— Trois hommes, intervint posément Emerson. A moins que vous ne considériez pas Hassan, le veilleur, comme un être humain ? Ce n'était pas un aigle, je vous l'accorde ; toutefois, serait-il l'unique victime que je me sentirais pareillement dans l'obligation de livrer son assassin à la justice. Et j'ai bien l'intention de le faire, Lady Baskerville, tout comme j'ai l'intention de finir d'excaver la tombe.

Lady Baskerville en demeura bouche bée.

— Vous n'avez pas le droit, Radcliffe. Je vous ai engagé et je peux...

— En aucun cas, l'interrompit Emerson. Vous m'avez supplié de poursuivre les fouilles et vous avez précisé, si j'ai bonne mémoire, que votre époux avait laissé des subsides pour permettre à son successeur de mener à bien le chantier. De surcroît, j'ai le firman de Grébaut me nommant responsable de l'expédition. Oh! cela pourrait éventuellement donner lieu à une longue et complexe bataille juridique, quand tout sera dit, mais... — Une lueur malicieuse brilla dans ses yeux — ... j'apprécie les batailles, juridiques ou autres.

Lady Baskerville prit une profonde inspiration. Sa poitrine enfla dans des proportions alarmantes.

— Tudieu, Emerson, s'insurgea Vandergelt, ne parlez pas sur ce ton à votre hôtesse!

— Restez en dehors de cela, répliqua Emerson. Cette affaire ne vous concerne pas.

— Détrompez-vous. — L'Américain vint se poster auprès de Lady Baskerville. — J'ai demandé à cette dame de devenir mon épouse, et elle m'a fait l'honneur d'accepter.

— N'est-ce pas un peu rapide? observai-je en étalant de la confiture sur un autre toast (mes activités de la journée et de la nuit m'avaient ouvert l'appétit.) Lord Baskerville étant décédé depuis moins d'un mois...

— Naturellement, nous attendrons le moment opportun pour annoncer nos fiançailles, protesta Vandergelt d'un ton offusqué. Je ne vous en aurais rien dit si la situation n'avait été si périlleuse. Cette pauvre femme a besoin d'un protecteur — et Cyrus Vandergelt, U.S.A., a le privilège d'endosser ce rôle. Je pense, ma chère, que vous devriez quitter cette maison maudite et vous installer à l'hôtel.

— J'obéirai à vos moindres désirs, Cyrus, murmura la dame d'une petite voix soumise. Mais dans ce cas, venez avec moi. Je refuse de prendre la fuite, vous laissant en danger.

— Elle a raison, Vandergelt, dit Emerson. Désertez le navire qui coule.

Une expression embarrassée se peignit sur les traits irréguliers de l'Américain.

— Vous savez très bien que je n'en ferai rien. Non, monsieur ! Cyrus Vandergelt n'est pas un bluffeur.

— Mais Cyrus Vandergelt est un passionné d'archéologie, dit Emerson d'un ton railleur. Avouez-le, Vandergelt : vous ne pourrez pas vous arracher d'ici avant de savoir ce qui se trouve derrière le mur de la tombe, au bout du couloir. Qu'est-ce qui va l'emporter ? La félicité conjugale ou l'égyptologie ?

Je souris intérieurement en voyant la torturante indécision qui crispait le visage de l'Américain. Cette hésitation n'était guère flatteuse pour la future épousée (mais je dois admettre que, face à un tel dilemme, Emerson aurait sans doute hésité lui aussi).

Lady Baskerville était trop avisée pour imposer à son fiancé un sacrifice consenti à contrecœur.

— Si tel est votre souhait, Cyrus, vous devez rester, bien sûr. Pardonnez-moi, j'étais désemparée. Je vais mieux, à présent.

Elle se tamponna les yeux avec un coquet mouchoir de dentelle cependant que Vandergelt lui tapotait distraitement l'épaule. Soudain, le visage de l'Américain s'éclaira.

— J'y suis ! Au fond, le choix ne s'impose pas. Dans des moments comme celui-ci, les conventions doivent céder le pas à la nécessité. Que diriez-vous, ma chère petite, de défier le monde et de m'appartenir dès maintenant ? Nous pourrons nous marier à Louxor, et j'aurai alors le droit de rester auprès de vous jour et... enfin, à tout moment et en tous lieux.

— Oh, Cyrus ! s'exclama Lady Baskerville. C'est

tellement précipité. Je ne devrais pas... mais d'un autre côté...

— Félicitations, lui dis-je. Vous nous excuserez, j'espère, de ne pas assister à la cérémonie. Je serai occupée avec une momie à ce moment-là.

D'un seul élan, Lady Baskerville bondit de sa chaise et se jeta à mes pieds.

— Ne me jugez pas durement, madame Emerson ! Que les esprits conformistes me condamnent, soit ; mais j'avais espéré que vous seriez la première à me comprendre. Je suis si seule ! Allez-vous m'abandonner, *vous*, une sœur, à cause d'une convention aussi surannée qu'insensée ?

Prenant mes mains — toast compris — dans les siennes, elle inclina humblement la tête.

Soit cette femme était une actrice consommée, soit elle était sincèrement contristée. Il eût fallu avoir un cœur de granit pour ne pas se laisser émouvoir.

— Allons, Lady Baskerville, reprenez-vous, lui dis-je. Vous mettez de la confiture partout sur votre manche.

La réponse me parvint dans un murmure étouffé, la dame ayant enfoui sa tête dans mon giron :

— Je ne me relèverai point tant que vous n'aurez pas dit que vous comprenez et pardonnez ma décision.

— Mais oui, mais oui. Levez-vous, s'il vous plaît. Je serai votre dame d'honneur, votre pot de fleurs, je vous conduirai à l'autel, tout ce que vous voudrez, mais relevez-vous.

Vandergelt joignit ses instances aux miennes, et Lady Baskerville consentit enfin à me restituer mes mains — ainsi que mon toast en miettes. Je croisai le regard de Karl von Bork, qui observait la scène en secouant la tête, bouche bée.

— Je vous remercie, soupira Lady Baskerville. Vous êtes une véritable femme, madame Emerson.

— C'est exact, renchérit Vandergelt. Vous êtes chic, madame Amelia. Jamais je n'aurais proposé cette solution si les circonstances n'étaient tellement désespérées.

La porte s'ouvrit à la volée et, tel un tourbillon, Mrs. Berengeria fit son entrée. Aujourd'hui, elle était drapée dans un peignoir en lambeaux et ne portait pas sa perruque. Ses cheveux effilés, que je voyais pour la première fois, étaient presque uniformément blancs. Vacillante, elle parcourut la pièce de ses yeux injectés de sang.

— On laisse les gens mourir de faim, ici ! marmonna-t-elle. Serviteurs insolents... maisonnée détestable... où y a-t-il à manger ? J'exige... Ah, te voilà !

Son regard brouillé se concentra sur mon mari, qui écarta sa chaise de la table et se redressa, prêt à battre en retraite.

— Te voilà, Touth... Touthmôsis, mon amant !

Elle se rua vers lui, trébucha et s'affala tête — ou plutôt, bedaine la première sur la chaise d'Emerson, que celui-ci avait prestement désertée. Même moi, pourtant endurcie, je me sentis contrainte de détourner les yeux de l'affligeant spectacle ainsi offert.

— Mes aïeux ! dit Emerson.

Berengeria glissa par terre, roula sur le dos et se mit sur son séant.

— Où est-il ? gronda-t-elle en louchant sur le pied de la table. Où est-il parti ? Touthmôsis, mon époux et amant...

— Je suppose que sa servante s'est enfuie avec les autres domestiques, dis-je d'un ton résigné. Nous ferions mieux de la ramener dans sa chambre. Où diantre s'est-elle procuré du cognac à cette heure matinale ?

C'était une question de pure forme, et nul ne tenta d'y répondre. Non sans difficulté, Karl et

Vandergelt, avec mon aide, hissèrent la dame en position verticale et l'évacuèrent de la pièce. J'envoyai Karl à la recherche de la servante disparue, ou d'un ersatz raisonnable, puis je regagnai la salle à manger. Lady Baskerville était partie; Emerson buvait tranquillement son thé en prenant des notes sur un carnet.

— Asseyez-vous, Peabody, dit-il. Il est temps de tenir un conseil de guerre.

— Auriez-vous réussi à convaincre les hommes de reprendre le travail? Vous me semblez beaucoup plus joyeux que tout à l'heure, et je ne pense pas que l'admiration de Mrs. Berengeria à votre endroit soit la cause de cette belle humeur.

Emerson ignora la pointe.

— Non, dit-il, je n'ai pas réussi, mais j'ai élaboré un plan qui pourrait bien avoir l'effet désiré. Je dois me rendre à Louxor. Je vous demanderais volontiers de m'accompagner, mais je n'ose laisser la maison sans qu'au moins l'un de nous deux soit présent. Je ne puis me fier à personne d'autre que vous. Amelia, ne laissez surtout pas le jeune Baskerville sans surveillance.

Je lui fis part de l'initiative que j'avais prise, et il en parut satisfait.

— Excellent! Daoud est un homme de confiance. Néanmoins, je compte sur vous pour veiller également au grain. Votre description de l'état désespéré du malade était destinée à brouiller les pistes, j'espère?

— Précisément. En réalité, il semble reprendre des forces.

— Excellent! répéta Emerson. Soyez sur le qui-vive, Peabody. Ne vous fiez à personne. Je crois connaître l'identité de l'assassin, mais...

— Quoi? m'écriai-je. Vous savez...

Emerson plaqua l'une de ses grandes mains sur ma bouche.

— J'en ferai l'annonce moi-même, en temps opportun, gronda-t-il.

Je détachai ses doigts de mes lèvres.

— Inutile de me bâillonner, dis-je. J'ai seulement été surprise par votre déclaration, vous qui avez constamment affirmé ne pas vous intéresser à l'affaire. A vrai dire, j'ai découvert, moi aussi, l'identité de la personne en question.

— Ah, vraiment ?

— Oui, vraiment.

Nous nous mesurâmes du regard.

— Auriez-vous l'obligeance de m'éclairer ? dit-il enfin.

— Non. Je crois connaître la vérité ; mais si jamais je me trompe, vous m'en rebattrez les oreilles jusqu'à la fin de mes jours. En revanche, si *vous* voulez m'éclairer...

— Non.

— Ah ! Vous n'êtes pas sûr, vous non plus.

— Je l'ai dit.

De nouveau, nous échangeâmes des regards circonspects.

— Vous n'avez aucune preuve, dis-je.

— C'est là que réside la difficulté. Et vous... ?

— Pas encore. J'ai l'espoir d'en obtenir.

— Humph ! Peabody, je vous implore de ne rien entreprendre d'inconsidéré en mon absence. Si vous consentiez à vous confier à moi...

— Sincèrement, Emerson, je le ferais si cela pouvait se révéler utile. Pour le moment, mes soupçons sont fondés sur une simple intuition, or je sais en quel mépris vous tenez ce genre de choses. Vous m'avez moquée assez souvent pour cela. Dès que j'aurai une preuve concrète, promis, je vous le dirai.

— Fort bien.

— Vous pourriez me rendre la politesse.

— Ecoutez, voici ce que nous allons faire. Ecrivons chacun sur un papier le nom de la personne que nous soupçonnons et mettons-le dans une enveloppe cachetée. Quand cette affaire sera terminée, le survivant — s'il y en a un — verra ainsi qui avait raison.

Je jugeai cette tentative d'humour tout à fait déplacée, et je le signifiai à Emerson. Nous suivîmes cependant sa suggestion et plaçâmes les enveloppes scellées dans le tiroir de notre table.

Cela fait, Emerson partit. J'avais espéré disposer d'un moment à moi, afin de jeter quelques notes sur le papier et de réfléchir aux moyens d'obtenir la preuve dont j'avais parlé. Las ! le temps de la réflexion ne me fut point accordé, car les tâches se succédèrent sans interruption. Après avoir expédié Karl dans la Vallée pour relever Mr. O'Connell, je m'entretins avec le Dr Dubois, qui était venu visiter Arthur. Lorsque je lui fis part de mon idée d'un bouillon de poulet pour fortifier le malade, il eut une réaction positivement grossière.

Je conduisis ensuite le médecin à la cabane où reposait le corps d'Armadale. Je constatai avec plaisir qu'on avait tenté de conférer un semblant de dignité à cette « chapelle ardente » improvisée. Le corps du malheureux était décemment enveloppé dans un drap blanc et, sur sa poitrine, était posé un petit bouquet de fleurs. Sans doute Mary était-elle à l'origine de ces dispositions ; je déplorai de n'avoir pas été là pour la soutenir dans sa pénible tâche.

Dubois ne fut pas du moindre secours. Après un examen superficiel à l'extrême, il parvint à la conclusion qu'Armadale était mort d'insolation — hypothèse parfaitement ridicule, comme je ne manquai pas de le lui faire remarquer. Il se montra encore plus vague sur la date du décès. Les conditions atmosphériques qui prévalaient dans la grotte, où Armadale avait été retrouvé, étaient celles-là même qui produisaient tant de momies en excellent état, de sorte que la dessiccation — plus que la décomposition — avait affecté le cadavre. Dubois estima que la mort remontait au minimum à deux jours et au maximum à deux semaines.

La visite terminée, je me consacrai aux besoins des vivants. Pour commencer, je commandai à Ahmed le bouillon de poulet ; puis je regagnai ma chambre à la hâte pour accomplir une tâche trop longtemps ajournée. Seuls les troublants incidents qui s'étaient succédé, requérant toute mon attention, m'avaient fait négliger ce devoir pressant. Du moins ce retard me permettait-il d'envoyer à la mère d'Arthur Baskerville des nouvelles plus encourageantes. Tandis que je m'efforçais de rédiger une missive à la fois péremptoire et apaisante, je m'avisai que je ne connaissais ni le nom complet ni l'adresse de Mrs. Baskerville. Après réflexion, je décidai d'expédier la lettre aux autorités de Nairobi ; avec toute la publicité qui entourait la mort de Lord Baskerville, ils seraient certainement en mesure de localiser la veuve de son frère.

A peine avais-je terminé ma missive que Lady Baskerville me convoqua au salon pour l'aider à expliquer à la police comment le corps d'Armadale avait été retrouvé. Après moult tracasseries bureaucratiques, les documents officiels furent enfin remplis. Armadale n'avait pas de famille, hormis des cousins éloignés qui vivaient en Australie. On décida qu'il serait enterré dans le petit cimetière européen de Louxor, tout retard en la matière étant à la fois inutile et malsain. Voyant que Lady Baskerville menaçait de retomber dans les sanglots et les soupirs, je lui promis de prendre toutes les dispositions nécessaires.

Lorsqu'Emerson revint, en milieu d'après-midi, j'avoue que ma constitution de fer commençait à donner des signes de faiblesse — car, dans l'intervalle, en sus des tâches que j'ai énumérées plus haut, j'étais allée voir le malade pour lui faire avaler de force un peu de bouillon, j'avais interrogé Mr. O'Connell à son retour de la Vallée et pansé sa main blessée, et j'avais eu droit à une acrimonieuse dispute avec Mrs. Berengeria à la table du déjeuner. A l'instar de bien des ivrognes, elle avait d'étonnantes facultés de récupération ; quelques heures de repos l'avaient complètement remise sur pied et, quand elle fit irruption dans la salle à manger, elle portait à nouveau son effroyable costume. Le parfum entêtant dont elle s'était aspergée ne masquait pas totalement les preuves olfactives de son manque d'intérêt pour les règles les plus élémentaires de l'hygiène corporelle. Ayant appris la mort d'Armadale, elle se lança dans d'épouvantables prédictions de désastres à venir, s'interrompant par instants afin de mastiquer les aliments qu'elle enfournait dans sa bouche. Lady Baskerville quitta précipitamment la table, ce que j'aurais mauvaise grâce à lui reprocher. Vandergelt l'imita, mais je me sentis tenue de rester jusqu'à ce que Berengeria, à force de se gaver, eût sombré dans un état de semi-hébétude. Lorsque je la priai de regagner sa chambre, cela eut pour effet de la ranimer et de provoquer la fameuse dispute, au cours de laquelle elle proféra un certain nombre de remarques personnelles injustifiées et affirma son intention de reconquérir son amant réincarné, Touthmôsis-Ramsès-Amenhotep le Magnifique-Setnakhte.

Quand Emerson entra dans notre chambre (par la fenêtre), il me trouva allongée sur le lit, la chatte à mes pieds. Il accourut à mon chevet, laissant choir la brassée de documents qu'il portait.

— Peabody, ma chère petite !

— Tout est en ordre, lui assurai-je. Je suis un peu fatiguée, c'est tout.

Emerson s'assit près de moi et essuya son front moite de sueur.

— Vous ne pouvez me reprocher d'être alarmé, mon amour. Je ne me rappelle pas vous avoir jamais vue au lit dans la journée — du moins, pas pour vous reposer. Quelle est la cause de cette lassitude inhabituelle ? La police est-elle venue ?

Je lui fis un résumé succinct, ordonné, des événements de la journée.

— Quels pénibles moments vous avez dû vivre ! dit-il. Ma pauvre amie, je regrette tant de n'avoir pu être avec vous...

— Allons donc ! Vous ne regrettez rien du tout. Vous êtes soulagé d'avoir manqué toutes ces calamités, surtout Mrs. Berengeria.

Emerson eut un sourire penaud.

— Je confesse que cette créature a le don de me faire sortir de mes gonds — presque autant que vous, mon amour.

— Elle est chaque jour plus épouvantable, Emerson. Les voies de la Providence sont impénétrables, certes ; loin de moi la pensée de contester ses décrets. Toutefois, je ne puis m'empêcher de me demander pourquoi Mrs. Berengeria peut prospérer en toute impunité alors que d'aimables jeunes hommes comme Alan Armadale sont cruellement foudroyés. Ce serait un acte de pure générosité que de la rayer de ce monde.

— Allons, Amelia, calmez-vous. J'ai là de quoi vous faire retrouver votre équanimité : le premier courrier en provenance d'Angleterre.

Feuilletant les enveloppes, je tombai sur une écriture familière. Je ne saurais nier qu'un sentiment longtemps réprimé — par stricte nécessité — s'insinua en moi.

— Une lettre de Ramsès ! Pourquoi ne l'avez-vous point ouverte ? Elle nous est adressée à tous les deux.

— Je préférais que nous la lisions ensemble.

Emerson s'allongea en travers du lit, les mains sous la nuque, et je décachetai l'enveloppe.

Ramsès avait appris à écrire dès l'âge de trois ans, dédaignant l'art rudimentaire des lettres « en bâtons ». Son écriture, quoique mal formée, proclamait les traits essentiels de son caractère ; elle était grande et étalée, avec des signes de ponctuation affirmés. Il prisait l'encre très noire et les plumes à pointe large.

— « *Chers papa et maman* », lus-je. « *Vous me manquez beaucoup.* »

Emerson émit un son étranglé et détourna la tête.

— Ne cédez pas encore à l'émotion, dis-je en parcourant les lignes suivantes. Attendez de savoir pourquoi nous lui manquons. « *Nounou est très cruelle et ne veut pas me donner des bonbons. Tante Evelyn voudrait bien, mais elle a peur de Nounou. Donc, je ne suis pas allé dans une confiserie depuis que vous êtes partis et je trouve que vous avez été cruels et messants* (je reproduis telle quelle l'orthographe de Ramsès) *de me laisser. Oncle Walter m'a donné la fessée hier...* »

Emerson se redressa vivement. La chatte, indisposée par ce mouvement brusque, laissa échapper un feulement de protestation.

— Quoi ? Le misérable ! Comment ose-t-il lever la main sur Ramsès ? Jamais je ne l'aurais cru capable de cela !

— Moi non plus, dis-je avec satisfaction. Veuillez me laisser poursuivre, Emerson. « *Oncle Walter m'a donné la fessée hier, simplement parce que j'ai arraché des pages de son dixonère. J'avais besoin de m'en servir. Il tape vraiment très fort. Je n'arracherai plus des pages de son dixonère. Après, il m'a montré comment écrire « Je vous aime, maman et papa » en hiéroglyphes. Voilà ce que ça fait. Votre fils, Ramsès.* »

Emerson et moi contemplâmes ensemble la ligne irrégulière de pictogrammes. Les signes se brouillèrent quelque peu devant mes yeux ; cependant, comme toujours quand il s'agissait de Ramsès, un mélange d'irritation et d'amusement tempéra ma sentimentalité.

— C'est typique de Ramsès, dis-je en souriant. Il ne sait pas orthographier « dictionnaire » et « méchant », mais il écrit « hiéroglyphes » sans une faute.

— Je crains fort que nous n'ayons engendré un monstre, convint Emerson en riant.

Il se mit à chatouiller Bastet sous le menton. La chatte, contrariée d'être ainsi réveillée, lui saisit la main et la mordilla avec application.

— Ce qu'il faut à Ramsès, dis-je, c'est de la discipline.

— Ou un adversaire à sa mesure.

Libérant sa main des crocs et des griffes de la chatte, il examina l'animal d'un air songeur.

— Amelia, je viens d'avoir une inspiration.

Je ne lui demandai point de précisions. Je préférais ne pas savoir. J'entrepris de dépouiller le reste du courrier, qui comprenait une longue lettre affectueuse d'Evelyn me rassurant sur la santé et le bonheur de Ramsès. En bonne tante qu'elle était, elle ne mentionnait même pas l'incident du dictionnaire. Emerson ouvrit ses lettres personnelles. Au bout d'un moment, il soumit deux documents à mon inspection. L'un était un télégramme de Grébaut, annulant le permis de fouilles d'Emerson et lui intimant de réengager les gardes qu'il avait congédiés. Lorsque j'eus parcouru la dépêche, Emerson la chiffonna et la jeta par la fenêtre.

Le second document était une coupure de journal envoyée par Mr. Wilbour. L'article, sous la signature de Kevin O'Connell, décrivait avec force détails non seulement la dégringolade du journaliste dans l'escalier de l'hôtel *Shepheard,* mais aussi l'épisode du couteau dans la penderie. L'informateur de Mr. O'Connell l'avait toutefois mal renseigné : le couteau, présenté comme « un poignard incrusté de pierreries, digne d'être porté par un pharaon », était censé avoir été trouvé planté au centre de la table de chevet.

— Attendez que je mette la main sur ce chenapan ! maugréai-je.

— Au moins, il n'a pas manqué à sa parole, dit Emerson avec une surprenante indulgence. Cet article a été rédigé voici plusieurs jours, avant que nous ayons conclu notre accord. Souhaitez-vous modifier le nom que vous avez mis dans votre enveloppe, Amelia ?

Il me fallut un moment pour comprendre de quoi il parlait. Je répondis alors :

— Certainement pas. Et vous-même ?

— Mon opinion est inchangée.

Un grondement sourd de Bastet nous avertit que quelqu'un approchait. Un instant plus tard, on frappa un coup à la porte. J'allai ouvrir et fis entrer Daoud.

— La sainte femme vous demande de venir, dit-il. Le malade est réveillé et parle.

Emerson brandit son poing devant le visage de l'homme éberlué.

— Crénom, Daoud, parlez moins fort ! Personne ne doit être au courant. A présent, regagnez votre poste et tenez votre langue.

Daoud obtempéra tandis que nous gagnions, en toute hâte, la chambre d'Arthur.

La religieuse était penchée sur le lit, de même que Mary. En dépit de la faiblesse du blessé, les deux femmes devaient unir leurs forces pour l'empêcher de s'asseoir.

— Qu'il ne bouge pas la tête ! m'écriai-je, alarmée.

Emerson s'approcha du lit. De ses grandes mains tannées, à la fois si fortes et si douces, il immobilisa la tête d'Arthur, qui, aussitôt, cessa de se débattre et ouvrit les paupières.

— Il est réveillé ! s'extasia Mary. Me reconnaissez-vous, monsieur... je veux dire, Lord Baskerville ?

Mais les yeux bleus, hébétés, gardèrent un regard absent. S'ils se fixèrent, ce fut sur quelque objet en suspens dans l'espace, invisible pour nous autres.

J'ai toujours soutenu que les différents stades de la semi-conscience, y compris le coma profond, n'impliquaient pas nécessairement l'arrêt total des sensations. Les fonctions de communication sont interrompues, certes, mais qui peut affirmer que le cerveau cesse d'enregistrer ou que l'ouïe est hors d'usage ? Forte de cette conviction, je m'assis près du lit et approchai ma bouche de l'oreille du blessé.

— Arthur, c'est Amelia Emerson qui vous parle. Vous avez été assommé par un agresseur encore inconnu. N'ayez crainte, je veille sur vous. Si seulement vous pouviez répondre à une ou deux questions...

— Comment diantre voulez-vous qu'il le puisse ? protesta Emerson dans ce rugissement étouffé qui, chez lui, passe pour un murmure. Le pauvre garçon a déjà fort à faire pour respirer. Ne l'écoutez pas, Milverton... euh... Baskerville.

Arthur ne prêta aucune attention à nos déclarations respectives. Il continua de fixer le vide avec fascination.

— Il paraît plus calme, dis-je en français à la religieuse. Cependant, je redoute un nouvel accès d'agitation ; pensez-vous que nous devions l'attacher au lit ?

La sœur répondit que le Dr Dubois, ayant prévu la possibilité d'un réveil surexcité, lui avait donné un médicament à administrer si le cas se présentait.

— J'ai été prise au dépourvu, conclut-elle d'un air d'excuse. C'est arrivé si subitement... Mais ne craignez rien, madame, je peux m'occuper de lui.

Mary s'était effondrée sur une chaise, pâle comme... j'allais écrire : « comme un linge », ou « comme la mort », ou quelque autre de ces métaphores communément employées. Cependant, pour être strictement exacte, je dois préciser qu'une carnation aussi brune que la sienne ne saurait virer au blanc pur. Sa lividité évoquait plutôt la teinte délicate d'un café bien allongé de lait — trois quarts de lait pour un quart de café, disons.

Soudain, nous nous pétrifiâmes en entendant une voix étrange. C'était celle du jeune Arthur ; mais, si je la reconnus, ce fut uniquement parce qu'elle ne pouvait appartenir à personne d'autre. Ces intonations suaves, monocordes, ne rappelaient en rien sa manière habituelle de parler.

— La belle est venue... Belle aux mains douces, au visage ravissant. Au son de sa voix l'on se réjouit...

— Saperlotte ! s'exclama Emerson.

— Chut ! fis-je.

— Dame de joie, la bien-aimée... Elle porte les deux sistres dans ses mains adorables...

J'attendis la suite, retenant mon souffle au point d'en avoir la poitrine douloureuse, mais Arthur Baskerville ne parla pas davantage ce jour-là. Ses paupières tavelées se refermèrent sur ses yeux fixes.

— Il va dormir, à présent, dit la nonne. Je vous fais mes compliments, madame. Ce jeune homme survivra, je crois.

Son calme me parut surhumain, jusqu'au moment où je m'avisai qu'elle était la seule d'entre nous à n'avoir pas compris un traître mot. Pour elle, le malade avait tout bonnement bredouillé, dans son délire, des syllabes dépourvues de signification.

La réaction de Mary penchait davantage vers la perplexité que vers la stupéfaction incrédule qui nous avait saisis, Emerson et moi.

— De quoi parlait-il ? demanda-t-elle.

— Allez savoir ! gémit Emerson.

— Il extravaguait, dis-je. Mary, une fois encore, je vais vous prier de regagner votre chambre. Il est ridicule que vous restiez ici des heures et des heures. C'est touchant, mais ridicule. Allez faire un somme, ou vous promener, ou bavarder avec la chatte.

— J'appuie cette motion, dit Emerson. Reposez-vous, miss Mary ; j'aurai sans doute besoin de vous plus tard.

Après avoir escorté la jeune fille jusqu'à sa chambre, nous nous regardâmes avec la même expression de stupeur.

— Vous avez entendu comme moi, Peabody, dit Emerson. Du moins, je l'espère ; sinon, j'ai été victime d'une hallucination auditive.

— J'ai bel et bien entendu. Il s'agissait des titres de la reine Néfertiti, n'est-ce pas ?

— En effet.

— Des phrases si tendres... Je suis persuadée, Emerson, que c'étaient les compliments que Khuenaten — Akhenaton, pardonnez-moi — adressait à son épouse adorée.

— Amelia, vous avez un talent absolument sans égal pour vous écarter du sujet. Comment diantre ce jeune homme ignare connaissait-il ces mots ? Il nous a déclaré lui-même qu'il n'avait aucune notion d'égyptologie.

— Il doit y avoir une explication logique.

— C'est bien évident. Toutefois... il faisait un peu penser à Mrs. Berengeria en proie à l'une de ses crises, vous ne trouvez pas ? A la différence près que ses divagations à lui étaient beaucoup plus exactes que celles de cette femme.

— Sapristi, m'exclamai-je, il a dû entendre ces titres dans la bouche de Lord Baskerville ou d'Armadale, à un moment ou à un autre ! On dit que le cerveau endormi retient tout, bien qu'il n'en garde aucun souvenir à l'état de veille.

— Qui dit cela ?

— J'ai oublié. Je l'ai lu quelque part ; c'est une toute nouvelle théorie médicale. Si extravagant que cela paraisse, c'est moins insensé que...

— Très juste, convint Emerson. Ces considérations mises à part, Peabody, avez-vous songé que les divagations de ce jeune homme avaient peut-être un lien avec l'identité du meurtrier de Lord Baskerville ?

— Cet aspect de la question ne m'avait point échappé, vous pensez bien.

Emerson partit d'un rire tonitruant et m'enlaça dans ses bras.

— Vous êtes indestructible, Peabody ! Dieu soit loué pour votre force de caractère. Je ne sais ce que je deviendrais sans vous, car je me fais l'effet d'un antique aurige s'efforçant de contrôler une demi-douzaine de fougueux coursiers. A présent, il me faut repartir.

— Où donc ?

— Oh, çà et là. J'organise une petite représentation théâtrale, ma chère... une authentique *fantasia* égyptienne. Elle aura lieu ce soir même.

— Voyez-moi cela ! Et où doit-il se tenir, ce spectacle ?

— A la tombe.

— Que désirez-vous que je fasse ? C'est une simple question ; je ne vous promets rien.

Emerson se frotta les mains en gloussant.

— Je me fie à vous, Peabody. Faites part de mes intentions à Lady Baskerville et à Vandergelt. S'ils souhaitent passer la nuit à l'hôtel, libre à eux, mais pas avant que mon spectacle ne soit terminé. Je veux que tout le monde y assiste.

— Y compris Mrs. Berengeria ?

— Humph ! A la réflexion, oui. Elle pourrait bien apporter un certain *je ne sais quoi.*

L'appréhension me saisit : quand Emerson se met à parler français, c'est qu'il mijote quelque chose.

— Vous mijotez quelque chose, lui dis-je.

— De fait.

— Et vous espérez que je me soumette docilement...

— De votre vie, jamais vous ne vous êtes soumise docilement à quoi que ce soit ! Vous collaborerez avec moi — tout comme je le ferais avec vous — parce que nous ne faisons qu'un. Nous nous connaissons par cœur. Vous devinez, j'en suis sûr, quel est mon plan.

— En effet.

— Et vous m'aiderez ?

— Oui.

— Je n'ai pas besoin de vous dire que faire.

— Je... Non.

— Dans ce cas, à bientôt, Peabody chérie.

Il m'étreignit avec tant de ferveur que je dus m'asseoir sur un banc, le temps de reprendre mon souffle.

En réalité, je n'avais pas la plus petite idée de ce qu'il préparait.

Lorsqu'il atteint ces sommets d'intensité émotionnelle, Emerson peut balayer tous les obstacles. Subjuguée par ses yeux ardents et sa voix fervente, j'aurais consenti à n'importe quoi, jusques et y compris l'auto-immolation. (Je ne lui ai jamais montré qu'il avait cet effet-là sur moi, naturellement ; ce serait néfaste pour son caractère.) Après son départ, je fus en mesure de réfléchir plus calmement — et, bientôt, un embryon d'idée se fit jour dans mon esprit.

Les hommes, pour la plupart, sont raisonnablement utiles en cas de crise. La difficulté réside dans le fait de les convaincre que la situation a atteint un point critique. De par sa supériorité sur les autres représentants de son sexe, Emerson était plus efficace qu'eux — mais, aussi, plus difficile à convaincre. Il avait fini par admettre qu'un assassin courait en liberté ; il avait concédé que la responsabilité de démasquer le scélérat nous incombait.

Mais quelle était, au fond, la principale préoccupation d'Emerson ? La tombe, bien sûr ! Permettez-moi d'être franche. Emerson expédierait joyeusement le globe tout entier et ses habitants (à quelques rares exceptions près) au fin fond des enfers pour préserver de l'extinction un poussiéreux fragment d'histoire. Par conséquent, ses activités de ce soir avaient certainement pour but d'atteindre son désir le plus cher : la reprise des travaux dans la tombe.

Je suis persuadée, cher lecteur, que vous pourrez suivre mon raisonnement jusqu'à sa conclusion logique. Rappelez-vous le goût d'Emerson pour la comédie ; gardez à l'esprit le regrettable penchant de l'espèce humaine pour la superstition la plus crasse ; faites preuve d'imagination... et je ne doute point que vous attendrez avec autant d'impatience que moi la *fantasia* d'Emerson.

CHAPITRE QUATORZE

La lune était levée lorsque nous partîmes pour la Vallée. Bien qu'elle commençât à décroître, elle dispensait une lumière suffisante pour argenter la plaine et projeter des ombres noires sur la route.

J'eusse préféré mener notre caravane par le sentier de la falaise, derrière Deir el-Bahari, mais une telle promenade eût été au-delà des forces de Lady Baskerville ; Mrs. Berengeria, de son côté, était incapable de se mouvoir seule. Par conséquent, je me résignai à une longue et cahotique randonnée. De toutes les dames présentes, j'étais la seule à porter une toilette appropriée. Dans mon incapacité à prévoir les conséquences du spectacle d'Emerson, j'avais jugé préférable de parer à toute éventualité ; je portais donc ma tenue de travail complète, avec couteau, revolver et ombrelle. Mrs. Berengeria était affublée de son costume égyptien mangé des mites ; Lady Baskerville était une apparition parée de dentelle noire et de bijoux de jais ; Mary, quant à elle, portait l'une de ses misérables robes du soir. La pauvre enfant ne possédait pas un seul vêtement qui eût moins de deux ans. Serait-elle offensée si je lui offrais la plus belle robe qui se pût trouver à Louxor ? Cela exigerait du tact, bien entendu.

Je ne pensai pas qu'Arthur courût le moindre

danger ce soir, puisque tous les suspects seraient sous mon regard vigilant ; toutefois, j'avais pris la précaution de demander à Daoud de rester en faction devant la fenêtre, avec son cousin Mohammed à la porte. Ils furent dépités de manquer la *fantasia*, mais je leur promis de les dédommager de leur peine. Je leur confiai également la véritable identité d'Arthur. J'étais bien certaine qu'ils étaient déjà au courant, ce genre de nouvelles ayant l'art de se propager, mais ils apprécièrent d'être mis dans le secret. Comme le fit observer Daoud, en hochant la tête avec componction : « Oui, s'il est riche, ce n'est pas surprenant qu'on veuille le tuer. »

Il me fut plus facile de m'arranger avec mes fidèles hommes que de persuader les autres de souscrire à mon plan. Au début, Lady Baskerville refusa de se joindre à notre groupe ; il fallut tout mon pouvoir de persuasion, et celui de Mr. Vandergelt, pour la convaincre. L'Américain, extrêmement intrigué, ne cessa de me « casser les pieds » (pour reprendre son expression) afin que je lui donne une idée de ce qui allait se produire. Je ne cédai point à ses importunités, désireuse de préserver une atmosphère de mystère et de suspense (et aussi parce que j'étais moi-même dans le brouillard).

Sachant qu'Emerson apprécierait les petites touches dramatiques que je pourrais ajouter, j'avais installé en tête de la procession plusieurs de nos hommes, montés sur des ânes et munis de torches allumées. Les craintes superstitieuses qu'ils auraient pu nourrir étaient balayées par la curiosité, car Emerson leur avait promis des prodiges et des révélations. Je soupçonnais Abdullah de connaître peu ou prou les plans de mon mari mais, quand je lui posai la question, il se borna à sourire et refusa de répondre.

Tandis que les attelages avançaient le long de la route déserte, le paysage environnant envoûta nos cœurs; et quand nous tournâmes dans l'étroit défilé débouchant sur la Vallée, je me fis l'effet d'une intruse empruntant sans vergogne des chemins écartés qui, de droit, appartenaient à la cohorte des fantômes du passé.

Un grand feu flambait devant l'entrée de la tombe. Quand Emerson s'avança pour nous accueillir, je fus partagée entre l'hilarité et la stupeur. Il portait une robe longue, ample, de couleur cramoisie, et un singulier couvre-chef orné d'un pompon. Les épaules de la robe étaient ornées de fourrure; c'était la première fois que je voyais cette tenue particulière, mais je connaissais suffisamment le monde universitaire pour deviner qu'il s'agissait là d'une toge de docteur en philosophie, venant sans doute de quelque obscure université européenne. Elle avait manifestement été taillée pour une personne beaucoup plus grande qu'Emerson car, alors même qu'il tendait les bras pour m'aider à descendre de la voiture, les manches lui recouvraient les mains. Sans doute avait-il acheté cette étonnante création dans l'une des boutiques d'antiquités de Louxor, où l'on peut trouver les choses les plus diverses. Bien que cette tenue fût davantage de nature, dans mon cas, à susciter le rire que la déférence, Emerson affichait une expression satisfaite montrant qu'il était extrêmement content de sa trouvaille. Remontant sa manche, il me prit par la main et me conduisit à l'une des chaises qui étaient disposées en demicercle autour du feu. Une marée de visages bruns, enturbannés, nous environnait de tous côtés. Parmi les Gournaouis, je repérai deux personnages familiers. L'un était l'imam; l'autre était Ali Hassan, qui avait eu le front de prendre place au premier rang des spectateurs.

Les autres s'installèrent. Nul ne parla, mais je vis les lèvres de Vandergelt tressaillir de manière louche tandis qu'il regardait Emerson s'affairer dans sa robe à traîne. J'avais craint que Mrs. Berengeria ne pût résister à la tentation de se donner en spectacle, mais elle s'assit en silence et croisa les bras sur son ample poitrine, tel un pharaon tenant son double sceptre. Les flammes commençaient à mourir et, dans l'obscurité croissante, l'accoutrement bizarre qu'elle portait se révélait bien plus évocateur qu'il ne l'avait été dans le hall de l'hôtel brillamment éclairé. Comme j'examinais sa physionomie sombre, dénuée de séduction, mon malaise revint à la charge. N'avais-je pas sous-estimé cette femme ?

D'un « hum ! » sonore, Emerson capta notre attention. Le cœur gonflé d'une affectueuse fierté, je le contemplai, les mains plongées dans ses manches flottantes à la manière d'un mandarin chinois, sa toque ridicule perchée au sommet de son épaisse chevelure noire. Par sa prestance impressionnante, il parvenait même à conférer de la dignité à ses grotesques atours. Quand il prit la parole, personne ne fut le moins du monde tenté de glousser.

Il parla en anglais et en arabe, traduisant phrase par phrase. Loin d'impatienter son public, cette lenteur calculée s'avéra d'une grande efficacité sur le plan théâtral. Il vilipenda la couardise des hommes de Gourna et loua le courage et l'intelligence de ses propres hommes, glissant avec tact sur leur récente défaillance.

Soudain, sa voix enfla en un cri qui fit sursauter son auditoire :

— Je ne tolérerai pas ceci plus longtemps ! Je suis le Maître des Imprécations, celui qui va là où les autres craignent d'aller, celui qui combat les démons ! Vous me connaissez, vous connaissez mon nom ! Ce que je dis est-il vrai ?

Il marqua une pause. Un murmure étouffé

répondit à cet étrange alliage de formules antiques et de fanfaronnades en arabe moderne.

— Je connais le fond de vos cœurs ! poursuivit Emerson. Je connais les méchants parmi vous ! Pensiez-vous pouvoir échapper à la vengeance du Maître des Imprécations ? Non ! Mon œil voit au plus noir de la nuit, mon oreille entend les mots que vous pensez sans les prononcer !

Il se déplaça rapidement d'avant en arrière, agitant les bras en des gestes mystiques. Chaque fois que ses pas le rapprochaient de la foule médusée, les spectateurs des premiers rangs tressaillaient. Soudain, il s'immobilisa. Il tendit un bras, pointa un index rigide, vibrant. Une force presque visible émanait de ce doigt tendu ; les observateurs, frappés de crainte, reculèrent devant lui. Alors Emerson bondit en avant et plongea dans la foule. Les djellabas bleues et blanches ondulèrent comme des vagues. Lorsqu'Emerson émergea de la marée humaine, il traînait un homme à sa remorque — un homme dont l'œil unique brillait férocement à la lueur du feu.

— Le voici ! beugla Emerson. Mon œil qui voit tout l'a repéré, là où il était peureusement tapi !

Les falaises environnantes renvoyèrent à tous les échos ses paroles tonitruantes. Il se tourna alors vers l'homme qu'il tenait à la gorge :

— Habib ibn Mohammed, tu as tenté par trois fois de me tuer. Chacal, assassin d'enfants, mangeur d'ossements humains... quelle folie s'est emparée de toi, que tu aies osé attenter à ma vie ?

Je doute que Habib, eût-il été en mesure de parler, ait pu fournir une réponse d'une éloquence aussi flamboyante que la question. Se tournant de nouveau vers le cercle de visages captivés, Emerson cria :

— Frères ! Quelle punition prévoit le Coran, la parole du Prophète, pour un meurtrier ?

La réponse se répercuta dans un bruit de tonnerre :

— La mort !

— Emmenez-le, dit Emerson en jetant Habib dans les bras tendus de Feisal.

Un soupir de pur ravissement s'échappa d'une centaine de gorges. Personne, mieux qu'un Arabe, ne sait apprécier un bon spectacle théâtral. A Louxor, quelques années auparavant, un public d'hommes avait assisté, subjugué, à une représentation de *Roméo et Juliette* — en anglais. Cette *fantasia* était bien plus divertissante. Sans laisser le temps aux spectateurs de se tourner vers leurs amis pour se lancer dans une critique animée du show, Emerson reprit la parole.

— Habib n'était pas le seul scélérat parmi nous ! lança-t-il.

Des remous se produisirent çà et là, tandis que certains membres de l'auditoire se hâtaient de gagner le couvert de l'obscurité. Emerson fit un geste dédaigneux.

— Ces chacals-là sont encore plus insignifiants que Habib ; laissez-les partir. Ils n'ont pas causé la mort du lord anglais et de son ami. Ils n'ont pas tué Hassan, le veilleur.

Vandergelt, mal à l'aise, s'agita sur son siège.

— Qu'est-ce qu'il fabrique ? murmura-t-il. Sa prestation était de premier ordre ; à présent, il devrait baisser le rideau.

J'éprouvais moi-même une once d'appréhension. Emerson a toujours tendance à verser dans l'outrance. Savait-il ce qu'il faisait ? Je l'espérais, mais sa phrase suivante m'en fit douter :

— Ont-ils été victimes de la malédiction des pharaons ? Si tel est le cas...

Il s'interrompit. Dans l'assemblée, pas une seule paire d'yeux ne se détourna de son visage.

— Si tel est le cas, je prends cette malédiction

sur moi ! Ici et maintenant, je mets les dieux au défi de me terrasser ou de m'accorder leur bénédiction ! O Anubis, le Grand, le Puissant, Chef des mystères du monde souterrain, ô Horus, fils d'Osiris, né d'Isis, ô Apet, mère du brasier...

Il fit face au feu, lequel n'était plus qu'un lit de charbons ardents. Les bras levés, il invoqua les dieux d'Egypte dans leur propre langage, d'une voix sonore aux accents singuliers. Aussitôt, jaillit des braises mourantes une flamme arc-en-ciel — bleu, vert océan et mauve blafard — qui se dressa vers le ciel. La foule laissa échapper un cri étouffé car, dans cette lumière sinistre, on voyait maintenant, sur la première marche de l'entrée de la tombe, un objet qui n'y était point auparavant.

Il avait la forme d'un gigantesque chat noir aux yeux jaunes incandescents. La lueur du feu, qui jouait sur les flancs souples de l'étrange animal, donnait l'illusion qu'il bandait ses muscles, comme s'il se préparait à bondir sur sa proie.

Il s'agissait en réalité d'une statue funéraire creuse, enduite de résine, qui avait contenu jadis — et contenait peut-être encore — la momie d'un vrai chat. Emerson avait vraisemblablement acquis cet objet chez l'un des antiquaires de Louxor, et il l'avait certainement payé au prix fort. Bien des spectateurs devaient connaître, tout comme moi, la véritable nature de ce sarcophage ; néanmoins, son apparition apparemment miraculeuse produisit un effet dramatique propre à satisfaire n'importe quel amateur de spectacle.

Emerson se lança dans une danse insolite, les genoux raidis, les bras sémaphoriques. Vandergelt pouffa.

— Cela me rappelle un vieux chef Apache que j'ai connu autrefois, dit-il dans un murmure. Il était perclus de rhumatismes mais ne voulait pas renoncer à la danse de la pluie.

Heureusement, le reste du public se montra moins critique. Moi qui observais la main d'Emerson, je le vis faire le même mouvement qui avait précédé le jaillissement de la flamme multicolore. Cette fois, la substance qu'il jeta dans le feu provoqua un énorme nuage de fumée couleur citron. Sans doute contenait-elle du soufre, ou quelque produit chimique analogue, car elle était extrêmement odorante. Les spectateurs qui étaient assis à proximité se mirent à tousser en agitant les mains pour chasser la fumée.

L'espace de quelques secondes, l'entrée de la tombe fut complètement voilée par les épaisses volutes. Comme elles se dissipaient, nous vîmes que le sarcophage de chat s'était ouvert par le milieu. Les deux moitiés étaient tombées, une de chaque côté, et entre elles, dans la pose exacte du cercueil, se tenait un chat vivant. Il portait un collier incrusté d'émeraudes et de rubis, lesquels scintillaient à la lueur du feu.

Bastet était extrêmement contrariée. Je ne pus que compatir à ses soucis. On l'avait kidnappée, mise en cage, puis jetée dans un nuage de fumée nauséabonde. Elle éternua et se gratta le museau avec la patte. Ses yeux dorés, phosphorescents, s'allumèrent à la vue d'Emerson.

Je craignis le pire. Survint alors le prodige suprême de cette nuit de prodiges, un événement appelé à devenir une fable populaire qu'on se raconterait le soir, dans les villages avoisinants, pendant les années à venir. A pas lents, la chatte s'avança vers Emerson — qui l'invoquait sous le nom de Sekhmet, déesse de la guerre, de la mort et de la destruction. Dressée sur ses pattes de derrière, elle s'accrocha à la jambe de pantalon d'Emerson et frotta sa tête contre la main de mon mari.

— Allah est grand ! Allah est clément ! s'écria-t-il en levant les bras au ciel avec ferveur.

Une autre bouffée de fumée jaillit du feu, si suffocante que la majestueuse invocation s'acheva dans une violente quinte de toux.

Le spectacle était terminé. Le public s'égailla dans un brouhaha appréciatif. Emerson émergea du brouillard et s'approcha de moi.

— Pas mal, hein? s'enquit-il avec un rictus démoniaque.

— Permettez-moi de vous serrer la main, professeur, dit Vandergelt. Vous êtes l'un des charlatans les plus doués que j'aie jamais rencontrés, et ce n'est pas un mince compliment.

Emerson eut un sourire radieux.

— Je vous remercie. Lady Baskerville, j'ai pris la liberté de commander un festin pour nos hommes une fois qu'ils auront regagné la maison. Abdullah et Feisal, en particulier, méritent chacun un mouton entier.

— Certainement. Toutefois, Radcliffe, je ne sais trop que penser de ce... de cette singulière prestation. Etait-ce, par hasard, mon bracelet d'émeraudes et de rubis qui ceignait le cou de cette bête?

— Euh... hum, fit Emerson en caressant du doigt la fossette de son menton. Je vous dois des excuses pour mon outrecuidance. Ne craignez rien, je vous le restituerai.

— Et comment? La chatte s'est enfuie.

Emerson en était encore à chercher une réponse plausible lorsque Karl nous rejoignit.

— Herr Professor, vous avez été superbe. Une petite remarque, toutefois, si vous permettez : la forme impérative du verbe *iri* n'est pas *uru*, comme vous l'avez dit, mais...

Voyant Emerson dévisager d'un air outré le jeune Allemand trop zélé, un peu comme Amon-Rê foudroyant du regard un prêtre osant s'aventurer à critiquer sa prononciation, je me hâtai d'intervenir :

— Peu importe. Si nous rentrions à la maison,

maintenant ? Je suis sûre que tout le monde est épuisé.

— Cette nuit, le coupable ne connaîtra pas le sommeil, psalmodia une voix sépulcrale.

Mrs. Berengeria s'était soulevée de sa chaise. Sa fille et Mr. O'Connell, qui la flanquaient, s'efforçaient en vain de la faire taire et de l'entraîner avec eux. Elle les écarta d'un geste dédaigneux.

— Excellent numéro, professeur, reprit-elle. Vous vous souvenez mieux de vos vies antérieures que vous ne voulez bien l'admettre. Pas suffisamment, cependant ; vous avez nargué les dieux, pauvre fou, et maintenant vous devrez souffrir. Si vous m'aviez laissée faire, je vous aurais sauvé.

— Oh, par tous les diables ! s'emporta Emerson. Vraiment, la coupe est pleine ! Faites quelque chose, Amelia.

La femme darda sur moi ses yeux injectés de sang.

— Vous partagez sa culpabilité, vous partagerez donc son destin. Rappelez-vous les paroles du sage : « Garde-toi d'être orgueilleux et arrogant, car les dieux aiment ceux qui sont silencieux. »

— Mère, je vous en prie, dit Mary en la prenant par le bras.

D'un brusque mouvement d'épaules, Mrs. Berengeria se dégagea, faisant tituber sa fille.

— Petite ingrate ! Toi et tes amants... Tu crois que je ne vois pas, mais je sais ! Toutes ces saletés... La fornication est un péché, de même que le manque de déférence envers sa mère. « C'est une abomination, aux yeux des dieux, de pénétrer une étrangère afin de la connaître... »

Ce dernier commentaire visait apparemment Karl et O'Connell, qu'elle désigna d'un geste hystérique. Le journaliste blêmit de rage. Karl, de son côté, parut surtout surpris. Je m'attendais plus ou moins à l'entendre répéter : « Ces Anglais ! Jamais je ne les comprendrai », mais aucun des deux hommes ne prit la parole pour nier ces infâmes allégations. Moi-même, je fus momentanément abasourdie. Je me rappelai que les précédents esclandres de Berengeria avaient recelé une certaine dose de calcul délibéré. En l'occurrence, elle ne jouait pas la comédie ; des perles d'écume suintaient aux commissures de ses lèvres. Elle tourna son regard brûlant vers Vandergelt, qui avait passé un bras protecteur autour des épaules de sa promise.

— Adultère et fornication ! cria la mégère. Souvenez-vous des deux frères, mon bon gentleman américain. Par les artifices d'une femme, Anubis fut conduit à assassiner son frère cadet. Il cacha le cœur de sa victime dans un cèdre et les hommes du roi abattirent l'arbre. La mèche de cheveux parfuma les vêtements du pharaon ; les bêtes qui parlent le mirent en garde...

Le fragile cordon de la raison avait fini par céder. Elle avait sombré dans la folie et le délire. Pas même une bonne gifle, mon remède usuel contre l'hystérie, n'aurait servi dans ce cas. Je m'interrogeais sur le parti à prendre quand, soudain, Berengeria pressa une main sur son cœur et, lentement, s'affaissa sur le sol.

— Mon cœur... il me faut un stimulant... j'ai présumé de mes forces...

Mr. Vandergelt sortit de sa poche une élégante flasque en argent contenant du cognac. J'administrai le breuvage à la femme effondrée, qui le lapa goulûment. En tenant le flacon devant elle, à la manière d'une carotte devant une mule récalcitrante, je parvins à la faire monter dans l'attelage. Mary pleurait d'embarras mais, quand je lui suggérai de rentrer avec nous, elle secoua la tête.

— C'est ma mère, je ne puis la délaisser.

O'Connell et Karl s'offrirent à l'accompagner, et

ainsi fut fait ; la première voiture prit le chemin du retour. Nous étions sur le point d'en faire autant lorsque je me souvins que Lady Baskerville avait prévu de passer la nuit à l'hôtel. Je lui assurai que, si elle souhaitait toujours réaliser son projet, Emerson et moi pourrions rentrer à pied.

— Me croyez-vous donc capable de vous abandonner ? répondit-elle avec feu. Si cette malheureuse femme a été victime d'une crise cardiaque, vous aurez deux malades sur les bras, en sus de vos autres responsabilités.

— Brave petite, dit Mr. Vandergelt d'un ton approbateur.

— Je vous remercie, dis-je.

De retour à la maison, je retroussai mes manches et, pour commencer, me rendis au chevet d'Arthur. Il dormait à poings fermés. J'entrepris alors d'aller voir comment se portait Mrs. Berengeria. La servante égyptienne, qui avait pour mission de veiller sur elle, sortait de sa chambre lorsque j'y arrivai. Je lui demandai sans ambages où elle croyait aller ainsi, et elle m'informa que la Sitt Baskerville l'envoyait puiser de l'eau fraîche. Je la laissai donc accomplir sa corvée.

Lady Baskerville était penchée sur la forme adipeuse qui était vautrée sur le lit. Avec sa robe élégante et son châle de dentelle délicate, elle formait un spectacle incongru dans une chambre de malade, mais ses gestes étaient rapides et efficaces tandis qu'elle bordait les draps.

— Voulez-vous l'examiner, madame Emerson ? Je ne crois pas que son état soit sérieux, mais si vous jugez plus prudent de convoquer le Dr Dubois, je le ferai quérir sur-le-champ.

Après avoir pris le pouls et la tension artérielle de Berengeria, je déclarai :

— Cela pourra attendre demain matin, je pense. Elle n'a rien du tout, sinon qu'elle est ivre morte.

Les pulpeuses lèvres rouges de Lady Baskerville s'incurvèrent en un sourire désabusé.

— Blâmez-moi si cela vous chante, madame Emerson. Dès l'instant où on l'a déposée sur le lit, elle a sorti une bouteille de sous le matelas. Sans même ouvrir les yeux ! Sur le moment, j'ai été trop surprise pour intervenir. Et puis... ma foi, je me suis dit que si je tentais de lui arracher la bouteille, cela ne ferait qu'entraîner une lutte perdue d'avance. Je dois préciser, pour être honnête, que je voulais la voir inconsciente. Vous me méprisez, n'est-ce pas ?

En réalité, je l'admirais plutôt. Pour une fois, elle se montrait franche avec moi, et je ne pouvais guère lui reprocher d'avoir adopté une solution que j'avais moi-même envisagée peu de temps auparavant.

Lorsque la servante revint avec la cruche d'eau, je lui intimai de veiller sur sa maîtresse et de me réveiller s'il se produisait le moindre changement dans son état. J'accompagnai ensuite Lady Baskerville au salon, où les autres étaient assemblés, à la demande expresse d'Emerson. En entrant dans la pièce, nous entendîmes Kevin O'Connell reprocher vertement à mon époux son manque de considération.

— Miss Mary est au bord de la syncope ! protestait-il. Elle devrait être au lit. Regardez-la donc !

L'apparence de la demoiselle ne justifiait point ce diagnostic. Elle avait les joues mouillées de larmes, certes, et sa toilette était passablement froissée, mais elle se tenait bien droite sur sa chaise et ce fut d'une voix calme qu'elle déclara :

— Non, mon ami, je ne demande pas la pitié. J'ai besoin qu'on me rappelle à mon devoir. Ma mère est une femme tourmentée, malheureuse. J'ignore si elle est malade, démente ou simplement malveillante, mais cela importe peu. Elle est ma croix et je dois la porter. Lady Baskerville, nous vous quitterons dès demain. Je suis honteuse de vous avoir imposé si longtemps cette épreuve.

— Très bien, très bien, coupa Emerson d'un ton agacé. Soyez sûre que nous sommes de tout cœur avec vous, miss Mary, mais pour le moment, j'ai des affaires plus urgentes à régler. Il me faut une copie de la peinture d'Anubis avant que je démolisse le mur. Vous aurez intérêt à vous mettre au travail de bonne heure, car...

O'Connell bondit sur ses pieds, aussi rouge qu'un dindon.

— Que... ? Vous ne parlez pas sérieusement, professeur !

— Restez tranquille, Kevin, dit Mary. J'ai fait une promesse et je la tiendrai. Le travail est le meilleur remède pour un cœur blessé.

— Humph ! grogna Emerson en se frottant le menton. Je me range à cette maxime, tout au moins. Vous devriez d'ailleurs la méditer, vous aussi, monsieur O'Connell. Depuis combien de temps n'avez-vous pas envoyé d'article à votre gazette ?

O'Connell s'affala sur une chaise et secoua sa tête ébouriffée.

— Je perdrai sans doute ma place, dit-il d'un ton funèbre. Quand on vit les événements à chaud, il est difficile de trouver le loisir de les relater.

— Courage ! lui dit Emerson. Dans quarante-huit heures — voire moins — vous prendrez une longueur d'avance sur vos confrères, grâce à un article qui vous fera remonter en flèche dans l'estime de votre rédacteur en chef. Vous serez même en position d'exiger une augmentation de salaire.

Toute lassitude oubliée, O'Connell se redressa sur son siège, les sens en alerte, et sortit son bloc-notes et son crayon.

— Que voulez-vous dire ? Vous espérez entrer dans le tombeau d'ici là ?

— Bien entendu. Mais ce n'est pas la question. Vous serez le premier à annoncer au monde l'identité de l'assassin de Lord Baskerville.

CHAPITRE QUINZE

Les auditeurs furent galvanisés par cette annonce. Vandergelt lança un « Sacrebleu ! » retentissant. Mary ouvrit de grands yeux. Le flegmatique Allemand lui-même arbora un air surpris.

— L'assassin ? répéta O'Connell.

— Lord Baskerville a été assassiné, naturellement, s'impatienta Emerson. Allons, monsieur O'Connell, vous l'avez toujours subodoré, même si vous n'avez pas eu l'audace de le suggérer dans vos articles. A la lumière des violentes tragédies qui se sont succédé ici, il est impossible que le lord soit décédé de mort naturelle. J'ai enquêté sur cette affaire et je serai bientôt en mesure d'annoncer les résultats. J'attends encore une ultime preuve, qui devrait arriver demain soir ou après-demain matin. A ce propos, Amelia, ajouta-t-il en se tournant vers moi, n'essayez pas d'intercepter mon messager. La nouvelle dont il est porteur n'a de signification que pour moi ; vous ne la comprendriez pas.

— Vraiment ?

O'Connell croisa les jambes, posa son bloc-notes sur ses genoux et observa Emerson avec le sourire malicieux qui allait de pair avec son humeur journalistique.

— Vous ne voudriez pas me fournir un indice, par hasard, professeur ?

— Certainement pas.

— Toutefois, rien ne m'empêche de me livrer à des spéculations, n'est-ce pas ?

— A vos risques et périls, répliqua Emerson.

— N'ayez crainte, je ne suis pas plus désireux que vous de m'engager prématurément. Hmmm... oui, la chose sera assez délicate à formuler. Veuillez m'excuser, il faut que je me mette au travail.

— N'oubliez pas votre promesse, lui dis-je.

— Vous pourrez lire mon papier avant que je l'envoie.

Il s'éloigna d'un pas léger, en sifflotant gaiement.

— Nous ferions mieux de nous retirer, nous aussi, dit Emerson. Vandergelt, puis-je compter sur votre assistance, demain matin, quand je rouvrirai la tombe ?

— Je ne manquerais cela pour... Enfin, si vous n'y voyez pas d'inconvénient, ma chère ?

— Non, répondit Lady Baskerville avec lassitude. Faites comme il vous plaira, Cyrus. Cette dernière nouvelle m'a terrassée.

Lorsqu'elle eut pris congé, escortée de Vandergelt, Emerson se tourna vers moi. Sans lui laisser le loisir de parler, j'esquissai un geste d'avertissement.

— Je crois que Karl a quelque chose à vous demander, Emerson. Ou alors, il s'est endormi là-bas, dans les ombres.

Emerson tressaillit. Karl était immobile dans un coin, à l'écart de la lampe la plus proche ; on aurait pu le croire assoupi, mais je pressentais une autre explication, plus sinistre.

Il se leva et vint vers nous.

— Vous avertir je voudrais, Herr Professor. Dire ce que vous avez dit, c'était très inconsidéré. Un défi à l'assassin vous avez lancé.

— Doux Jésus ! dit Emerson. J'ai été bien imprudent.

Von Bork secoua la tête. Il avait considérablement maigri au cours de la semaine écoulée : la lumière de la lampe soulignait ses joues creuses et ses orbites caves.

— Un homme stupide vous n'êtes pas, professeur. Je demande moi-même pourquoi vous avez ainsi agi. Mais, ajouta-t-il avec l'ombre d'un sourire, une réponse je n'attends pas. *Gute Nacht,* Herr Professor, Frau Professor.

Le jeune homme sortit de la pièce. Sourcils froncés, Emerson le suivit du regard.

— Il est le plus intelligent du lot, murmura-t-il. Peut-être ai-je commis un impair, Peabody. J'aurais dû m'y prendre différemment avec lui.

— Vous êtes fatigué, dis-je magnanimement. Rien de surprenant, après votre carnaval de cabrioles et de vociférations. Venez vous coucher.

Bras dessus bras dessous, nous traversâmes la cour d'un pas nonchalant, jusqu'au moment où Emerson fit observer :

— Il me semble déceler dans votre réflexion une légère note critique, Amelia. Qualifier ma magistrale prestation de « carnaval de cabrioles et de vociférations » n'est guère...

— La danse était une erreur.

— Je ne dansais pas, j'exécutais une solennelle marche rituelle. Du fait du manque d'espace...

— Je comprends. C'était le seul défaut d'un spectacle par ailleurs remarquable. Les hommes ont accepté de reprendre le travail, je présume ?

— Oui. Abdullah montera la garde cette nuit, bien que je ne prévoie pas de difficulté.

J'ouvris la porte de notre chambre. Emerson frotta une allumette et alluma la lampe. La mèche s'enflamma, faisant naître une centaine d'étincelles qui se reflétèrent dans le collier de la chatte Bastet assise sur la table, près de la fenêtre. A la vue d'Emerson, elle émit un « miaou ! » rauque, ronronnant, et trottina vers lui.

— Qu'avez-vous utilisé pour appâter cet animal ? m'enquis-je en regardant Bastet s'agripper aux basques d'Emerson.

— Du poulet.

Il sortit de la poche de son pantalon un paquet tout gras. Je constatai avec chagrin que celui-ci avait laissé une vilaine auréole sur le tissu. Les taches de gras sont si difficiles à faire partir !

— J'ai passé une heure à l'entraîner cet après-midi, dit Emerson en donnant à la chatte le restant de poulet.

— Je ne saurais trop vous conseiller d'ôter de son cou le bracelet de Lady Baskerville. La moitié des pierres sont sans doute déjà perdues.

C'était le cas, en effet. Voyant la figure d'Emerson s'allonger tandis qu'il évaluait le poids et la valeur des rubis et des émeraudes qu'il lui faudrait remplacer, je lui pardonnai de bon cœur la satisfaction excessive que lui inspirait sa performance théâtrale.

II

Lorsque j'allai voir Arthur, le lendemain matin, la nonne me salua d'un souriant « *Bonjour* » et m'informa que le patient avait passé une nuit paisible. Il avait bien meilleur teint — ce que j'attribuai à l'effet fortifiant du bouillon de poulet — et, quand je posai ma main sur son front, il sourit dans son sommeil et murmura quelque chose.

— Il appelle sa mère, dis-je en écrasant une larme.

— Vraiment ? demanda la religieuse d'un ton sceptique. Il a parlé une fois ou deux, mais si bas que je n'ai pu saisir le mot.

— Je suis sûre qu'il a dit « *Mère* ». Et avec un peu de chance, à son réveil, il verra le visage de cette brave femme penché sur lui.

Je me laissai aller au plaisir d'imaginer cette scène exquise. Mary serait présente, naturellement (je devais vraiment faire quelque chose pour habiller décemment cette enfant ; une jolie robe blanche ferait l'affaire) et Arthur lui tiendrait la main en disant à sa mère d'accueillir sa nouvelle fille.

Certes, Mary avait annoncé son intention de consacrer le restant de ses jours à sa génitrice, mais ce n'était là qu'une fantaisie de demoiselle romantique. Le goût du martyre, surtout sous forme verbale, est très répandu chez les jeunes. Ayant déjà eu affaire à ce phénomène, je ne doutais pas de ma capacité à mener cette histoire d'amour vers une heureuse conclusion.

Toutefois, le temps passait, et si je voulais voir Mary devenir la nouvelle Lady Baskerville, il m'incombait de veiller à ce que son futur époux fût en état de franchir le pas. Je réitérai donc ma mise en garde à la sœur, lui recommandant de ne rien donner au malade qui ne fût apporté par moi ou par Daoud.

J'allai ensuite visiter mon autre patiente. Un simple coup d'œil dans la chambre m'assura que Mrs. Berengeria n'avait nul besoin de mes services. Elle dormait du sommeil paisible, régulier, qui est l'apanage des misérables. C'est une aberration de croire que les innocents dorment bien. Plus un homme est mauvais, plus profond est son sommeil ; car, s'il avait une conscience, il ne serait pas un gredin.

Lorsque j'arrivai dans la salle à manger, Emerson me gourmanda pour mon retard. Mary et lui avaient déjà terminé leur petit déjeuner.

— Où sont les autres ? m'enquis-je.

J'entrepris de me beurrer un toast, sourde aux objurgations d'Emerson qui me priait d'emporter le toast avec moi et de le manger en chemin.

— Karl est parti devant, répondit Mary. Kevin est allé à Louxor, au bureau du télégraphe...

— Emerson ! m'écriai-je.

— N'ayez crainte, il m'a montré son article. Vous aurez plaisir à le lire, Amelia ; ce jeune homme a une imagination presque aussi débridée que la vôtre.

— Merci. Dites-moi, Mary, votre mère semble aller mieux ce matin.

— Oui, ce n'est pas la première fois qu'elle a ce genre de crise ; elle s'en remet toujours parfaitement. Dès que j'aurai fini la copie de la fresque, je prendrai mes dispositions pour la ramener à Louxor.

— Rien ne presse, lui dis-je avec douceur. Demain matin, ce sera bien assez tôt ; ce soir, vous serez épuisée après avoir travaillé dans la chaleur.

Le visage morose de Mary se rasséréna un peu. On a beau être déterminé à accepter gracieusement le martyre, une journée de répit n'est pas à dédaigner. Les premiers chrétiens eux-mêmes, j'en suis sûre, ne s'indignaient point si César attendait les prochains jeux du cirque pour les jeter en pâture aux lions.

Lassée des admonestations d'Emerson, je finis mon petit déjeuner et nous nous préparâmes à partir.

— Où est Mr. Vandergelt ? demandai-je. Ne voulait-il pas nous accompagner ?

— Il a emmené Lady Baskerville à Louxor, répondit Emerson. Ils avaient des formalités à régler en vue de leurs noces, et j'ai persuadé la dame de rester en ville pour effectuer quelques emplettes. Cette activité ravit toujours les femmes, n'est-ce pas ?

— Ma parole, professeur ! dit Mary en riant. Je ne vous savais pas si averti des faiblesses de notre sexe.

Je considérai Emerson d'un œil soupçonneux. Il avait tourné le dos et s'efforçait de siffloter.

— Bien, bien, dit-il. Allons-y, voulez-vous ? Vandergelt nous rejoindra plus tard ; il nous faudra un certain temps pour abattre ce mur.

III

En réalité, nos préparatifs ne furent achevés qu'en milieu de matinée. Dans les profondeurs de la tombe, l'air était toujours vicié, et la chaleur si insoutenable que je refusai de laisser Mary travailler plus de dix minutes d'affilée. Malgré son impatience, Emerson dut convenir que c'était là une mesure raisonnable. Pendant ce temps, pour s'occuper, il supervisa la construction d'un robuste couvercle en bois pour le puits. Karl, de son côté, manipulait l'appareil photographique. Et moi ?

Vous me connaissez bien mal, cher lecteur, si vous n'arrivez point à imaginer la nature des pensées qui occupaient mon esprit. Assise à l'ombre de mon auvent, j'étais censée dessiner à l'échelle des fragments de poterie, mais les jurons et les cris joyeux que poussait Emerson en surveillant le travail des charpentiers éveillaient en moi les plus graves soupçons. Il semblait très sûr de lui. Etait-il possible, après tout, qu'il eût correctement identifié l'assassin de Lord Baskerville, et que je me fusse fourvoyée ? Je ne pouvais le croire. Cependant, j'estimai sage de revoir une fois encore mon raisonnement, à la lumière des événements les plus récents. Si nécessaire, je pourrais toujours trouver un moyen de changer le nom glissé dans mon enveloppe.

Tournant la page de mon carnet de croquis, je délaissai les hypogées pour les hypothèses. Je comptais dresser un petit tableau détaillé, spécifiant les divers mobiles, opportunités, etc.

Je me mis donc à l'ouvrage.

Suspecte : Lady Baskerville.

Mobile pour les meurtres de :

Lord Baskerville. Héritage. (De combien Lady Baskerville hérite-t-elle ? Je l'ignore encore, certes, mais j'ai la conviction que c'était suffisant pour l'inciter à se débarrasser de son époux. De toute manière, celui-ci était un homme prodigieusement ennuyeux.)

Armadale. Il a été témoin du crime. Il occupait la chambre voisine de celle de Lady Baskerville. (Certes, cela n'expliquait pas pourquoi il s'était enfui. Avait-il perdu l'esprit, horrifié par le spectacle de Lady B. massacrant son mari ? Et pourquoi diantre — comme dirait Emerson — l'avait-elle massacré ? Si elle avait utilisé quelque poison exotique et indétectable, Armadale n'aurait rien pu voir de compromettant, hormis Lord Baskerville sirotant une tasse de thé ou un verre de sherry.)

Hassan. Hassan a vu Armadale et remarqué un détail — peut-être la fenêtre de laquelle s'était approché le « fantôme » — qui trahissait l'identité de l'assassin. Tentative de chantage. Elimination du maître chanteur.

Je relus ce dernier paragraphe avec satisfaction. Le raisonnement se tenait. De fait, le mobile du meurtre de Hassan était valable pour tous les suspects.

La partie suivante de mon tableau n'était pas aussi limpide. Le mobile de Lady Baskerville pour défoncer le crâne d'Arthur demeurait obscur, à moins qu'il n'y eût une clause, dans le testament du lord, stipulant que certains biens devaient revenir à son épouse dans l'éventualité du décès de son héritier. Ce qui paraissait non seulement improbable, mais positivement illégal.

Je m'attelai sans faiblir à la question de l'opportunité.

Lord Baskerville. Son épouse avait toute opportunité de l'occire. Mais comment diantre s'y est-elle prise ?

Armadale. Pas d'opportunité. Comment Lady Baskerville avait-elle connu l'emplacement de la grotte ? Si elle avait tué Armadale dans la maison ou à proximité, il lui aurait fallu transporter le cadavre jusqu'à la grotte — exploit impossible pour une femme.

Faible, très faible ! J'entendais presque ricaner Emerson. La vérité, c'était que je voulais à tout prix faire de Lady Baskerville l'assassin. Je n'aimais pas cette femme.

Je contemplai mon tableau, dépitée qu'il ne donnât point les résultats que j'avais escomptés. Avec un soupir, je passai à une page vierge et essayai une autre combinaison.

LA MORT DE LORD BASKERVILLE

Suspect : Arthur Baskerville, alias Charles Milverton.

Mobile : héritage et vengeance. (Jusque-là, parfait.)

En fait, Arthur avait un mobile particulièrement puissant, propre à justifier son idée idiote de se présenter à son oncle sous un faux nom. A priori, c'était là le comportement d'un jeune imbécile romanesque. Arthur, certes, *était* un jeune imbécile romanesque ; mais s'il avait prémédité de tuer son oncle, il avait une excellente raison d'endosser une fausse identité. Une fois Baskerville assassiné (mais comment ? comment, crénom ?) Arthur pouvait retourner au Kenya sans grand risque que quelqu'un fît le lien entre Arthur, Lord Baskerville, et l'ancien Charles Milverton. Il revendiquerait probablement son titre et sa fortune sans jamais se rendre en Angleterre — et, s'il se trouvait contraint d'y aller, il inventerait des prétextes pour éviter Lady Baskerville.

Je m'aperçus avec stupéfaction que mon tableau s'éparpillait maintenant sur toute la page. Reprenant fermement mes esprits et mon crayon, j'en revins à la forme originelle.

LA MORT DE LORD BASKERVILLE

> *Suspect :* Cyrus Vandergelt. Son mobile n'est que trop clair. Transgressant l'impérieux commandement des Ecritures, il convoitait la femme de son prochain.

J'en étais à ce stade de mes cogitations lorsque je m'avisai que je n'avais point analysé l'opportunité d'Arthur, ni expliqué — si c'était lui le véritable meurtrier — qui l'avait alors assommé.

Grinçant des dents, je tournai la page et fis une nouvelle tentative.

LE MEURTRE D'ALAN ARMADALE

Cette approche se fondait sur l'hypothèse que l'assassinat de Lord Baskerville était une manœuvre de diversion. Disons, pour exprimer les choses plus élégamment, que le lord était décédé de mort naturelle ; que la prétendue marque sur son front était une tache banale, exploitée par les journaux en mal de sensations ; et enfin, que l'assassin avait mis à profit l'émotion suscitée par la mort du lord pour commettre un meurtre dont le véritable mobile devait rester secret.

Le suspect évident, dans ce cas, était Mr. O'Connell. Non seulement il avait tiré parti de l'histoire de la malédiction, mais il l'avait inventée. Je ne pensais pas qu'il eût assassiné Armadale de sang-froid, non ; sans doute avait-il agi sous l'empire de la jalousie. Une fois son forfait accompli, Mr. O'Connell — qui était, incontestablement, un homme intelligent — aurait pu avoir l'inspiration d'écarter les soupçons de sa personne en faisant croire que la mort d'Armadale était liée à celle de Lord Baskerville.

Le même mobile — l'amour de Mary — s'appliquait également à Karl von Bork. Selon moi, le jeune Allemand était étranger à cette forme de passion enflammée qui peut pousser un homme à la violence. Toutefois, à une ou deux reprises, il avait manifesté des ressources insoupçonnées de fougue et de ruse.

Mon tableau avait désormais abandonné toute prétention à la cohérence : mes notes jetées au hasard, pour donner corps aux pensées que j'ai développées plus haut, s'étalaient dans tous les sens. Je les examinai avec une certaine exaspération. D'ordinaire, mon processus mental est tout à fait ordonné. Malheureusement, cette affaire ne se prêtait pas à ce mode de raisonnement. Cette méthode, c'est très bien pour les auteurs de romans policiers ; dans la mesure où ils inventent le crime et sa solution, ils peuvent arranger les éléments à leur convenance.

Je décidai de renoncer à mon plan d'ensemble et

de laisser mes pensées vagabonder selon leur bon plaisir.

Seule la question de l'opportunité permettait d'éliminer les femmes de la liste des suspects. Mrs. Berengeria avait un mobile en or ; peut-être n'était-elle pas folle au sens médical du terme, mais elle était suffisamment dérangée pour supprimer quiconque tenterait de battre en brèche la domination égoïste qu'elle exerçait sur sa fille. Néanmoins, Mary et elle résidaient sur la rive est ; or, les cadavres avaient tous été découverts sur la rive ouest. J'avais peine à imaginer Mary ou sa mère trottant dans les rues ténébreuses de Louxor, louant un bateau et soudoyant les matelots, puis courant à travers champs sur la rive ouest. L'idée que Mrs. Berengeria se fût livrée à ce manège non pas une, mais plusieurs fois, était tout bonnement risible — à moins qu'elle n'eût engagé des complices pour commettre les crimes. Lady Baskerville, quant à elle, s'était trouvée à pied d'œuvre ; cependant, une telle activité de la part d'une dame aux manières élégantes et languides paraissait tout aussi improbable. Le meurtre d'Armadale présentait des difficultés particulières, ainsi que je l'ai souligné dans ma tentative de tableau récapitulatif.

A ce stade de mes réflexions, je vis arriver Mr. Vandergelt et Mr. O'Connell, qui s'étaient retrouvés sur le quai. J'abandonnai avec bonheur mes théories futiles, ayant décidé que j'avais deviné juste depuis le début.

La première question de Mr. Vandergelt concerna l'état d'avancement de nos opérations dans la tombe.

— Vous n'avez pas encore démoli le mur, j'espère ? dit-il avec véhémence. Si vous ne m'avez pas attendu, madame Amelia, je ne vous le pardonnerai jamais.

— Je pense que vous arrivez juste à temps, répliquai-je en cachant prestement mon bloc-notes sous une pile de gravats. J'étais moi-même sur le point de descendre voir où en est la situation.

Nous croisâmes Mary qui sortait de la tombe. Elle était couverte de poussière et de sueur à un point que je ne saurais décrire, mais ses yeux brillaient de triomphe quand elle nous montra un dessin magnifique, fruit de son inconfortable labeur. Le croquis ne me sembla pas tout à fait à la hauteur de ceux d'Evelyn, mais peut-être ne suis-je pas très objective. C'était en tout cas une œuvre de grande qualité, et je savais qu'Emerson en serait satisfait.

Tandis que Vandergelt et moi descendions les marches, Mr. O'Connell emmena Mary se reposer.

Déjà, la plate-forme en bois nouvellement construite était en position sur le puits, et les hommes se préparaient à faire un trou dans le mur.

— Ah ! vous voilà, observa Emerson sans nécessité apparente. J'allais justement vous chercher.

— La bonne blague ! dit Vandergelt. Remarquez, si j'étais à votre place, professeur, je serais tout aussi impatient. Quel est le plan ?

J'épargnerai au lecteur les détails techniques ; on pourra les trouver dans le remarquable rapport d'Emerson, à paraître cet automne dans la *Zeitschrift für Aegyptische Sprache.* Qu'il suffise de dire que le trou fut percé et qu'Emerson regarda au travers. Le souffle court, Vandergelt et moi l'entendîmes gémir.

— Qu'y a-t-il ? m'écriai-je. Une impasse ? Un sarcophage vide ? Annoncez-nous le pire, Emerson.

Sans mot dire, Emerson nous fit de la place. Vandergelt et moi collâmes chacun un œil contre l'ouverture.

Un autre long corridor se perdait dans l'obscurité. Il était à moitié rempli de débris — non pas des blocs de calcaire tels que ceux qui avaient servi à obstruer le premier couloir, mais des fragments de plafond et de murs effondrés, mêlés de morceaux de bois doré et de lambeaux de bandelettes de momies.

Je retirai la chandelle du trou et la tins en l'air. A la lumière de la flamme, nous nous entre-regardâmes, la mine désappointée.

— Ce n'est sûrement pas la chambre funéraire ! s'exclama Vandergelt.

Emerson secoua sa tête ébouriffée, maintenant grise de poussière.

— Non. Il semble que la tombe ait été utilisée pour des inhumations ultérieures et que le plafond se soit écroulé. Déblayer ces gravats et les passer au tamis sera un travail long et fastidieux.

— Dans ce cas, mettons-nous-y ! déclara Vandergelt en essuyant son front ruisselant.

Emerson considéra l'Américain, un sourire réticent sur les lèvres. Quinze minutes dans la chaleur du couloir avaient transformé Vandergelt, séduisant homme du monde toujours tiré à quatre épingles, en un spécimen à qui l'on aurait refusé l'entrée de l'hôtel londonien le plus miteux. Sa barbiche gouttait, son visage était blanc de poussière et son costume pochait. Néanmoins, ses yeux brillaient d'enthousiasme.

— Fort bien, dit Emerson. Mettons-nous à l'ouvrage.

Vandergelt ôta sa veste et retroussa les manches de sa chemise.

IV

Le soleil avait dépassé le zénith et entamé sa course vers l'ouest lorsque Emerson décréta l'arrêt des travaux. Je restai en haut, à deviser agréablement avec Mary. Elle opposa une remarquable résistance à mes efforts en vue de déterminer lequel de ses soupirants avait sa préférence. Elle soutint que, dans la mesure où elle n'avait pas l'intention de se marier, sa préférence importait peu ; cependant, j'étais sur le point de gagner sa confiance lorsque nous fûmes interrompus par l'approche de deux va-nu-pieds hirsutes et poussiéreux.

— Vous voudrez bien m'excuser, mesdames, dit Vandergelt en s'affalant sous l'auvent. Je ne suis guère présentable, en l'état, pour tenir compagnie au beau sexe.

— Vous avez l'allure d'un archéologue, lui dis-je d'un ton approbateur. Prenez une tasse de thé et un peu de repos, puis nous repartirons. Quels résultats, messieurs ?

Là encore, je renvoie le lecteur aux publications techniques qui paraîtront prochainement. Nous eûmes une discussion animée et extrêmement plaisante sur des matières d'ordre professionnel. Mary, elle aussi, parut y prendre plaisir ; ses timides questions se révélèrent fort pertinentes. Visiblement à regret, elle finit par se lever en déclarant qu'elle devait rentrer.

— Puis-je escorter miss Mary ? s'enquit Karl. Il n'est pas bien de la laisser seule...

— J'ai besoin de vous ici, répondit distraitement Emerson.

— Je vais raccompagner la demoiselle, annonça O'Connell avec un sourire triomphant à l'adresse de son rival. A moins, professeur, que l'affaire dont nous parlions hier soir ne soit imminente ?

— De quoi diantre parle-t-il ? me demanda Emerson.

— Vous savez bien, insista le journaliste. Le message... la preuve qui doit... euh...

— Le message ? Ah ! oui. Pourquoi vous exprimer par énigmes, jeune homme, au lieu d'aller droit au but ? Ce doit être un effet de votre profession, où on passe son temps à fureter et à espionner. Comme je crois vous l'avoir dit, le messager n'arrivera sans doute pas avant demain matin. A présent, filez.

Emerson m'entraîna ensuite à l'écart :

— Amelia, je veux que vous rentriez à la maison, vous aussi.

— Pourquoi ?

— La crise finale approche à grands pas. Milverton — crénom, je veux dire Baskerville — n'est peut-être pas hors de danger. Veillez sur lui. Et faites bien savoir à tout le monde que j'attends pour demain le message fatidique.

Je croisai les bras et plongeai mon regard dans le sien.

— Allez-vous enfin me confier votre plan, Emerson ?

— Mais... vous le connaissez sûrement déjà, Amelia !

— Il est impossible à un esprit rationnel de suivre les circonvolutions mentales qui passent pour de la logique chez les représentants de la gent masculine, répliquai-je. Toutefois, il se trouve que votre suggestion accommode mon propre plan. Je ferai donc ce que vous me demandez.

— Je vous remercie.

— Je vous en prie.

Mary et Mr. O'Connell étaient partis dans la voiture de Vandergelt. Je pris le sentier à travers les collines, de sorte que j'arrivai la première à la maison. Quoique j'eusse acquis l'habitude de passer par la fenêtre pour entrer dans notre chambre ou en sortir, je décidai en l'occurrence d'emprunter la voie normale, c'est-à-dire la barrière. Je tenais à ce qu'on remarquât ma présence.

Je pénétrai dans la cour à l'instant où Lady Baskerville quittait sa chambre. Elle me réserva un accueil d'une chaleur inaccoutumée.

— Ah ! madame Emerson. Encore une journée de dur labeur accomplie ? Y a-t-il des nouvelles ?

— Uniquement de nature archéologique, répondis-je. Cela ne vous intéresserait sans doute pas.

— Il fut un temps où cela me passionnait. Les enthousiasmes de mon époux étaient les miens. Il en parlait constamment. Mais pouvez-vous me reprocher d'éviter, aujourd'hui, ce sujet douloureusement terni par de funestes souvenirs ?

— Non, bien sûr. Espérons néanmoins que ces souvenirs s'estomperont avec le temps. Je ne pense pas que Mr. Vandergelt renonce un jour à sa prédilection pour l'égyptologie, et il souhaitera que sa femme la partage.

— C'est bien naturel.

— Votre expédition à Louxor fut-elle un succès ?

La sombre physionomie de Lady Baskerville s'éclaira.

— Oui, les dispositions sont prises. Et j'ai trouvé quelques petites affaires qui n'étaient pas trop mal, tout compte fait. Venez donc dans ma chambre, que je vous montre mes emplettes. La moitié du plaisir, quand on achète de nouvelles toilettes, consiste à les montrer à une autre femme.

Je m'apprêtais à refuser, mais la subite inclination de Lady Baskerville pour ma compagnie me parut hautement suspecte. Je décidai par conséquent de lui complaire afin de déterminer ses véritables motifs.

Je crus deviner l'un desdits motifs en voyant le désordre qui régnait dans sa chambre, où la moindre surface était jonchée de vêtements déballés de leurs cartons. Machinalement, j'entrepris de les secouer et de les plier avec soin.

— Où est Atiyah ? demandai-je. Cette tâche fait partie de ses attributions.

Elle répondit d'un ton dégagé :

— Vous ne savez donc pas ? La misérable s'est

enfuie. Comment trouvez-vous cette robe chemisier ? Elle n'est pas très jolie, mais...

Je cessai de prêter l'oreille. Un sinistre pressentiment m'avait saisie. Atiyah était-elle, à son tour, devenue une victime ?

— Il faudrait tenter de localiser cette femme, dis-je, interrompant la critique que faisait Lady Baskerville d'une cape ornée de broderies. Peut-être est-elle en danger.

— Quelle femme ? Oh ! Atiyah... — Elle rit de bon cœur. — Cette pauvre créature était une droguée, madame Emerson, ne l'aviez-vous point remarqué ? Elle a probablement dépensé ses gages en opium et se terre, hébétée, dans une fumerie de Louxor. Je pourrai me passer de servante pendant encore quelques jours ; grâce au ciel, je regagnerai bientôt la civilisation, où les domestiques dignes de ce nom ne manquent pas.

— Souhaitons-le, acquiesçai-je poliment.

— Je compte bien sur Radcliffe pour me libérer. N'a-t-il pas promis que toutes nos questions trouveraient une réponse aujourd'hui ? Cyrus et moi ne voudrions pas vous quitter avant d'avoir la certitude que vous ne courez plus aucun danger.

— Apparemment, ce moment tant attendu n'interviendra que demain. Emerson m'a dit que son messager avait été retardé.

— Aujourd'hui ou demain, quelle importance ? Pourvu que ce soit bientôt ... — Lady Baskerville haussa les épaules. — Et voici le chapeau que je porterai à mon mariage, madame Emerson. Comment le trouvez-vous ?

C'était un chapeau de paille à larges bords, agrémenté de rubans mauves et de fleurs en soie rose. Elle le coiffa et le maintint en place à l'aide d'épingles ornées de pierres précieuses. Comme je ne répondais pas tout de suite, elle rougit et une étincelle de colère brilla dans ses yeux noirs.

— Vous me jugez inconvenante de porter une coiffure aussi frivole alors que je suis censée être en deuil ? Voudriez-vous donc que je teigne en noir les rubans et les fleurs ?

Je pris la question pour ce qu'elle était — une boutade sarcastique plutôt qu'une demande de conseil — et m'abstins par conséquent d'y répondre. J'avais d'autres soucis en tête. Lady Baskerville fut visiblement fâchée de mon manque d'intérêt, car elle ne fit rien pour me retenir lorsque je pris congé.

Je sortis dans la cour à l'instant où la voiture à cheval franchissait la barrière. Les deux jeunes gens n'avaient eu aucune raison de se hâter. Après m'avoir saluée, Mary me demanda si j'avais vu sa mère.

— Non, j'étais avec Lady Baskerville. Si vous pouvez attendre quelques minutes, le temps que je visite Arthur, je vous accompagnerai.

Mary accepta avec reconnaissance.

La religieuse nous accueillit, les yeux brillants, l'air sincèrement heureux de la bonne nouvelle qu'elle avait à nous annoncer.

— Il commence à reprendre conscience. C'est un miracle, madame. Ah, les vertus de la prière !

Ah, les vertus du bouillon de poulet ! pensai-je à part moi. Mais je me gardai d'exprimer cette opinion à haute voix ; autant laisser la brave femme à ses douces illusions.

Arthur était terriblement amaigri — même le bouillon de poulet a ses limites — mais, en l'espace de vingt-quatre heures, son état s'était amélioré de façon stupéfiante. Comme je me penchais sur le lit, il remua et marmonna. Je fis signe à Mary d'approcher.

— Parlez-lui, mon petit. Voyons si nous pouvons le réveiller. Tenez-lui la main si vous le désirez.

A peine Mary avait-elle pris la main décharnée du jeune homme et prononcé son nom, d'une voix tremblante d'émotion, qu'Arthur battit des cils et tourna la tête vers elle.

— Mary... murmura-t-il. Est-ce vous, ou un esprit céleste ?

— C'est bien moi, répondit la jeune fille en versant des larmes de joie. Que je suis heureuse de vous voir en meilleure santé !

J'ajoutai quelques mots de circonstance. Les yeux d'Arthur pivotèrent vers moi.

— Madame Emerson ?

— Oui. Comme vous le voyez, vous n'êtes pas mort et monté aux cieux. (J'estime qu'une petite touche d'humour ne messied point dans les situations de cette nature.) Vous êtes encore faible, Arthur, mais j'espère que, pour votre propre sécurité, vous pourrez répondre à une seule question. Qui vous a agressé ?

Le malade plissa son front blême.

— Agressé ? Ai-je donc... ? Je ne m'en souviens pas.

— Quelle est la dernière chose dont vous vous souveniez ?

— Lady... Lady Baskerville.

Mary réprima un cri et me regarda. Je secouai la tête. Nous ne pouvions pas nous permettre, surtout maintenant, de sauter aux conclusions sur la foi des réminiscences confuses d'un homme blessé.

— Mais plus précisément ? insistai-je.

— Elle m'a dit ... reposer, murmura Arthur d'une voix à peine audible. Suis allé... dans ma chambre... m'allonger...

— Vous ne vous rappelez rien d'autre ?

— Rien.

— Très bien, mon cher Arthur, ne vous fatiguez pas davantage. Reposez-vous. Ne vous faites aucun souci, je suis à la barre.

Un sourire détendit les lèvres du jeune homme. Ses paupières lourdes se fermèrent.

Tandis que nous dirigions nos pas vers la chambre de Mrs. Berengeria, Mary soupira :

— Je partirai le cœur plus léger. Nos craintes pour sa vie sont désormais sans objet.

— C'est vrai. S'il a été frappé durant son sommeil, ce qui semble être le cas, il n'a pas vu le visage de son agresseur et ne risque donc pas de nouvelle attaque. Néanmoins, je ne regrette pas les précautions que nous avons prises. Il fallait mettre toutes les chances de notre côté.

Mary acquiesça, mais je suis bien sûre qu'elle n'avait pas entendu un traître mot de ce que je disais. Plus nous approchions de cette chambre, qui devait lui faire l'effet d'un antre fétide, plus elle ralentissait le pas. Un frisson la parcourut lorsqu'elle tendit la main vers le bouton de porte.

La pièce était noyée d'ombres, les stores ayant été baissés pour ne pas laisser pénétrer le soleil de l'après-midi. La servante était recroquevillée sur une paillasse, au pied du lit. Dans sa robe brune élimée, on eût dit un cadavre, mais elle dormait simplement. J'entendais sa respiration.

Mary toucha doucement le bras de la femme allongée sur le lit.

— Réveillez-vous, Mère, je suis de retour. Mère ?

Elle recula brusquement, les mains plaquées sur sa poitrine. Je bondis pour la soutenir.

— Qu'y a-t-il ?

Elle ne put que secouer la tête sans répondre. Je la fis asseoir dans un fauteuil et m'approchai du lit. Point n'était besoin d'avoir une grande imagination pour deviner ce que j'allais trouver.

Lorsque nous étions entrées, Mrs. Berengeria reposait sur le flanc, dos à la porte. En la touchant, si délicatement que ce fût, Mary avait troublé l'équilibre du corps, qui avait roulé sur le dos. Il suffisait de voir les yeux vitreux et la bouche molle pour comprendre. Il n'était même pas nécessaire de chercher un pouls inexistant; je le fis néanmoins, par pure routine.

Je pris Mary par les épaules et l'étreignis affectueusement.

— Ma chère enfant, cela aurait pu arriver à tout moment. Votre mère était une femme malade, et vous devez considérer sa disparition comme une délivrance.

— Vous voulez dire que c'est... son cœur?

— Oui, répondis-je en toute sincérité. Elle est morte d'un arrêt cardiaque. A présent, mon enfant, allez vous étendre. Je prendrai toutes les dispositions nécessaires.

Mary était visiblement rassérénée par la fausse hypothèse que je lui avais permis de concevoir. Il serait toujours temps, plus tard, de lui apprendre la vérité. La servante arabe, maintenant réveillée, se recroquevilla peureusement quand je me tournai vers elle, comme si elle s'attendait à recevoir un coup. Ne voyant pas en quoi elle était à blâmer, je m'adressai à elle avec douceur, lui ordonnant de prendre soin de Mary.

Lorsqu'elles furent sorties, je retournai auprès du lit. Le regard fixe et les bajoues flasques ne constituaient pas un spectacle agréable, mais j'avais vu pis et fait pis. Ce fut d'une main ferme que je m'attaquai à ma tâche lugubre mais nécessaire. La chair était encore tiède. Cela ne prouvait pas grand-chose, car la température de la pièce était élevée. Cependant, les yeux laissaient deviner la vérité : ils étaient dilatés au point d'en paraître noirs. Le cœur de Berengeria s'était arrêté, certes, mais il s'était arrêté en raison d'une dose importante de poison narcotique.

CHAPITRE SEIZE

J'envoyai aussitôt un message à Emerson, quoique je n'imaginasse pas un instant qu'il se laisserait distraire de son travail par un vulgaire petit meurtre. De fait, il ne rentra qu'à l'heure du thé. Je l'attendais dans notre chambre et, tandis qu'il ôtait ses vêtements crottés, je lui rapportai les événements de la journée. Il parut surtout frappé par ce que m'avait dit Arthur.

— Très intéressant, murmura-t-il en se frottant le menton. Trrrès intéressant ! Voilà qui nous libère d'un souci ; en effet, s'il n'a pas vu l'assassin, nous pouvons supposer, n'est-ce pas, qu'il ne risque point une nouvelle agression. Dites-moi, Amelia, avez-vous songé à convoquer le Dr Dubois pour examiner la défunte, ou bien avez-vous pratiqué vous-même l'autopsie ?

— Je l'ai appelé, non qu'il pût m'apprendre quelque chose que je ne susse déjà, mais parce qu'il devait signer le certificat de décès. Il s'est rangé à mon diagnostic : la mort est due à une dose excessive de laudanum ou d'un narcotique similaire ; même un ignare comme lui ne pouvait manquer de voir les symptômes. Toutefois, il affirme que la victime s'est administré elle-même la drogue, par accident. Apparemment, tout Louxor était au courant des habitudes de Mrs. Berengeria.

— Humph ! fit Emerson en se frottant le menton au point de le faire rougir. Trrrès inté...

— Cessez votre manège, dis-je sévèrement. Vous savez aussi bien que moi qu'il s'agit d'un meurtre.

— Etes-vous sûre de ne pas l'avoir commis ? Vous avez déclaré l'autre jour que le monde serait plus vivable si cette dame en était rayée.

— Je le maintiens. Et je n'étais pas la seule de cet avis, semble-t-il.

— C'était un point de vue quasiment unanime, convint Emerson. Bien, je dois me changer. Allez donc au salon, Amelia ; je vous rejoindrai sous peu.

— Ne voulez-vous pas que nous débattions des mobiles du meurtre ? J'ai une théorie.

— Ce n'est point pour me surprendre.

— Cela a un rapport avec les élucubrations qu'elle a proférées hier soir.

— Je préfère remettre cette discussion à plus tard.

— Ah oui ? dis-je en me caressant distraitement le menton.

Nous échangeâmes un coup d'œil soupçonneux.

— Très bien, Emerson. Je me tiens à votre disposition.

Je fus la première dans le salon. Le temps qu'Emerson fasse son apparition, les autres étaient tous rassemblés. Mr. O'Connell soutenait tendrement Mary, qui avait revêtu pour l'occasion une robe noire empruntée à Lady Baskerville.

— Je l'ai persuadée de venir, expliqua le journaliste d'un air possessif.

— Vous avez bien fait, lui dis-je. Après tout, il n'y a rien de plus réconfortant qu'une tasse de thé bien chaud.

— Il faudra davantage qu'une tasse de thé pour me réconforter, annonça Lady Baskerville. Vous avez beau dire, Radcliffe, une malédiction plane sur cette maison. Bien que la mort de Mrs. Berengeria ne soit qu'un malheureux accident...

— En sommes-nous si sûrs ? interrogea Emerson.

Vandergelt, qui abritait son émotive fiancée au creux de son bras drapé de lin blanc, jeta à mon mari un regard aigu.

— Qu'entendez-vous par là, professeur ? A quoi bon chercher midi à quatorze heures ? Chacun sait que la pauvre femme était... euh...

Il s'interrompit et adressa un regard d'excuse à Mary, qui fixait sur Emerson des yeux écarquillés de surprise. Je m'empressai de lui faire passer une tasse de thé.

— Nous ne saurons peut-être jamais la vérité, répondit Emerson, mais il était facile de verser une dose de poison dans le breuvage favori de la dame. Quant au mobile...

Il me lança un regard en coulisse. Je pris aussitôt le relais :

— Hier soir, la défunte avait lancé certaines accusations extravagantes. Celles-ci n'étaient, pour la plupart, que pure hystérie et malveillance ; toutefois, je me demande à présent s'il n'y avait pas un peu de bon grain dans toute cette ivraie. L'un ou l'autre d'entre vous connaît-il la légende antique à laquelle elle faisait allusion ?

— Bien sûr, dit Vandergelt. Toute personne un tant soit peu férue d'égyptologie en a entendu parler. « La Légende des Deux Frères », c'est bien cela ?

Sa réponse avait été prompte. Trop prompte, peut-être ? Un homme stupide aurait feint d'ignorer cette histoire virtuellement dangereuse. Un homme rusé, sachant que son ignorance paraîtrait suspecte, aurait admis la vérité sans détour.

— De quoi parlez-vous ? demanda Mary d'une petite voix pathétique. Je ne comprends pas. Ces sous-entendus...

— Permettez-moi d'expliquer, intervint Karl.

— En votre qualité de spécialiste du langage, c'est probablement vous qui connaissez le mieux la légende, dit Emerson. Nous vous écoutons, Karl.

Le jeune homme s'éclaircit la gorge d'un air emprunté. Cependant, lorsqu'il prit la parole, je notai que ses formes verbales étaient parfaitement agencées. Ce détail n'était pas innocent.

— C'est l'histoire de deux frères : Anubis, l'aîné, et Bata, le cadet. Leurs parents étaient morts, et Bata vivait chez son frère aîné et son épouse. Un jour qu'ils travaillaient dans les champs, Anubis envoya Bata chercher du grain à la maison. L'épouse d'Anubis, en voyant le corps musclé du jeune homme, désira... euh... enfin, elle lui demanda... euh...

— Elle lui fit des avances, s'impatienta Emerson.

— *Ja, Herr Professor!* Le jeune homme, indigné, refusa de céder. Mais la femme, craignant qu'il ne la dénonce à Anubis, raconta à son époux que Bata avait... euh... lui avait fait des avances. Alors Anubis se cacha dans l'étable, résolu à tuer son cadet lorsque celui-ci reviendrait des champs.

Emporté par son récit, Karl poursuivit avec animation :

— Mais les vaches de Bata étaient ensorcelées; elles avaient le pouvoir de parler. A mesure qu'elles entraient dans l'étable, elles avertirent Bata que son frère était caché derrière la porte, prêt à le tuer. Alors Bata prit la fuite, pourchassé par Anubis. Les dieux, qui savaient Bata innocent, firent couler entre les deux frères un fleuve infesté de crocodiles. Bata appela alors son aîné, sur l'autre rive du fleuve, et lui expliqua ce qui s'était réellement passé. En témoignage de son innocence, il trancha... euh... enfin...

Karl vira au rouge vif et se tut. Devant l'embarras du jeune homme, Vandergelt sourit jusqu'aux oreilles et Emerson déclara d'un ton pensif :

— Il n'existe point d'euphémisme acceptable pour décrire cet acte, Karl. Le mieux est de glisser. De toute manière, étant donné ce qui se passe ensuite, l'épisode n'a guère de sens.

— *Ja, Herr Professor.* Donc, Bata dit à son frère qu'il partait en un lieu appelé la Vallée du Cèdre, où il mettrait son cœur à la cime d'un grand cèdre. Tant que sa coupe de bière serait claire, Anubis saurait que son frère était en bonne santé ; mais si la bière venait à se troubler, il saurait que Bata était en danger, et il devrait alors partir à la recherche du cœur de Bata pour le lui rendre.

Lady Baskerville ne put se contenir plus longtemps :

— Quel est ce tissu d'insanités ? De toutes les histoires stupides...

— C'est un conte de fées, intervins-je. Les contes de fées ne sont pas rationnels, Lady Baskerville. Poursuivez, Karl. Anubis rentra chez lui et massacra son épouse infidèle...

Pour une fois — la première et dernière — ce fut Karl qui m'interrompit et non l'inverse.

— *Ja, Frau Professor.* Anubis regretta son injustice envers son pauvre frère cadet. Et les dieux immortels, eux aussi, furent désolés pour Bata. Ils décidèrent donc de créer pour lui une épouse — la plus belle femme du monde — afin de lui tenir compagnie dans son exil solitaire. Bata tomba amoureux de cette femme et en fit son épouse.

— Pandore ! s'exclama Mr. O'Connell. Je n'ai jamais entendu cette histoire, vrai de vrai, mais elle évoque la légende de Pandore, que les dieux créèrent pour... sapristi, je ne me rappelle plus le nom du bonhomme.

Personne n'éclaira sa lanterne. Jamais je n'aurais cru que le jeune homme fût un amateur de littérature comparée ; selon moi, il cherchait surtout à souligner le fait qu'il ignorait l'histoire.

— Cette femme était comme Pandore, reprit Karl. Elle apportait le mal. Un jour qu'elle se baignait, le Fleuve lui déroba une mèche de ses cheveux, qu'il entraîna jusqu'à la cour du pharaon. Le parfum des cheveux était si merveilleux que le pharaon envoya des soldats à la recherche de la femme à qui ils appartenaient. Les soldats étaient accompagnés de servantes qui apportaient des bijoux, des beaux vêtements et toutes ces choses que les femmes aiment ; et quand la femme vit tous ces magnifiques présents, elle trahit son mari. Elle parla aux soldats du cœur caché dans le cèdre, et les soldats abattirent l'arbre. Bata fut instantanément foudroyé, et l'épouse infidèle se rendit à la cour du pharaon.

— Crebleu, dit Mr. O'Connell, mais c'est l'histoire de Cendrillon ! La mèche de cheveux, la pantoufle de vair...

— Nous vous avons compris, monsieur O'Connell, lui dis-je.

Nullement décontenancé, le journaliste sourit de toutes ses dents.

— Cela ne fait pas de mal de s'en assurer.

— Continuez, Karl.

— Un jour, Anubis, le frère aîné, vit que sa coupe de bière était embuée, et il comprit ce que cela signifiait. Il partit à la recherche de Bata, le trouva, et il récupéra le cœur de son frère dans l'arbre abattu. Il mit le cœur dans une coupe de bière qu'il fit boire à Bata, et celui-ci revint à la vie. Mais la femme...

— Très bien, très bien, l'interrompit Emerson. Vous êtes un superbe conteur, Karl. Permettez-moi de résumer la seconde partie, qui est tout aussi longue que la première et encore plus illogique. Pour finir, Bata se vengea de son épouse traîtresse et devint pharaon.

Suivit un silence.

— Je n'ai jamais rien entendu d'aussi absurde, déclara Lady Baskerville.

— Les contes de fées sont faits pour être absurdes, dis-je. C'est une partie de leur charme.

II

La réaction générale à la « Légende des Deux Frères » fut à peu près la même que celle de Lady Baskerville. Tous se déclarèrent convaincus que l'allusion qu'y avait faite Mrs. Berengeria était dépourvue de signification, le simple produit d'un esprit dérangé. Emerson parut satisfait d'abandonner ce chapitre ; ce fut seulement vers la fin du dîner que, de nouveau, il électrisa l'assemblée en abordant un sujet controversé.

— J'ai l'intention de passer la nuit à la tombe, annonça-t-il. Demain, une fois que les révélations seront connues, je pourrai obtenir tous les gardes et les ouvriers dont j'aurai besoin. En attendant, il existe encore un faible risque de pillage.

Vandergelt laissa choir sa fourchette.

— Que diantre voulez-vous dire ?

— Surveillez votre langage, dit Emerson d'un ton réprobateur. Nous avons des dames parmi nous. Ne me dites pas que vous avez oublié mon messager ? Il sera ici demain. Je connaîtrai alors la vérité. Un « oui » ou un « non » : telle sera la teneur, simple, du message. Et si c'est un « oui »... Comment imaginer que le destin d'une personne puisse être suspendu à un si petit mot ?

— Vous en faites trop, lui soufflai-je du coin de la bouche.

Emerson me lança un regard courroucé mais se le tint pour dit.

— Tout le monde a-t-il terminé ? s'enquit-il. Parfait. Levons-nous de table. Je m'excuse de vous bousculer, mais je veux retourner dans la Vallée.

Lady Baskerville eut un haussement de sourcils montrant clairement ce qu'elle pensait de ce sans-gêne.

— Dans ce cas, dit-elle, peut-être souhaitez-vous prendre congé tout de suite ?

— Non, non. Je veux mon café. Cela m'aidera à rester éveillé.

Comme nous quittions la salle à manger, Mary s'approcha de moi.

— Je ne comprends pas, madame Emerson. L'histoire que Karl nous a contée était bien étrange. Quel rapport peut-elle bien avoir avec la mort de ma mère ?

— Peut-être n'en a-t-elle aucun, la rassurai-je. Nous tâtonnons dans un épais brouillard, Mary ; nous ne voyons pas quels objets sont voilés par la brume, et nous savons moins encore si ce sont des repères susceptibles de nous guider dans notre quête.

— Sommes-nous donc littéraires, ce soir ! observa Mr. O'Connell, décidément omniprésent.

Il affichait son sourire narquois, professionnel ; mais ses yeux, me sembla-t-il, brillaient d'une lueur plus grave et plus inquiétante.

Avec un regard de défi à mon adresse, Lady Baskerville prit place derrière le plateau de café. Je me permis un sourire indulgent. Si elle souhaitait transformer cette banale activité en bras de fer entre nous, à son aise ! D'ici quelques jours, je serais la maîtresse de maison officielle, comme je l'étais déjà dans les faits.

Ce soir-là, nous déployâmes tous une extrême courtoisie. Alors que j'écoutais les murmures feutrés — « noir ou avec du lait ? », « deux sucres, s'il vous plaît » — j'avais l'impression d'observer cette scène ordinaire, civilisée, à travers des verres déformants, comme dans un conte de fées que j'avais lu autrefois. Chacun, dans la pièce, jouait un rôle.

Chacun avait quelque chose à cacher : des sentiments, des actes, des pensées.

Lady Baskerville eût été mieux inspirée de me laisser servir le café ; elle se montra, en effet, particulièrement maladroite. Après avoir réussi à renverser une tasse sur le plateau, elle porta les mains à sa tête en poussant un cri d'exaspération.

— Je suis si nerveuse, ce soir, que je ne tiens rien dans les mains ! Radcliffe, je vous conjure de revenir sur votre décision. Restez ici cette nuit. Ne vous exposez pas, je ne pourrais supporter un autre...

Emerson secoua la tête en souriant. Lady Baskerville esquissa en réponse un pâle sourire, avant de reprendre d'un ton plus calme :

— J'aurais dû m'en douter. Vous prendrez quelqu'un avec vous, au moins ? Vous n'irez pas tout seul ?

Entêté comme il l'est, Emerson eût repoussé cette requête — pourtant raisonnable — si tous les autres n'avaient fait chorus pour l'exhorter à accepter un compagnon. Vandergelt fut le premier à offrir ses services.

— Non, non, dit Emerson. Vous devez rester pour veiller sur ces dames.

— Comme toujours, Herr Professor, je serais honoré de pouvoir être utile au très distingué...

— Non, merci.

Je ne dis rien. Je n'avais pas besoin de parler ; Emerson et moi avons l'habitude de communiquer sans paroles. C'est une forme de vibration électrique, je crois. Sans doute perçut-il mon message silencieux car, tout en parcourant la pièce des yeux avec une exaspérante lenteur, il évita soigneusement de me regarder.

— La victime désignée ne peut être que Mr. O'Connell, dit-il enfin. J'espère que nous aurons une nuit paisible ; il pourra ainsi travailler à son prochain article.

— Cela me convient, professeur, dit le jeune Irlandais en prenant la tasse que lui tendait Lady Baskerville.

Tout à coup, Emerson bondit sur ses pieds en poussant un cri :

— Regardez !

Tous les yeux se tournèrent vers la fenêtre, qu'il indiquait de son doigt pointé. O'Connell se précipita pour écarter les rideaux.

— Qu'avez-vous vu, professeur ?

— Une vague silhouette blanche. Quelqu'un est passé rapidement devant la fenêtre.

— Il n'y a plus personne, dit O'Connell en retournant s'asseoir.

Nul ne parla pendant un moment. J'agrippai les bras de mon fauteuil et m'efforçai de réfléchir ; car une pensée nouvelle, terrible, m'était venue. Je n'avais aucune idée de ce que manigançait Emerson, avec ses visions ridicules et ses cris théâtraux ; l'affaire qui me préoccupait était d'une tout autre nature. Je pouvais me tromper, bien sûr. Mais si j'avais raison, il fallait agir — et sans délai.

— Un instant ! criai-je, me levant à mon tour.

— Qu'y a-t-il ? dit Emerson d'un ton agacé.

— Mary ! m'exclamai-je. Vite... elle est sur le point de s'évanouir...

Les messieurs convergèrent aussitôt vers la jeune fille ahurie. J'avais espéré, sans trop y croire, qu'elle aurait la finesse d'entrer dans mon jeu. Evelyn l'aurait fait sur-le-champ, mais il est vrai qu'Evelyn était habituée à mes méthodes. De toute manière, peu importait : cette diversion me procura l'occasion dont j'avais besoin. La tasse de café d'Emerson et la mienne étaient posées sur une table basse, à côté de mon fauteuil. D'un geste vif, je les permutai.

— Je n'ai rien, je vous assure, insistait Mary. Je suis un peu lasse, mais je ne vais pas tomber en faiblesse.

— Vous êtes toute pâle, Mary, dis-je avec sollicitude. Et vous avez eu une journée bien éprouvante ; vous devriez aller vous coucher.

— Vous aussi, dit Emerson en me jetant un regard soupçonneux. Buvez votre café, Amelia, et retirez-vous.

— Certainement.

J'obtempérai sans hésitation.

Le groupe se dispersa peu après. Emerson proposa de m'escorter jusqu'à notre chambre, mais je l'informai que j'avais certaines tâches à accomplir avant de me coucher. La première et la plus impérative, je ne la décrirai pas en détail. C'était une chose qu'il fallait faire, et je la fis ; mais l'expérience fut désagréable à vivre et serait peu ragoûtante à raconter. Si j'avais pu prévoir les plans d'Emerson, je n'aurais pas tant mangé au dîner.

Je me sentis ensuite obligée de m'enquérir de Mary. Elle était encore dans cet état de calme factice qui, souvent, suit un grand choc — mais, tôt ou tard, elle s'abandonnerait au déconcertant mélange d'émotions qui remplissait son cœur. Je la traitai comme je l'eusse fait d'une enfant blessée ou effrayée : je la bordai dans son lit et laissai une chandelle allumée pour la rassurer. Elle sembla pathétiquement reconnaissante de ces attentions qui, sans nul doute, représentaient pour elle une nouveauté. Je profitai de l'occasion pour lui parler de la force d'âme chrétienne et du cran des Anglais face à l'adversité — ajoutant que, avec tout le respect dû à sa mère, l'avenir ne pouvait qu'apparaître lumineux. J'aurais pu continuer encore longtemps dans cette veine mais, à ce stade de la conversation, elle s'endormit. Je drapai la moustiquaire autour d'elle et sortis sur la pointe des pieds.

Emerson m'attendait dehors. Adossé au mur, les bras croisés, il arborait son expression « Si je n'étais pas un homme si patient, je taperais du pied en vociférant. »

— Qu'est-ce qui vous a retenue si longtemps, crénom ? Je suis pressé.

— Je ne vous ai pas demandé de m'attendre.

— Je veux vous parler.

— Nous n'avons rien à nous dire.

— Ah ! s'exclama-t-il, du ton surpris de quelqu'un qui vient de faire une découverte. Vous êtes fâchée parce que je ne vous ai pas priée de veiller avec moi cette nuit.

— Ridicule ! Si vous tenez absolument à rester planté là-bas, telle une statue de la Patience, à attendre qu'un assassin vous attaque, grand bien vous fasse !

Il partit d'un grand rire.

— Qu'est-ce que vous allez imaginer ? Non, non, ma chère Peabody. Cette histoire de message était du bluff, naturellement...

— Je le sais.

— Humph ! Et pensez-vous que les autres le sachent ?

— C'est probable.

— Dans ce cas, qu'est-ce qui vous inquiète ?

Là, il me tenait. Le message était un stratagème tellement transparent que seul un imbécile pouvait manquer de voir au travers.

— Humph ! fis-je.

— J'avais espéré que cet artifice inciterait notre suspect, non pas à m'assassiner — je n'ai rien d'un héros, ma chère, comme vous l'avez peut-être observé — mais à prendre la fuite. Tout comme vous, je crois maintenant que la ruse a échoué. Néanmoins, pour le cas où l'assassin serait plus nerveux ou plus stupide que prévu, je veux que vous restiez ici pour voir si quelqu'un quitte la maison.

Tout en devisant, nous avions fait lentement le tour de la cour. Arrivés devant notre chambre, Emerson ouvrit la porte, me poussa à l'intérieur et m'enlaça dans une suffocante étreinte.

— Dormez bien, ma Peabody chérie. Rêvez de moi.

Je lui nouai les bras autour du cou.

— Prenez soin de votre précieuse vie, mon époux bien-aimé. Loin de moi l'idée de vous détourner de votre devoir, mais souvenez-vous que si vous tombez...

Emerson me repoussa sans ménagements.

— Crénom, Peabody, comment osez-vous me moquer ? Puissiez-vous trébucher sur une chaise et vous fouler la cheville !

Sur ce tendre adieu, il me quitta en jurant à mi-voix.

Je m'adressai à Bastet, la chatte, dont la silhouette se profilait sur la fenêtre ouverte :

— Il ne l'a pas volé. J'incline à partager votre opinion, Bastet : les chats sont bien plus sensés que les hommes.

III

Bastet monta la garde avec moi pendant que, lentement, les aiguilles de ma petite montre de poche approchaient de minuit. Je fus flattée qu'elle me tînt ainsi compagnie ; jusqu'alors, elle avait toujours donné l'impression de préférer Emerson. Nul doute que son intelligence aiguisée l'avait avertie que l'ami le plus sincère n'est pas nécessairement celui qui vous offre du poulet.

Je n'avais pas été dupe un seul instant des excuses spécieuses d'Emerson. Il espérait bel et bien que l'assassin ajouterait foi à ses histoires de messages et de preuves décisives ; il s'attendait à être agressé cette nuit même. Plus j'y réfléchissais, plus cela me tourmentait. Un assassin sensé (si tant est qu'il en existât) n'aurait pas été abusé une seconde par la comédie d'Emerson. Cependant, si ma théorie était exacte, l'assassin était assez stupide — et assez désespéré — pour réagir comme le souhaitait mon époux.

Après avoir endossé ma tenue de travail, je me noircis le visage et les mains avec de la suie provenant de la lampe, puis j'entrebâillai ma porte pour m'assurer que le veilleur montait la garde dans la cour. En revanche, je ne vis personne en faction devant ma fenêtre. Lorsque minuit arriva enfin, je laissai la chatte paisiblement endormie sur mon lit et enjambai l'appui de la fenêtre.

La lune, quoique dans son deuxième quartier, dispensait une clarté trop forte pour favoriser mes desseins. J'eusse préféré cheminer, sans être vue, sous une épaisse couverture de nuages. En dépit de la fraîcheur nocturne, je transpirais lorsque j'atteignis enfin la falaise qui dominait la Vallée.

A mes pieds s'étendait, paisible, la dernière demeure des morts, éclairée par la lune éternelle d'Egypte. La clôture qui entourait la tombe me boucha la vue jusqu'à ce que j'en fusse toute proche. Je ne m'étais pas préparée à entendre des bruits de fanfare; le silence de mort qui enveloppait l'endroit n'avait donc rien d'alarmant en soi, pas plus que l'absence de lueur d'une lanterne. Peut-être Emerson ne l'avait-il pas allumée, dans l'espoir d'inciter l'assassin à s'exposer. Néanmoins, le frisson trop familier de l'appréhension me glaça les os tandis que je continuais d'avancer sans bruit.

Je m'approchai de la barrière avec circonspection. Je ne voulais pas que mon propre mari, me prenant par erreur pour l'assassin, m'assommât d'un coup sur la tête. Mon approche ne fut certainement pas silencieuse, car le sol pierreux était jonché de cailloux et de graviers qui crissaient sous mes pas. Arrivée à la clôture, je scrutai l'espace entre deux piquets.

— Emerson, chuchotai-je. Ne tirez pas, c'est moi.

Aucune voix ne répondit. Aucun son ne rompit le sinistre silence. L'enclos évoquait une photographie floue, sillonnée par les ombres des piquets, brouillée par les contours des rochers et d'objets hétéroclites. Mon instinct m'apprit la vérité avant même que mes yeux plissés n'eussent deviné, à côté de l'escalier, une forme plus sombre, recroquevillée. Abandonnant toute prudence, je m'élançai et me jetai à terre, auprès d'elle. Mes mains tâtonnantes rencontrèrent du tissu froissé, une masse de cheveux crépus, des traits que j'aurais reconnus au cœur de la nuit la plus noire.

— Emerson, parlez-moi! suppliai-je d'une voix étranglée. Oh! mon Dieu, j'arrive trop tard. Pourquoi ai-je attendu si longtemps? Pourquoi...?

Le corps immobile s'anima soudain, comme galvanisé. Des mains me happèrent, me serrèrent à la gorge, me bâillonnèrent, me plaquèrent au sol avec une force qui me coupa le souffle, m'emprisonnèrent enfin dans une étreinte qui évoquait davantage la férocité d'un ennemi mortel que l'affection d'un époux.

— Crénom, Amelia! siffla Emerson. Si vous avez effarouché ma proie, jamais plus je ne vous adresserai la parole! Que diable faites-vous ici?

Etant dans l'impossibilité d'articuler, je gargouillai une réponse qui se voulait intelligible. Emerson ôta sa main de ma bouche.

— Tout bas, murmura-t-il.

— Comment osez-vous m'effrayer ainsi? protestai-je.

— Comment avez-vous...? Peu importe. Mettez-vous hors de vue, avec O'Connell, pendant que je reprends ma position. Je faisais semblant de dormir.

— Vous *dormiez*, oui!

— Je me suis peut-être assoupi un instant... Mais assez parlé. Retirez-vous dans la hutte, avec O'Connell...

— Où est-il donc, O'Connell? Notre rencontre n'a pas été précisément discrète; n'aurait-il pas déjà dû se précipiter à votre secours?

— Hmm-hmm, fit Emerson.

Nous trouvâmes le journaliste derrière un gros rocher, à flanc de coteau. Sa respiration était profonde, régulière. Il ne remua pas, même quand je le secouai.

— Drogué, murmurai-je. Voilà qui est fort alarmant, Emerson.

— Alarmant mais encourageant, répondit-il de la voix la plus basse qu'il lui fût loisible de prendre. Cela confirme ma théorie. Restez hors de vue, Peabody, et ne donnez pas l'alerte trop tôt, pour l'amour du ciel! Attendez que je tienne la fripouille par la peau du cou.

— Mais, Emerson...

— Brisons là. J'espère seulement qu'on n'aura pas entendu notre discussion animée.

— Un instant...

Il était déjà parti. Je m'assis à côté du gros rocher. Poursuivre Emerson et le forcer à m'écouter eût été risquer l'échec de notre plan; en outre, l'information que j'avais eu l'intention de lui donner n'avait plus sa raison d'être. Quoique... Mordillant ma lèvre supérieure, je m'efforçai de mettre de l'ordre dans mes pensées. O'Connell avait été drogué. Nul doute que le café d'Emerson avait également été altéré. Redoutant une telle éventualité, je l'avais donc bu — avant que de le vomir. Et pourtant, quand j'avais appelé Emerson, tout à l'heure, il dormait à poings fermés. J'étais formelle sur ce point. S'il n'avait fait que simuler le sommeil, il aurait entendu mes chuchotements. Or, il avait bu *mon* café. A moins que quelqu'un d'autre n'eût échangé sa tasse avec la mienne? Je sentis ma tête tournoyer comme une toupie.

Une douce lueur artificielle m'arracha à mes

inquiétantes pensées. Emerson avait allumé sa lanterne. J'approuvai son initiative; si mon raisonnement était exact, l'assassin s'attendrait à le trouver inanimé, sans défense, et la lumière de la lampe lui permettrait d'observer plus à son aise la forme prostrée. J'aurais simplement aimé avoir la certitude qu'Emerson n'était pas sous l'influence de quelque drogue. Je pris une profonde inspiration et serrai les poings. Peu importait, finalement : j'étais sur la brèche. J'avais mon couteau, mon revolver, mon ombrelle; la détermination suscitée par le devoir et l'affection affermissait chacun de mes muscles. Je me fis la réflexion qu'Emerson n'aurait pu être dans de meilleures mains que les miennes.

Je me fis cette réflexion, oui. Néanmoins, à mesure que le temps s'écoulait, j'en vins à douter de mon assurance — non que j'eusse perdu confiance en mes capacités, mais parce que j'avais tout à perdre si, d'aventure, je n'intervenais pas à temps. Emerson s'était assis par terre, près de l'escalier, dos à un rocher, la pipe à la bouche. Après avoir fumé un moment, il éteignit sa pipe et demeura immobile. Peu à peu, sa tête s'inclina en avant. La pipe tomba de sa main détendue. Les épaules affaissées, le menton sur la poitrine, il dormait — ou faisait-il seulement semblant? Une légère brise ébouriffa ses cheveux noirs. J'observai avec une appréhension croissante sa silhouette figée. Je me trouvais à une dizaine de mètres de lui. Pourrais-je l'atteindre à temps, si l'action s'avérait nécessaire? A côté de moi, Mr. O'Connell roula sur le flanc et se mit à ronfler. Je fus tentée de lui donner un coup de pied, quoiqu'il ne fût en rien responsable de son état comateux.

La nuit était bien avancée lorsque me parvint le premier bruit trahissant une présence. Ce n'était que le crissement d'un caillou contre la pierre, et un animal errant pouvait en être la cause; je me redressai néanmoins, les sens en alerte. Derrière la clôture, à la limite extérieure du cercle de lumière, je perçus — de justesse — un mouvement.

En voyant la silhouette ombreuse, furtive, émerger à découvert, je ne pus me défendre de retenir mon souffle. Emmitouflée de la tête aux pieds dans des voiles de mousseline qui couvraient jusqu'à son visage, elle me fit penser à la première apparition d'Ayesha, déesse ou femme immortelle, dans *She,* le passionnant roman de Mr. Haggard. Ayesha voilait son visage et ses formes parce que son éblouissante beauté conduisait les hommes à la folie ; le déguisement de cette apparition-là avait un objet plus funeste, mais il inspirait la même crainte superstitieuse, la même terreur. Rien d'étonnant à ce que les personnes qui l'avaient vue l'eussent prise pour un démon de la nuit ou pour le fantôme d'une reine de l'antiquité.

L'ombre se figea, comme prête à s'enfuir. Le vent nocturne souleva ses voiles, semblables aux ailes d'une monstrueuse phalène blanche. Mon désir de lui courir sus était si ardent que je plantai mes dents dans ma lèvre inférieure et sentis le goût salé du sang. Il me fallait attendre. Les falaises proches recelaient trop de cachettes ; si elle nous échappait maintenant, nous risquions de ne jamais pouvoir la livrer à la justice.

Je faillis attendre trop longtemps. Lorsque l'ombre bougea enfin, elle le fit avec une telle rapidité que je fus prise au dépourvu. D'un bond, elle se pencha sur Emerson, une main brandie en l'air.

Il était à présent manifeste qu'Emerson s'était réellement assoupi et ne simulait pas le sommeil. J'aurais poussé un cri, vous pensez bien, si le danger avait été imminent ; mais en voyant la silhouette fantomatique, je compris tout. Ma théorie se révélait exacte, du début à la fin. Connaissant la méthode de l'assassin, je savais que celle-ci requérait précision et une certaine lenteur d'exécution. J'avais tout mon temps. Je me mis debout, envahie d'un sentiment de triomphe.

Dès que je pris appui sur mon pied gauche, la cheville céda sous mon poids et je sentis les picotements de douleur de la circulation qui revenait. Le bruit de ma chute, je l'avoue à regret, fut tout sauf discret.

Le temps que je me ressaisisse, la silhouette blanche battait précipitamment en retraite. Emerson, affalé sur le côté, remuait faiblement, tel un scarabée retourné. J'entendis ses jurons étouffés tandis que je le dépassais en clopinant, appuyée sur mon ombrelle.

Une femme en moins bonne condition physique que moi eût continué à boitiller jusqu'à ce que tout espoir fût perdu. Par bonheur, mes vaisseaux sanguins et mes muscles étaient aussi bien entretenus que le reste de ma personne, de sorte que mes membres retrouvèrent leurs forces au fil de ma progression. La blanche apparition était toujours visible, loin devant, lorsque je me lançai dans mon fameux sprint, tête haute et coudes au corps. Et je ne me privai pas de lancer à tous les échos de vibrants appels à l'aide destinés à d'éventuels auditeurs.

Mes cris polyglottes — « Au secours ! *Help ! Zu Hilfe !* A l'assassin ! » — accompagnèrent ma course, et j'imagine qu'ils eurent un certain effet sur la personne que je pourchassais. Elle n'avait aucun moyen de m'échapper, et pourtant elle continua de courir jusqu'au moment où, rassemblant toutes mes forces, j'abattis mon ombrelle sur sa tête. Même alors, gisant sur le dos, elle griffa le sol de ses mains crochues pour attraper l'objet qui lui avait échappé dans sa chute. Je plaquai fermement mon pied sur l'arme du crime : une épingle à chapeau, longue et effilée. Mon ombrelle en position d'attaque, je contemplai le visage hagard, maintenant dénué de toute beauté, qui me foudroyait du regard avec une férocité de gorgone.

— C'est inutile, Lady Baskerville, lui dis-je. Vous êtes faite. Vous auriez dû savoir, dès notre première rencontre, que vous n'étiez pas de taille à me vaincre.

CHAPITRE DIX-SEPT

Emerson fut démesurément contrarié de ce qu'il appelait « mon intervention injustifiée ». Je lui fis observer que, sans ladite intervention, il se serait retrouvé dans un monde meilleur que le nôtre, mais probablement moins intéressant. Incapable de nier cette évidence, mais réticent à l'admettre, il changea de sujet.

Nous décidâmes d'ouvrir en grande pompe les enveloppes auxquelles nous avions confié, un peu plus tôt, nos déductions respectives concernant l'identité de l'assassin. Je suggérai que nous le fissions en public. Emerson accepta aussitôt, preuve qu'il avait correctement deviné, ou alors qu'il avait pu substituer une autre enveloppe à l'originale.

Nous tînmes notre conférence dans la chambre d'Arthur. Quoique très faible encore, le jeune homme était hors de danger, et j'estimais que sa guérison serait accélérée s'il se savait blanchi de tout soupçon de meurtre.

Tout le monde était là, hormis Mr. Vandergelt, qui s'était fait un devoir d'accompagner Lady Baskerville à Louxor, où, sans nul doute, elle posait un problème considérable aux autorités. Il leur arrivait rarement d'avoir un criminel d'un rang social si élevé — et une femme, de surcroît ! J'espérais simplement qu'ils ne la laisseraient pas s'échapper par pur embarras.

Lorsque Emerson et moi eûmes décacheté nos enveloppes et déplié les deux bouts de papier, portant chacun le nom de Lady Baskerville, Mary s'exclama :

— Vous me stupéfiez, Amelia... et vous aussi, professeur, bien sûr ! Je ne puis dire que j'avais beaucoup d'admiration pour elle, mais jamais je n'aurais imaginé qu'elle pût être coupable.

— C'était une évidence pour un esprit analytique, répondis-je. Lady Baskerville était rusée, méchante, mais pas vraiment intelligente. Elle a commis erreur sur erreur.

— Celle, par exemple, de demander au professeur de diriger l'expédition, dit Karl. Elle aurait dû savoir qu'un homme si brillant, si distingué...

— Au contraire, dit Emerson, ce fut l'une de ses manœuvres les plus habiles. De toute façon, les travaux eussent été menés à bien, avec ou sans son consentement ; feu Lord Baskerville le spécifiait dans son testament. Elle devait donc jouer son rôle de veuve dévouée. D'autre part, au moment où elle nous a sollicités, elle avait la conviction que l'affaire était terminée. Armadale, espérait-elle, mourrait dans le désert ou fuirait le pays. Elle sous-estimait l'énergie du jeune homme et la profondeur de sa flamme. Quoi qu'il en soit, si elle n'était pas très intelligente, elle savait agir avec promptitude et efficacité quand cela s'avérait nécessaire.

— Par ailleurs, ajoutai-je, son idée de se déguiser en « dame en blanc » fut l'une de ses meilleures trouvailles. Les voiles étaient si volumineux qu'il était impossible d'identifier la silhouette ; il aurait aussi bien pu s'agir d'un homme. De plus, son apparence fantomatique a contribué à effaroucher certains de ceux qui l'ont vue. Lady Baskerville a fait bon usage de la dame en blanc en prétendant elle-même la voir, le soir où Emerson a manqué être assommé par la figurine en pierre. C'est Habib, bien sûr, qui a lancé le projectile. D'autres indices, tels que la préférence de Lady Baskerville pour les servantes timorées et incapables, étaient hautement révélateurs. Je suis persuadée qu'Atiyah a été témoin d'un certain nombre de choses qu'une autre femme, plus perspicace, aurait su interpréter, et m'aurait peut-être signalées.

J'aurais continué sur ma lancée si Mr. O'Connell ne m'avait interrompue :

— Minute, m'dame. Tout cela est très intéressant mais, sauf votre respect, c'est le genre de chose que n'importe qui peut voir, après coup. Il me faut davantage de détails, non seulement pour mon rédacteur en chef, mais pour satisfaire ma curiosité.

— Vous connaissez déjà les détails d'un épisode particulier de cette affaire, mais vous ne serez peut-être point désireux de les rapporter à vos lecteurs, dis-je d'un ton lesté de sous-entendus.

Le visage de Mr. O'Connell s'empourpra d'un rouge flamboyant, au point d'en devenir presque assorti à sa chevelure. Il m'avait avoué, en privé, être responsable de l'incident du couteau dans la penderie. Il avait persuadé un domestique de l'hôtel, en lui graissant la patte, de placer un poignard ouvragé — du genre de ceux qu'on fabrique pour les touristes — bien en évidence dans notre chambre. Son allié, incompétent et sous-payé, avait remplacé le coûteux accessoire par un couteau meilleur marché, qu'il avait posé là où il ne fallait pas.

Voyant les joues en feu du journaliste, je n'insistai pas davantage. Au cours des derniers jours, il s'était attiré ma bienveillance, d'autant qu'il était voué à une cruelle déconvenue si mes soupçons concernant Mary et Arthur étaient corrects.

— Oui, bon, continuons, dit O'Connell en baissant le nez sur son bloc-notes. Comment avez-vous atteint la vérité — vous et le professeur Emerson, j'entends ?

J'avais décidé d'attendre, pour m'avancer, qu'Emerson eût fourni ses propres explications. Je gardai donc le silence et le laissai commencer.

— Il était évident, depuis le début, que Lady Baskerville était la mieux placée pour supprimer son mari. C'est un truisme, dans la science policière...

— Je ne puis vous accorder que dix minutes, Emerson, intervins-je. Nous ne devons pas fatiguer Arthur.

— Humph ! grogna Emerson. Racontez l'histoire, donc, puisque vous jugez mon style narratif trop prolixe.

— Je vais plutôt vous poser des questions, si vous permettez, dit Mr. O'Connell d'un air amusé. Cela nous fera gagner du temps. De par mon métier, voyez-vous, je suis habitué à un style sobre.

« Sobre » n'était pas le terme que j'eusse employé ; cependant, je ne vis aucune raison de m'opposer à la procédure qu'il suggérait.

— Vous avez parlé de l'opportunité, dit-il. Qu'en est-il du mobile ? Professeur ?

— C'est un truisme, dans la science policière, s'entêta Emerson, que les héritiers de la victime sont les principaux suspects. J'ignorais, certes, les dispositions du testament de feu Lord Baskerville, mais je présumais que son épouse hériterait de quelque chose. Toutefois, je subodorais un mobile encore plus puissant. Le monde de l'archéologie est petit et, à l'instar de toutes les petites communautés, il est sujet aux commérages. La réputation de Lady Baskerville dans le domaine de... euh, comment dire...

— Dans le domaine des aventures extraconjugales, complétai-je. Cela, j'aurais pu vous le dire.

— Et comment, je vous prie ?

— Je l'ai su dès l'instant où j'ai posé les yeux sur elle. C'était ce genre de femme.

Voyant le visage congestionné d'Emerson, Mr. O'Connell intervint vivement :

— Donc, professeur, vous avez enquêté sur la réputation de la dame ?

— Précisément. J'avais perdu le contact depuis plusieurs années. J'ai interrogé certaines de mes relations, à Louxor, et j'ai expédié quelques télégrammes au Caire, afin de vérifier si elle avait persévéré dans ses anciennes habitudes. Les réponses ont confirmé mes soupçons. J'en ai conclu que Lord Baskerville, ayant appris les écarts de son épouse — le mari est toujours le dernier informé — l'avait menacée de divorce, de disgrâce et de destitution.

En réalité, il n'avait découvert ces faits que le matin même, quand Lady Baskerville était passée aux aveux complets. Je me demandai combien d'autres facettes de cette confession extrêmement instructive allaient se présenter, sous forme de déductions, au fil de l'analyse d'Emerson.

— Elle a donc tué son époux dans le but de préserver sa réputation ? s'exclama Mary, incrédule.

— Dans le but de préserver son luxueux train de vie, rectifiai-je. Elle avait des vues sur Mr. Vandergelt. Celui-ci n'aurait jamais épousé une divorcée — le puritanisme de ces Américains est bien connu — mais, en jouant les veuves éplorées, elle se faisait fort de le capturer.

— Bon, dit Mr. O'Connell en griffonnant rapidement sur son calepin. Maintenant, madame E., à votre tour. Quel est l'indice qui vous a mise sur la voie ?

— Le lit d'Arthur.

Mr. O'Connell gloussa.

— Merveilleux ! C'est presque aussi énigmatique

que les délicieux indices de Mr. Sherlock Holmes. Veuillez préciser votre pensée, s'il vous plaît.

— Le soir où nous avons découvert notre ami si mal en point, dis-je avec un signe de tête à l'adresse d'Arthur, sa chambre était en désordre. Lady Baskerville avait mis ses affaires sens dessus dessous afin de faire croire qu'il s'était enfui en toute hâte. Seulement, elle avait...

— Oublié d'emporter son nécessaire de rasage, m'interrompit Emerson. J'ai compris, à ce moment-là, que l'assassin était une femme. Aucun homme n'aurait omis une telle...

Je haussai la voix :

— D'autre part, aucun homme n'aurait fait le lit d'Arthur avec tant de soin. Rappelez-vous, le jeune homme était allongé dessus lorsqu'il a été agressé. La meurtrière s'est vue obligée de refaire le lit, de manière que la courtepointe tombe par terre et dissimule le corps inanimé. Plus on le trouverait tard, plus il serait difficile aux personnes innocentes de se ménager un alibi. Ce lit fait au carré, comme à l'hôpital, équivalait à une signature.

— Bien, bien, chantonna Mr. O'Connell en griffonnant de plus belle. Mais comment a-t-elle commis les crimes, madame E. ? C'est le plus déconcertant, dans cette affaire.

— Avec une épingle à chapeau.

Des exclamations stupéfaites saluèrent ma déclaration.

— Oui, repris-je. J'avoue avoir longtemps buté sur ce point. C'est seulement hier après-midi, alors que Lady Baskerville essayait son trousseau, que je me suis avisée combien une épingle à chapeau pouvait être une arme dangereuse. Lady Baskerville avait été infirmière, et elle avait connu... euh... fréquenté des docteurs et des étudiants en médecine. Une aiguille effilée, plantée à la base du cerveau, pénétrera la colonne vertébrale et entraînera une mort instantanée. La petite piqûre, cachée par les cheveux de la victime, passera inaperçue; dans le cas contraire, on la prendra pour une piqûre d'insecte. Lady Baskerville a tué Mr. Armadale de cette manière.

— Mais pourquoi Armadale? interrogea O'Connell, crayon en position. La soupçonnait-il?

— Tout au contraire, répondis-je. (Je contrôle ma respiration bien mieux qu'Emerson; je pouvais commencer à parler alors qu'il en était encore à inhaler.) Mr. Armadale croyait avoir *lui-même* tué Lord Baskerville.

Suivit un concert d'interjections de surprise qui me fut doux à l'oreille.

— Ce n'est qu'une conjecture, bien sûr, dis-je avec modestie, mais c'est la seule explication qui coïncide avec les faits. Lady Baskerville avait, de propos délibéré, séduit Mr. Armadale. Mary a noté que, durant les semaines qui précédèrent la mort de Lord Baskerville, le jeune homme était préoccupé, déprimé. Fait plus significatif, il n'avait pas réitéré sa demande en mariage. Il s'était découvert un nouvel amour, et le remords d'avoir trahi la confiance de son bienfaiteur le mettait au supplice. Lady Baskerville feignit de partager ses sentiments : elle informa Armadale qu'elle avait l'intention de dire toute la vérité à son mari. Prétextant qu'elle redoutait la réaction de celui-ci, elle pria son amant d'attendre dans la pièce voisine pendant que l'entrevue avait lieu. Chose bien compréhensible, son époux se mit à l'accabler de reproches. Elle hurla. Aussitôt, Armadale fit irruption dans la chambre et frappa le mari enragé, croyant ainsi protéger sa maîtresse. Lord Baskerville tomba, et sa femme se pencha sur lui en criant : « Vous l'avez tué ! »

— Et Armadale l'a crue? dit O'Connell, sceptique. Mes lecteurs vont adorer, madame E., mais c'est un peu dur à avaler.

— Il l'aimait, intervint Arthur d'une voix faible. Vous ne comprenez pas ce qu'est le véritable amour, monsieur O'Connell.

Je pris entre mes doigts le poignet d'Arthur.

— Vous êtes congestionné, lui dis-je. Il ne faut pas vous exciter. Nous ferions mieux de lever la séance.

— Non, non.

Le malade étreignit ma main. Sa barbe dorée était à présent bien taillée, ses cheveux coiffés. Son visage pâle et émacié le rendait plus séduisant que jamais, un peu comme un Keats jeune (à la différence que le poète était brun).

— Vous ne pouvez pas vous arrêter en si bon chemin, dit Arthur. Pourquoi m'a-t-elle attaquée ?

— Oui, pourquoi ? susurra Emerson, me prenant cette fois au dépourvu. Je gage que mon omnisciente épouse elle-même ne le sait pas.

— Et vous ? m'enquis-je.

— Non. C'est incompréhensible. Arthur ne l'a pas vue ; elle est entrée dans sa chambre pendant qu'il dormait. Allez savoir pourquoi elle ne s'est pas servie de son inséparable épingle à chapeau...

— Il lui fallait d'abord plonger Arthur dans l'inconscience, expliquai-je. L'introduction de l'aiguille dans la nuque requiert une certaine dextérité ; cela ne peut se faire quand la victime est éveillée et en état de résister. Elle l'a donc assommé, après quoi elle a cru qu'il était mort. Ou alors, peut-être a-t-elle craint d'être interrompue. Dans le cas présent, il lui fallait agir en plein jour. Il est encore possible que, dérangée dans ses préparatifs, elle ait eu juste le temps de cacher notre ami sous le lit. La question est de savoir pourquoi elle a jugé nécessaire de vous faire taire, Arthur ? Si jamais quelqu'un avait flairé du louche dans la mort de Lord Baskerville, vous auriez été le suspect idéal. La sottise dont vous avez témoigné en cachant à tout le monde votre véritable identité...

— Mais j'en ai parlé à quelqu'un, dit naïvement Arthur. J'en ai parlé à Lady Baskerville, à peine une semaine après mon arrivée ici.

Emerson et moi échangeâmes un regard. Il inclina la tête.

— C'était donc cela, dit-il. Vous n'avez pas mentionné ce détail à mon épouse, lorsque vous lui avez ouvert votre cœur.

Le jeune homme rougit.

— C'eût été indélicat. Mrs. Emerson m'avait dit, en termes non équivoques, ce qu'elle pensait de ma stupidité. Admettre que Lady Baskerville m'avait encouragé à garder l'anonymat, cela revenait à l'accuser...

Il s'interrompit, l'air ahuri. Arthur Baskerville avait beau être riche, séduisant et doté de toutes sortes de vertus, il n'était certes pas d'une intelligence supérieure.

— Attendez un peu, haleta O'Connell, dont le crayon filait à toute allure sur la page. C'est de la bonne copie, tout ça, mais vous ne suivez pas l'ordre chronologique. Revenons-en au meurtre d'Armadale. Je présume que la dame a persuadé le pauvre nigaud de s'enfuir, après avoir frappé Baskerville, puis qu'elle a trucidé le lord avec son épingle à chapeau. Holà... minute ! On n'a pas signalé d'ecchymose sur le visage de Baskerville...

— Le Dr Dubois n'aurait rien remarqué si la victime avait eu la gorge tranchée, dis-je. Il faut reconnaître, à sa décharge, qu'il cherchait la cause du décès et non une légère contusion au menton. Lord Baskerville avait, semble-t-il, une étonnante propension à s'automutiler. Sans doute était-il couvert de bleus, de bosses et d'égratignures.

— Bien, dit O'Connell en notant cette précision. Armadale a donc pris la fuite — déguisé en indigène, je suppose — et s'est caché dans les collines. Je suis surpris qu'il n'ait pas quitté le pays.

— En laissant sa maîtresse derrière lui ? objectai-je. Selon moi, le jeune homme ne jouissait pas de toutes ses facultés. L'horreur de l'acte qu'il croyait avoir commis a suffi à annihiler son cerveau et à le rendre incapable de prendre une décision quelconque. Il ne pouvait se livrer à la police car, ce faisant, il aurait incriminé la femme qu'il aimait, en tant que complice par assistance. Cependant, quand Lady Baskerville est revenue, il n'a pu y tenir plus longtemps. Il est allé à la fenêtre de sa chambre, en pleine nuit, et s'est fait repérer par Hassan. Le stupide veilleur a alors tenté de faire chanter Lady Baskerville — car il avait fort bien vu de quelle fenêtre s'approchait Armadale. Elle a éliminé les deux hommes la nuit suivante : Armadale dans la grotte, où il lui avait demandé de le retrouver, et Hassan dans la cour, quand il l'a interceptée à son retour. Je ne suis pas surprise qu'elle ait paru si exténuée le lendemain !

— Mais qu'en est-il de... ?

— Arrêtons là pour le moment, dis-je en me levant. Arthur a eu plus que sa part d'excitation. Mary, voulez-vous rester auprès de lui pour veiller à ce qu'il se repose ? Dès que la brave religieuse aura terminé sa sieste bien méritée, elle viendra vous remplacer.

En sortant de la chambre, je vis Arthur prendre la main de Mary. La jeune fille rougit et baissa les cils. J'avais arrangé cette affaire de mon mieux ; à eux de faire le reste. Evitant le regard chargé de reproche de Mr. O'Connell, je me dirigeai vers le salon, suivie des autres.

— Il reste encore quelques points à élucider, déclarai-je en prenant un siège. Je ne voulais pas que Mary nous entende discuter de la mort de sa mère.

— Très correct, approuva Karl. Je vous remercie, Frau Professor, de cette...

— Ce n'est rien, Karl.

Je me demandai de quoi il me remerciait, mais je ne m'en souciais pas vraiment. La porte s'ouvrit sur ces entrefaites, livrant passage à Mr. Vandergelt. Il donnait l'impression de s'être tassé d'une dizaine de centimètres depuis la veille. Nul ne sut que dire, jusqu'au moment où Emerson, avec cette sublime hauteur de vue dont il est parfois capable, prononça les mots justes.

— Prenez un verre, Vandergelt !

— Vous êtes un frère, professeur, dit l'Américain avec un long soupir. J'accepte volontiers.

— Vous a-t-elle éconduit, monsieur Vandergelt ? m'enquis-je d'un ton compatissant.

— En des termes qui auraient fait rougir un muletier. Pas à dire, elle m'a bien possédé. Vous devez me considérer comme un fieffé imbécile.

— Vous n'avez pas été le seul à vous laisser abuser, lui assurai-je.

— *Aber nein !* s'exclama Karl. J'ai eu pour elle, toujours, le plus profond respect, le plus...

— C'est bien pourquoi j'ai refusé votre proposition de monter la garde avec moi la nuit dernière, le coupa Emerson en servant un whisky à l'infortuné Vandergelt. Votre respect pour la dame risquait de vous empêcher d'agir, fût-ce l'espace d'une fraction de seconde, or cet infime laps de temps pouvait faire toute la différence entre la vie et la mort.

— Et naturellement, vous avez décliné *mon* aide, dit Vandergelt d'un air lugubre. Croyez-moi, professeur, j'aurais été trop abasourdi pour faire un mouvement si je l'avais vue !

Emerson lui tendit son verre. D'un signe de tête, l'Américain le remercia avant de poursuivre :

— Savez-vous que cette bougresse s'imaginait que je l'épouserais malgré tout ? Elle s'est mise à m'agonir d'injures quand je lui ai dit que je déclinais respectueusement sa proposition. Je me faisais l'effet d'un malotru, mais... enfin quoi, les amis, ce ne serait pas raisonnable d'épouser une femme qui a déjà assassiné un mari ! Le bonhomme se demanderait sans arrêt si son café du matin n'a pas un goût bizarre.

— De plus, opinai-je, il ne serait guère pratique d'attendre vingt ou trente ans pour goûter les plaisirs de la volupté conjugale. Courage, monsieur Vandergelt ! Le temps guérira votre blessure, et je suis sûre que le bonheur vous guette à l'avenir.

Mes paroles, judicieusement choisies, dissipèrent un peu l'affliction qui assombrissait les traits de l'Américain. Il leva son verre en un galant salut à mon adresse.

— J'étais sur le point d'aborder la mort de Mrs. Berengeria, repris-je. Ne vous sera-t-il pas trop pénible d'entendre...

— Encore un whisky et rien ne me sera trop pénible, pas même d'entendre que *Amalgamated Railroads* a perdu vingt points, repartit Mr. Vandergelt en tendant à Emerson son verre vide. Joignez-vous à moi pour cette tournée, voulez-vous, professeur ?

— Je crois que oui, dit Emerson en me jetant un regard noir. Nous boirons, Vandergelt, à la perfidie du sexe féminin.

— Je vous accompagnerai, dis-je gaiement. Emerson, vos plaisanteries sont parfois un peu intempestives. Mr. O'Connell est assis au bord de sa chaise, son crayon en position ; expliquez-lui donc, à votre façon inimitable, la signification du petit conte de fées dont nous avons parlé hier soir, et pourquoi cette histoire apparemment anodine a été cause d'un meurtre.

— Hum ! dit Emerson. Ma foi, si vous insistez, Peabody...

— J'insiste. Tenez, je vais faire la barmaid et vous servir tous les deux.

Je lui pris des mains le verre vide de Vandergelt. Il me dédia un sourire penaud. Emerson est pathétiquement facile à manœuvrer, le pauvre homme. La moindre attention délicate suffit à l'amadouer.

— Puis-je également avoir recours à vos bons offices, m'dame ? demanda O'Connell.

— Certainement, répondis-je avec grâce. Mais abstenez-vous de tout geste scabreux envers la barmaid, monsieur l'Irlandais.

Cette petite saillie acheva d'instaurer l'atmosphère de bonne humeur que je m'employais à créer. Tandis que je servais ces messieurs — y compris Karl, qui me gratifia d'un sourire — Emerson prit la parole.

— La mort de Mrs. Berengeria fut, à sa manière, un chef-d'œuvre d'ironie tragique, car la malheureuse bécasse n'avait nullement l'intention d'accuser de meurtre Lady Baskerville. A l'instar de toutes les braves dames de Louxor, qui, dans leur infinie charité chrétienne, passent le plus clair de leur temps à déchiqueter leurs pareilles, elle connaissait la réputation de Lady Baskerville. « La Légende des Deux Frères » était une pointe qui visait une femme adultère, non une meurtrière. Et elle n'aurait pas pu tomber plus juste. Le cœur dans le cèdre est le cœur d'un amant — vulnérable, exposé, confiant dans l'amour de sa bien-aimée. Si l'objet de vénération se révèle déloyal, l'amant se retrouve sans défense. Lord Baskerville avait confiance en son épouse. Alors même qu'il avait cessé de l'aimer, il ne songeait pas à se défendre contre elle. Que Mrs. Berengeria ait perçu la signification de la métaphore prouve qu'elle avait, enfoui en son tréfonds, un reste d'intelligence et de sensibilité. Qui sait ce qu'elle aurait pu devenir, si les vicissitudes de la vie n'étaient venues à bout de sa volonté ?

Je contemplai mon mari, la vue brouillée par des

larmes d'affection. Emerson est si souvent mal jugé par ceux qui ne le connaissent pas ! Quelle tendresse, quelle délicatesse se dissimulent sous son masque de férocité !

Inconscient de mes sentiments, Emerson s'adjugea une bonne rasade de whisky avant de reprendre, dans un registre plus terre à terre :

— La première partie du conte des Deux Frères met en scène une épouse infidèle qui, par ses mensonges, monte un homme contre un autre. Considérez cette histoire — messieurs, Peabody — dans l'optique de notre funeste triangle. Là encore, la métaphore était appropriée, et Lady Baskerville, sous l'influence de sa conscience coupable, a choisi la mauvaise interprétation. Elle s'est crue en danger d'être démasquée, or il était si facile d'instiller une dose fatale d'opium dans la bouteille de cognac de Mrs. Berengeria ! Que représentait pour elle un meurtre de plus ? Elle en avait déjà commis trois. Et que représentait la mort d'une vieille femme odieuse ? Une bénédiction, en vérité !

Un silence suivit la conclusion de son exposé. Il s'adressa alors à Mr. O'Connell, dont le crayon avait noirci la page avec frénésie.

— Des questions ?

— Attendez, reprenez juste la dernière phrase. « Que représentait la mort d'une vieille femme... »

— Odieuse, compléta Emerson.

— Une vieille cinglée, marmonna Mr. Vandergelt en fixant le fond de son verre vide.

La porte s'ouvrit et Mary fit son entrée.

— Il dort, me dit-elle en souriant. Je suis vraiment heureuse pour lui. Il sera tellement content d'être Lord Baskerville !

— Et moi, je suis heureuse pour vous, répondis-je avec un regard entendu.

— Mais comment avez-vous su... ? s'écria Mary en rosissant d'une exquise façon. Nous ne l'avons encore dit à personne.

— Je sens toujours ces choses-là.

Heureusement pour moi, je n'en dis pas davantage. A peine avais-je terminé ma phrase que Karl von Bork vint se poster auprès de Mary et la prit tendrement par la taille. Elle s'appuya contre lui, le visage rayonnant.

— Nous vous tenons à remercier, Frau Professor. — Les moustaches de Karl se recourbaient littéralement, tant sa flamme était ardente. — Il n'est point séant de parler de cela si tôt après le fâcheux malheur que nous évoquions tout à l'heure, mais ma chère Mary est seule au monde, à présent, et elle a besoin de moi. J'ai confiance que vous serez pour elle une véritable amie, jusqu'à ce que vienne le moment béni où je pourrai la conduire à...

— Quoi ? s'exclama Emerson, les yeux écarquillés.

— Sacredieu ! s'écria Mr. O'Connell en lançant son crayon à travers la pièce.

— Vieil âne bâté, murmura Mr. Vandergelt à son verre vide.

— Mes meilleurs vœux à tous les deux, déclarai-je. A vrai dire, je m'en doutais depuis le début.

II

— Avez-vous songé, s'enquit Emerson, que vous avez un certain nombre de relations en prison, aux quatre coins du monde ?

Je méditai la question.

— A vrai dire, je n'en vois guère que deux... non, trois, puisque le cousin d'Evelyn a été appréhendé l'année dernière à Budapest. Cela n'est pas si considérable.

Emerson gloussa. Il était d'excellente humeur et avait tout lieu de l'être. Le paysage, sa carrière, les perspectives qui s'offraient à nous : tout incitait à l'euphorie la plus effrénée.

Deux mois et demi s'étaient écoulés depuis les événements que j'ai relatés. Installés sur le pont du paquebot *Rembrandt,* nous étions sur le chemin du retour. Le soleil brillait et les vagues ondulantes, crêtées de blanc, s'écartaient devant l'étrave du navire qui voguait rapidement vers Marseille. Les autres passagers étaient massés à l'extrémité la plus éloignée du bateau (je ne me rappelle jamais si c'est la poupe ou la proue). Quoi qu'il en fût, ils étaient tous entassés là-bas, nous laissant rigoureusement seuls. L'intimité qu'ils nous procuraient ainsi n'était point pour me déplaire, mais je n'arrivais pas à comprendre en quoi nos momies les gênaient. Ces malheureuses dépouilles étaient mortes, après tout.

Elles étaient aussi très humides. C'est pourquoi, chaque jour, Emerson les montait sur le pont pour les faire sécher. Allongées dans leurs sarcophages aux couleurs vives, elles fixaient le soleil avec sérénité, et je ne doutai pas qu'elles se sentissent très à l'aise : le dieu-soleil n'était-il pas la divinité suprême qu'elles adoraient jadis ? Rê-Harakhte accomplissait son dernier service pour ses adorateurs, leur donnant la possibilité de survivre encore quelques siècles dans les augustes salles d'un temple moderne de la culture : un musée.

Notre tombe, en définitive, n'avait point tenu ses promesses. Elle avait été autrefois un sépulcre royal, cela ne faisait aucun doute : les décorations et les plans étaient trop grandioses pour un simple roturier. Cependant, l'occupant d'origine s'était attiré les foudres de quelqu'un ; en effet, son nom et son effigie avaient été martelés, où qu'ils apparussent. Quant à sa momie et à son mobilier funéraire, ils avaient depuis longtemps disparu. Quelque prêtre entreprenant, d'une dynastie postérieure, avait utilisé le tombeau à son compte, comme caveau familial. Plus tard encore, le plafond s'était effondré et l'eau avait envahi la chambre sépulcrale. Nous avions trouvé les restes de dix momies, toutes plus ou moins détériorées, toutes plus ou moins parées de bijoux et d'amulettes. M. Grébaut s'était montré généreux dans sa répartition du butin, octroyant à Emerson les momies les plus vilaines et les plus inondées. C'était ainsi que Sat-Hathor, la dame chanteuse d'Amon-Rê, et Amosis, le premier prophète de Min, bénéficiaient encore de quelques jours au soleil.

Karl et Mary avaient échangé leurs consentements la veille de notre départ de Louxor. J'avais été dame d'honneur et Emerson avait conduit la mariée à l'autel, tandis que Mr. Vandergelt faisait office de témoin. Mr. O'Connell n'avait pas assisté à la cérémonie. Je ne me faisais néanmoins aucun souci pour le cœur brisé du reporter ; il était trop passionné par son métier pour faire un bon époux. Son compte rendu du mariage, paru dans le journal du Caire, avait fait davantage de place au sensationnalisme — l'ultime chapitre de la Malédiction des Pharaons — qu'au dépit.

Comme je le fis observer à Emerson, il n'est rien de tel qu'un violon d'Ingres pour distraire un homme de ses soucis personnels. Mr. Vandergelt en était une parfaite illustration, bien que son attirance pour Lady Baskerville m'eût toujours paru superficielle. Il avait posé sa candidature auprès du Service des antiquités pour reprendre la concession de Lord Baskerville, et il envisageait avec allégresse une nouvelle saison de fouilles.

— Allez-vous accepter le poste d'archéologue en chef que vous propose Mr. Vandergelt pour la saison prochaine ? demandai-je à Emerson.

Allongé dans son transatlantique, son chapeau rabattu sur les yeux, il se borna à répondre par un grognement. Je tentai une approche différente :

— Lord Arthur Baskerville nous a invités à

séjourner chez lui cet été. Je gage qu'il ne tardera pas à trouver un substitut à son amour perdu. Un jeune homme possédant ses atouts — personnels et financiers — n'aura que l'embarras du choix. En tout cas, Mary a eu bien raison de ne pas accepter sa demande. Elle s'intéresse profondément à l'égyptologie, et Louxor est son domaine. Elle est bien plus intelligente qu'Arthur ; ces deux-là n'auraient point fait la paire. En revanche, la mère d'Arthur m'a beaucoup plu. J'ai été très touchée quand elle m'a baisé les mains en pleurant pour me remercier d'avoir sauvé son fils.

— Cela prouve que cette femme est une sotte, décréta Emerson de sous son chapeau. Votre négligence a failli coûter la vie à ce jeune homme. Si seulement vous aviez songé à lui demander...

— Et vous, alors ? Vous pouvez l'avouer, Emerson, maintenant que nous sommes seuls : vous ignoriez, jusqu'à hier soir, que la coupable était Lady Baskerville. Votre méli-mélo d'indices et de déductions était tiré, en droite ligne, de sa confession. Si vous aviez su la vérité, vous n'auriez pas eu l'imprudence de la laisser verser du laudanum dans votre tasse de café.

Emerson se redressa et repoussa son chapeau en arrière.

— C'était une erreur de jugement, je l'admets. Mais comment diantre pouvais-je savoir que sa servante était opiomane et que Lady Baskerville avait obtenu, par ce biais, une provision de drogue ? Vous affirmez que vous le saviez ; vous auriez pu m'en avertir.

Je fis machine arrière, avec mon habileté coutumière.

— Personne n'aurait pu prévoir cela, répondis-je. C'est ironique, ne trouvez-vous pas ? Si Atiyah n'avait été une droguée, elle eût sans doute rejoint la longue liste des victimes de Lady Baskerville. Quoiqu'elle ait surpris, à plusieurs reprises, sa maîtresse lors de ses virées nocturnes, elle était trop hébétée par la drogue pour interpréter ce qu'elle voyait. De surcroît, elle n'aurait pas fait un témoin digne de foi.

— A ce propos, dit Emerson, sur la défensive, comment en êtes-vous arrivée à soupçonner Lady Baskerville ? N'allez pas me dire que c'était une intuition !

— Je vous l'ai déjà expliqué, c'est le lit d'Arthur. D'autre part, il n'était pas difficile pour moi de comprendre qu'une femme pût être conduite à assassiner son mari.

— Et réciproquement, Peabody. Et réciproquement.

Emerson se rallongea à moitié et rabattit son chapeau sur les yeux.

— Il y a un autre sujet que je n'ai point abordé avec vous, dis-je.

— Quel est-il ?

— Le dernier soir, vous étiez submergé par le sommeil. Ne le niez pas : vous avez titubé et marmonné des heures durant. Si je n'avais pas ligoté Lady Baskerville avec ses propres voiles, elle se serait échappée. Qu'aviez-vous mis dans mon café, Emerson ?

— Je n'ai jamais entendu pareilles balivernes ! maugréa-t-il.

— Vous avez bu mon café, continuai-je sans pitié. Contrairement à vous, je subodorais que Lady Baskerville prendrait des mesures afin que vous fussiez endormi et sans défense cette nuit-là. Aussi ai-je bu moi-même le poison, comme... comme l'ont fait un certain nombre d'héroïnes célèbres. Donc, mon cher Emerson, qu'y avait-il dans *mon* café, et qui l'avait mis là ?

Emerson garda le silence. J'attendis, ayant découvert que, pour délier la langue d'un témoin, la patience froide était plus efficace que les accusations.

— C'est votre faute, répondit-il enfin.

— Ah ?

— Si vous vouliez bien rester sagement à la maison, comme une femme raisonnable, quand on vous dit de le faire...

— Donc, vous avez mis de l'opium dans mon café. Lady Baskerville en a mis dans le vôtre — et dans celui de Mr. O'Connell, après que vous l'eûtes choisi pour vous accompagner. En vérité, cette affaire est positivement grotesque ! Emerson, votre imprudence me laisse pantoise. Que se serait-il passé si Lady Baskerville avait tenté de *me* mettre hors de combat, moi aussi ? Votre petite dose — subtilisée, je présume, dans ma trousse médicale — ajoutée à la sienne, aurait mis un terme définitif à mes activités nocturnes.

Emerson se leva d'un bond. Son chapeau s'envola, emporté par la fougue de son geste, et plana quelques instants avant de se poser sur la tête de Sat Hathor, la dame chanteuse d'Amon. Bien que le spectacle fût plutôt comique, je me retins de rire. Le visage de mon pauvre Emerson avait blêmi sous son hâle. Insoucieux des passagers qui, du pont inférieur, nous observaient, il me souleva de ma chaise longue et m'écrasa contre lui.

— Peabody, s'exclama-t-il d'une voix rauque d'émotion, je suis le nicodème le plus stupide de la création ! Mon sang se fige dans mes veines à la pensée... Pourrez-vous me pardonner ?

Je lui pardonnai, non en paroles mais par gestes. Au terme d'une longue étreinte, il me relâcha.

— Au fond, dit-il, nous sommes à égalité. Vous avez tenté de me revolvériser, et moi j'ai tenté de vous empoisonner. Je le répète, Peabody, nous sommes faits l'un pour l'autre.

Il était décidément irrésistible. Je me mis à

glousser; après un intervalle, le rire caverneux d'Emerson se mêla au mien.

— Si nous descendions dans notre cabine? proposa-t-il. Les momies se passeront fort bien de nous un moment.

— Pas tout de suite. Bastet se réveillait juste quand nous sommes montés; elle va rôder et miauler pendant quelque temps avant de se calmer.

— Je n'aurais jamais dû emmener cette chatte, gronda Emerson. — Soudain, son visage s'éclaira. — Mais pensez un peu à la paire qu'ils vont faire, Ramsès et elle! On ne risque pas de s'ennuyer, hein?

— Elle endurcira Ramsès pour la saison prochaine.

— Pensez-vous vraiment...?

— Vraiment. Bonté divine, Emerson, Louxor est en passe de devenir une station thermale réputée! Le petit sera bien mieux là-bas qu'en Angleterre, sous l'abominable climat hivernal.

— Sans doute avez-vous raison, Peabody.

— J'ai toujours raison. Où devrions-nous fouiller, selon vous, l'hiver prochain?

Emerson récupéra son chapeau, sur la tête de la dame chanteuse d'Amon, et le plaqua sur l'arrière de son crâne.

— Je crains que les ressources de la Vallée ne soient épuisées, répondit-il en se caressant le menton. On ne trouvera pas d'autres hypogées royaux. En revanche, la Vallée Occidentale offre des possibilités. Je proposerai à Vandergelt de nous mettre à fouiller là-bas la saison prochaine. Néanmoins, Peabody...

— Oui, mon cher Emerson?

Il se mit à arpenter le pont, les mains nouées derrière le dos.

— Vous rappelez-vous le pectoral que nous avons trouvé sur le corps écrasé du voleur?

— Comment pourrais-je l'oublier ?

— Nous avons lu sur le cartouche le nom de Toutankhamon.

— Et nous en avons déduit que notre tombe devait lui appartenir. C'est la seule conclusion possible, Emerson.

— Certes, certes. Toutefois, Peabody, considérez les dimensions de la tombe. Un si jeune pharaon, au règne si éphémère, aurait-il eu suffisamment de temps et de fortune pour édifier un tel sépulcre ?

— Vous avez déjà examiné cette question dans votre article du *Zeitschrift,* lui rappelai-je.

— Je sais. Mais je ne puis m'empêcher de m'interroger... Une bande de voleurs n'irait pas piller deux tombes la même nuit, n'est-ce pas ?

— Non, à moins que lesdites tombes ne soient quasiment côte à côte, dis-je en riant.

— Ah ! Ah ! fit Emerson en écho à ma gaieté. Impossible, naturellement. Cette partie de la Vallée ne saurait receler d'autres tombes. Tout de même, Peabody, j'ai l'étrange sensation d'être passé à côté de quelque chose.

— Inconcevable, mon cher Emerson.

— Très juste, ma chère Peabody.

Composition réalisée par EURONUMÉRIQUE

IMPRIMÉ EN FRANCE PAR BRODARD ET TAUPIN
Usine de La Flèche (Sarthe).
Librairie Générale Française - 43, quai de Grenelle - 75015 Paris.
ISBN : 2-253-14479-7

31/4479/7